Wives and Daughters

by Elizabeth Gaskell

錦繡佳人 下冊

伊莉莎白・蓋斯凱爾◎著　　劉珮芳◎譯

好讀出版

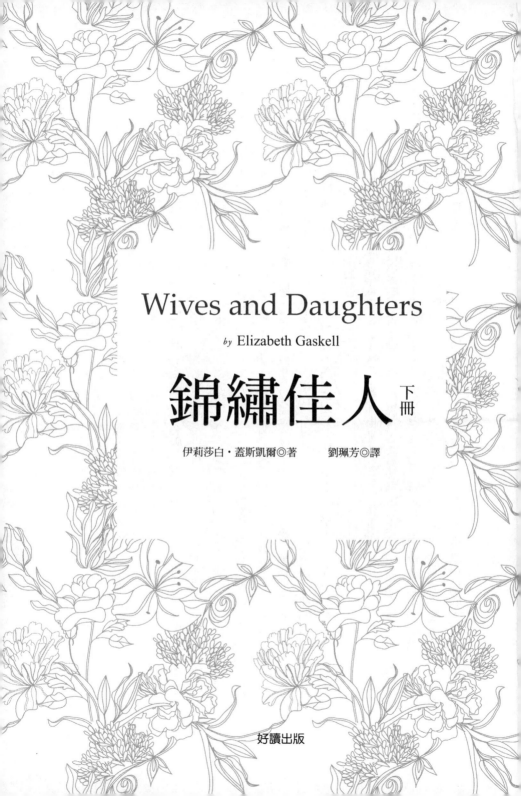

第三十一章 我不迷人，人自迷

普瑞斯頓先生和羅傑．漢利在這種情況下相遇，想必兩人以後對彼此再不可能有什麼好印象。之前他們幾乎沒交談過，也鮮少碰見彼此，因爲土地管理人一直住在艾斯坎伯，管理的業務也在那兒。艾斯坎伯距漢利家約有十六或十七英里遠，他比羅傑大上幾歲，在郡裡時恰逢奧斯朋和羅傑離家求學。普瑞斯頓先生打定主意討厭漢利家乃有許多非理性之緣由：辛西雅和茉莉只要談起漢利兄弟往往一派熱絡，明擺著兩家人交情匪淺、往來密切，況且在舞會時他們的花還比他的花受青睞；郡裡大部分的人談起他們兄弟總是佳評不斷。這就刺激起普瑞斯頓先生妒忌與好戰的動物性本能了，他對所有受歡迎的年輕男性向來如此。說到「地位」——漢利家也許家道中落，但在本郡內他們的地位還高過他呢！再說，他是輝格黨地主的土地管理人，郡裡那些老托利黨地主根本不把他放在眼裡。不過，肯莫伯爵自己倒不太在意彼此間歧異的政治主張。

肯莫家族自漢諾威王朝①起從輝格黨手中承繼了財產與頭銜，因此傳統上肯莫伯爵是個輝格黨員，打年輕時候就活躍於輝格黨的聚會活動，還輸給輝格黨賭徒爲數不少的金錢呢！然這一切對他而言，倒也覺得滿意且合情合理。選舉將屆，何陵福特爵士承襲了肯莫伯爵爵位後若不回郡裡——像他父親長期以來所做的，爲了輝格黨的政治主張挺身而出的話，肯莫伯爵便得擔心英國憲法岌岌可危，而其祖輩的愛國赤誠就要被大家忘恩負義地給忽略了。話雖如此，其實除去選舉期間，肯莫伯爵並不大談輝格黨和托利黨的政治主張。他大部分時間住在倫敦，由於生性好客，不論碰到什麼人都可以聊上一陣，輝格黨也好，托利黨也罷，甚或激進派也行，他隨時展現好意要跟人家當朋友。不過，在他擔任郡長的郡區，兩邊人士的政治立場與主張仍是一貫涇渭分明。倘有輝格黨員突然發現自己置身於滿是托利黨員的宴席中，或是相反的情形，那桌菜餚就會難以下嚥，酒和食物都會被拿來大肆抨擊，不能夠好好品嘗。不同政黨間的聯姻幾乎聞所未聞，要不就是像羅密歐與茱麗葉戲碼般遭到禁止。

這種情況下，普瑞斯頓先生也不能免俗，他對托利黨的偏見自然是根深蒂固的。他早準備好竭盡全力爲自己的政黨發聲，盡力給對方顏色瞧瞧。此外，他也認爲就自己能力所及範圍，盡量「打擊敵人」是對雇主效忠的表現。他普遍厭惡、鄙視托利黨的人，可謂向來如此。在老席拉小屋前那塊公有沼澤地上的相遇之後，他更加討厭漢利家了，尤其是羅傑，他簡直恨之入骨。「那個假道學先生（那次以後每當提到羅傑，他總如此稱之），他一定會付出代價。」在漢利家父子離開後，望著他們父子漸行漸遠的身影，他自我安慰似的說道。「眞是個蠢材！那老傢伙還氣呼呼的咧！那匹老馬自己知道該怎麼走，不需要人牽著牠啦！（因為漢利老爺用力扯著馬韁繩）我的好傢伙，還以爲我看不出來你那騙人的伎倆嗎？你是怕你家老頭調頭回來，再和我吵上一架！地位，還眞的咧！一個窮得像乞丐的地主，趕在冬天來臨時把工人全給遣散，也不管人家挨餓受凍，光想到自己——眞是不折不扣一個殘忍的老托利黨。」在對這些被遣散工人大施慈悲的表象下，普瑞斯頓先生內心的虛榮無疑得到了富足的餵養。

普瑞斯頓先生有太多高興的理由，足可讓他忘記先前的不愉快：比方像收入的增加，還有在新居住地所受到的歡迎等。全何陵福特熱烈地歡迎這位新上任的伯爵土地管理人。之前的薛勝客先生是個性情乖戾、脾氣暴躁的獨居老人，常趁市集期間上小酒館消磨時光，但倒不吝惜招待三四個友人或舊識用餐，對於對方的回禮也欣然接受，不時地呼朋引伴喝酒餐敘。然而，他卻不怎麼喜歡「和女士們爲伍」——這是布朗寧小姐提及薛勝客先生不願接受何陵福特當地女士們邀請時，所用的優雅詞彙。說起來自女士們的邀請，薛勝客先生曾十分直白地對他的好友表示：「這些老女人眞煩。」不過當然啦，她們不會有機會知道。那個時代也不曉得是誰發明的，流行用小半張紙且不帶信封的邀請函，寫好之後只在摺角處封緘，不像現在整個黏起來。這樣的邀請函偶會在薛勝客先生、布朗寧小姐們、固德芬太太或其他人之間流傳。邀請函上頭一行通常如下：「布朗寧小姐與其妹菲比．布朗寧小姐謹向薛勝客先生致意，敬邀先生於週四與幾位友人共度午茶時光。倘先生願大駕光臨，布朗寧小姐及菲比小姐將不勝感激。」

再來輪到固德芬太太了：「固德芬太太謹向薛勝客先生致意，敬祝先生身體健康。固德芬太太敬邀先生於週一前來享用茶點，若便光臨，固德芬太太將感無比歡欣。小女現居坎伯米爾，日前送來數隻珠雞，固德芬太太希望先生屆時能留下來共享晚餐。」

以上邀請函均毋須標註日期。這幾位好心的女士太太們絕不會比預定日期早一週發出邀請函，要不就天下大亂了。不過，即使有珠雞當晚餐也誘惑不了薛勝客先生。他想起了早年在何陵福特宴會上喝過的酒，渾身猶震顫不已呢！麵包配起司，再來杯苦啤酒，或是來點白蘭地兌水，就穿著一身舊衣裳（那已被他穿得寬鬆自在、滿是菸味的行頭）愉快地享用，他愛那些遠勝於烤珠雞和樺樹酒，更別提還得穿上不舒服的僵直外套，打上緊緊的領帶，套上綁腳皮鞋了。所以，這位前任土地管理人就算獲邀，也不常出現何陵福特的茶會。他總是公式化寫著婉拒邀請的謝函，格式內容大同小異：「薛勝客先生謹向布朗寧小姐與其妹（對象不同時，就把名字換成固德芬太太或其他人）致上敬意。惜因公務繁忙，薛勝客先生不克前往與會，敬祈海涵，盛情盛意，銘感五內。」

如今普瑞斯頓先生繼任土地管理人，將住處搬遷至何陵福特，行事風格也大相逕庭。只要有人邀請，普瑞斯頓先生一律欣然赴會，獲得大家一致好評。許多宴會特別為了歡迎他而舉辦，有如菲比小姐所言：「像是來了個新娘似的。」而這些宴會他從不缺席。

「這個男人有什麼目的？」從仍保持連絡的何陵福特友人處，聽說了繼任者所表現的殷勤合群、和藹可親及諸般美德，薛勝客先生自問道：「普瑞斯頓這人向來是有所目的才會表現。他城府深得很，除讓自己受歡迎外，他肯定別有所圖。」

這位睿智的老人說對了。普瑞斯頓先生除讓自己受歡迎外，的確還有其他目的。只要可能遇上辛西雅．柯派屈克的場合，他都不錯過。

茉莉此刻精神遠比平常低落，辛西雅卻是不自覺地情緒昂揚，因為白天有來自羅傑的關愛仰慕，晚上則由普瑞斯頓先生接力。不過，兩個女孩似乎都跟心情愉快無緣。茉莉一派溫和，但相當嚴肅沉默。辛西雅剛好相反，精力充沛，玩笑開個不停，難得安靜。辛西雅初到何陵福特時，最吸引人的特質之一就是「優雅的傾聽者」，現在卻不曉得怎麼了，她興奮得不得了，簡直無法把嘴巴閉上。儘管如此，她言語動人又充滿機智，絲毫不顯得唐突或格格不入，早有一堆人拜倒在石榴裙下隨時準備好聽她說話。吉布森先生是唯一注意到這個轉變的人，他試著找出原因。

「她處在一種精神亢奮的狀態中。」吉布森先生思忖道，「她是很迷人，不過我真弄不懂她。」

茉莉若非一向對朋友忠心耿耿，可能會覺得每天這樣人來瘋可有點教人吃不消；這不像是閃亮日光灑在平靜湖面上，倒像是破裂的鏡子碎片所映照出的尖銳亮光，引人頭暈目眩。辛西雅目前無法安靜地談論任何一件事，需要思考或與人對話的主題似乎都失去了相對價值。只有在驀然深陷沉默時她才不會興奮地說個不停，一旦這種情況出現，本人卻又顯得那麼迥異於自身甜美性格的憂鬱不已。有必要幫吉布森先生或茉莉做點事的話，她仍一如往常隨時伸出援手。此外，儘管不樂意照母親的要求去做，她也不會拒絕她的母親。只不過在這樣的情形下，辛西雅就會受心情影響，目光變得空洞無神。

茉莉頗覺沮喪，她不懂原因爲何。辛西雅最近有些疏遠，不過那不是原因。繼母性情古怪，如果辛西雅惹她生氣，她就會來找茉莉，對茉莉略施小惠或假情假意一番；不然就是每件事都出錯了，全世界都混亂一通，而茉莉沒能力挽狂瀾，無法讓一切恢復正軌，由此被怪罪。然而，茉莉性格相當平穩，不會因一個不理性之人所做出反覆無常的行爲受到影響。她也許覺得稍許受到打擾或生氣，但絕不會因此沮喪。所以那也不是原因。

眞正的原因絕對是這個了：羅傑受到吸引，主動來找辛西雅。

這看在茉莉眼裡，讓她的心忍不住痛苦迷惑起來。她看得出這是再清楚不過的迷戀，在謙遜卻又擁有強烈友愛的茉莉心中，此乃天經地義之事。辛西雅的美麗與優雅如她所見，是無人能抵禦的。而看著羅傑不著痕跡地在許多小細節上隱忍著愛慕時，茉莉嘆了口氣，心想這世界上肯定沒有女子能夠放棄羅傑這樣性格溫柔又堅守自我控制的男士才是。必要的話，她眞想把自己右手砍下來，好將羅傑的愛慕之意傳遞給辛西雅。這樣的自我犧牲，肯定會給幸福的關鍵時刻增添些奇怪的樂趣吧！每當想到吉布森太太愚笨遲鈍，不懂羅傑美好性格的寶貴時，她總免不了替羅傑抱不平。尤其聽到繼母用「鄉下小子」或其他鄙視言詞來指稱羅傑時，茉莉就會使勁捏自己勉力保持沉默。跟現在相比，那些日子畢竟算是平靜。雖說同住一個屋簷下，茉莉仍看不懂工於心計的吉布森太太到底打著什麼如意算盤，但她發現吉布森太太基於某些不明原因，對羅傑的態度完全改變了。

不過，羅傑倒是一點也沒變。「就像古老大鐘一樣平穩。」吉布森太太以她一貫的創意如此形容。而漢利夫人有一次提到羅傑時曾這樣說：「一座堅固的磐石，在其蔭影下可得歇息。」所以羅傑也不會想知道吉布森太太對他的態度因何改變。不過，他確定自己現在是受歡迎的了，可以愛什麼時候來就什麼時候來。吉布森太太半開玩笑地怪責他太把她的話當眞，甚至不過來吃午餐。羅傑回道他認爲吉布森太太所持的理由自有其正當性，應該予以尊重。羅傑這樣說，只因內心單純，無半分惡意。日後家人談話間，吉布森太太不斷提出計畫欲將羅傑和辛西雅拉在一起，意圖相當明顯，無非希望他們兩人能夠訂婚。茉莉覺得這樣明目張膽的撒網太過分了，一方面也氣羅傑盲目地朝網裡衝。她忘了羅傑先前的意願，更忘了辛西雅這位窈窕淑女本就是君子好俅之對象，只看到羅傑成爲陰謀下的犧牲者，而辛西雅不吭氣地當個順應母意的釣餌。她覺得自己做不來辛西雅所爲。不行，連得到羅傑的愛都沒辦法。

辛西雅對於進行中的一切就跟茉莉一樣了然於心，然而，辛西雅卻願意接受她母親所安排的角色！說眞的，她也許在不知不覺中稱職地扮演著這個角色，幾乎自然地順應腳本在演。只不過，這一切都是早已安排好的——只需暗示該做什麼就好。但茉莉卻力圖反抗，舉例來說，當該留在家裡時，她選擇出門；或是按照計畫她應該去鄉間散步一段時間，卻只到花園裡走走。最後，因爲她無法不去關愛辛西雅，不論事實眞相爲何，她下定決心要相信辛西雅是無辜的。只不過，她費了好大的工夫才讓自己成功。

「『笑談浮生夢，漫遊海市蜃樓中』固然很快樂，但對於剛開始獨立生活的年輕男人來說，在這刻板的英國卻仍有許多事情要占掉他們的時間和心力。當然，羅傑現在已經是三一學院的院士了。表面上看，只要他能保持單身，就可一直擁有這個堪稱穩當的職位。然而，他卻不是貪圖安逸的那種人，即使有院士薪俸隨意花用，他仍想追求一個積極進取的人生；至於確切該怎麼走，目前尚無定論。他知道自己的能耐與好惡。他不想隱沒自身才能，也不想隨便放棄特殊愛好，畢竟這讓他對某些領域懷有高昂的研究興趣，極可能導致令人讚嘆的研究成果。他在等待時機，蓄勢待發的他只等機會一來便將振翅高飛。他已存夠了錢供自己私用，儘管為數不多，亦足可供他在找到適合的研究計畫時即前去追夢，而薪俸其餘的部分，他全留給了奧斯朋。「施與受」的精神在這兩兄弟之間建立起罕見的完美連結。只有在想到辛西雅的時候，羅傑才會稍加思考薪俸該怎麼分配。羅傑在各方面都很穩健，唯在辛西雅面前卻像個孩子。

他知道自己一旦結了婚就得放棄院士資格，所以隨時留意工作機會。不過這並非當務之急，他大可好整以暇地等待好時機，因此，他得再過好幾年才有結婚的可能。雖說如此，他還是常去找辛西雅，傾聽她銀鈴般的聲音，沐浴在她的光芒中，像個傻小孩似的，只要看到心上人就快樂無比。他知道這樣很蠢，卻仍樂此不疲。興許是這樣，他才對奧斯朋深感同情。羅傑對奧斯朋問題所傷的腦筋遠勝於當事者。事實上，奧斯朋最近一副苦惱又疲憊的樣子，教漢利老爺對大兒子老往外跑也不那麼苛責了，雖然他以前經常為了奧斯朋的旅遊開支大發雷霆。

「畢竟，現在開銷不比以前大了，」漢利老爺有一天對羅傑說：「他現在能夠選擇較省錢的方式出門啦，以前會過來跟我要二十英鎊，現在卻只要五英鎊。只不過，現在他跟我之間倒是沒什麼話好說了，我們彼此間『相敬如冰』哪！都是因為那堆爛帳——他從來也不跟我解釋原因，或跟我討論——只要一提起他的債務問題，他馬上跟我保持距離。眞的，我沒騙你，羅傑！我可是他的老爸，是他孩提時代最初的最愛哪！」

漢利老爺一再強調奧斯朋刻意保持距離讓他有多受傷，而且一旦提及這問題，只會讓父子間關係雪上加霜，弄得父子間不再彼此信任，連情分都變薄了。儘管羅傑不怎願意聽父親抱怨奧斯朋，偏偏羅傑不發一語的傾聽卻是他父親最需要的慰藉。漢利老爺還常跟羅傑討論起開墾田地所做的排水工程，藉此抒發滿腹牢騷。老地主對於前次普瑞斯頓先生所說關於遣散工人的事耿耿於懷，一直責怪自己，甚至沒完沒了，不斷重複地跟羅傑說：「我也沒辦法啊，我還能怎麼辦呢？我的現錢都被榨乾了，哈，那塊地要是能排水排得像我這麼乾就好了。」他不自覺地幽自己一默，接著又悽慘地笑了笑。「我問你，我還能怎麼辦呢，嗄？羅傑。我知道我眞是氣壞了，可是我沒事也不會這樣的。也許我事前考慮不夠周詳，沒仔細想過後果就貿然把人給遣散了……可是那時如果注意到臨近十二月寒冬，我就不會這樣做了。結果……我痛恨結果！一切的結果都跟我所預期的相反，淨愛跟我作對。我被綁得死死的，根本動彈不得，那是身爲大地主卻沒錢可花的『結果』……要是我沒有顯赫的家世就好了。唉，笑吧！小子。看見你笑，我的心情會好得多，老是看奧斯朋那一張拉長了的臉，而且每回見到我，那張臉就越拉越長呢！」

「爸爸，您聽我說！」羅傑忽然說：「我會籌到錢復工，您一定得相信我。給我兩個月時間想想辦法，不管怎麼說，您一定可以拿到些錢，讓田裡的排水工程再度動起來。」

漢利老爺看著他，臉色驀地開朗起來，彷如小孩子聽到可信任對象許諾要帶好棒的禮物來似的神情。不過他態度隨即轉爲嚴肅，「可是，你怎麼籌得到錢？那多不容易。」

「別擔心，我會籌到錢的。先籌個一百英鎊左右，我還不知道怎麼……可是，爸爸您別忘了，我畢竟是劍橋大學數學學位考試一等合格者，算是個『有前途的新秀』——那篇評論這樣褒我的。哦，您都不知道，您有個多棒的兒子。您眞該讀讀那篇評論，好好瞭解我有什麼厲害之處。」

「我讀過了，羅傑。我曾聽吉布森提起，便叫他找來給我看看。說眞的，他們若能用一般英文，代替不知所云的法文去稱呼那些動物的話，我還比較看懂咧！」

「那是我對一位法國學者的論點所作出的回應呀！」羅傑祈求他父親能夠諒解。

「那我就放他一馬！」老爺認眞地道：「我們得打敗他們才行，再說早在滑鐵盧之役，我們就打敗了呀！不過，如果我是你，才不會貶損自己去對他們的任何謊言作出回應。那篇評論裡頭一堆拉丁文和法文，我硬是把它看完了。你不信的話，盡管去翻那本厚重的總分類帳最後一頁，把它倒過來看，便會發現我把他們所說的關於你的好話全抄寫下來了：『周密的觀察家』、『膽大心細的英國人』以及『崛起的哲學家』。哦，我都快會背了！有好幾次，當我被那堆爛帳加上奧斯朋的帳單煩得亂無頭緒，不知怎辦才好時，索性就把這本總分類帳倒過來翻，邊吸著菸斗邊看，看他們是如何稱讚你哪，我的好小子！」

譯註：

①漢諾威王朝統治英國期間為西元一七一四至一九〇一年。

第三十二章 即將到來的事

羅傑仔細思考過不少有助籌足現錢的計畫。他小心謹慎的外祖父是倫敦商人，留下了幾千英鎊遺產給女兒，不過帶著許多限制條件，其中提及若女兒比女婿先過世，原本要給女兒的遺產即歸女婿所有，若女兒與女婿均已過世，他們的次子得年滿二十五歲才能繼承遺產；若其次子在年滿二十五歲之前早逝，那麼這筆錢將由其母系的表兄弟姊妹繼承。簡言之，謹慎的老商人訂了層層規矩來保護他的遺產。羅傑決定去買份人壽保險，以免萬一自己活不到二十五歲，就什麼都沒了。其實，羅傑諮詢律師的話，律師大概也會叫他這樣做。可是他不想跟任何人談及心裡隱憂，以免讓人知道他父親急缺現錢。他從倫敦律師及法律執行委員會那兒拿到一份外祖父的遺囑，且以爲任何的意外事故都可以想當然爾地使保險契約生效。關於這一點他是稍有誤解了，不過，想籌筆錢給父親的決心倒是絲毫未變。

他接下來要做的，就是努力轉移老父親日常生活上的注意力別總在後悔與沮喪中打轉，這些負面情緒日夜啃蝕著他父親的心靈。他想找個工作做，心想：「這位『羅傑·漢利』乃是劍橋大學數學學位考試一等合格者、三一學院院士，只要合乎正當，誰出價最高，他就替誰工作。」現在的情況則變成：「誰雇他，他就替誰工作。」

於此同時，另有一件事不斷困擾著羅傑，那就是漢利家繼承人奧斯朋即將有子嗣，而漢利家產業歸屬於「合法婚姻下所生之男性繼承人」。奧斯朋的婚姻合法嗎？奧斯朋似乎從未懷疑自己婚姻的合法性，他自始至終連想都沒想過這個問題。既然連奧斯朋都沒想過了，更何況全心全意信賴丈夫的妻子艾咪。天有不測風雲、人有旦夕禍福，將來倘出了什麼事，在法律上若站不住腳，那可怎麼辦才好？某天晚上，羅傑坐在一派慵懶、漫不經心，散發藝術家氣息的奧斯朋旁邊，問起關於這樁婚姻的細節。奧斯朋一聽就明白羅傑目的爲何。此時，奧斯朋並非逃避討論他妻子在這樁婚姻中的合法地位，只是覺得自己疲憊到實在不想被打擾。他一再表示：「別問了啦！讓我休息一下。」

「你總得告訴我，你們的婚禮是怎麼舉行。」

「你眞煩耶，羅傑！」奧斯朋說。

「嗯，我想也是。你往下講嘛！」

「我告訴過你，是摩里森爲我們主持婚禮的。你還記得三一學院那個老摩里森吧？」

「我記得。有史以來最冒失的老好人。」

「呃，他要去當神職人員了。那場神職人員的考試讓他累翻了，所以考完試就跟他父親要了一兩百英鎊赴歐洲旅遊。他打算去羅馬，因爲聽說羅馬的冬天舒適宜人。結果，時值八月，他竟然出現在梅茲。」

「我不懂這是怎麼回事。」

「他自己也不懂。他沒什麼地理概念，你知道的。而且他覺得用法國腔念梅茲，聽起來就像是個通往羅馬途中的城市，有人那樣開玩笑地告訴過他。不過，我在梅茲碰到他，對我來說倒是好事一樁。因爲那時候我已打定主意結婚，不想浪費時間。」

「可是，艾咪不是天主教徒嗎？」

「她的確是！但你知道我不是啊！羅傑，你該不會以為我連艾咪是天主教徒都不曉得吧？」奧斯朋從躺椅上坐起，有點生氣地對羅傑說，羅傑霎時滿臉通紅。

「我沒那個意思！你當然不會錯認她天主教徒的身分。可是，你們就快要有孩子了，而漢利家的產業只限『男性繼承人』承襲。所以我想要知道你們的婚姻是否合法？沒想到這竟成了惹人嫌的問題。」

「哦！」奧斯朋應道，躺回椅子休息，「如果你要說的只是這件事，我想，下一個男性繼承人就是你了。我可以完全信任你，就像信任我自己一樣。你知道我的婚姻在意圖上是合法的，而我相信在事實上，它也是合法的。我們還到史特拉斯堡去，艾咪找了朋友，一個善良的法國中年婦人，她是艾咪的伴娘兼監護者。然後一起前往當地的地方首長辦公室，他們是叫『市長』、或『提督』之類……對了，我想摩里森還滿喜歡那段婚事籌備過程哩。我簽了在那行政區裡結婚所需的各式文件。我沒把文件一一看完就簽了，畢竟得一鼓作氣才行。這是最安全的計畫了。艾咪當時顫抖個不停，我還以為她會昏倒，接著我們趕往距離最近的一間英國禮拜堂，在卡爾敘爾。禮拜堂的牧師不在，摩里森輕而易舉把禮拜堂借到手，第二天我就和艾咪結婚了。」

「你們總需要註冊或證書之類的文件吧？」

「摩里森說一切必要的文件他都會負責，他知道該怎麼做。我好好地打賞了他一番。」

「你得再舉行一次婚禮，」羅傑短暫沉默之後說：「趕在孩子出生之前。你有結婚證書嗎？」

「摩里森手上肯定有。而且我確定根據英國與法國的法律，我的婚姻都屬合法。真的，老弟！我有當地行政首長所簽署的文件，就放在某個地方。」

「算了！你在英國再辦一場婚禮便成。艾咪通常都去普瑞斯騰的羅馬天主教禮拜堂聚會，是嗎？」

「是啊！她非常虔誠，我再怎麼說也不會去干涉她的宗教信仰。」

「那麼，你們得在她常去的羅馬天主教禮拜堂和她居住地的教區禮拜堂各舉辦一場婚禮。」羅傑替哥哥拿定主意。

「太麻煩了，沒必要這麼麻煩的，我覺得這根本在浪費錢。」奧斯朋說：「你就不能不管嗎？不論艾咪或我，都不是會鬧醜聞或否認我們婚姻合法性的人，再說若是艾咪產下男孩，而父親死了、我也死了，你都會照顧好我兒子，不會讓他有所虧損。我信任你就像信任我自己一樣啊，老弟！」

「萬一我也死了呢？那漢利家族的遠房親戚們豈不要大打出手，爭起遺產來了？」

奧斯朋思考了一下，「我想，愛爾蘭那邊的親戚會有興趣吧！他們之中有人經濟狀況較差。也許你是對的，但何必多想不吉利的事情呢？」

「法律的目的本是要人防範未然，」羅傑說：「所以，我下週進城的時候會過去找艾咪，在你到達前把事情安排妥當。我想，等一切安排好之後你再過來會比較開心。」

「有機會見到那個小女人，我當然開心。倒是你要進城做什麼？眞希望我可以像你一樣有錢可花，愛去哪裡就去哪裡，不必一輩子困在這幢陰暗的大宅裡。」

奧斯朋偶會免不了對自己和羅傑處境有別抱怨一番，忘了這都因兩人性格相異、作爲不同所致，況且羅傑還從自己收入裡拿出好大一部分來替奧斯朋養老婆呢！然而這全是奧斯朋無心之語，他要能意識到自己所說的話有多不知感恩，怕早就捶胸頓足地哭喊道「這都是我的錯」了。他有時眞是懶得連這些事情都不去想呢！

「我也沒想到要跑這一趟，」羅傑頗不好意思地道，狀似被人指責他此行費用花了別人的而非自己的錢一樣，「是有工作上的事啦！何陵福特爵士寫了封信給我，他知道我急著找工作，剛好聽到有合適的工作機會。他的信在這裡，如果有興趣你可以看一下。不過信上並沒特別說些什麼。」

奧斯朋看過信後，把信交還給羅傑。經過短暫沉默，他才說：「你需要錢做什麼？我們花了你太多錢嗎？我眞是丟臉啊，可是我能怎麼辦呢？告訴我一個我能做的行業，我明天就開始工作。」奧斯朋說話語氣聽來像是羅傑在怪他似的。

「我親愛的老哥，別胡思亂想了！我有時候總得爲自己做點事情，我原本就持續注意工作機會。況且，我也希望老爸能再回去整理田地，繼續先前的排水工程，這樣對他的身心健康都有好處。如果我眞能籌到錢給你和老爸用，你們不妨先拿去用，在歸還本金之前先付我利息就得了。」

「羅傑，你是上帝賜給我們家的恩典！」奧斯朋忍不住讚嘆道，心中剎那間充滿了對弟弟的感激，忘了再拿弟弟和自己做比較。

於是羅傑按照計畫上倫敦去，奧斯朋隨之啓行，吉布森家約有兩三個星期的時間都沒看到這對兄弟檔。然而，日子接著日子往下過，越過也就越有趣了。人們口稱的「伯爵一家」，亦從倫敦回到陶爾莊園過他們一年一度的「秋季小憩」，華宅再現冠蓋雲集、賓客盈門的盛況。陶爾的傭人、馬車及穿著制服的僕役，又開始穿梭於何陵福特的街市，彷佛年復一年的歷史又重演於眾人眼前。

日復一日，生活故事不斷地循環上演。吉布森太太有機會得以親近陶爾莊園一家，簡直比在家接待來訪的羅傑、或罕見的奧斯朋・漢利更令她興高采烈。辛西雅對於這個讓她母親傾注大半精力以致難有足夠心力照顧自己的家族，向來挺反感，一直覺得母親就是爲了他們才無法在她童年時期給予足夠的愛與關懷。除此之外，雖說辛西雅從不在意羅傑對她付出的萬千情意，仍頗爲思念這拜倒在自己石榴裙下的奴隸呢！她發現有個普遍獲得好評的男人對自己言聽計從也算不錯，對方把自己捧在手心，無微不至地呵護照顧，猶且贏得她的尊敬。她對自己的能耐了然於心，也沒有高估了自己。她喜歡享受崇拜，當環境中欠缺這樣的崇拜者時，她就開始思念起他來了。伯爵、伯爵夫人、何陵福特爵士、海芮小姐和其他的王公貴族，加上穿著制服的僕役、華麗的衣飾、一袋袋的獵物，以及甚囂塵上的騎馬打獵大會傳聞，跟羅傑的缺席比起來都不算什麼。儘管她並不愛他，眞的，她一點也不愛他。茉莉知道辛西雅一點也不愛他。茉莉對這不得不接受的事實感到生氣，她還不明白自己的感情。其實，羅傑對茉莉的感情世界也不怎在意，畢竟他全心全意都繫在辛西雅身上，辛西雅的一顰一笑牽動著羅傑的呼吸。也因爲如此，茉莉得以將一切盡收眼底，清楚地看進她「姊姊」的內心，進而發現辛西雅並不愛羅傑。茉莉一想到辛西雅將羅傑眞心的愛隨意踩在腳下，就義憤塡膺地氣得想罵人，這非出於自私，乃是長久以來流淌在心中的溫柔。「別企求天上的明月，哦，親愛的，因爲我無法摘給你。」——辛西雅的愛即是羅傑所企求的明月，但茉莉清楚它遙遠而不可及，要不然她早就竭盡全力去助羅傑一臂之力了。

「我是羅傑的妹妹，」她這樣告訴自己，「先前的連結還是算數的，只不過他此刻滿腦子都是辛西雅，無須提及這樣的事。他母親喚我『芬妮』，好比收我爲女兒一樣。我就靜觀其變，看看自己能爲哥哥做些什麼吧！」

有一天，海芮小姐來拜訪吉布森家，或說拜訪吉布森太太較爲妥當。因爲在何陵福特，要是有任何人跟伯爵一家過從甚密、或知曉伯爵一家有什麼即將進行的計畫，都會惹得吉布森太太妒意大發。吉布森先生興許洞悉此事，唯基於職業上的保密素養，遂就將之視爲個人隱私了。在吉布森家之外，她將普瑞斯頓先生視爲敵手，普瑞斯頓先生那廂看穿了她的心思，有時候便會故意在她面前透露他自己所編造有關伯爵家不爲吉布森太太知道的消息，看著她上當忌妒的表情，他內心暗自得意。吉布森家中，明顯獲得海芮小姐好感的茉莉常引起吉布森太太強烈的忌妒，總想盡辦法要擋在海芮小姐和茉莉之間，設計些阻礙以免她們有太多機會接觸。這些阻礙堪比古老故事中騎士們手裡拿著的盾牌，只不過她們兩人各自拿著鍍上金、銀的盾牌朝著對方衝刺時，海芮小姐看到的是光滑閃亮的黃金盾面（美麗的謊言），茉莉看到的則是盾牌厚重灰暗的鉛製背面（荒謬的藉口）。

吉布森太太對海芮小姐說的是：「茉莉出去了呢，錯過您的來訪，她自當遺憾不已。她得去探望她母親的幾個老朋友。雖然她母親不在了，人情總還是在的，如同我常跟她說的那句『忠貞恆爲美德』。我記得，史登①也曾經說過：『你的朋友和你母親的朋友都不可離棄。』可是親愛的海芮小姐，您會等她回來的，是嗎？我知道您有多喜歡她。事實上，」她故意添上玩笑語氣，「有時候我都覺得您到這兒是來看她，而不是看您可憐的老克萊兒了。」

至於茉莉這邊，她會在海芮小姐來訪之前就放話：「今天上午海芮小姐會到這兒來。我不能放閒雜人等進來。告訴瑪麗亞，如果有人找便說我不在家。海芮小姐總是有一大堆話要跟我說。那親愛的海芮小姐！從她十二歲起，我就知道她所有的祕密了。妳們兩個女孩也應該別打擾我們才好。當然她會問起妳們，不過那只是禮貌性的問候，妳們當眞進來的話就會打擾到我們了，像那天一樣——」底下是專對茉莉說的：「我實在不願意多講，可是像那天那樣就眞是太愛出風頭了。」

「瑪麗亞告訴我，說海芮小姐要找我的。」茉莉稍打了岔。

「眞是很愛出風頭！」吉布森太太繼續說著，完全無視於茉莉的打岔，只一味強調茉莉那天所說的話極不得體，有待改進。

「我想，這一次我得做好把關的工作，免得海芮小姐再受任何干擾。所以茉莉，妳不在家較好。妳就到荷莉農場去拿我跟他們訂了卻遲遲沒送來的李子好了。」

「我去吧。」辛西雅說：「茉莉走路去太遠了，她感冒得厲害，身體不比兩星期前那麼好。我喜歡走遠路，我去就好。媽媽，您若想把茉莉支開，叫她去布朗寧小姐家不就得了——她們會很高興看到她。」

「我從沒說過不想茉莉在場，或要把茉莉支開呀，辛西雅，」吉布森太太接腔，「妳怎麼老愛誇大其辭。我不得不說妳這樣很沒禮貌。茉莉，我親愛的，我確定妳不會像辛西雅講的那樣誤解我，一切都是爲了海芮小姐的緣故。」

「我可能無法走到荷莉農場，太遠了。請爸爸代爲轉達就好了，辛西雅也不必去。」

「哦！我是全世界最不懂使喚人的善良人士，那麼李子的事就別再提了。如果妳眞想去拜訪布朗寧小姐，乾脆坐久一點吧，妳知道她喜歡那樣的——還有，順便幫我問侯一下菲比小姐，就說我關切她感冒可有好些。她們都是妳母親的朋友，我親愛的，再怎麼說，我也不希望妳跟她們斷絕關係。『忠貞恆爲美德』可是我的座右銘，妳也知道的，況且已故之人的回憶總是值得我們珍惜。」

「那麼媽媽，我該到哪裡去呢？」辛西雅問道，「儘管海芮小姐不像在意茉莉那樣的在意我——其實應該是一點也不在意才對——不過，她還是有可能問起我，所以我也不在會比較好。」

「那倒是！」吉布森太太若有所思地應道，毫未察覺到辛西雅話裡的諷刺意味。

「她是比較不會問起妳啦！我親愛的。我想，妳也許可以留在家裡，或者到荷莉農場去——哦，我還眞想拿到那些李子呢！要不然，妳乾脆待在餐室裡好了，留在那裡待命，知道吧！海芮小姐若想留下來用餐，妳便能把餐桌好好布置一番。和藹可親的海芮小姐可是很替別人著想呢！我不想讓她覺得我們是因爲她跟我們一起用餐才煞費苦心，如同我跟她說的：『簡單的優雅，乃是我們一直以來的目標。』不過，妳仍可展現最好的服務，插些美麗的花，還有跟廚子吩咐一聲，晚餐的菜就拿來當午餐享用。切記，一切都得不著痕跡地弄到盡善盡美。我想，辛西雅，妳還是留在家裡好了，等到下午妳再去布朗寧小姐家把茉莉接回來，妳們兩個還可以去散個步。知道吧！」

「等海芮小姐走了我們再回來！我明白的，媽媽。茉莉，滾嘍！快點，要不然海芮小姐一來就要找妳，好像妳的地位爬到跟媽媽一樣啦。我會小心應付，忘記妳到哪兒去了，任何人都無法從我這裡探知妳的去處，我絕對會配合媽媽來個一問三不知。」

「妳這孩子！胡說什麼！別老說些讓我聽不懂的蠢話！」吉布森太太顯得慌張又氣惱，每次辛西雅像小人國士兵攻擊格利佛那樣朝吉布森太太射出一堆小而利的短箭時，吉布森太太就會這樣。接著依照慣例，爲了報復辛西雅，吉布森太太便會對茉莉施些小恩小惠，偏偏這種雕蟲小技對辛西雅來說一點用也沒有。

「茉莉，我親愛的，即便外頭看似晴空萬里，卻是寒風凜冽。妳最好披上我那條印度圍巾，它漂亮的顏色剛好襯妳的灰色衣裙，瞧，紅灰相映，好看極了！我不輕易借人的，看在妳一向小心謹愼，我才借給妳。」

「謝謝您。」茉莉只這樣簡短應話，吉布森太太弄不清茉莉要不要接受。海芮小姐沒見到茉莉果覺遺憾，因爲她挺喜歡茉莉的。不過，她倒也相當同意吉布森太太所說「忠貞」和「老朋友」眞諦之類的話，對於此事遂就不再多說。她找了張矮腳椅坐，把腳擱在擋泥板上。這擋泥板可是用亮晶晶的不鏽鋼做的，整間屋裡任何一雙平民的腳都嚴禁踩上去，如果有人採用海芮小姐那種坐姿的話，肯定要被視爲低俗粗魯外加無禮。

「是的，親愛的海芮小姐！您肯定無法想像，能在這簡陋小屋接待您、讓尊貴的您坐在火爐旁，對我而言是多麼榮幸之事。」

「簡陋！得了，克萊兒，妳這樣說就過分客氣了。我才不會說這精緻可愛的客廳是『簡陋小屋』呢！這地方舒適得很，又有許多漂亮玩意兒，可說是麻雀雖小、五臟俱全了。」

「啊！您當然覺得地方太小了！連我自己剛來的時候也不太適應呢！」

「哦！那也許是妳以前在艾斯坎伯的學校空間較大的關係，可是別忘了，校舍裡空洞得很，除了課桌椅、圖表、小地毯之外什麼也沒有。哦！說眞的，克萊兒，我覺得媽媽說得沒錯，她總說妳給自己找了個好歸宿，而吉布森先生也是！他可眞是一位令人喜愛且見聞廣博的人呢！」

「是啊！他的確是，」吉布森太太緩緩應道，彷彿不想讓人覺得她在這樁婚姻當中明顯獲得好處似的，「他人很好，眞的。只不過，我們很少看到他。他一回到家總是又累又餓的，連話都不想說，只想去睡覺呢！」

「好了，好了！」海芮小姐說：「現在該輪到我了。我們方才聽過醫生娘抱怨，現在該來聽鄰居女兒吐苦水了。我們家成天賓客盈門、喧囂嚷鬧，我今天來找妳是希望能有些許孤獨的感覺。」

「孤獨！」吉布森太太驚叫，「您是說要一個人獨處嗎？」吉布森太太不免苦惱起來。

「不是，別說傻話了。我的孤獨需要個傾聽者，讓我可放心地訴說『孤獨有多好』。老實說，我眞不想再背負這個娛樂他人的責任了。爸爸非常好客，只要碰上朋友就會邀他們來家裡玩。媽媽身體實在大不如前，偏又不想讓人覺得她身體不好，她總認爲人就是欠缺自我控制才會生病。所以她疲累不堪又擔心不已，因爲身邊老圍著一群聒噪不休的人，就像雞窩裡有著成群剛孵出來的小雞。而我就得擔任母雞角色，一邊忙著把食物塞進那嗷嗷待哺的黃毛小喙，一邊還得在牠們把食物吞下去前想想哪裡可以找到下一口食物。哦，『娛樂他人』眞是再貼切不過的形容了。因此，我今天早上忍不住撒了謊，逃到這裡來靜一靜，吐吐苦水！」

海芮小姐用力躺進椅子裡，打了個哈欠。吉布森太太溫柔憐憫地拾起海芮小姐的手，輕柔地喃喃道：「可憐的海芮小姐！」然後無限疼惜地發出呵護她的聲音。

沉默少頃，海芮小姐坐直身子，開口說：「我小時候總把妳當成我的道德仲裁者。現在，妳告訴我，撒謊是不是錯誤的行爲？」

「哦，親愛的！您怎能問這樣的問題呢？——撒謊當然是錯誤行爲，我甚至會說『是很邪惡的行爲』。可是我明白，當您說您撒謊時，您不過是在開玩笑而已。」

「不，我沒開玩笑，我是說眞的。我當著大家的面捏造謊言。我說我『有事情得到何陵福特去一趟』，事實上根本沒什麼事，我只是想遠離那些賓客一兩個小時，而到何陵福特唯一要做的事不過是來這裡伸伸懶腰，抱怨一下，悠哉地放鬆自己。唉，我眞的不喜歡這樣，拿小孩子的用語來說就是『編造故事』。」

「可是，我親愛的海芮小姐，」吉布森太太說著，其實她對自己舌頭上彈出來的遣詞用字也挺困惑，「我確定您在說那些話時，必定認為口中所言是忠於自己所想。」

「不，才不是呢！」海芮小姐打岔道。

「好吧，就算這樣，也是那些人的錯，是他們煩得您受不了，惹得您在壓力下思緒紊亂。這顯然是他們的錯，不是您的錯。這下子您就知道這社會真是積習難改了——啊，人情的束縛哪！」

海芮小姐靜默了一兩分鐘，然後說：「克萊兒，我問妳，妳也說過謊話對吧？」

「海芮小姐！我想您應該瞭解我的為人才是，您不是認真的吧？」

「是啊！我是認眞的。不管怎麼說，妳總也說過善意的謊言吧？說完之後妳感覺如何？」

「要是說了謊話，我會覺得很痛苦才對，應該會自責死的。『實話實說，只說事實』，一直都是深得我心的良言佳句。說眞的，我生性耿直，而且在我們的日常生活中也沒有太多試探。如果我們心存謙卑，日子就會過得簡單，自然不會受繁文縟節的束縛了。」

「這麼說來，妳是在責怪我嘍？要是該有人因我今早所說的話而責怪我，那人非妳莫屬。」

「親愛的海芮小姐，我從未責怪過您，即使在我內心最深處也絕不可能這樣做。責怪您？眞是的！我絕不是這種自以為是的人。」

「我想我得找個人來告解懺悔！不過，妳絕不會是我的人選，因為妳總是太放縱我了。」

過了一下子，海芮小姐說：「克萊兒，我可以在妳這裡吃午餐嗎？我下午三點才回家。我出門的時候告訴莊園裡的人，我的『事情』要到那時候辦完。」

「那當然。我高興都來不及呢！可是您知道我們一向吃得簡單。」

「哦，我只需要一點麵包和奶油，也許再來片冷肉就好了——千萬別太費事，克萊兒。也許現在是你們的用餐時間吧？何妨讓我像你們家中一分子坐下來吧！」

「當然，您請坐。我們跟平常一樣——有您在我們家，和我們共進午餐，眞是太令人高興了，親愛的海芮小姐。不過，我們晚餐吃得遲，通常這個時候正是我們的午餐時間。壁爐裡的火越來越小了……您瞧，和您這麼一聊，我高興得幾乎什麼事都忘了呢！」

於是吉布森太太拉了兩次鈴，拉鈴動作暗藏玄機，兩次拉鈴間隔頗久。瑪麗亞送了煤炭進來。

辛西雅對於這拉鈴的玄機了然於心，彷如深諳主人家心意的聰明僕人完全明白主人所使的暗號。原本爲晚餐而準備的鷓鴣立刻被拿來烹調，最好的瓷器擺上桌，此外，餐桌上更可見悉心擺設的花朵及精緻的水果，在在展現了辛西雅一貫靈巧的雙手與獨特的品味。故當僕人來報午餐已準備妥當，隨之走進餐室的海芮小姐，忍不住覺得吉布森太太爲屋舍簡陋與食物粗糙而頻頻道歉根本是多餘的，她更加相信吉布森太太眞的嫁得好。此時辛西雅也來到餐室，美麗優雅一如往昔，但不知爲何，她就是無法讓海芮小姐多看一眼；在海芮小姐眼中，辛西雅就是克萊兒的女兒，如此而已。辛西雅的出現使她們對話更趨平常，海芮小姐說了幾則消息，但都吸引不了辛西雅，僅僅是作客陶爾莊園的賓客們掛在嘴邊之事。

「何陵福特爵士眞應該過來和我們在一塊，」海芮小姐聊了其他話題之後忽然提說：「偏偏他另有任務，或說他覺得他另有任務好了——他得留在倫敦處理克里奇頓遺產哪！」

「遺產？給何陵福特爵士的？我眞高興！」

「先別急著高興！除了麻煩以外，他什麼好處也沒有。妳們可聽說過前些時候過世那位行事風格怪異的有錢人？深受布瑞瓦特爵士所啓發的那位，哦，我是這樣猜啦。他留了一筆錢請幾個人託管，我哥哥就是其中之一。他們要找菁英中的菁英進行一趟科學研究之旅，目標是帶回遙遠異地某些動物標本來建立一所博物館，命名爲『克里奇頓博物館』，藉以紀念這位克里奇頓先生，使創始人的名號能永遠流傳下去。人爲了滿足虛榮心眞是花招百出啊！有時會攬個慈善事業，有時則變成對科學的熱愛！」

「我個人認爲這是項值得讚賞，也很有益處的目標。」吉布森太太相當肯定地道。

「我想也是，尤其從公眾利益來看。但若就私人觀點，我覺得除了疲憊之外別無其他，因爲當我們需要何陵福特來陶爾莊園時，他卻爲了這件事得留在倫敦——說得更確切些，得在倫敦和劍橋之間跑來跑去，不論是哪邊都一樣教人疲憊。這件事老早便該定案了，不過在處理遺產的過程中他們須盡量避免出錯。另外兩名受託人乾脆跑往歐洲，他們美其名爲完全信任何陵福特的處理，實際上不過是逃避責任罷了。雖然如此，我敢說何陵福特還挺喜歡這份差事的，所以我也不該再發牢騷啦。他認爲他選上的是千中選一的優秀人才，猶且是本郡的人，正是漢利家的少主。如果大學願意放人走就好了，到底他是三一學院院士兼數學學位一等考試合格者，還是什麼的……劍橋的人當然不會笨到送他們的一流人才去給獅子、老虎吃掉呀！」

「八成是羅傑．漢利！」辛西雅驚叫道，她雙眼閃著光芒，兩頰也泛起紅暈。

「他不是長子喲，不能被稱爲漢利家的少主！」吉布森太太說。

「何陵福特選上的人是三一學院院士，我說過了嘛！」

「那就是羅傑．漢利先生了呀！」辛西雅接道：「他近日正在倫敦處理公事！茉莉回來一定會被這條新聞嚇一跳！」

「哦，茉莉跟這件事有關係嗎？」海芮小姐追問，盯著吉布森太太要她給個答案。吉布森太太的回應則是意味深長地瞅了辛西雅一眼，不過辛西雅卻未意會到母親的心意。

「哦，沒有！一點關係也沒有。」吉布森太太朝辛西雅點了點頭，貌似在說：「若有人跟羅傑・漢利扯上關係，也應該是妳。」

海芮小姐甫充滿興趣地看著美麗的柯派屈克小姐，她哥哥在提及年輕的漢利先生時推崇備至，所以任何跟這位當紅炸子雞有關的人都是值得仔細觀察的。接著，因爲剛才提到茉莉的名字，海芮小姐便又想起茉莉來了，「茉莉到哪裡去呢？我眞想見見我的心靈小導師。我聽說她這陣子又成長了不少。」

「哦！她只要一跟布朗寧小姐們聊起天來，就忘記回家了。」吉布森太太回道。

「布朗寧小姐們？啊！我眞高興聽妳提起她們！我非常喜歡她們喲，『聒聒嘴』和『拍拍翅』。茉莉不在，我才可以這樣叫她們。我回家前得去看看她們才行，也許還能碰上我親愛的小茉莉！妳知道麼，克萊兒，我還眞喜歡那女孩！」

吉布森太太費盡周章後，仍不得不放海芮小姐提早半小時離開，讓她去探望布朗寧小姐們展現一下她的「親民風範」（這是吉布森太太的用語），而且她還可能碰上茉莉呢！

不巧，茉莉在海芮小姐到達之前就離開了。

茉莉出於懺悔之心，走了好長一段路去荷莉農場訂購李子。對繼母用這麼明顯的伎倆要她在海芮小姐到訪時外出，茉莉憤慨不已，由此帶著滿腹怒氣出門。當然她也沒碰上辛西雅，一個人走在風光明媚的小徑上，兩旁盡是自然純樸的如茵綠草和高大樹籬。

起初，她還邊走邊生悶氣，自問著對於家中這些不愉快的瑣事，她得忍耐到什麼程度才行？自從她父親再婚以來，家裡就充斥著特意編造的藉口和歪曲事實的理論。她知道自己好幾次想反駁繼母，但都忍住了，到底不想惹她父親煩心；而她有時也在父親臉上看到痛苦表情，顯示他對妻子的言行舉止亦相當莫可奈何。茉莉一直在想，保持沉默究竟是對或錯。欠缺社會歷練又不諳人情事故，外加心直口快的她，一度想打開天窗說亮話，把家裡的眞實情形告訴繼母。然而，興許是睹見了父親沉默的榜樣，加上吉布森太太有時的好德性（當吉布森太太順心如意舒爽時，對茉莉堪稱照顧有加），茉莉便把嘴巴給閉上了。

那天晚餐桌上，吉布森太太將她和海芮小姐的對話複述了一回，自然依其慣例再加油添醋一番。鉅細靡遺的描述之外，又對大家說當中有好些是私密談話，爲尊重海芮小姐的信任，她不便分享給大家。三名聽眾只靜靜地聽著，未加打斷，事實上也不太注意她說什麼，直到提及何陵福特爵士留在倫敦未現身陶爾莊園的緣由。

「羅傑．漢利要去科學探勘！」吉布森先生嚷道，彷似突然清醒過來。

「是的，雖說還沒拍板定案，但何陵福特爵士是唯一對此事有興趣的受託人，又是肯莫伯爵的兒子。這件事八九不離十了。」

「我樂觀其成。」吉布森先生應道，隨又恢復沉默，然在這之後，耳朵倒是保持開通。

「他要去多久？」辛西雅追問，「我們一定會很想念他。」

對於辛西雅的話，茉莉只張口以唇形無聲應了個「是」，接下來僅覺耳中嗡嗡地響著其他人的話聲，說些什麼她卻聽不清楚。其實，他們對於此事多半也只憑臆測，事實所知無多。

旁人面前，茉莉一如往常地吃著晚餐。她持續沉默，恰如其分地扮演傾聽者角色，聽著吉布森太太滔滔不絕的閒聊，還有吉布森先生與辛西雅偶而插進來的評論。

譯註：

①史登（Laurence Sterne，1713～1768）為英國小說家，也是英國國教派牧師，代表作為《項狄傳》（*The Life and Opinions of Tristram Shandy, Gentleman*）和《多情客遊記》（*A Sentimental Journey Through France and Italy*）。

第三十三章 漸露曙光

過了一兩天，吉布森先生特地撥空騎馬去漢利家一趟，對於羅傑的科學之旅，他相當有興趣且希望得到關於此行詳情的第一手資訊，其實他心裡尙有隱憂，不曉得自己是否該干涉此事。事情是這樣的：對於奧斯朋的症狀，吉布森先生認爲已出現生命之危的警訊。但尼可拉斯博士卻持相反意見，吉布森先生知道尼可拉斯博士是經驗老到的內科醫生，在其專業領域聲譽卓著。即便這樣，吉布森先生依舊相信自己的判斷，果眞如此，那麼奧斯朋的身體就可能以目前狀況再拖上幾年，或者，這年輕人也有可能在一個小時——甚至一分鐘之內就讓死神給找了去。假設吉布森先生是對的，那麼羅傑應否遠行到聯繫困難的遙遠異國，猶且一去就是兩年？話說回來，羅傑此行若已定案，吉布森先生這時提出奧斯朋性命堪憂的說法，豈不弄得漢利家上下人心惶惶？況且，也許尼可拉斯博士是對的，奧斯朋的病症或許肇因於其他因素。也許？——是的。可能嗎？——不。吉布森先生無法說服自己太過樂觀，於是陷入沉思。他騎馬繼續前行，鬆握著手上韁繩，微傾著頭。時値靜謐可愛的秋日，濡潤著露水的樹葉呈現色澤繽紛的紅與黃，掛在草地上的小蜘蛛網因著晶瑩的露珠而閃閃發光；樹籬上拖曳著野生莓果叢，成熟飽滿的黑莓滿布其中；翻飛天穹的鳥兒忙碌唱著離別歌，聲音清亮短促，不同於春日敞開喉嚨盡情高歌；採收完畢的田野間響著鷓鴣鳥鼓翅聲，鋪石小徑上回響著清脆馬蹄聲；四周靜得連一絲風的氣息也沒有，卻隨處可見葉片從樹上飄落。這位鄉村外科醫生對於各具特色的四季美景，比起大部分人來感觸要更深刻些。不論白天或夜晚，晴天或雨天，或沉悶、溫和、陰沉沉的天氣，他都得出門看診，自是別有一番滋味在心頭。但他從未對人提起過。他內心的感情從來不會變成話語說出口，甚至也不會對自己說。然而，他總歸有感性的時候，即是在這樣的日子。他直接進入馬廄場，把馬匹交給其中一人照顧，逕自從側門走進屋裡。他在走道上碰見漢利老爺。

「眞是稀客啊！吉布森。什麼風把你給吹來的？跟我一起午餐吧？都已經擺上桌了，我才剛走出來。」漢利老爺高興地邊說邊握著吉布森先生的手，直到把人帶進餐桌前坐下才放開。餐桌上擺滿了豐盛的食物。

「我聽說羅傑即將遠行，這是怎麼一回事？」吉布森先生才坐下就開門見山地問。

「啊哈！你已經聽說了是麼，這算大事了，可不是？他眞是個讓老羅傑引以爲傲的兒子。行事穩重的羅傑——以前我們老覺得他反應慢，現在看來穩紮穩打才是王道。倒是你得告訴我，你聽到了什麼、知道了多少？且慢，先來上一杯再說。這是陳年麥芽啤酒，現在難見到這樣釀造的了，這酒跟奧斯朋年紀一樣大。我們在奧斯朋出生那年秋天釀的，取作『少主啤酒』。我本想等到奧斯朋結婚再開來喝，誰曉得那一天何時才會到來，所以我們乾脆開來慶祝羅傑的成就好了。」

漢利老爺小心翼翼地喝著少主啤酒，眞如他所言般「跟白蘭地一樣烈」。吃著冷的烤牛肉的吉布森先生，也謹愼地淺嘗了一口。

「那麼，你聽到了什麼？我有好多可說的哩，全是好消息！不過我知道，我會很想念那小子的。」

「我不曉得已經定案了，只聽說還在進行中。」

「哦，直到上週二之前都像你說的還在進行中。羅傑什麼也沒講。他告訴我，因為他想我可能瞻前顧後而無法做出決定，索性先斬後奏了。所以我完全不知道，一直到我收到何陵福特爵士寄來的一封信——信放在哪裡呢？」漢利老爺說著拿出一個裝有各種文件的黑色皮製文件夾，戴上眼鏡，邊翻邊念出文件的標題，「『木材』、『新欄杆的丈量』，這個『牧牛業的排水設備』——海斯農夫寄來的，『德布森的帳戶』……嗯、嗯，找到了。你看一下那封信吧！」說著把信交給吉布森先生。

這是封充滿男子氣概又兼顧理性與感性的信，文中條理分明，用字淺白地向這位老父親說明：何陵福特爵士和其他兩三位受託人必須遵照委託人遺囑要求，進行科學探勘事宜；此行經費充足，報償豐厚，吸引了數位知名人士前來參加甄試云云。接著，何陵福特爵士筆鋒一轉，寫道：自從羅傑公開回應一位法國骨骼學家的論文之後，他見過羅傑數次，這幾次會面使他有充分的理由確信羅傑就是他們受託人所欲尋找最理想的人選。羅傑集數人優點於一身，對此次研究主題懷著濃厚的興趣，本身亦具備豐富的學養，加上與生俱來對於大自然的敏銳觀察力與分析能力，都顯示出他的與眾不同，是個優秀而精準的觀察家；此外，他正值成熟穩健的年齡，健康狀況良好，精力充沛，且無任何家庭負擔。——看到這裡，吉布森先生暫停片刻，思索了一下。

對於信上所言基於種種考量所作出的結論，吉布森先生並不感興趣，因為早已知悉結果。他再看了一眼信上所提豐厚的報償，思緒隨著停在那兒，這的確是一筆相當優渥的酬勞。然後，他又仔細地往下讀著何陵福特爵士寫給漢利老爺，對羅傑極盡推崇的讚美之詞。

直盯著吉布森先生讀信的漢利老爺，就等著看他讀到這一段。漢利老爺摩擦著雙手說：「耶！你終於讀到這裡了。這是整封信中最棒的部分，對吧？上帝保佑那小子！提醒你一下，這信還是輝格黨人寫的，這就更棒了。還有，吉布森哪，好消息不止這一條！我想我終於要轉運啦！」說著遞給吉布森先生另外一封信。「這是今天早上才收到的，不過我已經處理好了。我立刻就連絡了工頭，打明天起，排水工程將要復工。感謝上帝！」

吉布森先生讀起第二封信，是羅傑寫來的。信上大致重述何陵福特爵士所說的事，唯筆調謙卑委婉，也解釋了為何沒先跟父親商量就擅自決定此事的緣由。原因之一是他不希望父親擔心。另一個原因則是他打從心裡覺得，接受這個機會對他來說是邁向更成熟生命的一大步。接著所談的就都是工作上的事了，他說他知道父親因欠缺資金被迫放棄排水整地計畫有多難過。羅傑若能接受這為期兩年的工作合約，即可立刻獲得足夠資金資助父親，他也投保了人壽保險，萬一在異國發生不幸無法活著回到英國，可用保險給付的款項支付他已領的薪津。他說他的保險理賠金會直接歸他父親所有。

吉布森先生放下信，久久不發一語，爾後啟口：「他買這樣一份海外人壽保險，得花不少錢。」

「他有院士津貼可用。」漢利老爺回應，對吉布森先生所出之言稍顯失望。

「對啊！那倒是。而且據我所知，他是個身強體健的年輕人。」

「但願我能把這件事告訴他母親就好了。」漢利老爺低語著。

「這樣看來，事情都決定好了。」吉布森先生像在回答他自己的問題，而非回應漢利老爺的話。

「沒錯！」漢利老爺應道，「他們也盼他盡快啟程。等他把那批相關器材備妥就要出遠門了，我真希望他可以不去。你好像不太看好這件事哪，醫生？」

「哦，我當然覺得是好事一樁！」吉布森先生讓自己的語氣聽起來愉快些。「現在說喪氣話不但於事無補，也沒有意義……」——他這麼想著，又說道：「啊！漢利老爺，我認為有這麼一個兒子果眞好福氣！我打從心底欣羨。他也不過才二十三、四歲，卻在許多方面都有傑出的表現了，而且在家裡的時候就跟普通人一樣單純可親，半點也不需要人擔心。」

「是呢，是呢，一個羅傑勝過兩個奧斯朋。我還得擔心奧斯朋一事無成呢！」

「好了，好了，我不想聽奧斯朋的壞話。我們可以讚美羅傑，但也無須貶損奧斯朋。說實話，奧斯朋身體不比羅傑好，自然無法那樣做事。我有天碰到認識某位三一學院老師的人，我們自然就聊起了羅傑——能有個劍橋大學數學學位考試一等合格者當朋友可不是件稀鬆平常的事，我以羅傑爲傲的程度大概和你不相上下咧。這位梅森先生告訴我，羅傑的老師曾講：羅傑的成功只有一半歸因於他的智力，另一半得歸功於他絕佳的體力，因爲這樣才能比別人更用功，撐得更久。他還說：他從未見過智力和體力有這麼完美比例的人，羅傑可以比一般人休息得少但投入更多，卻照樣神采奕奕。說到這裡，身爲醫生的我得說句公平話，羅傑在身體健康上的優勢正是奧斯朋所欠缺的。」

「奧斯朋多到戶外走走就會有這樣的優勢了，」漢利老爺顯得悶悶不樂，「除了到何陵福特街上遊蕩之外，他幾乎哪裡也不想去。我說，」他忽然滿腹狐疑地看著吉布森先生，繼而說道：「他不是在追你們家的女兒吧？我沒有惡意，你知道的。不過，他將來得繼承家業，這得花錢，換句話說，他要娶的是錢。羅傑或能另當別論，可奧斯朋是長子，你明白的。」

吉布森先生漲紅了臉，一度感到生氣，繼而念及漢利老爺是心裡怎麼想、嘴裡就怎麼說的人，更何況兩人也是多年老友。於是，他平靜但簡短地開口。

「我不認爲他們有那種情愫存在。你也知道，我不常在家，不過就我所看到和所聽到的來看，並沒有那樣的跡象。一旦我知道些什麼，定會立刻告訴你。」

「好了，吉布森，你別悶著氣離開。我很高興我兒子們有個愉快的人家可以造訪，也很感謝你和吉布森太太把你們家布置得那等舒適愉快。只是，別談戀愛就好……不會有好結果的。就是這樣了。我想，在我有生之年，奧斯朋連一個子兒都賺不到，他只能靠老婆養他啦。倘若我明天就死了，當他老婆的便得拿出錢來幫他還債。如果我說了不該說的話，太刺耳或不中聽之類的——那都是因爲我心裡有著外人無法瞭解的憂愁痛苦啊！」

「我不會生氣的，」吉布森先生說：「可是我們得把話說清楚了，如果你不希望你的兒子們太常來我家，請你自己告訴他們。我喜歡你那兩個兒子，同樣高興能看到他們。如果他們執意過來，不論會造成怎樣後果，你都得接受，也請你莫怪罪我或怪責他們。畢竟誰也說不準一對青年經常造訪兩位年輕小姐會導致什麼結果，但就如同我先前所說，目前我看不出來有你擔心的那種跡象。而且我答應你，一發現有你擔心之事的跡象會立刻告知，我所能做的僅止於此了。將來要眞是他們彼此互相鍾情，我也不會多干涉。」

「如果羅傑愛上了你家茉莉，我不會反對的。羅傑自己會謀生，茉莉又是個難得一見的好女孩。我那薄命的妻子多喜歡茉莉啊。」漢利老爺答道：「就是奧斯朋和這產業讓我擔心不已！」

「哦，既然如此，叫他離我們遠一點好了。我會覺得遺憾，不過你就安全了。」

「我會考慮考慮的，偏偏他很難管教。通常我還沒跟他說上話，就已怒火中燒啦。」

吉布森先生正往外走，一聽到這些話便又轉過身來，把手搭在漢利老爺手臂上。

「聽我的勸，老爺。就像我說的，據我所知，到目前爲止一切尚妥。預防總勝於治療。跟奧斯朋把話談開，不過態度要溫和就是了，馬上行動吧！倘若他好幾個月都不上我家來露個臉，我會理解的。你好好跟他說，他會把你當作朋友，接受忠告。如果他跟你保證沒有其他想法，那麼，只要他喜歡，自然可像往常一樣到我家來。」

如許誠懇的忠告對漢利老爺來說頗具建設性。偏偏奧斯朋實際上已締結了他父親最為反對的一樁婚姻，所以無論怎麼說，這起忠告是達不到吉布森先生所冀望的效果了。

漢利老爺果以非比尋常的毅力克制住脾氣，和奧斯朋展開對談，不過卻越談越火大。奧斯朋清楚表示他的婚姻自己作主，即使是父親也無權干涉，態度相當強硬，還要他父親別再提這件事了，漢利老爺因此非常氣惱。事後漢利老爺倒想起大兒子答應他，信誓旦旦地說不會娶辛西雅或茉莉為妻。然而經過這樣的爭執，父子間原本不睦的關係更加雪上加霜。他們彼此都說了傷害對方的話，另外，若非羅傑與奧斯朋手足情深，在漢利老爺誇大其辭並欠缺考慮地拿兩人個性和行為大加評比的情況下，兩兄弟也可能變得形同陌路的。幸而羅傑從小對奧斯朋敬愛有加，儘管當年長相俊美又聰穎的奧斯朋以長子身分集讚美、寵愛於一身，那時被視為平庸且遲緩得遭人漠視的羅傑也不會忌妒他。孰料時至今日，奧斯朋卻要奮力對抗心中因羅傑而起的羨慕或忌妒了。相較之下，奧斯朋是竭盡所能來克制自己，羅傑卻僅出於單純的愛兄長之心。到頭來，可憐的奧斯朋變得抑鬱寡歡、形容憔悴。唯在羅傑面前，父親和兄長都隱藏起真實的感情。

羅傑在出發前回到家中，忙得愉快，令漢利老爺感染了他的活力，奧斯朋狀況亦趨好轉，精神好多了。

他沒有時間可以浪費了，將赴的國度天氣炎熱，得盡可能把握冬天的時日，要先到巴黎去和幾位科學界人士面談。他的一些衣服、研究器具等等物品都將跟著他到勒阿弗爾①去，待他處理完巴黎的公事後再從這港口啓程。漢利老爺知道羅傑所有的安排與計畫，甚至試著在晚餐後談話深入地問了幾個和研究有關的問題。不過，羅傑在家時間僅短短兩天。

最後一天，要趕搭馬車赴倫敦的羅傑，比預定時間提早騎著馬前往何陵福特，好在離開前到吉布森家去道再見。他最近分身乏術，忙到沒多少時間可以想辛西雅，不過辛西雅的形象已清晰地刻畫在他心房。她的形象就是他努力工作的獎賞，値得他爲她努力工作七年②，甚至超過七年，她在他心中地位穩固且神聖。他這一走就是兩年，將有兩年時光無法見到佳人的面，眞是難捱！他一路不停地思忖著該如何跟她母親說才好，或許就直接跟她表白了吧，但她會怎麼反應呢？不論如何，她都將知道遠方有一個人深深愛戀著她。不論環境多麼艱險，她都會是他的北極星，高掛在天上引導著他，諸如此類的……陷入熱戀之人總是充滿想像，一肚子浪漫情懷，因此他稱她爲「星星、花朵、女神、女巫、天使」，甚或「美人魚、夜鶯、女妖」——任何可引他勾想起佳人特色的辭彙都不爲過。

譯註：

①勒阿弗爾（Le Havre）是法國北部城市，位於塞納河河口，瀕英吉利海峽，為巴黎的外港。

②此處引用的是《聖經・創世紀》中雅各娶妻的典故。雅各為了心愛女子拉結，為拉結的父親辛苦工作七年。拉結的父親卻將拉結的姊姊利亞嫁給雅各為妻，並告訴雅各，若要娶拉結為妻，需再為他工作七年，於是雅各便又替拉結的父親工作了七年。

第三十四章 戀人失足

那時是下午，茉莉剛好出門散步去了。吉布森太太也出去拜訪幾個人。懶惰的辛西雅哪裡也不去，只想窩在屋裡。辛西雅不像茉莉那樣每天都得出門散步。天氣宜人或任務有趣，或是她心情好，才會同她們一起出門。不過，這都是偶而為之罷了，就她的性格來說，大致上偏好待在屋裡。其實，吉布森家的太太小姐們若知羅傑在附近，就沒有人跑出門，因為曉得羅傑出發之前會過來跟她們道別。他在自己家裡也只能短暫停留，令她們焦盼著他來訪，要是錯過，就得等上兩年才能再見面了。不過，她們以為他下星期才會回到漢利大宅，今天下午遂各自做著自己的事。

茉莉挑從小喜歡的一條路徑散步。出門前發生的一些事導致她又開始思考，為了家庭和諧，她究竟得對繼母瑣瑣碎碎的過分行為忍受到何種地步才對。或者，她是否有什麼功課待學，到底他們是做為一家人住在一起，非僅是彼此間偶然的巧遇——是否應在不降低標準的情況下，繼續忽視繼母的過錯。她常常懷疑她父親是否注意到繼母那些沒完沒了的脫序行為。每次一想到這，她便忍不住難過起來，心想父親是否故意裝聾作啞。

接著，儘管她確信自己跟父親之間絕非日益疏遠，仍免不了心酸酸地覺得父女的互動彷彿隔了許多阻礙，永遠都無法移除。她嘆了口氣，心想父親大可以無所顧忌地和自己恢復以往親密的互動才是，一起散步、一起談笑，用語詼諧，妙趣橫生，互相倚賴，彼此信任。有些事她繼母無法體會也不予珍惜，然而她繼母就像一隻馬槽裡的狗，自己無法享受的事也不准茉莉得到。

茉莉終究是年輕女孩，童心未泯，在她滿腹委屈、頭腦昏亂之際，忽然瞥見一旁的樹籬在綠葉、枯葉和深紅色薔薇果間，高掛著成熟誘人的黑莓。她自己雖不怎麼喜歡黑莓，不過聽辛西雅說過挺喜歡的，況且攀摘黑莓對茉莉來說非常好玩。她索性將心中陰霾一股腦兒全甩到九霄雲外，專心地爬上斜坡，伸手去搆那些不容易得到的獎賞，然後得意地滑下斜坡，把摘採到的黑莓放在一片充作籃子用的大葉子上。她嘗了其中的一兩顆，和往常一樣不對她胃口。摘採黑莓時，她不慎勾破了身上美麗的印花布裙子，且因嘗了一兩顆黑莓，美麗的嘴唇也染上了黑色印子。當黑莓數量已多到自己快拿不了時，茉莉決定打道回府，盼在吉布森太太察見她把裙子勾破之前溜進自己房間，把裙子縫補好。一回到家，發現前門頗輕易地從外面打開，遂站在明亮的屋外朝黝黑的走道望去。她看到餐室裡探出一張臉來，但看不出是誰。然後，吉布森太太輕盈地走出餐室，猛朝茉莉招手叫她進屋。茉莉一走進屋裡，吉布森太太便把門關上。可憐的茉莉心想自己這副模樣肯定要捱頓罵了，然一看到吉布森太太的表情，她馬上鬆了口氣。只見吉布森太太一臉的神祕與燦爛。

「我一直在等妳，親愛的。別到樓上客廳，我的小可愛。妳現在進去會打擾他們。羅傑正和辛西雅在裡面說話呢，我有充分的理由認為——事實上，我躡手躡腳地開了一下門，又輕手輕腳給關上了，我想他們並沒有發現。這不是很浪漫嗎？青春之愛，妳明白的。啊，多甜蜜呀！」

「您是說羅傑跟辛西雅求婚了？」茉莉問。

「不完全是，但我也不曉得。我當然一無所知了。我只聽到他說，他本想把這份愛深藏心中然後遠渡重洋，可是實在忍不住想要單獨見見她。這挺有象徵意義，對吧？親愛的。我只是想，在這緊要關頭還是別去打擾他們好。所以一直在這裡等妳，以免妳進去打擾了他們。」

「我總可以進我房間去，對嗎？」茉莉要求道。

「當然，」吉布森太太沒好氣地說：「我純粹希望妳在這重要的一刻發發善心而已。」

茉莉並沒有聽到最後這句話，慌慌忙忙逃上樓去，緊閉房門。她本能地帶著黑莓——但現在黑莓對辛西雅來說有什麼意思呢？她覺得她實在無法瞭解，可對於那種事，她能瞭解些什麼呢？什麼都不瞭解！有那麼幾分鐘，她頭腦裡像颳著龍捲風，亂得無法運作。日常生活中的大小事，夾雜著石頭、小石子，還有群樹，一一飄過她的眼前，她覺得自己好像死了。然後，房裡變得令人鬱悶難受，她下意識地打開窗戶，探出頭猛吸著空氣。漸漸地，她的心情平靜下來，只是依然覺得困惑不已。秋日陽光從窗戶照射入內，屋外世界浸潤在她從小就愛極了的靜謐溫馨中，一如好幾個世代以來的此刻，恬靜而充滿著生命的低吟。窗戶下面的花園正盛綻著秋日花朵，花園後邊草地上懶懶的牛隻正低頭咀嚼青草，遠方的村舍已升起爐火，準備迎接主人回家，裊裊青煙柔婉地飄向無垠的天空；孩子們放了學，大老遠就傳來他們愉快的嬉鬧聲，而她——就在那時聽到了趨近的腳步聲。

門打開了，有人走上樓梯的下層臺階。他無法不見她一面就離開的。不管他再怎麼開心，也絕對無法如此忍心——絕對無法就這樣遺忘掉可憐的小茉莉。絕不會！她聽到腳步聲和說話聲，以及客廳門打開又關起的聲響。她把頭枕在倚靠窗臺的臂彎中，哭了起來。她不免生疑，難道他連「再見」都不說一聲就要走了嗎？他母親曾經那麼愛她，曾用他已過世小妹的名字叫喚她的。她一想到漢利夫人對她的疼愛，哭得更加厲害了，這麼疼愛她的人卻永遠不在世上。忽然間，她聽到客廳門打開了，有人走上樓。是辛西雅的腳步聲。茉莉快速擦乾眼淚，站起身來，裝出一副沒事的樣子。辛西雅上來之前，她剛好準備就緒。

辛西雅在門外站了一會兒，然後敲門。茉莉答應一聲，但辛西雅並未打開門，只於外頭說話：「茉莉！羅傑．漢利先生在這裡，他想在離開前跟妳道別。」說完便又下樓去了，彷彿連這麼短的時間也要避免和茉莉兩人面對面。而茉莉像個決定吞下噁心感冒藥水的小孩似的，吸了口氣後提起勇氣立刻下樓去。

茉莉走進客廳時，羅傑正站在窗口，誠懇地和吉布森太太說話，辛西雅站在一旁聽著，沒加入談話。她的眼睛低垂著，茉莉靦腆地靠近他們時，辛西雅也未抬起頭來。

羅傑說：「我絕不會要求辛西雅許下任何承諾，直到我回來之前她仍為自由之身。她給我的希望、對我說過的話，還有她的溫柔善良，所帶給我的快樂都是我無法形容的。哦，茉莉！」突然間察覺到茉莉的存在，羅傑轉過身來面對著她，拉起她的雙手，「我想，妳一定早就猜到我的祕密了，是嗎？我本想趁離開前找妳說說話，把一切都告訴妳，可實在拒絕不了內心的衝動。我已搬出我所能用的詞彙，告訴辛西雅我有多愛她了。她說——」羅傑說到這裡，深情而喜悅地看著辛西雅，這麼一看似乎連話都忘了說完。

辛西雅似無意重複自己對羅傑說過什麼話，所幸有吉布森太太在旁幫腔。

「我確信小女一如您所希望的，非常珍惜您的愛。」吉布森太太表情狡猾地看了一眼羅傑與辛西雅，語帶玄機，「這下子，我明白辛西雅在春天時身體微恙的因由了。」

「媽媽，」辛西雅忽然開口，「您知道沒這回事的，拜託別編故事了。我答應了羅傑．漢利先生的求婚，就是這樣而已。」

「這樣而已！這樣就已經太好了！」羅傑說：「妳無須給我承諾。我是屬於妳的，可妳仍是自由的。我喜歡有婚約在身的感覺，我會因此感到快樂和安心，但是對妳而言，接下來的兩年裡，如果妳有其他機會，仍可自由選擇，不需因爲答應了我的求婚而妨礙了妳的自由。」

辛西雅沒立刻接腔，顯然是在內心裡做著某種決定。

吉布森太太又把話接過去，「我說，您眞是大方仁慈。也許，這件事不要再提起比較好。」

「我很希望這件事可以保密。」辛西雅插嘴道。

「當然，親愛的，這正是我想要說的話。我以前認識一位年輕女士，她聽說她所熟識的男士在美國死了，便立刻說她和那位男士訂過婚，甚至還大費周章地爲他穿上寡婦的黑衣。後來卻發現消息有誤，因爲那個男的健康快樂地回來了，而且告訴大家他們之間從來不像她所想的那樣。所以，對她而言眞是非常難堪的。訂婚這種事還是先行保密，等到適當時機再公布較妥。」

聽完吉布森太太的話，惹得辛西雅忍不住說：「媽媽，我答應您，無論羅傑・漢利先生有任何消息傳來，我都不會穿上寡婦黑衣。」

「請叫我——羅傑！」他溫柔地插嘴道。

「日後他要是否認這事實，我有妳們當見證人，妳們都聽過他是怎麼跟我說的。然而在此同時，我希望直到他回來，這件事務必保密——我確信妳們會好心地幫我保守祕密。拜託了，羅傑！拜託了，茉莉！媽媽，我特別要請您別說出去！」

羅傑聽她用那款語氣喚他的名字，不論她要求什麼也會答應。他執起她的手，像是無言地發誓支持她。茉莉覺得自己根本無法像討論尋常消息般說出這件事。所以，只有吉布森太太一個人大聲回答：「我親愛的孩子！竟然對我用『特別』兩個字！妳難道不知道我是全世界最値得信任的人嗎？」

壁爐架上的小鐘擺敲了半點鐘。

「我得走了！」羅傑沮喪地說：「我不曉得這麼晚了。我會從巴黎寫信回來。馬車此時應該到『喬治』門口了，它只停留五分鐘而已。最親愛的辛西雅——」他拉起她的手，彷彿克制不住衝動似的將她拉近自己，低頭親吻了她。「切記，妳是自由的！」他又重申道，放開辛西雅，接著便來到吉布森太太面前和她道再見。

「把自己當成是自由的……」辛西雅臉上略略泛紅，不過她已準備好犀利的言詞了，「如果我把自己當成是自由的，你認爲我會讓自己這樣想嗎？」

接下來輪到和茉莉道別，羅傑的表情、聲音和態度都恢復了兄長的溫柔慈愛。

「茉莉！我知道妳不會忘記我的。我也絕不會忘記妳，和妳——對她的好。」他的聲音開始顫抖，繼而轉身離開。

吉布森太太說著一大串沒人聽也沒人在意的道別辭令。辛西雅重新整理起桌上花瓶裡的花，因爲她那藝術家眼光看出原先的花插得不盡完美，不自覺地就動手整理起來了。

茉莉站在原地，像連心臟都麻痺了似的，不覺得高興或難過，也沒有其他感覺，只是呆呆的。她覺得自己手上還留有羅傑雙手的餘溫。她抬起眼睛——到剛才爲止，她的眼睛都是低垂著的，彷彿眼皮有千斤重一般——他剛才站著的地方已空無一人。樓梯間響起他急促的腳步聲，前門打開又關起來，茉莉接著像閃電般快速衝上閣樓儲藏室，那裡的窗戶正對著門前街道，他一定會打那兒經過。窗扣子許久沒用都不聽使喚了，茉莉用力拉，打開了窗戶探出頭去。最後的機會就要消失了。

「我一定得再看他一眼，一定！一定！」她開窗時急得哭出來。看到了，他正努力跑著去追那輛倫敦馬車，行李在他到吉布森家之前就先放在「喬治」了。茉莉看到他匆忙中仍不時回過頭，伸出手擋住西下的夕陽照射進眼睛，依依不捨地遠望著吉布森家。她知道他希望辛西雅的身影能映入他的眼瞼。但顯然地，他誰也沒看到，連站在閣樓窗口的茉莉也沒看到，因爲當他轉身時，茉莉就縮回身子隱沒陰影中。她覺得自己無權走入他最企盼的最後畫面。下一秒，什麼也沒有……他已消失在視線中。

她輕輕關上窗戶，渾身顫抖。離開閣樓回到自己房間，她並沒有立刻換下外出裝扮，直到聽見辛西雅上樓的腳步聲，才慌忙走到梳妝臺前想要解開外出帽上的繫帶。不過帶子打了結，需花些時間方能解開。

辛西雅腳步聲在茉莉房門口停下來，稍微推開門，輕聲問：「茉莉，我可以進來嗎？」

「當然可以。」茉莉應道，她一直都希望自己說得出「不」字。

茉莉沒有轉過身面對辛西雅，於是她走到茉莉身後，把兩隻手放在茉莉的腰上，頭探過茉莉的肩膀，再把臉湊近，希望茉莉親她一下。茉莉無法拒絕這樣的動作，辛西雅無聲地尋求著茉莉的安慰。就在那時，茉莉瞥見鏡中映著的兩張臉：自己紅腫著雙眼，臉色蒼白，嘴唇沾著黑莓汁留下的印子，捲髮糾結，頭上的外出帽歪斜，裙子還勾破了；對照著身旁的辛西雅，明亮有如盛開的花朵，衣著打扮優雅大方。

「哦，難怪！」可憐的茉莉心想著，隨即轉過身，雙手環抱著辛西雅，把頭靠上辛西雅的肩膀，她疲憊、發疼的頭在那緊要時刻得有個充滿愛的肩膀做枕頭！不一會兒，茉莉站直身體，拉起辛西雅的雙手，自己站得遠些，好仔細端詳辛西雅的臉。

「辛西雅！妳深愛著他，是嗎？」

在如此堅定銳利的目光審視之下，辛西雅稍微畏縮了。

「妳這麼嚴肅地逼問我啊，茉莉！」她開始時笑了一下，藉以掩飾內心的緊張，繼而抬起雙眼看著茉莉。「妳不認為我已經證實過了嗎？妳知道我常跟妳說的，我不善於愛人——我跟羅傑也說過類似的事情。我可以尊敬人，我想我也可以基於欣賞來喜愛，但是要我去愛一個人，絕非易事。我也是無法輕易愛妳的，小茉莉，我想我對妳的愛遠勝於——」

「好了，別說了！」茉莉幾近魯莽地舉起手攔住辛西雅的嘴，「別說了，不要說了。我不想聽——我不應該問的——這只會讓妳扯謊而已！」

「怎麼，茉莉！」辛西雅說道，這下子換她審視茉莉的臉了，「妳是怎麼了？讓人看了還以為是妳自己在喜歡他呢！」

「我？」茉莉剎那間好像所有的血液都往心臟衝，然後再慢慢回流，甫使她有勇氣說話。她心裡怎麼想，嘴裡就怎麼說，雖然所想的並不見得是事實。

「我是喜歡他。我認為妳贏得了人中之龍的愛。我以他對我的兄妹之情為榮，我愛他就像妹妹愛哥哥一樣，而且我加倍地愛妳，因為他用他的愛來尊寵妳。」

「得了，得了，瞧妳說的！」辛西雅說著笑了，其實她哪會反對有人讚美自己的愛情俘虜，不介意多貶他一下以換得更多讚美。

「我得說他是夠好了，對我這樣個傻女孩來說，他真是太博學多聞也太聰明了。可是妳也不得不承認他長得過於平凡，感覺憨憨的，我比較喜歡好看的事物以及好看的人。」

「辛西雅，我不再和妳談他了。妳知道自個兒說的不是眞心話，只是故意和我唱反調罷了，因爲我一直在讚美他。其實，即使開玩笑，妳也不該詆毀他。」

「哦，那麼，我們就不談他好了。我是非常訝異的，當他開始說——」辛西雅想起羅傑對她說的話以及他當時的表情，不禁臉泛紅暈，雙頰現出酒窩，看起來可愛極了。但突然間，她的思緒回到了眼前，瞥見了那片滿載著黑莓的葉子——寬大的綠色葉片，當茉莉在一兩個小時前採下它時還那麼鮮綠清脆，現在則已經癱軟無力，快乾死掉。茉莉也看見了，對於這了無生氣的可憐葉子，心中忽然湧上一股莫名的同情。

「哦！好漂亮的黑莓！妳採來給我的，我就知道！」辛西雅隨即坐下來開始優雅地享用黑莓。她用纖長手指指尖輕輕拾起黑莓，把一顆顆成熟果粒丟進張開的嘴裡，吃了大約一半之後忽然停下來。

「我眞想跟他一起到遙遠的巴黎去，」她驀然道：「但又覺得這樣做不太妥當。可如果能去該有多好呀！我記得在布洛涅時，」又丟了一顆黑莓到嘴裡，「是多麼羨慕那些可以到巴黎去的英國人哪！那時我覺得除了無聊又愚蠢的女學生外，幾乎沒有人留在布洛涅。」

「他什麼時候到巴黎？」茉莉問。

「星期三，他說的。如果我要寫信便寄到那裡去，不過，他反正都會寫信給我。」

茉莉不作聲，例行調整著自己身上衣裝，並不多說話。辛西雅雖然坐著，卻一副很忙的樣子。哦，茉莉多麼希望辛西雅能夠走開去！

辛西雅靜默少頃後開口：「也許，我們終究不會結婚。」

「妳爲什麼要這樣說呢？」茉莉回應著，心中甚是難過。「沒有任何理由讓妳有這樣的想法呀！

我實在不懂，妳怎麼能夠讓自己這樣想。」

「啊！」辛西雅說：「別把我說的話當眞。我承認我是有些心口不一，畢竟妳知道的，眼前這一切就像一場夢。我想，機會仍是一半一半——我跟羅傑結婚與否的機會。我的意思是，兩年耶！這麼長的時間，他可能改變心意，或者我也會改變心意；又或者，突然某個人出現了，然後說我跟他有婚約。如果這樣，妳怎麼說呢，茉莉？妳瞧，我把所有的陰暗面都拉到這件事情上頭了。但話說回來，兩年時間可帶來很大變化的。」

「別說這樣的話，辛西雅，拜託，請不要這樣。」茉莉可憐兮兮地道：「妳這樣會讓人以爲妳不愛他，而他卻是如此深愛著妳！」

「啊，我又沒說我不愛他！不過討論一下機率問題罷了。我確信我不希望有任何事情來阻攔這樁婚姻。只是妳也知道人算不如天算，我不過深思熟慮些，看到可能發生的不幸事件而已。我相信所有我認識的智慧之士都會同意未雨綢繆是一種美德。可我看得出來妳顯然沒有心情討論智慧或美德，所以我先走開去，準備待會晚餐，好讓妳有時間仔細整理妳的服裝。」

茉莉注意到辛西雅用意之前，她用雙手捧起茉莉的臉開玩笑地親了一下，旋就離開茉莉出去了。

第三十五章 處心積慮的母親

吉布森先生晚餐時間仍未到家，最可能的情況就是讓一兩位病人給耽誤了。這是司空見慣的事，然而吉布森太太在他幾小時後返家獨自在餐室裡吃著很晚的晚餐時靜靜在旁陪他，可就非比尋常了。一般而言，吉布森太太喜歡待在樓上客廳，坐在自己偏愛的安樂椅上，或她專屬的沙發角落裡，勝過下樓陪晚歸的丈夫。雖然如此，她也不要茉莉享受這個她束之高閣的特權。每當吉布森先生晚歸而獨自在餐室裡用膳，茉莉就會非常高興地下來陪著父親，只是爲了家中和諧與安寧，茉莉放棄了她珍視的這段和父親獨處的寶貴時間。

吉布森太太在餐室火爐旁坐下，耐心等待吉時降臨。吉布森先生大快朵頤完後離開餐桌，移坐到吉布森太太旁邊。相當罕見地，吉布森太太站起身把紅酒和酒杯拿過來，省得吉布森先生費事。

「好！你現在舒服了吧？我可有天大好消息要跟你說呢！」她把紅酒和酒杯放妥後，愉快地道。

「我早猜到妳有事要告訴我，」他微笑著，「請說吧！」

「今天下午羅傑．漢利過來跟我們道別了。」

「道別！他走了嗎？我不曉得他這麼快動身！」吉布森先生不可置信地說。

「是啊！不過沒關係，那不是重點。」

「可是，妳是說，他已經離開這個地方了嗎？我還想再見他一面的。」

「是啦，是啦！他說沒跟你道別就離開，覺得很遺憾，但他留下無盡的愛和祝福給你啦！現在你好好地聽我說：他今天下午來找辛西雅，跟她求婚，而辛西雅也接受了。」

「辛西雅？羅傑跟她求婚？她也接受了？」吉布森先生緩慢地重複道。

「是的，沒錯。怎麼了？你說得好像這件事很令人不可置信似的。」

「哦，是嗎？不過，我的確很驚訝。他是個優異青年，而且我祝辛西雅幸福。可是妳同意嗎？這樣的話，從訂婚到結婚可得拖上好長一段時間。」

「也許吧！」她一副了然於胸的態度。

「不管怎麼說，他兩年後才會回來。」吉布森先生說。

「兩年間的變數可多了。」她答道。

「是呀！此行對他而言相當冒險，有許多危險要面對，也許回來的時候會發現連未婚妻都不見了。」

「這我可不知道。」她仍舊一副掌握了最高機密偏又想賣弄的戲謔神情，「我聽說奧斯朋的性命危在旦夕了，所以嘍——羅傑的未來將如何？當然是變成漢利家的繼承人。」

「是誰告訴妳奧斯朋的事？」他直接面對著她，聲調及態度上突如其來的嚴肅轉變，嚇了妻子一大跳。他狹長黝黑而陰鬱的眼睛裡，彷彿要噴出烈火來。「我說，是誰告訴妳的？」

她試圖恢復先前的戲謔態度，「怎麼，你能否認嗎？我說的難道不是事實？」

「我再問妳一次，海雅辛西，是誰告訴妳奧斯朋．漢利的性命比我——或妳的性命危險的？」

「哦，別那麼嚇人嘛！我確信我性命無虞，你的性命當然也沒有危險，親愛的，希望如此。」

他不耐煩地站起身，抓起桌上一只酒杯往地上摔。那一刻，吉布森太太格外慶幸吉布森先生是摔酒杯，而不是上前海扁自己。她趕緊蹲下來撿地上的碎玻璃，說：「玻璃碎片好危險呢。」然而，她丈夫命令似的語氣著實讓她驚呆了，她從未聽過他這樣說話。

「別管玻璃了。我再問妳一次，海雅辛西，是誰把任何有關奧斯朋健康狀態的消息透露給妳？」

「我保證我無意傷害他，更敢說他是很健康的，像你說的一樣……」她終於小聲地答道。

「是誰告訴妳——」他又開始了，語氣倍添嚴厲。

「呃，如果你非要知道，我告訴你便是，何必發這麼大脾氣。」無路可退的她說出：「是你自己啊——不是你就是尼可拉斯博士，我忘記到底是誰了。」

「我何曾對妳提過這件事，也不相信尼可拉斯會跟妳說起相關的隻字片語。妳最好馬上吐實，因爲今天我要是得不到答案，任誰也別想走出這裡。」

「我當初要是沒有再婚就好了。」她眼裡噙著淚水，邊說邊環顧四周，儼似想找個老鼠洞躲進去藏身。然後她看到那扇通往儲藏室的門，霎時彷如有了勇氣，轉過身來面對著他。

「如果你們不願人家聽見，當初就不應該大聲討論病人的病情。尼可拉斯博士到這裡來的那天，我得到儲藏室一趟。本來我已經要出門，被廚子攔住了託我去拿瓶果醬，唉，我可以跟你保證，我一點也不喜歡這款差事，因爲不想弄髒我的手套。但我去了，全是爲了讓你們有頓愉快大餐可吃。」

她看起來又要哭了。沉著臉的他想知道此事發展，故只淡淡應道：「所以！妳偷聽了我們的談話，我沒猜錯吧？」

「也沒聽多少，只聽到一兩句而已。」她回答，近乎鬆了口氣，到底他幫她說出了被迫自白裡頭的關鍵字。

他追問：「妳聽到了什麼？」

「哦，你說了些話，然後尼可拉斯博士說：『如果他得的是大動脈動脈瘤的話，那可就來日無多了。』」

「嗯，還有呢？」

「呃，然後你就說：『我眞希望我是錯的。可是依我看來，他的症狀夠明顯了。』」

「妳怎知道我們說的是奧斯朋．漢利？」他問道，希望藉由此問讓她轉移目標。

只是，一旦探得自己所言可能不假時，她勇氣也上來了，語氣迥然不同於先前的怯懦聲調。她說：「哦！我當然知道。在我仔細聽之前，早聽到你們兩個提起他了。」

「所以妳豎起耳朵聽了？」

「是……。」她現在有點遲疑了。

「不過，妳怎記得住病名，還記得那麼淸楚呢？」

「因爲我去了——好，請你別生氣，我眞不認爲我做的事有什麼錯……」

「好了，別管生不生氣。妳去了——」

「去了診療室，查過資料。這樣難道不行嗎？」

吉布森先生沒作聲，卻也沒看她。他的臉變得慘白，額頭和雙唇緊皺著。最後他站起身來，嘆了口氣才開口：「啊！我猜這就叫『早知如此、何必當初』吧？」

「我不懂你是什麼意思。」她嘛著嘴說。

「也許吧，」他答道：「我想妳是因爲那次聽到的話才改變對羅傑．漢利的態度，是嗎？我注意到妳最近對他的態度比以前客氣多了。」

「如果這意思是我會像喜歡奧斯朋那樣喜歡他的話，你就大錯特錯了。那是沒辦法的，即使他跟辛西雅求了婚，即使他將成爲我的女婿也一樣。」

「讓我好好釐清這件事。妳偷聽到——我姑且承認我們討論的對象的確是奧斯朋，等一下再詳細說明。如果我推論無誤，妳改變了對待羅傑的態度，較以前樂於迎他到家裡，全因認爲他是漢利家產業最優先的繼承人，是嗎？」

「我不懂你說的『最優先』是什麼意思。」

「妳去了診療室，翻查了字典！」他接話道。整個對話過程中，他第一次大發雷霆。

「我知道……」吉布森太太一把鼻涕一把眼淚，「羅傑很喜歡辛西雅，任誰都看得出來。但羅傑只是次子，沒有事業，單有個院士資格而已——任何有一丁點常識的人都曉得，這不是當女婿的好人選。況且我根本覺得他是個笨拙平凡又呆蠢的傢伙，從沒見過長這樣的鄉紳階級人士呢！」

「說話小心點……妳想到他有朝一日將繼承漢利家的產業，會後悔曾這麼說。」

「不，才不會。」她回道，沒領會到他話中眞正含意。「你現在生氣是因爲他愛上的不是茉莉，這對我那沒有父親的可憐女兒來說眞是太不公正也太不公平了。我得說我常常爲了茉莉的好處著想，把她當成我親生女兒一樣。」

吉布森先生對於這番廢話根本懶得搭理，逕把話題轉向他認爲重要的事情上。

「我想釐清的疑點是：妳是不是因爲聽了我和尼可拉斯博士對病人病情的討論之後，才改變了對羅傑的態度？妳以前並不喜歡他追辛西雅，但在聽了我跟尼可拉斯博士的談話，覺得羅傑可能繼承漢利家的產業，所以開始撮合他和辛西雅了？」

「我想是吧！」她悻悻然回應，「就算我眞的如此做，也無害呀！何須這樣苦苦逼問我呢？羅傑早愛上辛西雅了，辛西雅也欣賞他。我絕非那種阻擋有情人成眷屬的人。我眞不懂你把一個隨時隨地爲女兒幸福著想的母愛看成什麼了。辛西雅若失去了獲致眞愛的機會，可能覺得不如死了算了。她那可憐的害了肺病而死的父親啊！」

「妳難道不懂所有專業對話都屬機密嗎？醫者把病人祕密洩漏出去，對我而言眞是奇恥大辱。」

「是，當然，你。」

「好！在這令人遺憾的事件中，妳不也有分嗎？因爲我洩漏了病人的病情才成就妳的陰謀。若說洩漏了專業機密對我而言是奇恥大辱，那利用這個情報的妳，對我而言又算什麼呢？」他試著讓自己心平氣和，偏偏吉布森太太的反應惹得他不住氣惱。

「我不明白你所謂的『利用』是什麼意思。我才不會利用自己女兒的感情呢！我純粹想，要是辛西雅嫁得好，早日離開你家，你會很高興。」

吉布森先生站起身，雙手插口袋在屋裡踱步。有一兩次他試圖說些什麼，不過很快又放棄了。

「我眞不知該跟妳說什麼才好，」他終於開了口，「妳若非不能，就是不願去瞭解我的意思。我高興有辛西雅在這裡。我是眞誠歡迎她的到來，也衷心企盼她能像我女兒一樣，把這裡當作是自己的家。不過，未來我可得小心門戶了，得上雙重的鎖才行，如果我笨到——算了，那都過去啦，我所能做的就是在未來小心防範以免重蹈覆轍。現在，我們來聽聽最新消息吧。」

「關於此事，我想我沒有什麼好告訴你的了。這件事需保密，如同你的專業機密。」

「好極了，妳告訴了我夠多的情報，讓我可以有所行動。我還眞該馬上行動呢！前幾天我才跟漢利老爺說，如果我探得任何蛛絲馬跡，如戀愛徵兆、糾葛情愫等比訂婚小得多的事發生在兩家兒女之間，定會在第一時間通知他。」

「可是這算不上訂婚，羅傑不會這樣看待，如果你願意聽我說，我會把全部詳情交代出來。我只希望你別去告訴漢利老爺，弄得人盡皆知就好。辛西雅不希望任何人知道。都怪我太過老實，不想對你隱瞞才讓自己陷入這泥淖中。我眞的沒有辦法對我所愛的人隱藏任何祕密。」

「我必須讓漢利老爺得知，除他以外，我不會告訴任何人的。還有，妳眞的認為，偷聽到我和尼可拉斯博士的對話後完全沒跟我提起，跟妳口中『無法對所愛的人隱瞞』的原則相符嗎？妳當初若告訴了我，那麼我便可跟妳說尼可拉斯博士的意見與我完全相反，他一直認為我跟他所討論奧斯朋身上那些症狀皆屬暫時性。如果妳去問尼可拉斯博士，他會告訴你：奧斯朋跟尋常人一樣健康，可以結婚、生養小孩。」

倘說吉布森先生想施點小伎倆，透過這番話隱藏自己對奧斯朋病情的看法，那麼吉布森太太就上他當了。只見她臉上浮現沮喪神色，吉布森先生欣見如此結果，遂也恢復了往日的自在。

「眞是大大的失策呀，妳的表情像在這樣說。」他說。

「不，不算失策。可是說眞的，如果我知道尼可拉斯博士的意見……」她遲疑著，沒往下說。

「所以啦！凡事總得先問過我嘛！跟我商量只有好處，」他幽幽地續道，「這下子，辛西雅已經訂婚——」

「不是訂婚，我跟你說過了。羅傑不願辛西雅這樣想。」

「啊，辛西雅愛上了一個二十三歲的小伙子。這傢伙除了院士資格別無其他，也不太可能繼承家業。他沒有工作，又將跑到國外兩年，而我明天還得去他家把這樁好事告訴他的老父！」

「哦，親愛的！去吧，去吧！他要不喜歡，直說就是了。」

「得先問過辛西雅才對，妳不好替辛西雅拿主意吧？況且我沒弄錯的話，辛西雅對這件事情挺堅持的。」

「哦，我想，她不是很喜歡羅傑。辛西雅沒那麼輕易墜入情網的，她做事向來都漫不經心。但人總有行事衝動的時候啦，羅傑兩年不在，恰可給她足夠時間沉澱心情。」

「但在不久前妳還告訴我，辛西雅一旦感情受創，可能會想不開要尋死的。」

「哦，親愛的老公，你怎把我說的一切蠢話記得牢牢的呢！是有可能那樣，你知道的。可憐的柯派屈克先生患了肺病離世，辛西雅也可能遺傳哪！她心情差到極點的話，難保不導致發病，有時我都會擔這個心。不過，我敢說目前還不會啦！畢竟她根本不太把事情放在心上。」

「那麼，假使漢利老爺不贊成，我大可替辛西雅作主把婚約取消掉，是嗎？」

可憐的吉布森太太被這道問題給難住了。

「不，」她終於做出決定，「我們不可以放棄掉。我確定辛西雅不會想的……尤其在有人要幫她出面的時候，更何況羅傑對辛西雅用情至深。我真希望羅傑可以代替奧斯朋的地位。」

「我該告訴妳關於我的打算嗎？」吉布森先生極誠懇地說：「不管這件事結果如何，眼前有兩個彼此相愛的年輕男女。男的是我所見最優秀的年輕人，女的則是美麗活潑、討人喜歡的可人兒。男方父親必須知道消息，他的反應可能暴跳如雷又大力反對，到底這件事牽扯到錢，無庸置疑是個輕率魯莽的決定。但事已至此，就讓他們堅定地耐心等候吧！只不過女孩子家青春有限。我眞冀盼茉莉也交好運能碰到像羅傑這麼好的人。」

「我會試著幫她找的，我眞的會。」吉布森太太聽著吉布森先生語調轉變，也鬆了口氣。

「不，不必了。我禁止妳這樣做。我不要茉莉去『試試看』這種事。」

「哦，親愛的，別生氣嘛！你知道麼，我一度還以爲你氣得要揍我呢！」

「揍妳也沒用啊！」他幽幽地道，站起身來似要走開。他妻子樂得很，趕緊逃離現場。他們夫妻兩人對於這場婚姻談話都不滿意。吉布森先生不得不去面對、承認一個事實，那就是他親自挑選的妻子行事特異，太有別於他畢生所努力建立、盼能在他女兒身上看到的行爲標準。其實他內心比他所表現出來的生氣得多，生氣的同時也相當自責，將怒氣憋悶著持續發酵，導致對妻子越來越不滿。這股情緒竟牽連到無辜的辛西雅身上了，弄得他對她們母女在態度上日趨生硬嚴厲，這樣的轉變令辛西雅大爲驚訝。不過，目前的發展是吉布森先生跟著他妻子走進客廳，陰鬱地向吃驚的辛西雅道賀。

「媽媽已經告訴您了嗎？」她怨懟地朝她母親瞪了一眼，「這不算訂婚，我們都發誓守密的，媽媽也包括在內呀！」

「可是，我最親愛的辛西雅，妳總不能期望——總不能要我跟我丈夫保守祕密吧？」吉布森太太語帶幾分懇求意味。

「是啊！也許沒辦法。但不管怎麼說，先生，」辛西雅眞誠地轉向吉布森先生，「我很高興您知道了。您一直是我最仁慈的朋友，我眞希望能夠親自告訴您，偏偏我不想提它。如果可以的話，希望您幫我保守祕密。說實在的，這也算不上訂婚，他——」說到此字時，她雙頰緋紅、神情閃亮，足見眼前這個「他」字在她心裡有特定對象。「在他回來之前，並不願我覺得自己是被婚約綁住的！」

吉布森先生陰鬱地看著她，對那張燦爛迷人的俏臉好感盡失，猶讓他強烈想起了她母親的所作所爲。於是他拉起她的手，嚴肅地說：「我希望妳値得他這麼做，辛西雅，因爲妳眞是贏得了大獎。羅傑是我所見過最眞誠貼心的人了，我一路看著他長大的。」

茉莉好想向父親道謝，他替不在場的羅傑獻出了應得的讚美。

不過，辛西雅在對吉布森先生微笑前噘了一下嘴。「吉布森先生，您眞是不善辭令，是嗎？」她說：「我想他認爲我是値得的。如果您如此推崇他，理應尊重他對我的看法才是。」

辛西雅若想因此得到讚美，怕要失望了，因爲吉布森先生茫然地放下她的手，在火爐旁的安樂椅坐了下來，出神地看著爐裡木炭的餘燼，彷彿想從其中窺出未來。茉莉瞧見辛西雅眼中飽含淚水，於是跟著她到客廳另一頭，辛西雅過去要找些手工的材料。

「親愛的辛西雅……」茉莉只吐出這幾個字，不過幫忙找東西時，她把手放在辛西雅手上。

「哦，茉莉，我很喜歡妳父親。可是，他今晚怎麼這樣對我呢？」

「我不知道，」茉莉說：「也許是他累了。」

吉布森先生再次開口，喚回了她們的注意力。他從沉思中站起身來對辛西雅說話。

「我希望妳不要將之視爲洩漏祕密，辛西雅，我得告訴漢利老爺關於……關於今天發生在妳跟他兒子之間的事。我曾經對他承諾過。他擔心——我還是把事實告訴妳好了，他擔心——」他特別強調了「擔心」二字，「這種事會發生在他兩個兒子和妳們之間。前不久我才跟他保證過沒這回事，同時告訴他，一旦發現有這樣的徵兆會立刻通知。」

辛西雅的臉色難看極了，「我當初說好了，這是祕密。」

「爲什麼呢？」吉布森先生說：「我可以理解在目前情況下妳不想公開，但兩邊的至親好友呢？妳應該不會反對才是！」

「不，我反對！」辛西雅說：「可以的話，我不想讓任何人知道。」

「我幾乎能夠確定，羅傑會告訴他父親。」

「不，他不會。」辛西雅接道：「我要他向我承諾誰也不說的，我相信他是說話算話的人。」她說著，瞥了母親一眼。自覺在丈夫和女兒面前丟臉的吉布森太太，明智地保持緘默。

「呃，不管怎麼說，這件事由羅傑來說較合適，我把機會留給他吧。待週末我才會去漢利大宅，屆時他可能寫信給他父親告知此事了。」

辛西雅好一會兒沒開口。後來，她快哭了似的鬧著彆扭道：「這麼說，男人的承諾遠比女人的心願重要多了，是嗎？」

「沒有理由不是。」

「那，如果我告訴你，這件事曝光會帶給我大麻煩，可當成理由嗎？」辛西雅哀求的語氣，吉布森先生若非先被她母親那段話弄得心煩不已，餘怒未消，怕早就投降了。現在，他只冷冷地回應：「告訴羅傑的父親，非等同公開此事。辛西雅，我不喜歡妳把事情誇大成那樣的祕密。對我來說，妳像是刻意隱瞞背後的其他事。」

「來吧！茉莉！」辛西雅突然說：「我們來唱那首我教妳的二重唱曲，唱唱歌總比我們現在所做的事好。」

那是首輕快的法文歌，茉莉漫不經心地唱著，心情分外沉重。辛西雅卻是愉快地引吭高歌，只是唱到最後，她歇斯底里似的崩潰了，飛奔回自己房間。茉莉不顧一切，不管她父親也不管吉布森太太說些什麼，忙跟在辛西雅後頭上樓。但辛西雅鎖上房門，茉莉在門外百般哀求她都不開門，茉莉在門外只聽得辛西雅的啜泣與痛哭。

根據吉布森先生的看法，距離事情發生已過去一個星期，他應可去拜訪漢利老爺了。他衷心期盼，這段時間裡羅傑已經從巴黎捎信把事情告訴他父親。不過他第一眼見到漢利老爺時，瞧見一副心平氣和的樣子，就明白對方定然什麼都不知。漢利老爺看起來比過去幾個月好得多，眼睛閃著希望的光芒，臉色紅潤健康，部分原因是他又恢復了戶外田野排水工程的監督工作，部分原因則是對羅傑的作爲感到驕傲與安慰，所以整個人氣血活絡。他當然想念不在身邊的兒子，而要是想兒子想得難受，他就抽著菸斗，細細地讀何陵福特爵士寫來的那封信。他幾乎都會背了，卻仍裝作不太明瞭信中之意似的，好讓自己有藉口一遍又一遍讀信上對他兒子的讚美。

吉布森先生和漢利老爺寒暄已畢，吉布森先生直接切入正題。

「羅傑有消息來嗎？」

「有哦。這裡有他寫來的信。」漢利老爺應道，拿出收放羅傑來信與各類文件的黑皮盒。

吉布森先生接過信快速瀏覽，信中完全沒提到辛西雅。

「啊！我看他沒把他走後發生的一件重要事情告訴你。」吉布森先生看完信，不假思索地說，「我相信我是洩漏了從他們其中一方得來的祕密了，不過，我得信守上次給你的承諾。我發現、發現你所擔心的那種事——你知道的，在羅傑和我的繼女，辛西雅·柯派屈克之間發生了。搭馬車前往倫敦之前，他到我家來道別，當時只有她在家，於是他單獨和辛西雅說了話。他們不認爲那是訂婚，不過那當然是了。」

「把信還我。」漢利老爺聲調透出不自然。他重讀了信，彷彿之前沒看懂或漏掉一兩個句子。

「沒有！」他嘆了口氣，終於開口，「他信上沒提。男孩子也許在外表上把父親當成知己，背後卻藏了一堆事情。」漢利老爺的話明顯讓吉布森先生覺得，兒子有意隱瞞的這舉動，比事情本身更令他難過。不過，吉布森先生選擇不多話。

「他並非長子，」漢利老爺恍如自言自語，「可這也不是我想爲他安排的婚姻。您閣下怎麼，」他忽然砲轟吉布森先生，「上次在這兒的時候，還說我兒子們去你家沒有這碼事的跡象呢？怎麼，這肯定不是一朝一夕就能發生！」

「我怕是的。可我眞沒注意到，也是羅傑離開的那天晚上才聽說。」

「那都一個星期以前了，先生，您怎留到現在才告訴我呢？」

「我以爲羅傑會自己告訴你的。」

「你果然沒養過兒子。父親根本不知道兒子大半輩子做什麼。你看奧斯朋就好，我們住在一起——代表著我跟他同張餐桌吃飯，同在一個屋簷下睡覺——然而，哈！啊！人生就是這樣。你說那還算不上訂婚？可是我想，我在幹嘛？爲我兒子做的蠢事難過——就在他一直幫我的時候。我問你，吉布森，因爲你一定瞭解這女孩的情形。我猜，她不太有錢吧？」

「我同意她母親在世的時候，她一年可獲三十英鎊的收入。」

「哦！幸好跟她訂婚的不是奧斯朋。看來他們得等上一段時日了。她的家世背景如何？應該不是做生意的，要不怎這麼窮呢？」

「我想，她父親的祖父是位名叫傑洛德．柯派屈克的爵士。他母親告訴過我，那是從男爵的爵位，其實我也不太懂那些。」

「那好得很。我倒是略懂貴族的爵位之別，我崇尚貴族血統。」

吉布森先生忍不住說道：「不過，恐怕我得說辛西雅身上僅僅只有八分之一的貴族血統。此外，親友家族方面我只知道她父親是助理牧師，別的就一無所知了。」

「你還眞專業。不過那好歹算是貴族，好過商人階級了。她多大年紀？」

「十八或十九。」

「漂亮嗎？」

「我覺得很漂亮，大部分人都這麼認爲。不過，各人喜好不同。好了，老爺，你就自己看看吧！找個時間你自己騎馬到我家來，跟我們一塊用個午餐。我也許不在家，但她母親會在的，你何妨趁機認識你兒子未來的妻子。」

也許這樣的邀請來得太過唐突，漢利先生又躲回自己的殼裡去了。他態度明確地回應：「羅傑『未來』的妻子！——他回來的時候，該變得更有智慧吧！跟那些黑人一起住上兩年，應會讓他長點腦子。」

「可能，但也不盡然，我得老實說。」吉布森先生回答：「黑人又不以論情說理見長，即便少了語言障礙，也不太可能光靠說理就讓他在想法上大轉彎，況且若如我所想，他們黑黝黝的外貌怕只令他更加欣賞白皙皮膚罷了。」

「你說那不算訂婚的！」老爺咆哮道：「如果他想清楚了是自己一時糊塗，你應該不會爲難他吧？」

「他若想解除婚約，我當然建議辛西雅同意，也只能這樣說。其實，目前爲止我覺得沒有進一步討論的必要。我來把事情告訴你，純因爲承諾過發現半點戀愛跡象便要來通知。但就眼下狀況看來，任誰也無法讓事情變好或變壞。我們唯一能做的只有等待。」

吉布森先生說完，拿起帽子要走人，不過老爺仍心有未甘。

「別走，吉布森，別介意我剛才的話，雖然我並不認爲有什麼好介意的就是。那女孩——人怎麼樣？」

「我不明白你的意思。」吉布森先生是明白的，只不過正在氣頭上，乾脆說他不明白。

「她——呃，她像你家茉莉嗎？像那樣性情溫婉又懂事，手腳俐落又勤快，總是不厭其煩地樂於接受所託。」

現在吉布森先生的臉色好看多了，也聽得懂漢利老爺不完整句子中的未盡之意了。

「首先，她比茉莉漂亮，許多方面都比茉莉優秀。她總是穿著優雅、儀態出眾，且據我所知，她並未在穿著打扮上花費太多。此外，她也總能把交代的事情做好，經常笑容可掬，甜美親切地待人。就我印象所及，從未見過她發脾氣，但是否認眞看待事情，我就不確定了。我觀察的心得是她可能沒那麼敏感，所以脾氣比較平穩。整體而言，辛西雅是百中選一的優秀女孩。」

漢利老爺沉思了一會兒。「在我心中，你家茉莉是千中選一的，可是你看嘛！她沒有顯赫的家世背景，而且我想她也不會有什麼錢。」這些都純是他的想法，只是他想得很大聲，完全沒考慮到吉布森先生就在旁邊。

這下子吉布森先生可是非常惱火了，故也沒好氣地回答：「我想這件事跟茉莉無關，無必要提起她的名字，更無必要去考慮到她的家庭或她有沒有錢了。」

「是，是沒必要。」漢利老爺說著站起身來，「我想太多了，其實我只是覺得她不能嫁給奧斯朋眞是太可惜了。不過，這當然是不可能、不可能的。」

「對啊。」吉布森先生說：「如沒其他事的話，老爺，我眞的得走了。等我離開後，你可以一個人愛怎麼想就怎麼想。」這回在漢利老爺叫住之前，他已經走到門口了。他站在那兒不耐煩地用馬鞭敲著馬靴頂端，因爲漢利老爺還過來給他說上一段冗長的臨別贈言。

「我說，吉布森，我們是老朋友了，你若爲我說的話生氣，那你就是個蠢傢伙。我只見過尊夫人一次，結果彼此都不太愉快。我不會說她有顆糊塗腦子，可我相信我跟她之間有個人是糊塗的，而且不是我。雖然如此，但現在我們先不談這事。假如你帶她，還有叫辛西雅這怪名字的女孩以及小茉莉，找一天過來這裡吃午餐……我在自己家裡會自在些，肯定也比較有禮貌。我們無須提及羅傑——那女孩不提，我也不提——你負責管住你老婆的口舌，如果你能夠的話。我們只談談你令人稱羨的婚姻，你知道的，就是這樣而已，沒別的了。注意，避免影射或特意提到羅傑及這檔子蠢事。到時候我便可以見見這女孩子，親自看看她是個怎麼樣的人，畢竟正像你說的，這是最好的辦法了。奧斯朋也會在，他很能跟女性聊天。有時候我想，奧斯朋簡直是半個女人，花錢花得兇又蠻不講理。」

漢利老爺對自己所思所言感到滿意，說完話時露出了笑容。吉布森先生覺得頗高興也很有趣，所以也笑了，然後匆匆地告離。

不久吉布森先生便決定下週四要帶家中女眷造訪漢利大宅。他覺得他跟漢利老爺此番對談，整體上來說比原先預期的好，尤對促成了漢利老爺邀請自己一家前去漢利大宅一事，相當引以為傲。因此當吉布森太太對受邀之事表現冷淡時，吉布森先生忍不住心煩起來。其實，打從羅傑離開的那天晚上起，吉布森太太即以受傷的女人自居；如果奧斯朋的病有得醫，不會早死，他們哪還需拿出來嚴肅兮兮地討論呢？她喜愛奧斯朋，比起羅傑來簡直天壤之別，也極樂意耍點陰謀把奧斯朋套到辛西雅身邊，當初要是不去擔心女兒會當寡婦就好了。若說平常總以「和氣中見冷淡」姿態待人的吉布森太太有什麼眞感情的表現，就只有在柯派屈克先生過世那時了，因為她深切體驗過那種痛苦，所以無論如何都不想讓女兒遭逢喪夫之痛。當初如能知道尼可拉斯博士的看法，她便不會喜歡羅傑去追辛西雅了，絕對不會。還有吉布森先生自己，為何在那晚解釋過奧斯朋的事後就對她態度冷淡，語帶保留呢？她覺得自己並未做錯事，何須受到那種做了丟臉事一般的待遇？

現在家中平靜無波，她甚至想念起羅傑到訪時所引起的一點點騷動，懷念起觀察他注視辛西雅時的愉快表情了。辛西雅也沉默得很，至於茉莉，更是一副無精打采的樣子，這種情形惹使吉布森太太覺得氣惱，遂把氣多少出在可憐的茉莉身上，畢竟無須擔心她會抱怨，更無須擔心她會頂嘴。

第三十六章 家庭策略

吉布森先生去見漢利老爺那天的晚上，吉布森家三個女人都在客廳裡坐著，因吉布森先生外出看診尚未返家。她們等著給他張羅吃的，在他回家後最初一段時間，他們所談的、所做的，除了晚餐相關事宜之外別無其他。吉布森先生對於自己白天拜訪漢利老爺的結果頗爲滿意，其他三人也覺得吉布森先生不虛此行，因爲自從得知羅傑和辛西雅之間狀況後他就懸念著要到漢利大宅一趟。他實不願意才剛擔保無事便得去告訴人家眞的發生了，大部分人都難免覺得這有存心耍詐之虞。若非漢利老爺心眼單純，八成也會以爲吉布森先生明顯想隱瞞而懷疑他的誠信；好在吉布森先生深知漢利老爺爲人，少了遭誤會的危險。但吉布森先生也知此去得面對什麼樣的暴躁脾氣，因此對方所說的話遠比他原先所預期的客氣了。再加上最後的安排，讓辛西雅跟她母親以及茉莉一塊到漢利家，好讓他們彼此認識認識——尤其是茉莉，吉布森先生想到就不免微笑起來，她肯定能當和事佬，讓他們彼此間互動和諧愉快。

如此一來，吉布森先生認爲任務算是圓滿達成了，可他不認爲該歸自己的功勞。大致上，他本身比過去幾天愉快，對待別人也溫柔多了。吃完晚餐不久，出門爲城裡的病患看診之前，他到樓上客廳來，輕快吹起口哨，背對火爐，然後看著辛西雅，心想著自己在對漢利老爺描述她時，似乎對她有欠公允。這會兒吉布森先生吹出的調少了高低起伏，彷若貓所發出的喉音。每當他心裡有愛莫能助的案例或對人們的愚蠢感到無可奈何，又或者飢腸轆轆時，就會這麼做。茉莉清楚父親的習性，她一聽到這種沒有調子的口哨聲總是樂得不去多管。只是吉布森太太就不一樣了，她不欣賞丈夫這種把戲，嫌它不夠高尙，甚至稱不上「技巧」；她想倘以「技巧」名之，或可稍補與「高尙」間之差距。今天晚上，口哨聲特別刺激她的神經。然自從上次和吉布森先生談過辛西雅訂婚的事後，她便覺得自己略有失寵，想想就不發怨言了。

吉布森先生首先開口：「呃，辛西雅，我今天找過漢利老爺，把一切都告訴他了。」辛西雅立刻抬起頭來，眼裡充滿了問號。茉莉擱下手上刺繡，豎起耳朵聽著。沒有人說話。

「漢利老爺請大家星期四過去用午餐，我替妳們答應下來了。」依舊鴉雀無聲——這也許十分自然，卻也異常沉悶。

「辛西雅，妳會樂意去的，不是嗎？」吉布森先生問道。「也許有點教人害怕，但希望是個好的開始，你們能有機會互相認識一下。」

「謝謝您！」她努力擠出話，「可是、可是這樣不會讓事情公開嗎？我不要讓人知道，也不想提起的，等到他回來或婚期確定再說。」

「我不懂這樣爲什麼會讓事情公開，」吉布森先生說：「我妻子到我朋友家用餐，帶著女兒們一起去——這平常得很吧？」

「我不確定我該去。」吉布森太太插嘴道。她不解自己爲何如此說，她一直想去的，不過既然都說出口，也只好認帳；加上她丈夫那副個性，不討半分理由、給個解釋，他肯定不會善罷甘休。果不其然，她丈夫隨即開口了。

「爲什麼不該去？」他轉過身面對著她。

「哦，因爲我想他應先過來拜訪辛西雅。一想到辛西雅因爲窮而被輕視，我就覺得無法忍受。」

「胡說！」吉布森先生說：「我跟妳保證絕無『輕視』這回事。他完全不想跟誰談訂婚的事，甚至不對奧斯朋說——妳也這麼希望吧，辛西雅？妳們到他家去的時候，他也不打算跟妳們其中任何人提起。他只不過自然地想跟未來的兒媳婦認識認識。如果他一反常態，親自到這兒來——」

吉布森太太插嘴道：「我確定不要他來，他唯一到這兒來的一次，表現得那麼難相處。但是，看到自己疼愛的人只因不夠富有就被看輕，這對我來說無法忍受呀。」她略顯誇張地嘆了口氣結束。

「呃，那好，妳不用去了！」吉布森先生被激怒了，不過他不想再對這件事做討論，尤其在自覺火氣正逐漸上升時。

「辛西雅，妳想去嗎？」吉布森太太問道，急著找個理由來讓自己改變主意，配合丈夫。然而，太清楚母親詢問背後動機何在的辛西雅，平靜地答道：「不是特別想去耶！媽媽，我挺想拒絕邀請。」

「這邀請已經被接受了。」吉布森先生接道，幾乎要起誓說不再管跟女人相干的類似事情了，往後但凡跟愛情有關的東西，他都會躲得遠遠的。他爲漢利老爺的寬厚深覺感動，也高興自己能想出讓別人愉快的計畫，現在一切全完了！

「哦，去嘛，辛西雅！」茉莉用哀求的眼神和語氣說著，「去嘛！我相信妳會喜歡漢利老爺。那裡好漂亮，妳不去的話，漢利老爺多失望呀。」

辛西雅這樣做實在不厚道，明明百分之百想去，而且篤定她母親早在心裡盤算著要穿什麼衣服。話說吉布森先生雖是個外科醫生，卻從不懂怎樣解析女人心，光會採用字面上的意義，以致對辛西雅和她母親都相當惱火，甚至氣得不敢讓自己開口說話。於是他快速朝門口走去，打算立刻出門。不過，妻子的聲音攔住了他。

「親愛的，你希望我去嗎？如果你要我去，我會把自己的感受暫放一旁。」她說。

「我當然希望妳去！」他簡短有力地回應，說完立刻步出客廳。

「那我就去！」她說，一副爲他犧牲的樣子——這幾個字要說給他聽的，偏偏他已出門，怕是聽不到了。「我們從『喬治』租輛馬車，再給湯瑪斯準備一件僕役制服，我老早想這樣做了，只是親愛的吉布森先生不喜歡這款主意，不過，像這樣特殊的場合，我相信他應該不會介意才是。嗯，就讓湯瑪斯駕著馬車去，而且——」

「可是媽媽，我也有我的感受。」辛西雅說。

「胡說，妳這孩子！一切已安排好了。」

她們依約，如期前往漢利家。吉布森先生注意到她們改變心意，三個人終究都去了。吉布森先生對於妻子反覆的態度頗不以爲然，皆因認爲依照他對漢利老爺的瞭解，及其對兒子們婚事所寄予的厚望，今仍願意邀請她們前去午餐已是善意十足的表現，怎麼吉布森太太卻不看重這個機會還露出不大感興趣的樣子。辛西雅對於是否赴約的不置可否態度，同讓吉布森先生相當失望。他不明白辛西雅和她母親葫蘆裡到底賣的什麼藥，也不懂這其實是辛西雅在對母親唱反調。儘管上述有的沒的口頭上的纏鬥惹他煩透，他仍想知道此行到底如何，故抓住與茉莉獨處的機會，劈頭追問她們前一天到漢利大宅的情況。

「所以，妳們昨天到漢利家去了？」

「是的，我還以爲您也會去。漢利老爺很希望您去的。」

「我本來也打算去，可是像某些人一樣改變心意了。眞不懂女人怎會這麼反覆無常。算了！妳們昨天怎麼樣？應該還開心吧？我看昨天晚上妳母親和辛西雅精神都不錯。」

「是呢。可愛的漢利老爺穿上他最好的衣服，表現出最佳的言行舉止，對辛西雅特別照顧。辛西雅看起來也非常可愛，她陪漢利老爺散步，傾聽他談著花園和田地的事。媽媽有些累，就留在屋裡，他們相處愉快，彼此有很多機會互相認識。」

「我的女兒就被拋在他們後面嘍？」

「哦，對呀！我在那兒自在得很，您知道的，而且——當然——」茉莉紅了臉，沒把話說完。

「妳認爲她値得他這麼做嗎？」她父親問道，彷彿她已說完話了。

「『他』是指羅傑麼，哦，爸爸您說誰呢？她是那麼甜美，又非常、非常漂亮。」

「是非常漂亮，可是我總覺得不太瞭解她。她爲何要把這件事當祕密？爲什麼她不想積極去認識羅傑的父親呢？我邀她去羅傑家吃午餐，她的反應竟冷淡得好像我邀她去做禮拜似的！」

「我不認爲她態度冷淡。我想我也不太瞭解她，不過我一直都很愛她。」

「哦，我喜歡對人有徹底的瞭解，不過對於女人啊，我知道無需如此。妳認爲她値得他這麼做嗎？」

「哦，爸爸——」茉莉隨即打住，她想幫辛西雅說好話，可是對於父親一再問起的問題，她卻找不到能說服自己的答案去答覆。吉布森先生倒不怎麼在乎有沒有得到答案，因爲他又忙著處理自己的思緒了。結果是他對茉莉問起，辛西雅可有收到羅傑來信。

「有啊！在星期三早上。」

「她把信給妳看嗎？這當然不可能。況且，我看過他寫給漢利老爺的信，信中已報告了他的消息。」

話說收到羅傑來信的辛西雅，出乎茉莉意料地，竟告訴茉莉若想看信就拿去看無妨。但茉莉看在羅傑的面上，自然婉拒了這種恩准。她心想既屬私人信函，羅傑可能在信上對辛西雅傾心吐意、發抒愛情，基於她對羅傑的尊重，也基於羅傑對她的信任，這信是旁人不宜的。

「奧斯朋在家嗎？」吉布森先生又問，「漢利老爺說奧斯朋應該還不會回來，但年輕人總是無法預測——」

「不在，他還沒回來。」茉莉回道，接著滿臉通紅，忽然想到奧斯朋可能正跟他妻子在一起——那個她曉得的神祕妻子。茉莉對「她」所知不多，而她父親則一無所知。

吉布森先生看著突然紅了臉的茉莉，不覺緊張起來。這是什麼意思？發現漢利老爺的一個兒子私訂了不討他父親歡欣的婚已夠頭痛了，若在這節骨眼上，奧斯朋和茉莉之間又傳出戀情可怎麼得了？他當下直接說出自己心中的疑慮。

「茉莉，辛西雅和羅傑・漢利之間關係讓我吃驚不已，如果還有這樣的情事，請開誠布公地告訴我。這樣問妳是很奇怪，但若非必要，我也不會多問。」吉布森先生拉著女兒的手說。

茉莉抬起澄淨無僞的雙眼看著父親，張口時眼泛著淚光。她不明白淚水是怎麼跑上來的，也許因爲她沒有以前堅強了。

「如果您的意思是說奧斯朋看待我，跟羅傑看待辛西雅一樣——爸爸，那您就錯得離譜了。奧斯朋和我只是朋友，我們之間除了友情別無其他，而且永遠也不會改變。我能告訴您的僅是這些。」

「這些就夠了，女兒。妳讓我鬆了一大口氣。我不想這麼早讓我的小茉莉被男人拐跑。我會傷心不已地想念她呢！」

吉布森先生當下忍不住眞情流露，短短幾句溫柔話語卻帶來了他始料未及的功效。茉莉伸出雙臂環繞著父親的頸項，把頭靠在他肩膀上，然後苦澀地啜泣起來。

「好了，好了！」他拍拍女兒的背，讓她在沙發上坐下來。「別哭了。我白天已經瞧夠了淚水，都是有好理由的，回到家我不想再看到淚水了，況且還是沒來由的呢！是麼，女兒？」他繼續說道，並讓女兒坐直以便仔細端詳她的臉，只睹見女兒淚眼模糊地對著他笑，唯沒看到那在他走後即回到臉上的憂傷神色。

「沒事的，爸爸，親愛的爸爸——眞的沒事。可以獨自擁有您眞好啊，讓我覺得好快樂。」

吉布森先生完全明白話中含意，也知道自己舉動並不能對所處情況帶來實質上的幫助。對他們父女二人而言，最好適可則止，別再說下去了。

於是他親了女兒一下，道：「那就對了，親愛的！現在我可以放妳自由了，說眞的，我在這兒閒聊太久了。妳出去散個步吧，可以邀辛西雅一起去。我得走了，女兒，再見嘍！」

如常的平日用語，把茉莉放鬆的情緒拉回了現實。他想他們都應當這樣做，這樣才是對茉莉最好、最有幫助的。他硬著心不讓太多的情緒干擾女兒和自己，隨即大踏步走開，忙著把自己投入別人的生活，關心別人的健康去。

第三十七章 戀愛變奏曲

蒙愛神眷顧的好運道也降臨到茉莉身上了，只不過稍嫌「掉漆」的是，原本全心全意來跟茉莉求婚的人，最後卻選擇了辛西雅爲追求的對象。來者正是大約兩年前離開吉布森家的卡克斯先生，他此番前來，爲的是履行離開前對吉布森先生發下的豪語：繼承了叔叔的財產後，他一定回來向茉莉求婚。他現在已是有錢人，頂著一頭紅髮的年輕仕紳，又帶著自己的馬匹和馬車夫入住「喬治」，倒非打算常騎馬，圖的是炫一下富以助求愛成功。說穿了，是因爲對自己的評價太低，才想藉助這些沒必要的東西來壯聲勢。他其實滿氣自己言行如一——爲了實踐承諾、善盡職責來陪伴性情乖戾的老叔父，他幾無機會去參加社交活動，遂也少了機會認識年輕淑女；但他將其解釋爲自己對茉莉的高度忠誠，且視之爲難能可貴的情操。吉布森先生因而深受感動，決定給他公平的機會，只不過內心直企盼著茉莉不至於傻到去接受一個怎樣也分不清趾骨和蹠骨的年輕人。此外，他也覺得無須告訴妻子太多有關卡克斯先生的往事，只消讓她知道卡克斯先生曾拜在自己門下跟著學醫，之後因他叔父留了一大筆錢可讓他閒閒沒事做（據吉布森先生所知）就決定半途而廢了——知道這樣的事即可。深覺在丈夫面前失了寵的吉布森太太腦筋一轉，心想如果能幫茉莉找到如意郎君，興許便可恢復自己在丈夫心中的地位。她知道她丈夫清楚地說過不想她在這方面插手，偏偏她卻以爲別人都跟自己一樣，心口不一或是不把自己說過的話當一回事。所以，她十分親切熱誠地歡迎卡克斯先生到訪。

「我真高興能夠認識外子以前的學生，他經常跟我提起，令我覺得你就像我們家一分子。老實說，我認爲吉布森先生也是這麼想的。」

卡克斯先生受寵若驚，將此話當成是求婚馬到成功的預兆。

「吉布森小姐在嗎？」他漲紅著臉道：「我跟她是舊識，說得更確切些，大約兩年前跟她同住在一個屋簷下。我會倍覺榮幸，若、若——」

「當然，我知道她會很高興見到你的。我讓她跟辛西雅——哦，卡克斯先生，你不認識我的女兒辛西雅吧？她跟茉莉是超等要好的閨中密友。她們在這種冷天裡出門散步，呼吸一下沁涼的空氣，不過我想就快回來了。」她繼續對年輕人說著討喜好話，卡克斯先生越聽越放心，猶仍豎著耳朵，靜待記憶中熟悉的前門「喀答」一聲響起，然後再「喀答」一聲關上，接著便是踩在階梯上的熟悉腳步聲。她們終於回來了。辛西雅先進門，閃亮耀眼有如盛開的花朵，雙頰和嘴唇淨顯嬌嫩色澤，眼睛閃爍清麗光芒。她似乎被映入眼簾的陌生人給嚇了一跳，在門口站了一會。茉莉輕巧地在她後面出現，愉快帶著笑容，露出了酒窩，可終難敵辛西雅那等耀眼的美。

「哦，卡克斯先生，是你嗎？」茉莉說著朝他走近，伸出手以單純友誼迎接他的到訪。

「是的，我們好久不見了。妳長得這麼高，這麼——呃，我想我還是別說什麼。」他說話速度很快，一直握著茉莉的手，握得她有些困窘。吉布森太太過來介紹她的女兒，接著兩個女孩便聊起愉快的散步。這卡克斯先生，若說他有任何機會的話，也因慌張又急著表達自己的感情，在第一次造訪時就把事情搞砸了。而推了一把的功臣是吉布森太太，因爲她企圖幫他敲邊鼓。茉莉隨即收起把對方當朋友看的輕鬆態度，開始保持距離，此舉讓卡克斯先生認爲茉莉對他兩年來的忠誠非常不知感恩，另外他發覺茉莉不若他長此在心中所描繪的那般美麗動人。倒是柯派屈克小姐，漂亮有餘也容易親近。辛西雅魅力全開——不論對方是誰，談的話題是什麼，她美麗臉上總是滿滿的關注，當作全世界最重要的事；簡言之，她那不言可喻的順從是渾然不覺的本能，也是擄獲男人心的利器。故當茉莉不作聲拒絕卡克斯先生時，辛西雅以溫柔嫵媚將他拉向了自己。卡克斯先生對茉莉的忠誠於是在辛西雅的石榴裙下土崩瓦解，暗自慶幸沒跟茉莉走得太近，對吉布森先生兩年前悍然阻斷他對茉莉的愛情靠白更是感激不已。因爲辛西雅，且只有辛西雅能帶給他幸福。短短兩個星期間，卡克斯先生效忠對象從茉莉轉爲辛西雅，他想也該是跟吉布森先生談談的時候了。他帶著找到眞命天女的狂喜要找吉布森先生談話，同時免不了因自己移情別戀而感到羞愧。卡克斯先生來訪期間，吉布森先生比往常更少在家，至於卡克斯先生雖說是入住「喬治」但大部分時間卻都待在吉布森家。由此吉布森先生看到舊日門生的時間並不多，整體而言，他也認爲卡克斯先生無甚長進，尤其知悉茉莉對卡克斯先生的態度之後，做父親的更加肯定這年輕人是半點機會也沒有。不過，吉布森先生忽略了辛西雅對卡克斯先生的魅力，若注意到的話，即會在卡克斯先生新愛情萌芽之際斬草除根，他完全不懂有哪個訂了婚或稱半訂了婚的女孩，會毫無顧忌地和其他男人談笑風生。

卡克斯先生要求私下會見吉布森先生。他們坐在以前稱作「診療室」而今稱爲「諮詢室」的房間裡，雖說名稱有所更易，擺設仍大致如前，這裡也是最能讓卡克斯先生感到舒服自在的地方。漲紅著臉的卡克斯先生從頭紅到髮根，指頭不停轉動著手中拿著的一頂體面新帽子，不知該如何開口，最後索性豁出去，直接說出心意。

「吉布森先生，您一定會對於我、我、我以下要說的話，感到很驚訝。可是，我記得您在一兩年前告訴過我，做為一個男子漢，這種事要先跟……先跟父親說。您就像是柯派屈克小姐的父親，我想向您表達我對柯派屈克小姐的感情，以及希望，或者我該說願望，簡單來說——」

「柯派屈克小姐？」吉布森先生果然驚訝極了。

「是的，先生！」卡克斯先生一股腦兒托出自己心意，「我知道這樣也許有變節，但我跟您保證，當初我的確懷著最眞誠的心來跟令嬡求婚，毫不保留地要將熾熱的心獻上，希望在我離開之前可以得到佳人青睞。然而說實在的，先生，如果您看到她每次如何冷漠回應我的熱誠——那非靦腆也非矜持，根本是無情的拒絕，我不會弄錯的。反觀柯派屈克小姐……」他不好意思地低下頭，順順手中帽子上的絨毛，臉上不覺浮出微笑。

「反觀柯派屈克小姐？」吉布森先生重複卡克斯先生的句子，唯語氣嚴肅得多。這下子，眼前這位年輕仕紳彷彿又回復成當年被老師用類似語氣訓斥，心中充滿失望挫折的小子。

「我只是想說，先生，截至目前，任誰都能從態度和聽話意願上清楚分別出比較歡迎我的人。總之，我想我盡可大膽假設，柯派屈克小姐對我並非沒有感覺，而我願意等待——您不會反對讓我跟她說說話，是嗎？」卡克斯先生盯著吉布森先生的面容，內心不住焦急。「我可以跟您保證我跟吉布森小姐之間是不可能了。」他說完這句便不知該接什麼話，內心猜想著自己的移情別戀肯定教吉布森先生心痛不已。

「對！是不可能了。但別以爲我爲此煩心。其實關於柯派屈克小姐，你誤會了。我相信她不會在言語或行爲上鼓勵你追求！」

原本紅著臉的年輕人此時臉色煞白。他對愛情的感覺雖是捕風捉影，卻顯然強烈有餘。

「我想，先生，如果您親眼看過——我不認爲自己誤會了，這是很難形容的。不管怎麼說，您不會不給我機會讓我跟她說一下話吧？」

「當然。假如你不相信，我也不會有半點異議，不過你要是願意聽勸就可免受遭拒之苦。也許我潑了你冷水，但還是應該告訴你，她已經情有所鍾了。」

「不可能！」卡克斯先生說：「吉布森先生，您八成弄錯了。我盡己所能對她表達出心意，她的態度也一直十分親切。我不認爲她會誤解。莫非她改變心意了？是不是在審愼考慮之後，她決定選擇另一個人？」

「我想，其實你才是所謂的『另一個人』哪！我覺得移情別戀無可厚非……」他忽想起這年輕人眼前站著的先例，禁不住暗自訕笑，「不過，我不認爲柯派屈克小姐會這麼做。」

「但是她可能——這是個機會。您可以讓我見她嗎？」

「當然可以，可憐的傻小子，」吉布森先生五味雜陳，既帶著幾分鄙視，卻也有許多對其單純之心的愛憐，感受到不切實際的強烈情感，儘管他心中的愛只是捕風捉影。「我現在就叫她來見你。」

「謝謝您，先生，您對我眞好。上帝賜福您！」

吉布森先生上到客廳去，他篤定在那兒可以找到辛西雅。果然沒錯，她如往常明亮動人，一派輕鬆自在，正邊給她母親修補帽子，邊跟茉莉聊天。

「辛西雅，麻煩妳立刻到我的諮詢室一趟。卡克斯先生想跟妳說說話！」

「卡克斯先生？」辛西雅反問：「他要跟我說什麼？」

顯然問題一出口，答案就跟著浮上心頭了，因爲她立刻雙頰泛紅，刻意迴避吉布森先生嚴肅強硬的目光。她才走出客廳，吉布森先生便坐下來，隨手從桌上拿起一本新出刊的《愛丁堡》假裝閱讀，省得開口說話。倒不知文章裡寫了什麼，可讓他一兩分鐘後對沉默坐在一旁且露出不解表情的茉莉說：「茉莉，切記千萬不可玩弄老實人的感情，妳不懂這會帶來多大的痛苦。」

這時辛西雅剛好回客廳，一臉困惑。其實，她若知道吉布森先生還待在客廳裡，八成就不會進來了。他大中午竟坐在屋中，看著或假裝看著雜誌，是聞所未聞的事，她怎料得到。辛西雅進來時，他恰抬起頭，既然無處可躲，辛西雅只好硬著頭皮走回座位，繼續方才的工作。

「卡克斯先生還在樓下嗎？」吉布森先生問。

「沒有，他已經走了。他託我向你們二位致意。我想他今天下午會離開。」辛西雅盡量保持正常態度，不過一直低著頭，聲音有些顫抖。

吉布森先生繼續低頭看了一兩分鐘的書，辛西雅則覺得事情恐未結束呢！她只希望將至的暴風雨就快來，畢竟嚴肅的沉默最是讓人難以忍受。——終於來了。

「我希望往後不會再發生這種事了，辛西雅！」他語氣非常陰鬱不快，「我不喜歡看到哪個女孩，無論她是如何自由，都清楚年輕男人對自己有好感，明知無法進一步交往，卻還引得對方求婚。像妳這種情形的年輕女孩——已經訂婚了，但對其他男人的示好竟『態度一直十分親切』。這是卡克斯先生所形容的，我該如何看待？妳可曾想過，妳漫不經心拋出去的親切溫柔會帶給他多大的無妄之痛嗎？我用『漫不經心』來形容，因爲是我唯一能用的詞彙。我懇求妳以後別再這樣做了，要不然，我的反應會比這次強烈得多。」

茉莉無法想像所謂「強烈得多」是什麼樣的光景，父親這次的嚴厲於她而言已近乎殘酷。辛西雅先是滿臉通紅，繼而臉色慘白，最後抬起她美麗動人、飽含淚水的雙眼看著吉布森先生。看著辛西雅的臉，吉布森先生差點軟化下來，不過他立刻恢復鎮靜，不論辛西雅外表裝得多麼可憐，他仍得對她的行爲加以訓誡。

辛西雅開口：「吉布森先生，在您說這番重話之前，請先聽我的解釋。我眞的沒有、沒有跟卡克斯先生調情。我只是讓自己言行討喜，純粹自然而然親切待人罷了，誰知那位傻不楞登的卡克斯先生卻自以爲我在鼓勵他追求。」

「妳意思是說妳完全不察卡克斯先生愛上妳了？」在辛西雅甜美嗓音與懇求表情下，吉布森先生幾乎快被說服。

「呃，我想我得實話實說。（辛西雅臉紅了，露出淺淡微笑，此舉讓吉布森先生的心又堅定起來）我想的確有那麼一兩次，他的確在言語上顯得比一般禮節更熱絡，可是我不喜歡潑人冷水，再說也不曉得那個呆頭腦竟就以爲這是在談戀愛，最後還小題大作來求婚，我們也不過才認識兩個星期。」

「妳對他的呆傻似乎還頗爲瞭解呢，我寧願稱之爲『單純』。妳不認爲他可能放大妳的言行舉止，將其解釋爲鼓勵追求嗎？」

「也許吧！那，這都算我的錯、他都對好了，」辛西雅生氣地嘟著嘴，「我們在法國常說『缺席的總是錯的』，可是在這裡卻好像——」她住了口，因不想在她尊敬與喜歡的人面前顯得魯莽唐突。她找了另一理由爲自己辯護，但越說越糟。「更何況，羅傑也不允許我把自己想成是和他訂了婚的死會。我是願意那樣想，他偏不讓啊！」

「胡說。我們不再談這件事了，辛西雅！我要說的話都已說完。我相信妳只是漫不經心，如同我之前所說的。但別再發生這樣的事了。」語畢，他立刻走出客廳，爲這段對話畫下句點。到底再談下去也沒有用，徒會惹他生氣而已。

「『無罪，不過我們建議嫌犯下次少犯同類錯誤。』——差不多是這樣的情形吧，茉莉？」辛西雅說著，流下了兩行清淚，雖說笑顏依舊。「我眞的相信妳父親可以把我變成一個好女人，只是他得花些心血，非如此般嚴厲。哦，想想那個給我惹了這一身麻煩的笨傢伙！他假裝陶醉其中，好像已經愛上我好幾年了，不僅幾天。我敢說他若眞愛上我，也只有幾個小時而已。」

「恐怕他是眞的很喜歡妳呢！」茉莉說：「至少有一兩次，我都明顯地覺得。不過我知道他無法久留，加上我想如果多跟妳說什麼，可能讓妳不舒服。現在想來，唉！我眞該告訴妳才是！」

「那也不會有不同，」辛西雅答道：「我知道他喜歡我，而我喜歡受人喜愛。我天生就是想要讓每一個見到我的人都喜歡我。不過，他們也不能太超過，他們太喜歡我就會有麻煩。我這輩子都要討厭紅頭髮的人了，那傢伙惹得妳父親對我如此不高興呀！」

茉莉有話到舌尖上，也知道這問句有欠周詳，最後還是脫口而出：「妳會告訴羅傑這件事嗎？」辛西雅答道：「我沒想過……不！我不打算告訴他，沒必要。或許，如果我們會結婚的話——」

「會結婚的話！」茉莉吃了一驚。辛西雅對茉莉的反應並不在意，逕自把剛才被打斷的話說完。「我可以看著他的臉，窺出他的心情，到那時候再告訴他，而不是挑他不在時寫信告知。這樣會讓他煩心。」

「妳這麼做不好吧？」茉莉單純地說：「把每一件事都告訴他，包括妳一切的困難和煩惱——這樣的分享是很愉快的。」

「是，只是我不想拿這些事去煩他。報喜不報憂較好，讓他在那些黑人當中愉快度日吧！妳剛剛重複了我說『會結婚的話』那幾個字，其實茉莉妳知道麼，我覺得我應該不會跟他結婚。我也不知道為什麼，但就是有這預感，且滿強烈的，所以不要把我所有的祕密都告訴他比較好，要不然到時候我們沒結婚的話，他還知道一大堆事情不就很奇怪了！」

茉莉擱下手中刺繡，沉默地坐著，放眼未來。最後，她開口道：「我想，這樣會讓他心碎的，辛西雅！」

「胡說八道。嗳，我確信卡克斯先生是懷著向妳示愛的意圖而來——妳用不著滿臉通紅。我知道妳清楚他的意思，就跟我一樣，只是妳表現得討人厭，而我卻可憐他，安慰他受了傷的虛榮心。」

「妳怎可——妳竟敢拿卡克斯先生跟羅傑相比？」茉莉義憤塡膺地說。

「不，不，我不敢！」辛西雅順口接道：「他們是截然不同的類型。妳不必凡事認眞，茉莉。妳看起來就像被慘罵了一頓，彷彿把我剛才被妳父親的責罵移植到妳身上似的。」

「因為妳不該這樣看待羅傑的，辛西雅！」茉莉咬著牙道，她需要極大勇氣才能說出這些話，雖然她不曉為何。

「是，沒錯！我本來就不是容易動情的人，不認為我會像一般人所說的『墜入情網』。不過我挺高興他喜歡我，也想逗他高興，此外，他是截至目前為止我所認識最好、最討人喜歡的人，哦，除了妳父親以外——在他不生我氣的時候。除了這些，我還能怎麼說呢，茉莉？妳希望我說，我覺得他俊俏迷人嗎？」

「我知道大部分的人都認為他長相平平，可是——」

「哦，那我同意大部分人的看法，他們說的沒什麼不對。不過我喜歡他的臉啊，感覺比普瑞斯頓先生那張俊臉好上千百倍！」辛西雅貌似有史以來第一次這麼誠實地說話。但為何扯到普瑞斯頓先生，她自己和茉莉都不明白，彷彿就是起於一股衝動也終於一股衝動，只不過辛西雅在提到他的名字時眼神變兇，柔軟的嘴唇也緊皺變形。茉莉以前曾看過辛西雅這種表情，總是在提到這個人的時候。

「辛西雅，妳為何這麼討厭普瑞斯頓先生？」

「妳不討厭他嗎？何必問我？還有，茉莉，」辛西雅整個人突然變得沮喪，不只是說話的聲調和神情，連四肢都無力地垂下來了，「茉莉，如果我跟他結婚了，妳會怎麼看我？」

「跟他結婚！他跟妳求過婚嗎？」

辛西雅沒回答問題，只自顧自地繼續說下去：「再不可能的事也可能發生的。妳聽說過意志力強的人會催眠弱者，讓他們服從嗎？我們布洛涅的學校裡有個女生在俄國當家庭女教師，就在莫斯科附近。有時候我眞想寫信給她，請她幫我在俄國謀個職位，省得擔心哪天會遇上那個人！」

「可是，有時候妳好像跟他很親近，還跟他說話——」

「我能怎麼辦呢？」辛西雅不耐煩地回應，旋又恢復過來的補充道：「我們在艾斯坎伯的時候和他很熟，我可以告訴妳，他不是個容易被甩掉的人。我得客氣地應付才行。這不是出於喜歡，他自己也知道，因為我告訴過他。不管怎麼說，我們就別再談他了。我眞不知道怎麼會扯到他，不過，我倒是知道那個傢伙現在離我們不到半英里，眞是有夠糟糕。哦！我眞希望羅傑在家，而且有錢到可以馬上娶我，把我遠遠帶離開那個男人！一想到那個男人，簡直讓我也願意考慮可憐的紅髮卡克斯先生了。」

「我一點也不明白。」茉莉說：「再不喜歡普瑞斯頓先生，我從來都沒想過要採用妳剛說的那種激烈方法，以求離開有他在的地方。」

「那當然，因爲妳是個理性的小姑娘，」辛西雅又回復到平常的態度，走向茉莉親了她一下，「至少，妳會知道我是個恨人不帶恨字的人！」

「可是，我實在不明白。」

「哦，算了！那牽扯到我們在艾斯坎伯的恩怨。追根究底還是跟錢有關係——可怕的貧窮。我們不如說點別的吧！或者讓我把給羅傑的信寫完，否則要趕不上往非洲的郵班了！」

「收信的郵班還沒走嗎？哦，我應該提醒妳的！現在來不及了。妳沒看到郵局貼出公告，在倫敦那邊，收信的時間已改到十日早上而不是晚上了。哦，眞抱歉！」

「我也很抱歉，可是沒辦法了。只好希望他在收到信時會喜出望外了。我倒覺得心情萬分沉重，因爲妳父親好像對我相當不高興。我很喜歡他的，現在他卻讓我變得好怕他，茉莉。」辛西雅繼續道，看起來有點可憐，「我以前未曾跟有這麼高行爲標準的人住在一起，其實挺無所適從。」

「妳得學著去適應，」茉莉溫柔應話，「妳會發現羅傑在行爲的『對與錯』看法上，也跟我父親一樣嚴格。」

「哦，可是羅傑深愛著我！」辛西雅說道，對自己的魅力相當有把握。

茉莉則偏過頭去，沉默不語；事實就是事實，想與之爭鬥不過白費力氣，於是她選擇眼不見爲淨，也試著充耳不聞——不去感覺。可憐的女孩，她所觀察到的這一切，都教她的心太難過了。一整個冬天，她都覺得她的太陽被灰暗霧霾給包圍，無法照耀在她身上。早晨醒來時心情抑鬱，彷彿有什麼事情不對勁——世界像是脫軌了，若說她的天命即是要將之推回正軌，亦不知該從何做起，該如何使力。雖說盡量不去看，也不免察覺她父親對於自己所選擇的妻子感到不滿意。從父親再婚以來，他明顯地滿意於自己所選擇的妻子，讓茉莉驚訝不已；有時候茉莉也無私地爲父親的幸福感到高興；但有更多時候出於天生性格使然，讓茉莉對自己所以爲的「父親的盲目」感到忿忿不平。如今因爲發生了某些事，讓父親改變了：辛西雅的訂婚是導火線，他對於妻子的缺點變得敏感，變得不苟言笑又愛挖苦人，不單對吉布森太太，有時也對辛西雅這樣，甚至（不過很少就是了）連茉莉也不能倖免。吉布森先生不是愛發脾氣或常流露感情的人，但發脾氣或流露感情反倒能宣洩情緒，就算他會因此看不起自己，亦不能否認其功效。然而，他只讓自己變得更強硬，有時在言行中顯得尖酸苛刻。這會兒，茉莉倒期待父親能恢復到再婚後第一年間的盲目了；吉布森家表面上仍一派祥和，無粗暴的摩擦。有些人也許會說吉布森先生「認命」，他倒是更直白地自陳「覆水難收」。基於原則，他避免和妻子尖銳分歧，選擇以冷嘲熱諷的方式結束對話，快速離開。再者，吉布森太太挺能忍耐，加上貓兒似的個性喜歡輕聲細語、舒適愉快、寧靜安舒的環境與方式。她聽不太懂吉布森先生諷刺言語，那些話的確讓她不太舒服，不過她反應不過來吉布森先生的用意，覺得既然聽不懂就無必要深究，所以不消多久即把不愉快的言語都給忘了。雖然如此，她仍意識到自己有些時候不得丈夫疼愛，爲此不安。

這一點她倒是跟辛西雅雷同，喜歡受人喜愛，且想重新獲得自己並不曉得但卻已永遠失去了的尊嚴。有時候茉莉在心中是支持的，因覺得自己永遠無法忍受父親尖銳的言詞：那些話會傷透她的心，若是她的話，肯定會要求父親給個解釋，要不就打破砂鍋問到底，再不然就是坐在一旁痛苦絕望。不過，吉布森太太的反應完全不同，當類似情況發生，吉布森先生離開後，她只用困惑而非受傷的態度說：「我想，親愛的爸爸今天似乎心情不大好，我們等他晚上回家再給他準備一頓他喜歡的晚餐好了。我常覺得，讓一個男人能在自己家過得舒適愉快是重要的事。」她就這樣盡自己所能猜測摸索，希望能贏回丈夫的好感——眞的相當盡力，弄得茉莉都不免要可憐起她來了，雖說茉莉明白繼母就是父親性格日趨嚴厲的原因。

說眞的，現在吉布森先生簡直無法放過他妻子一絲一毫的錯誤，好比一個人深受噪音困擾之後，只要聽到一丁點聲音就會繃緊全部神經，靜觀著噪音是否又會出現一樣。

可憐的茉莉因此過了個很不愉快的冬天，這其實無關於她自己內心的哀愁。她的身體狀況也不好，健康情形每況愈下，已經比「不好」還要糟了。她的心跳比往常虛弱，速度也偏慢，生活中似乎沒什麼好盼望的，連內心最深處不自覺的盼望都從她生命中出走了。在這個世界上，似無任何方法可以解決父親和繼母間那無言的夫妻失和。日復一日，月復一月，年復一年，茉莉都爲她父親感到無盡憐憫，對繼母感到無限同情，對他們夫妻兩人有著深刻的感受，遠勝於吉布森太太自己。茉莉簡直無法想像，當初爲何那樣希望她父親能夠睜開眼看清繼母的性格，並且希望父親能做些事情讓繼母有所改變。這一切都是沒指望的，唯一可能的療法是盡量睜一隻眼閉一隻眼，對一切視而不見。

此外，辛西雅對待羅傑的方式與態度也讓茉莉憂心忡忡。她認爲辛西雅對羅傑不夠關心。無論如何，倘若是她，絕對不會這樣對待羅傑。倘若她有這麼幸福（不該這樣說），倘若她處在辛西雅的地位的話，她覺得自己會張開滿溢著溫柔的雙手迎接他，對於他所傾吐的每一個寶貴祕密報以感激。然而，對於羅傑寄自遙遠異國的信，辛西雅卻不視爲寶貴，常常以漠不關心態度讀著他的來信，茉莉反應則恰相反，她會坐在辛西雅腳邊，抬起眼睛看著，好像用眼神乞求主人賞賜食物碎屑的小狗在旁等待機會般，希望辛西雅多念些信上的消息。

在這樣時刻，她總是靜心等候，末了還忍不住加上一句追問道：「他現在在哪裡呢？辛西雅，他說些什麼？」

這次，辛西雅把信放在她身旁的桌子上，不時因想起了信上的讚美之詞而微笑。

「哪裡？哦，我沒仔細看，在阿比西尼亞的某個地方——胡安吧？我不知道怎麼念那個地名，不是什麼有名的地方，我連聽都沒聽過。」

「他好嗎？」茉莉還想多知道些。

「現在不錯。他說之前有點發燒，現在已經好了，還希望可以早日適應那裡的環境。」

「發燒！那，誰照顧他呢？他需要有人照料的，況且離家那麼遠。哦，辛西雅！」

「哦，我想他乏人照料，可憐的傢伙！阿比西尼亞是沒有護士、醫院和醫生的，不過他帶了很多奎寧丸①，應該是非常有效。無論如何，他說他現在已經相當好了！」

茉莉沉默不語地坐了一兩分鐘。

「信是什麼時候寫的，辛西雅？」

「我沒看耶！十二月——呃，十二月十日。」

「將近兩個月前了。」茉莉說。

「對，可是在他離開時，我便已決定不為無用的事擔憂了。如果真有事發生的話，妳知道的，」辛西雅刻意避開「死」字，如同當時多數人的習慣（一般生活中人們盡量不直說這個字），「早在我聽到他生病消息之前就已經發生了，我也幫不上忙——妳說是吧，茉莉？」

「是，我想妳說得沒錯。只是，我怕漢利老爺不容易承受。」

「每次我收到羅傑的信，都會再寫一張小字條給漢利老爺轉告他大概的情形。可是這次，我不知道該不該把羅傑發燒的事寫進去——妳說呢？」

「我不知道。」茉莉說：「一般人會說『應該』，我倒希望沒聽到這樣的事。請妳告訴我，他是否還說了其他我能知道的事情？」

「哦，情書總是不離蠢話的，我覺得這次寫的比平常都多。」辛西雅說著又瀏覽了一遍。「這一段妳可以看，從那一行開始到那邊，」她把起訖點指給茉莉看，「我自己都沒看，因為這一段似乎很無聊，全是在講亞里斯多德和普林尼②——我想在我們出門訪友之前把這頂帽子修補好。」

茉莉接過信，腦中倏地閃過一個念頭：這封信是他摸過的，他的手曾經放在信上，在如許遙遠陌生的沙漠，隨時可能陷入生死未卜的境地。此刻，茉莉一面讀著信，一面用美麗手指安慰似的輕撫著薄薄的信紙。她讀著信上所列的參考書目，只消花點小工夫，她可以在何陵福特找到書。也許信上對研究專題討論的細節和參考書目讓某些人覺得沉悶枯燥乏味，對茉莉來說卻非如此，多虧他之前的啓蒙，引起茉莉對他研究項目的興趣了。

然而，誠如信上所表示的歉意，在那蠻荒之地，除了他心中的愛、他的研究和旅行，他還能寫些什麼呢？又不能寫那裡缺乏的社交生活、慶典或新書，況且在阿比西尼亞的曠野根本也無八卦可聊。

茉莉現在身體不大好，興許因為這樣，便就容易胡思亂想。不過當真是日有所思、夜有所夢，不論白天夜裡，羅傑生病乏人照料地躺在蠻荒野地的場景老徘徊在她心頭揮之不去。她不停祈禱著，「哦，我的主啊！把活孩子給那婦人吧！千萬不可殺他。」她發自心底真誠地祈禱，有如那位聆聽所羅門王審判的母親③。「讓他活下去，讓他活下去，即便我無法再跟他相見。可憐可憐他父親吧！應許他能活著回來，跟他摯愛的她幸福生活到永遠，哦，上帝啊！」說完即大哭一陣，淚流滿面，終至嗚咽著進入夢鄉。

譯註：

①奎寧（quinine），也稱「金雞納霜」，常被用來治療瘧疾。

②普林尼（Pliny）為古羅馬人，《博物誌》的作者。

③此處所用典故源於《舊約聖經・列王紀》上，故事描述所羅門王以超凡智慧解決了兩個妓女搶奪孩子的紛爭。當所羅門王下令將活孩子劈成兩半給兩個女人一人一半時，活孩子的親生母親不忍見孩子死，忍痛願將孩子給另一婦人，她哭喊著求所羅門王不要傷害那孩子。

第三十八章 女王律師顧問

辛西雅跟茉莉一樣，仁慈善良又樂於助人，總表現出很愛茉莉的樣子，就像茉莉愛她一樣。也許在這個世界上，辛西雅不論對誰都是如此。其實辛西雅住進吉布森家沒幾星期，茉莉便已非常喜歡她，兩人也稱得上情感融洽，形影不離。不過，倘若茉莉在個性上喜歡對摯愛之人進行性格分析的話，她就會發現辛西雅在看似眞誠的外表下，心中有塊禁地是不對任何人開放的——那是她戒備森嚴的心房，眞實的她尤其神祕莫測。比方說，她跟普瑞斯頓先生之間到底是怎麼回事，茉莉一頭霧水。但肯定的是，以前辛西雅跟普瑞斯頓先生在艾斯坎伯時必然過從甚密，造成辛西雅一想起這段往事就心煩意亂、暴躁易怒，巴不得忘得一乾二淨，而普瑞斯頓先生卻巴望著能讓她的記憶復活。他們之間的親密關係爲何中止，現在的辛西雅又爲何那麼討厭他，事實上，其他難以解釋的情況都跟這兩個「爲何」密切相關，全是辛西雅的祕密。在茉莉初識辛西雅，兩人迅速發展出閨密情誼時，曾對辛西雅過去的生活充滿好奇，只是辛西雅總能技巧高超地阻絕茉莉單純的好奇心。有時茉莉忍不住提出疑問，辛西雅一律讓她走進死胡同，不論多麼努力繞來繞去，最後都落得兩手空空地轉出。話說回來，有時候辛西雅自己會一時說溜嘴，或在聊天聊到勾起她的回憶時忍不住發起脾氣，茉莉便對以往到底發生過什麼事更加好奇，假使茉莉非要打破砂鍋問到底，或許終究也能問出一些端倪。然而，茉莉的好奇源自於關愛，非只粗糙地想滿足好奇心而已，所以在發現辛西雅並不願意談起過去那段生活時，遂就不再追問。

那個充滿疑惑的冬天裡，不管辛西雅是否仍舊對茉莉和藹可親、溫柔親切，眼前的茉莉依然認為辛西雅就是辛西雅，沒有什麼改變。不過，她倒是全家唯一對辛西雅看法始終不變的人。辛西雅本身滿看重吉布森先生對她的看法，努力想維持在吉布森先生心中的好印象，遂常克制自己不要用反諷的語氣和她母親頂嘴，只要有吉布森先生在場她就會小心言行，以免觸怒吉布森先生。如今，接連發生幾件讓辛西雅不安的事，她在個性上變得更加怯懦，連盲目支持她的茉莉也不免發現，辛西雅在吉布森先生嚴格的言語及態度管教下，有時會出現顧左右而言他、含糊其辭的情形。以前她母親說她什麼，她總是機靈地頂回去，現在卻較收斂了，反而不時在母親面前耍孩子脾氣，這在以前很不常見。其實，辛西雅的改變其來有自。在缺乏安定的環境中長大，養成她善變的性質，有時甚至教人懷疑她是不是性格失調，好比古老的壁畫被冷水一潑，原本的圖全糊成一堆顏料。

這段期間，普瑞斯頓先生一直待在艾斯坎伯，因為肯莫伯爵尚未找到滿意的土地管理人選。既然如此，普瑞斯頓先生暫先一人兼任兩份職務。

固德芬太太前陣子病得厲害，而何陵福特的婆婆媽媽們也不想在固定班底病重時聚會，所以就沒什麼社交活動了。布朗寧小姐說這樣也好，活動縮減，增進心靈的修養。秋天時為了歡迎走馬上任的新土地管理人普瑞斯頓先生，何陵福特鄉親幾乎週週舉辦派對，整個秋天就這樣浪費掉了，現在大家正好趁此機會歇一歇。不過，菲比小姐透露說她們姊妹都養成習慣在晚上九點上床安歇了，因為日復一日地從傍晚五點開始玩克里比奇牌到十點才散會，實在不是好事。說真的，這冬天對何陵福特的居民來說堪稱平順，獨嫌無聊了點。可是在三月分，當地自視為上流的社交圈都讓這起消息給喚醒了：

剛上任的「女王律師顧問」柯派屈克先生，前來拜訪堂嫂吉布森太太並住上幾天。這下子固德芬太太房裡有如八卦中心。一直以來八卦都是固德芬太太每日不可或缺的精神食糧，此時更是成了提供活力的肉和紅酒。

「我的天哪！」老太太說著，撐起身子在安樂椅上坐直，兩手牢牢地撐於兩側，「誰會想到她竟冒出這樣個親戚！啊，有一次艾希頓先生跟我說，女王律師顧問將來會變成法官，就跟貓咪會長成貓一樣。妳們想想看，以後她就是某位法官的堂嫂了耶！我見過一次法官，那身法官袍即使是舊的，也比我身上的冬季外套來得好看，要是我知道在哪兒可買到二手貨就好了。我知道吉布森太太以前穿的絲質禮服是翻新修補染色過的，而且據我所知，她在艾斯坎伯的時候又再修補過一次。那時她還管著間學校哩！哪知道她成爲柯派屈克太太後有著這等體面的親戚！哦，話說回來，那也不是什麼學校，就算最風光的時候才不過有十來位年輕女學生而已。也許未來的法官大人連聽都沒聽說過呢！」

「我一直在想，他們要爲他準備什麼樣的晚餐啊。」布朗寧小姐說：「這訪客來得挺不是時候，沒得打獵少了野味可吃，今年小羊羔又長得遲，雞也未上市，連自家院子養的也還不能吃。」

「那他得將就著吃小牛頭了。」固德芬太太嚴肅地回應：「如果不是身體不舒服的話，我就來抄一份我祖母的小牛頭肉捲食譜給吉布森太太送去。我這場病可多虧了吉布森先生悉心看診。要是我在坎伯米爾的女兒能送些秋雞來就好了，我一定轉送給醫生，偏偏我女兒早把雞全都宰了送來給我，上回寫了信說送來的已是最後一隻。」

「我在猜他們會不會給他辦場歡迎會！」菲比小姐興沖沖道：「我眞想瞧瞧女王律師顧問，這輩子還沒看過呢！我只看過法官身旁的持槍護衛，是我所目睹司法體系裡頭最高階的人物了。」

「他們會請艾希頓先生過去的，」布朗寧小姐說：「不是有首歌的歌詞把法學、醫學和神學稱作『三種黑色的慈悲』？所以啦，照這樣看來，體面的人家請客時總會邀神職人員作陪的。」

「不曉得他結婚了沒？」固德芬太太說。

菲比小姐也在想同樣問題，不過不好意思問，甚至羞於對姊姊啓齒。這個姊姊也算是當地的萬事通小姐了，趕巧某天她要來固德芬太太家，在街上遇見了吉布森太太。

「哦，他結婚了，也有好幾個孩子了。我聽吉布森太太說，辛西雅曾經到倫敦拜訪過他們，要和堂姊妹互相認識一下。她還說這位堂弟媳是非常有教養的人，出身好家庭，不過沒給他帶來多少嫁妝就是了。」

「我說，有這麼個親戚眞令人稱羨哩，但納悶的是以前我們怎麼沒聽她提起。」固德芬太太說：「首先，有這等體面親戚竟不拿來炫耀一番，實在不像吉布森太太。說穿了，我們又何嘗不是如此呢？總是把衣服最好看的布幅穿在前面嘛！講到衣服，我不由想起我家可憐的固德芬先生。每次拆解裙子的時候，我往往把有漬斑、油污的部分轉個方向不在顯眼處讓人看到，因此老將有髒污的部分對著他。他就是那種脾氣溫和、心地善良的人。還記得我們結婚後不久，他對我說：『佩蒂呀！散步的時候，妳用右手勾著我的左手，這樣離我的心近些。』從此成爲我們的習慣，其實他哪不知道心臟在哪裡，只是他就是這麼浪漫。如同我剛說的，我都把破損的布幅縫在右手邊，然後走路時用我的右手勾著他的左手，沒有比這更聰明的做法了。」

「柯派屈克先生再邀辛西雅去倫敦，我也不覺訝異。」布朗寧小姐說：「貧窮時都邀她了，現在當上女王律師顧問，自然更有可能相邀。」

「啊，照這樣看來，辛西雅受邀可能性很大。我只希望這年輕姑娘不要被倫敦的繁華沖昏頭就好。我五十歲之前沒去過倫敦呢！」

「人家辛西雅還住過法國，是旅行經驗豐富的小姑娘。」菲比小姐說。

固德芬太太搖搖頭，整整一分鐘之後才開口發表意見。

「這是個冒險，」她說：「一個大冒險。我是不會這樣跟醫生說啦，不過如果我是他，可不讓我女兒跟一個在羅伯斯比①和拿破崙出生國度長大的女孩子那麼親近。」

「拿破崙是科西嘉人，」布朗寧小姐應道，她在知識和氣度上皆遠勝於固德芬太太。「再說跟外國互相交流是我們擴張視野的大好機會。我一直都很欣賞辛西雅優雅的儀態，她總是落落大方、侃侃而談，卻不讓人覺得唐突。有她在，宴會就生色不少。以她年紀有這般表現是挺值得稱讚的！反觀茉莉，這孩子有點怪異——上次她來參加宴會，打破了一只我們家最好的瓷杯，把咖啡全灑在新鋪的地毯上。從那時起她就有些手足無措，乾脆一個人坐在角落裡直到宴會結束，幾乎什麼事也沒做。」

「那是因爲她覺得很不好意思哪，姊姊！」菲比小姐語氣溫和但有斥責意味。她向來忠於茉莉。

「啊，我難道不懂嗎？她大可不必蠢到整個晚上都躲在角落裡吧？」

「可是妳當時還滿嚴厲，滿不高興的——」

「我認爲，年輕人做錯事的時候本該對他們嚴厲管教。就算我稍微脾氣暴躁好了，我總是該說就說，不留情面。這些年輕人應該感謝我才是，不是每個人都像我一樣願意惹麻煩來管教人，妳問固德芬太太就知道了。我喜歡茉莉・吉布森，不單因爲她自己，也因爲她過世的母親。或許我還認爲一個茉莉抵得上半打的辛西雅，可是她打破了我最好的瓷杯就是不對，坐在角落裡什麼也不做直到宴會結束更不對。」

此時固德芬太太明顯露出疲態。舉止欠端莊的茉莉及布朗寧小姐的破瓷杯，跟吉布森太太新近好運道所發現的體面親戚比起來乏味多了，不是能吸引固德芬太太的話題。

話說這位柯派屈克先生就像其他許多人一樣，在工作上孜孜不倦，家中也是食指浩繁。倘有時間，他也樂意和親戚們聯絡感情——如果他還記得這些親戚的話。約在九或十年前，他跟好心的妻子提過有機會可請辛西雅到他們當時在道提街上的家玩，之後就把這回事給忘了。當他看到有個漂亮小女孩混在子女中一起排著隊要吃甜點時，嚇了一跳，還得提醒自己她是誰。不過，他向來習慣一用完餐就離開餐桌，退到後面他稱之爲「書房」的小房間裡，整個晚上埋首於成堆文件中，所以對小辛西雅並沒留下什麼印象。下一次再想起辛西雅來，是因爲當時還是柯派屈克太太的辛西雅的媽寫信給他，拜託讓辛西雅在前往法國布洛涅的途中借住一晚。

她從法國要回英國時，同樣又拜託了他一次。不過巧得很，兩次他都沒見到辛西雅，只依稀記得妻子提過辛西雅來家裡的事，而且妻子覺得讓辛西雅獨自到那麼遠的地方去卻無人陪同，相當不放心，其擔心的程度似尤勝於辛西雅的母親。在照料孩子方面，柯派屈克先生對妻子頗具信心，他認爲辛西雅有任何需要，他妻子絕對會像對自己孩子般照應。過了這事，再想起辛西雅，已是受邀參加寡婦堂嫂與何陵福特當地極受愛戴的外科醫生吉布森先生的婚禮時了，這個邀請非但沒讓他覺得欣喜，反惹得他一陣惱火。

「這女人怎麼回事？以爲我閒閒沒事做，要我大老遠跑到鄉下去看新郎新娘嗎？霍夫頓大案子忙得我焦頭爛額，我哪有空呢？」他跟妻子發牢騷。

「也許她不曉得這件案子呀！」這位柯派屈克太太為堂嫂緩頰。

「怎麼可能！報紙登出好幾天了。」

「她也許不知道是你在負責嘛！」

「是有這種可能。」他思忖著對方可能眞的沒留意到。

不過現在這椿霍夫頓大案子已成過去，疲累不堪的日子已經結束，官司也打贏了，於是柯派屈克先生得空想起久未謀面的親戚。復活節假期中的某天，柯派屈克先生忽然發現自己就在離何陵福特不遠處，猶剩悠閒的星期天可過，遂便給吉布森家捎了封信，表達從星期五到星期一這幾天想登門拜訪，還有強烈想認識吉布森先生的意願（據他本人的感覺，意願的強烈程度實不若信上寫得那麼強）。吉布森先生儘管同樣整天忙於工作，但他向來好客，更樂於有機會暫時脫離一成不變的生活，呼吸些新鮮空氣，和自己小世界以外大世界中的人們互相交流。因此他已準備好竭誠歡迎這位從未謀面的親戚。吉布森太太也覺得興奮不已，按照她本身的解釋是「親戚畢竟是一家人，此乃親情的自然流露」，不過，若柯派屈克先生仍是個為養家活口奔忙的窮律師，仍帶著老婆和七個孩子住在道提街上，這份親情興許就不會如此引她興奮了。

兩位紳士終於見上面時，俱有惺惺相惜之感，對於彼此間不同領域的專長相當感興趣，對於對方的專業能力也都敬佩有加。而吉布森太太雖是他們連結的橋梁，在兩位紳士的交談中卻不大插得上話。柯派屈克先生對她相當客氣，心中頗替她高興：她給自己找了椿好姻緣，嫁了個有見地又幽默風趣的男人，不但讓她生活舒適愉快，也對她的女兒仁慈慷慨。茉莉雅致的外貌使他眼睛一亮，唯忍不住想，要是茉莉再健康有活力些，定會更漂亮。說眞的，仔細端詳茉莉，她的臉蛋還眞好看，有長而柔和的灰眼瞳、烏亮捲翹的睫毛、若隱若現的酒窩、完美的牙齒，偏就欠缺活力，整個人顯得不太有精神，跟神采奕奕、臉色紅潤、輕快優雅又機靈的辛西雅比起來，顯得遜色不少。後來柯派屈克先生跟他妻子聊起時，曾說他挺喜歡那女孩。

至於辛西雅，就像準備使出渾身解數擄獲人心的三、四歲女童一樣，趁機展現，早把原先心中的憂慮失望忘得一乾二淨，也不記得吉布森先生給她的勸誡，全心全意要討好眼前的堂叔。只見她渴切聽著柯派屈克先生說話，溫柔殷勤地答話，不時穿插上天眞逗笑的俏皮話，柯派屈克先生順勢成了辛西雅的俘虜。離開何陵福特時，他覺得此行功德圓滿，心情舒暢。對於吉布森太太與茉莉，他感覺純是一般的情誼，不甚在意往後還有無機會見到。對於吉布森先生，他是又敬又愛，有強烈的個人喜好在內，倘若在熙熙攘攘生活中能湊出時間來，他冀望兩人日後能成爲朋友。對於辛西雅，他是下了決心要再多見她的，而且非得讓妻子認識不可；他們務得邀她到倫敦住上幾天，讓她見識見識這個大世界。

然而，一回到倫敦的柯派屈克先生立刻埋首於等著他的一大堆工作，剛萌芽的友情以及美好的計畫均得暫時擱下，連他自己的身體和精神也都得先交給迫在眉睫的公務需求。不過，五月分他騰出空帶著妻子參加學院藝術展覽，那裡有幾幅肖像畫讓他覺得像極了辛西雅，遂又跟妻子提起了辛西雅，趁著這空檔分享更多在何陵福特的所見所聞。一路聊下來，結果隔天立刻給吉布森太太捎了封信，邀請辛西雅到倫敦來陪堂姊妹們敘舊回味童年往事，好讓久未見面的柯派屈克家小姐們延續姊妹情誼。

信寄達吉布森家時，家中四人剛好在吃早餐，每個人反應都不一樣，收信者吉布森太太理所當然優先讀信。她看完信後不透露內容寫些什麼，逕自發表起評論來，其他人一頭霧水。只見她說：「我想，他們該記得我比她更親才對，我跟他們是同一個世代的哪！怎麼這年頭大家都不講究輩分了。虧我還對他那麼好，特地去買新食譜爲了做出他習慣的口味，讓他有賓至如歸的感覺。」她聲音哀傷中帶著忿忿不平。可是沒有人知道她在說什麼，也就不知道該怎樣安慰。

她丈夫首先發言，「如果妳要我們安慰妳，那得先說說妳的悲哀所爲何來。」

「啊！我相信他出於一片好意，只是我覺得，他邀辛西雅之前理當先邀我才對。」她說著，又把信看了一遍。

「他是誰？『一片好意』又是什麼意思？」

「就是柯派屈克先生呀！這封信是他寫的，他邀辛西雅去他們家玩，卻沒提到要邀你或我去哪！親愛的，我們那麼盡力招待他，我認爲他應該先邀我們才是。」

「我不可能去的，所以對我來說沒什麼差別。」

「但我可能去呀！再說，不論如何他至少應該先向我們致意。這是基本的禮貌，你說是嗎？他未免太不知感恩了，我還特地把我的穿衣室挪給他用呢！」

「哦，他在這兒時，每天一到晚餐我還盛裝入席，看來我們兩人都爲了他做出些許犧牲。可是，我也不會因爲這樣就期盼他邀我們到他家去呀！他能再來我家，我就夠高興了。」

「我想最好不要讓辛西雅去。」吉布森太太一副深思表情。

「我不能去，媽媽。」辛西雅面有慍色，「我衣服太寒酸了，加上舊帽子還得供今年夏天用。」

「哦，妳可以買頂新的，我想也該是妳買套新絲質禮服的時候了。妳一定存下不少錢，因爲都還沒看過妳買新衣服。」

辛西雅張了張口，很快就不說了。坐在早餐桌上的她繼續給麵包塗奶油，可只拿在手裡不吃，視線也不在麵包上。就這麼沉默一兩分鐘，她又開口了，「我不能去，雖然很想去，可是眞的不能去。媽媽，我拜託您，立刻寫封信婉拒。」

「妳這孩子，胡說些什麼！像柯派屈克先生這種地位的人好心來邀請，沒有充分理由是不好拒絕的。他邀妳去，已經夠好心了！」

「那麼您替我去，如何？」辛西雅建議。

「不，不行！不能這樣，」吉布森先生態度堅定地道：「這是對妳個人的邀請，不能轉給別人。更何況，妳所提關於衣服的問題實在不是個好藉口，那只能算小事而已，辛西雅，妳沒有更好的藉口可找了嗎？」

「我是說眞的，不是藉口，這是事實——」辛西雅回話，抬起頭看著他，「您得聽聽我的看法。穿寒酸的衣服是不能去的，連以前在道提街的時候也不能穿得那麼寒酸，我記得嬸嬸相當注重穿著。何況，現在瑪格麗特和海倫都長大了，她們又經常出門——請別再提這件事了，因爲我知道我根本沒辦法去。」

「那麼我想問一下，妳的錢都花到那兒去了？」吉布森太太說：「妳一年有二十英鎊的收入——當然這多虧了吉布森先生和我。總之，我確定妳花不到十英鎊。」

「我從法國回來的時候沒帶多少東西。」辛西雅低聲道，明顯被她母親的質問弄得很煩，「我們現在就來決定好嗎？總之我不能去。」她站起身來，出乎大家意料的走了出去。

「我完全弄不懂，」吉布森太太說：「妳曉得是怎麼一回事麼，親愛的茉莉？」

「不曉得。但我知道辛西雅不喜歡把錢花在衣服上，而且用錢相當小心。」茉莉只說了這麼多，深怕自己說錯話。

「看來她是把錢花到什麼地方去了。若沒揮霍金錢，又有固定收入，到了年終應當存下一筆錢才對，我是這樣想的。我不是經常這樣說麼，對不對，吉布森先生？」

「可能吧！」

「好，那把這套到辛西雅身上，我想知道她的錢都跑哪裡去了？」

「我不曉得。」茉莉答道，因爲吉布森太太正看著她。「也許，她把錢都給了需要的人。」

吉布森先生擱下手上的報紙。「很明顯，她沒有合適衣服可穿去倫敦，也沒有旅費，而且不想再提這件事。她喜歡搞神祕，事實上我還滿厭惡這樣。即便如此，我還是認爲爲了她自己好，她應繼續跟她父親的家族保持親戚關係、或友誼，或我不知道她要管它叫什麼的這層關係。我很樂意供給她十英鎊贊助倫敦之行。如還不夠，就該妳們兩個伸出援手了，免得讓她缺這個、少那個的。」

「我確定世界上再也找不到像你這麼仁慈和藹、大方慷慨的人了，吉布森先生。」他妻子說：「想想看，你還是她的繼父呢，竟然對我那沒了父親的可憐女兒這麼好！不過茉莉，我親愛的，妳也該知道妳是非常幸運，能夠有我這樣一個繼母。妳說是麼，親愛的？等辛西雅去倫敦的時候，我們就可以享受美好的獨處時光了。有時我都忍不住覺得，我跟妳還比跟辛西雅處得來，虧她還是我的親生女兒呢！我想，就像親愛的爸爸說的，她喜歡搞神祕。而我非常不喜歡隱瞞事情，我是連一點點小祕密都藏不住的。十英鎊哪！啊，這對她大有助益，可以買好幾套新裝外加一頂新帽子了，也許還可以買些別的呢！親愛的吉布森先生，你眞是個大好人！」

這時，從報紙後面傳來了類似「咻！」的聲音。

「我可以去告訴她嗎？」茱莉站起身來。

「可以呀，親愛的！妳跟她說，她要是再拒絕的話就太不知感恩了。而且記得跟她說，妳父親希望她去；還有，這是個認識其他家族成員的大好機會，她錯過就可惜了。當然了，要是他們邀請我——他們眞該先邀我的，在想到邀辛西雅之前——我當然不會這樣說，因爲我從來不想到自己，況且做爲全世界最具寬恕心的人，即使別人蔑視我，我還是不以爲意。不過他們眞的應該邀請我才對，唔，沒關係，我不介意給他們來些暗示，東暗示一下、西暗示一點，包準引得他們也給妳寄封邀請信的，茱莉。到倫敦待個一兩個月，對妳大有好處哪！」

茱莉沒等吉布森太太說完就離開早餐室，吉布森先生則專心看他的報紙，吉布森太太只好繼續興高采烈地把未完的話說給自己聽了。畢竟，她覺得家中有人赴邀前去總是好的，只不過受邀的人不是她稍嫌可惜，但好歹比連討論都不討論就把機會給拒絕好得多。她心裡又想，既然吉布森先生對辛西雅這麼好，她也要對茱莉好，幫茱莉打扮得漂亮些，邀請年輕的男人到家裡來，諸如此類的——事實上，那是茱莉和她父親都不會想做的事。他們父女倆只想無拘無束，輕鬆愉快地聊天，不用顧忌吉布森太太的忌妒便好。

譯註：

①羅伯斯比（Maximilien Robespierre，1758～1794），法國大革命中最具影響力的人物之一，雅各賓黨的領導者。

第三十九章 揭開祕密

茉莉在客廳裡找到辛西雅，她正佇立窗前看著外邊的花園。她一看到茉莉走近就開口了。

「哦，茉莉，」她說，隨即朝茉莉伸出雙臂，「我好高興有妳陪著我！」

像這樣突如其來的一陣熱情最是讓茉莉招架不住，整個人又恢復爲辛西雅的忠實粉絲。方才在樓下，她還想著辛西雅若能不要這麼愛搞神祕，心裡少放些祕密就好了。而茉莉現在卻責怪起自己來了——辛西雅就是辛西雅，自己怎麼能懷疑她？再沒有人像辛西雅那樣，能擁有哥德史密斯①詩中所描述的能力了：「他拋朋棄友如獵人驅散獵犬，因他深知，口哨一吹，他們自動聚回。」

「我帶來好消息，包管妳一聽就會心情大好，想不想聽？」茉莉說：「妳很想到倫敦去，對吧？」

「對，可光想是沒有用的。」辛西雅回應：「妳別又開始了，茉莉，不是都決定了嗎？雖然我不能告訴妳爲什麼，但總歸不能去。」

「不過就是因爲沒有錢嘛！爸爸真的對妳很好。他要妳到倫敦去呀，他覺得妳應該跟他們保持關係才好，所以贊助妳十英鎊。」

「他真好！可是我不應該接受。要能早幾年認識妳就好了……我的人生肯定大不同。」

「別這樣說！我們愛妳就是愛妳的一切，不想妳做什麼改變。如果妳不接受爸爸的好意，他會很難過的。妳在猶豫什麼？難道是妳覺得羅傑不喜歡妳到倫敦去？」

「羅傑！不是！我才沒想到他咧！他有什麼好不喜歡的？他根本不會知道這回事。」

「那麼，妳是要去嘍？」

辛西雅思考了一兩分鐘，終於開口：「對，我要去！這樣做相當不明智，但卻讓人開心，所以我要去。吉布森先生在哪裡？我想去向他道謝。哦，他人眞好！茉莉，妳果然是個幸運女孩！」

「我？」茉莉聽辛西雅這樣說滿驚訝，因她覺得自己諸事不順，好像所有的事都不可能再變好了。

「他在那裡！我聽到他在走道上！」辛西雅說著飛奔下樓，用雙手握住吉布森先生的手臂，她顯露出極可愛溫馨的感激之情，態度優雅而讓人著迷。

吉布森先生不由恢復了往昔對辛西雅的好感，忘記了自己曾一度不贊同她的作爲。「好了，好了！」他說：「親愛的，別興奮過頭！妳本來該跟妳的親戚保持聯絡的，不用特別謝我。」

辛西雅回到茉莉旁邊時，跟茉莉說：「我眞的認爲妳父親是我所見過最有魅力的男人，就是因爲這樣，我好怕失去他對我的好印象，每次一覺得他在生我的氣，我便會焦慮。好了，現在我們好好來想想倫敦之行。一定會很好玩的，對嗎？我有十英鎊去倫敦旅行，另外，能離開何陵福特到別的地方透透氣也很不錯。」

「是嗎？」茉莉問道，想聽她多說一些。

「哦，是啊！妳知道我的意思並非說離開妳很不錯，離開妳可會讓我難過喲。只不過，鄉下小鎮終究只是鄉下小鎮，而倫敦畢竟是倫敦。妳也不要笑我老調，我一直都很同情那首歌裡頭的帕里斯先生——『帕里斯先生已死，他丟了性命；但在死前十五分鐘，他還有一條命。』」

辛西雅唱著歌，態度十分愉快，這倒讓茉莉不解。其實她經常這樣的，就在半個小時以前，她還拒絕人家的邀請，現在卻又心花怒放般唱著歌了。辛西雅突然把手放在茉莉的腰上，擁著她在客廳裡迴旋著跳起華爾滋來，還左閃右躲，免得碰到擺著精緻藝術品的好幾張小桌子，客廳就是放了這些擺設才顯得擁擠。辛西雅以素來具備的優秀技巧帶著茉莉一一躲過障礙物。後來兩人都嚇住了的站著，望向貌似驚愣住的吉布森太太，她剛就站在門口，看著眼前不停兜著圈圈轉來轉去的漩渦。

「我說，妳們兩個別瘋了，行嗎？這是在做什麼？」

「哦，媽媽，因爲我要到倫敦去了。我好高興。」辛西雅趕緊恢復淑女姿態。

「我不確定一名訂了婚的年輕小姐，是不是應該一想到要去玩就樂得這麼忘形。在我那個年代，訂婚者最大的快樂就是在對方不在自己身邊時，全心全意地想著彼此。」

「我覺得這樣徒會招來痛苦，因爲想念他就是必須想起他的不在嘛，這樣只會讓人不快樂。告訴妳們實話，此刻我早把羅傑拋諸腦後了。希望這樣沒什麼不對。倒是奧斯朋，他看起來像是把我的分和他的分加起來一塊想羅傑，想得他愁容滿面一副病懨懨的樣子。他昨天看起來眞是糟透了呢！」

「是呀！」茉莉附和，「我還以爲除了我以外沒人注意到。看見他那樣，我眞是嚇了一跳。」

「唉，」吉布森太太說：「我怕那個年輕人可能活不久了，我很擔心哪。」彷如預言惡兆似的搖了搖頭。

「啊，他要是死了怎麼辦！」茉莉驚叫道，倏地坐下，想起了那個從未露過臉，奇怪又神祕的妻子，根本沒有人知道她——而羅傑又不在。

「呃，這當然令人難過，我們也會很傷心的，無庸置疑。我一直都很喜歡奧斯朋，早在羅傑出現前就把奧斯朋當自己孩子一樣疼愛，我愛奧斯朋勝於愛羅傑。不過，我們還是得顧慮到現實，親愛的茱莉——」

茱莉一想到奧斯朋這情況不禁悲從中來，雙眼盈滿了淚水。吉布森繼續說：「我們親愛的羅傑心地善良，定會代替奧斯朋在各方面都善盡職責的，再說他的婚事也不會拖太久。」

「媽媽，請別把那件事跟奧斯朋的生命放在一起討論。」辛西雅迅速反應道。

「啊，親愛的，這是自然而然的想法。妳站在羅傑的立場想一想，既然訂了婚，當然不想拖太久才結婚，況且我也只不過回答茱莉的問題罷了。從一件事情聯想到另一件事情乃是人類的本能。再說，人本來就會死——不只是老人，年輕人也會死呀！」

「如果讓我察覺到羅傑有類似的想法，」辛西雅說：「我絕對不再跟他說話。」

「如果羅傑有類似的想法！」茱莉應聲，這下換她生氣了。「妳明知道他永遠也不會這樣。妳連想都不應這樣想的，辛西雅——眞的，連一分鐘也不應該這樣想！」

「就我看，這樣想也無傷大雅。」吉布森太太接腔道，聲音聽起來微帶悲哀，「年輕卻一副病得厲害的樣子，把我們都嚇了大跳！我自然會覺得難過，怎麼說病重的結果常常就是死亡。這一點我相信妳也同意的，所以這樣說有哪兒不好呢？是茱莉接著問說奧斯朋死了怎麼辦，我不過在回答她的問題而已。我跟任何人一樣，不喜歡談論或想到死亡，但如果故意不去預期死亡所帶來的結果，那我就是欠缺勇氣的懦夫了。我認爲，我們非得未雨綢繆，不管是聖經或是禱告書都要我們這樣做的。」

「媽媽，您也會預期我死亡所帶來的結果嗎？」辛西雅問。

「妳眞是我所見過最沒感情的女孩了，」吉布森太太頗覺受傷，「但願我能把感性基因多少遺傳給妳，我常爲了我的幸福而感動莫名呢。好了，我們別再提奧斯朋看起來怎麼樣了，那十之八九是因爲過度疲勞或過於擔心羅傑的結果，甚至是消化不良也有可能。我太蠢了，竟然把事情想得好嚴重，親愛的爸爸聽到我這樣說會不高興的。專業醫療人士不喜歡旁人對他們患者的身體健康妄加臆測，認爲是侵犯了專業領域，很不恰當的舉動。我看我們乾脆來討論妳的衣服好了，辛西雅。我眞弄不懂妳的錢到底怎麼花的，我一點也看不出來妳把錢花到哪兒去了。」

「媽媽！妳這樣說很教人生氣耶！不過我得告訴您和茉莉以及所有人，而且只說一次，我不想也不歡迎任何人來討論我的零用錢，所以凡是有關我如何處理錢的問題，我一概不作答。」她說時並未有不尊重她們的意味，語氣卻是透著冷靜的決心，暫時把她母親給壓制住了。但當只有吉布森太太跟茉莉兩個人在一起時，吉布森太太仍經常想從茉莉那兒打聽點消息，總是拐彎抹角想套出茉莉的話，看看她知不知道辛西雅到底是怎麼花錢的。用盡各種方法都徒勞無功，等弄到自己疲累不堪才願意打消念頭，不再追問下去。目前，她就讓自己集中注意力做做手工。她和女兒都有靈巧的雙手，做起女帽和衣服格外出色，在三個人的通力合作下，原本老舊的衣服與裝飾竟像脫胎換骨、浴火重生了一樣。

至於辛西雅和漢利老爺的關係，從她去年秋天拜訪漢利大宅之後就陷於停頓狀態。當辛西雅一行人到漢利家，漢利老爺對她們熱誠款待，結束拜訪回去後，漢利老爺也不得不承認他對辛西雅的印象比他原本預期還要好。

「她是個非常漂亮的女孩子，這一點無庸置疑，」他思忖道，「加上舉止優雅，也樂於以老人爲師，這都是好兆頭。可是不知怎地，我偏不喜歡她的母親，但她終究是她母親，而那女孩不管怎麼說都是她女兒。只是，有一兩次我看見女兒對母親說話的態度讓我覺得不以爲然，要是我們的小芬妮有幸活到現在，我絕不會喜歡她用那種態度跟我說話。不，那種態度是不對的，也許我認爲對的態度，現在的人反嫌落伍了，可是我喜歡對的態度。然後，那女孩又吸引了我的注意力，我們愉快交談，都怪花園裡的步道不夠寬，茉莉無法和我們並肩同行，只好跟在我們後頭像隻小狗一樣跑著。那女孩因爲專注聽我說話，無暇顧及其他，連一次也沒轉過頭去跟茉莉說話。我不是說她們感情不好，那女孩畢竟是羅傑的心上人，也對我謙恭有禮，我所說的每一句話她都非常用心聽，如果我再找她碴，豈不顯得太不知感恩嗎？啊，兩年的時間，變化可多了！況且那小子什麼都沒跟我交代。我也跟他一樣莫測高深好了，暫時不提這件事，等他回家來再由他親自告訴我。」

所以，儘管高興收到辛西雅捎來羅傑每次來信時所寫的消息，此舉誠然也漸漸融化了他故意裝作冰冷的心，但漢利老爺還是克制自己，僅給辛西雅寫了最簡短的謝函。他用字言簡意賅，甚爲正式；辛西雅自己倒沒想太多，覺得只是舉手之勞，沒想到老爺還客氣得寄來謝函，她已相當滿意。然而，她母親卻對老爺的遣詞用字大加批評，嚴加審視。吉布森太太覺得自己的看法果然再正確不過，她心裡頭早認定漢利老爺是個守舊派，他和他的家以及他家裡的家具都有重新磨光打亮的必要，當——她每次都不把話說完整，只會重複對自己道：「說說又無妨。」

回頭看看漢利老爺，因爲現在有正經事要忙，身體恢復了健康，精神也就恢復了爽朗。假如奧斯朋願意跟他妥協，父子間的關係挺可能恢復正常，不過奧斯朋既非眞正的病人，尙未出現嚴重病癥，當然不會努力讓自己恢復健康了。有時漢利老爺拉下老臉，拋開自尊邀奧斯朋陪他出去走走，大兒子總會走到窗邊看看外面，不是說風太大就是嫌天氣太涼，找藉口留在家裡看書。奧斯朋會走到屋外的向陽面，獨自在那裡踱步，那種樣子看在漢利老爺眼裡，覺得眞是懶惰又娘娘腔。然而，若是奧斯朋想出門——他這陣子還滿常出門的——整個人就又活力充沛了，天空裡的烏雲、凜冽的寒風、潮濕的空氣，對他來說都不算什麼。漢利老爺不知道眞正促使奧斯朋想往外跑的神祕因由，遂把問題歸咎自己身上，以爲奧斯朋不喜歡待在家裡，也不想面對乏味無聊的父親。

「這眞是個錯誤，」漢利老爺思忖著，「我現在明白了。我自己不善於結交朋友，老認爲那些牛津、劍橋的人看不起我這個蠢鄉下人，就先下手爲強，不跟他們往來。可是當兒子們到拉格比和劍橋念書時，我應該讓他們結交朋友的，就算他們看不起我又怎麼樣呢？不過就是態度讓人不舒服而已。現在，我本來就少的朋友因爲死亡或其他因素，變得更少了。我知道欠缺朋友肯定讓一個年輕人難受不已，可是他也不著直接坦白地對待我。我雖是越來越硬心腸，但有時仍難免感到椎心的刺痛。啊！他以前多喜歡他老爸呀！如果把那塊地整理好，我就有錢可以給他了，還能讓他去倫敦，去任何他喜歡的地方。也許他這次會表現得較好，或乾脆來個一敗塗地……但無論如何，若能給他一筆錢，他也許會對家中老父有好印象了——我得讓他改變對我的看法才行，這是我的使命！」

其實，若非漢利老爺挑錯時機跟奧斯朋洩漏出羅傑跟辛西雅的訂婚，在他們父子倆漫長時間的獨處中，奧斯朋極有可能主動告訴漢利老爺他已經結婚的事實。那是個天氣潮濕的星期天午後，漢利老爺和奧斯朋一起坐在空曠的客廳裡。奧斯朋早上沒去做禮拜，而漢利老爺去了，現在正努力讀著一篇布萊爾的講道集。父子倆早早便吃過午餐，這是他們星期天的習慣；說眞的，午餐也好，講道集也罷，外加這無可救藥的潮濕天氣，皆讓漢利老爺覺得午後時光教人悶得發慌。他對星期天的言行有些不成文的規定：吃冷肉，讀講道集，晚禱之前不抽菸，盡可能不去想土地狀況和田裡莊稼，保持衣著莊重，態度嚴肅地坐在屋子裡，然後再赴教堂參加第二場禮拜，比教堂辦事員更大聲地念著聖經的經文。這一天雨下個不停，所以他沒去下午場的禮拜。

難得地睡了場午覺，仍覺下午冗長得不得了！彷彿過了好久，他終於看到漢利大宅的僕役們做完禮拜，沿著田邊小路蹣跚地往家裡走來，撐著的傘開成一列雨傘花！他在窗前站了半個小時之久，手插在口袋裡，嘴巴違逆了傳統規範的吹著口哨，常突然間戛然而止以打哈欠作結。他斜睨著眼，瞧著坐在火爐旁專心看書的奧斯朋。可憐的漢利老爺就像童書裡所描述的小男孩，邀請各種鳥類和動物過來陪他一起玩，但每回都被冷靜明確地給拒絕了，他們另有要事，無暇相陪。眼前老父親只想兒子能放下手中的書，陪他說說話。天氣既潮濕又陰暗，若能聊聊天，消磨消磨時間多好呀！

然而，奧斯朋背對著父親佇立的窗戶，全然無視於這一切，只低頭專心看書。他同意父親的見解——這的確是個潮濕的下午，但對於父親試著想聊的敏感話題，他一概不感興趣。漢利老爺心想，得談些引他振奮精神的話題才行。忽然間，漢利老爺想到了羅傑和辛西雅的事，於是幾乎不加思索，脫口而出：「奧斯朋，你知道嗎？羅傑有喜歡的對象了。」

此舉果然奏效。奧斯朋隨即放下手中的書，轉頭看著他父親。

「羅傑有喜歡的對象了！我不知道！從沒聽他提過——不敢置信——換句話說，這簡直太——」然後不再說話，因為他想自己要是說出心中臆測的對象，等同背叛辛西雅・柯派屈克。

「對啊！雖然他連提都沒提過。你要不要猜猜對方是誰？不是我特別喜歡的女孩——跟我心中的理想沾不上邊，不過人倒是長得挺漂亮的。我想，這都該怪我。」

「對方是誰？」

「我就不再拐彎抹角，反正都說這麼多了，索性全告訴你吧！是辛西雅・柯派屈克，吉布森先生的繼女。但這還算不上訂婚，提醒你——」

「我很替他高興，希望她也喜歡羅傑——」

「喜歡——這門親事對她而言是高攀，她怎可能不喜歡？要是羅傑回來時還沒改變心意，我敢打包票，她只會興高采烈！」

「我在想，羅傑怎麼不跟我講。」奧斯朋有點受傷的感覺，此刻開始想到自己的景況。

「他也沒跟我提過呀！」漢利老爺說：「是吉布森告訴我的，有一天他上這兒來，爲了信守承諾而把一切都說給我聽了。因爲我一直跟他說，不想要你們兩兄弟愛上他家女孩。老實說，我指的是你——儘管是羅傑也已經夠慘了，不過，後來當然有可能無疾而終。話說回來，如果是你的話，我就要跟吉布森絕交了，而且不准你們再到他家去，我是這麼跟他說的。」

「抱歉打斷您說話，不過我只說這麼一次，我申明我有選擇妻子的權利，無須經過任何人同意。」奧斯朋生氣地道。

「那你跟你妻子就不要援助好了，因爲我一毛錢都不會給你，小子，除非你找個讓我滿意的對象，結個令我滿意的婚。這是我對你的全部要求了！我不求你找個美麗聰明又會彈鋼琴那種的，羅傑眞娶了辛西雅，那我們家就不缺這些。我也不反對你找個年紀長一點的，只要出身好，能帶過來的錢更是越多越好，這全是爲了家裡著想。」

「父親，我再說一次，我的妻子由我自己選擇，不接受他人的擺布或命令。」

「好，很好！」漢利老爺說道，這下換他生氣了。「這件事，如果你沒拿我當父親看，你也就不必當兒子了。不聽我這個老人言，你注定吃虧在眼前啦，這件事情到此爲止。現在我們誰也別生氣，這還是星期天下午呢！我不想犯這個罪，況且羅傑的事也沒說完。」

奧斯朋拾起書又將一頭栽進的樣子，明顯地氣惱。連他父親要他把書放下，他都不聽。

「就像我之前說的，我跟吉布森談起你們兄弟倆常到他家去的情形時，他還沒發現你們四個男女間有什麼異樣情感，但他承諾一旦發現異狀，會立刻讓我知道。所以，他一知道羅傑和那女孩之間的事，就來告訴我了。」

「這到底——他們進展到什麼地步了？」

奧斯朋語氣中透出一絲令漢利老爺不甚喜歡的意味，漢利老爺開始帶著怒氣回答。

「這是正確無誤的，我說的都是眞的。羅傑喜歡上那女孩還跟她求婚了，就在他離開的那一天。他離開家往何陵福特搭驛馬車的時候，到吉布森家去了一趟。你有時候反應還眞慢，奧斯朋。」

「我只能說，這些細節我是頭一次聽說。請容我提醒，以前從未聽您提過。」

「不管有沒有提過，我的重點是要告訴你，羅傑傾慕柯派屈克小姐，也開口求婚了。這樣你當然聽得懂了，對吧？」

「是的。」奧斯朋禮貌地應話，「我想請問一下，依我看來，柯派屈克小姐是個非常好的女孩，她答應羅傑的求婚了嗎？」

「當然，我看是立刻就答應了，」漢利老爺回答中有幾分悶悶不樂，「被漢利家的少爺求婚可不是每天都有的事。現在我跟你說，奧斯朋，你是炙手可熱的黃金單身漢——漢利家的傳人，你的婚姻是我們重振家聲的好機會。就這一次，請你聽我的，要不然我會傷心透頂。」

「父親，請別說這種話。」奧斯朋說：「您要我做任何事，我都答應，唯獨……」

「唯獨我一定要你做的事。」

「哦，啊，我們暫且別談它好了。目前我沒有結婚方面的問題。我覺得最近身體不大好，沒打算去參加社交活動認識女孩子，就連給自己辦個進入社交圈的宴會都沒力氣。」

「我們快來給你辦個進入社交圈的宴會吧！感謝上帝！這一、二年裡會有更多錢進來。至於你的健康問題，你成天縮在火爐旁邊不出去曬太陽，而且看到啤酒像看到毒藥似的，連碰都不碰，身體怎麼好得起來呢？」

「我就是這樣。」奧斯朋懶洋洋地道，玩弄著手中書本彷彿想結束對話，又再翻起書。漢利老爺把這些動作看在眼裡，十分明白奧斯朋的意思。

「那，」漢利老爺說：「我去和威利聊一下黑貝西的事，看看那匹可憐的老馬該怎麼辦。稍微關心動物的病痛，也是星期天該做的善事。」

漢利老爺前腳才走出客廳，奧斯朋隨即放下了書本。他把書擱在旁邊桌子上，身體躺進椅子裡，用雙手摀住眼睛。最近他健康欠佳，對許多事情都無精打采，其中最令他疲憊的當然也就是最危險的——他已經結婚的事，瞞了他父親好久，隨著時間流逝，這件事竟越來越難說出口。少了羅傑相助，他眞不曉得該如何跟脾氣暴躁的父親解釋：當初情竇初開的試探，不爲人知的婚姻，和心愛的人共結連理的幸福快樂，以及——唉！這隨之而來的劇烈痛苦！奧斯朋的確把自己逼進了死胡同，讓自己在身心兩方面都快喘不過氣來。他被困住了，看不見出路，除非一鼓作氣才能衝出去，但又覺得自己做不到。因此，帶著一顆沉重的心，他只好又躲進書本裡。每一件事似乎淨在跟他作對，偏偏他不夠強壯，無法克服擋在前面的障礙。聽到父親所提供的消息，他唯一的明顯舉動就是在第一個好天氣來臨時騎上馬，往何陵福特探望辛西雅和吉布森家的人。他許久沒到那裡去了，惡劣的天氣再加上羸弱的身體，使得他無法成行。

一到吉布森家，他發現大家都在準備和討論辛西雅赴倫敦的事。奥斯朋向辛西雅道賀，並表示很替羅傑高興，辛西雅卻不怎熱絡回應。當然，這件事已隔有點久了，然而辛西雅哪裡曉得奥斯朋這幾天才得知，還處在興奮情緒中。當奥斯朋開始對辛西雅表達祝福之意，辛西雅正偏著頭想手中的緞帶該怎麼打結才美。

奥斯朋湊近辛西雅身邊，低聲說：「辛西雅——我現在可以叫妳辛西雅了，對吧？我眞高興聽到這個消息。我才剛聽到而已，但心中非常高興！」

「你說的是什麼消息？」她滿心疑惑。只要想到她的祕密一個人傳過一個人，她就覺得心煩，到後來根本不是祕密了。話雖如此，辛西雅決定裝蒜的時候，猶可裝得不留痕跡。「爲什麼你現在開始喚我辛西雅呢？」她臉上保持著微笑，「你剛剛說了可怕的話，你可知道？」

奥斯朋溫柔的祝賀卻換來辛西雅的戲謔，心中難免感到不舒服，他本就是多愁善感的人，因此約有一分鐘時間沉默著。待辛西雅完成緞帶的蝴蝶結之後，側過頭對著奥斯朋，聲音又低又急，想趁母親和茉莉不注意的時候繼續往下說。

「我想，我猜得到你爲何那樣說。可你知道麼，這是個祕密，你應該不知曉才是。何況事情也沒有到那麼嚴肅的地步，可以稱之爲『訂婚』，他也不願我這樣想。好了，我言盡於此，你也不要再傳了。請記得，你本不該知曉這件事——這是我自己的祕密，我尤其希望別再有人提起。我不喜歡被拿來討論。哦，一個小漏洞卻源源不斷地滲出水來呢！」說完，她便加入吉布森太太和茉莉那邊去，若無其事地談些無關緊要的事。

奧斯朋一片熱情被澆了盆冷水，他原想會見到一個思念情人的女孩因為知己人來訪，有個吐露心事的機會而興奮不已。他實在太不瞭解辛西雅的個性了，她越是懷疑有人要來探她的感情就越不動聲色，她是個可以完全掌控自己情緒的人。奧斯朋費心來看她，現在卻有氣無力，疲憊地癱在椅子上。

「你這可憐的年輕人，」吉布森太太來到他身邊溫柔地安慰，「你看起來好累！拿些古龍水擦擦額頭。這春天的氣候也讓我招架不住。我想，義大利文的春天叫『普利瑪』哦！雖說是一年之初大地回春之際，但對體質纖細的人來說還挺難捱的，尤其氣溫變化之大更是主要原因——讓我有嘆不完的氣。誰教我感覺敏銳啊，肯莫伯爵夫人以前常說我就像溫度計似的。你知道她生病了嗎？」

「不知道。」奧斯朋應道，也不太在乎。

「她生病了，不過現在好多了。我擔心她的健康，整顆心都懸著呢！我在這兒家務纏身走不開，又無從得知最新狀況，只好苦等著下一封信，不知會捎來什麼消息。」

「她人在哪兒呢？」奧斯朋漸顯得有點關心了。

「在溫泉療養，離這兒可遠著呢！寄信要三天才到！你能想像我的心情有多不安嗎？我同她住了那麼多年，跟他們一家關係那麼密切。」

「可是，海芮小姐在上一封信中說，他們預期她的健康狀況會比前幾年好。」茉莉天眞地說。

「是哦，海芮小姐。當然了，每一個認識海芮小姐的人都知道她生性活潑、看法樂觀，不能完全採信。大抵來說，陌生人常被海芮小姐給迷惑了，她總能一見面就擄獲他們的心，可是她說的話不是百分之百能信的。」

「那我們就祈禱她這次說的能信好了。」辛西雅簡短地說：「他們現在回到倫敦了，而肯莫夫人並未因旅途覺得勞累。」

「這是他們說的，」吉布森太太說時搖搖頭，還故意強調了一下那個「說」字。「我也許多慮了，可是我總希望能親自看看她，由我自己判斷一下。唯有這樣才能使我真正放下心來。我甚至認爲我該跟妳去一趟倫敦，辛西雅，去個一兩天，能夠親眼看看她就好。再說我也不放心妳一個人獨自旅行。我們多考慮考慮，等做出決定，妳再寫信給柯派屈克先生提一下這件事，就說我不放心，而且只需要跟妳擠一張床就夠了，也不過才幾個晚上而已嘛！」

譯註：

①哥德史密斯（Oliver Goldsmith，1728～1774），愛爾蘭詩人、作家，以小說《威克菲牧師傳》（*The Vicar of Wakefield*）和詩集《荒村》（*The Deserted Village*）聞名於世，另著有《羅馬史》（*History of Rome*）。之後所引用之原文為：「He threw off his friends like a huntsman his pack, for he knew when he liked he could whistle them back.」

第四十章 茉莉的假期

吉布森太太即以這種方式第一次提出想跟辛西雅一道去倫敦小住幾天的打算。她有招把戲，就是趁家裡有外人在時提出新計畫的構想，這樣就算家裡人直接的反應是不贊同，也只好先忍著聽她講完。對茉莉而言，這項提議幾乎好得不像是眞的。她從不讓自己承認跟繼母同住一個屋簷下有著許多拘束，但突然間，她發現一聽到繼母的計畫，自己可能起碼有三天的假期，內心竟高興得狂舞——這可是讓她跟父親輕鬆愉快過日子的絕佳良機。哦，美好的往日時光又回來了，用餐時也不用遵守那些沒完沒了的繁文縟節和規規矩矩的儀態了。

「我們晚餐來吃起司配麵包，就放在膝頭上吃。而且故意吃水分太多的布丁，哈，用叉子代替湯匙，吃得邋遢也不打緊，就算想把刀子放進嘴裡割傷自己也沒問題。爸爸趕時間，把茶倒進碟子裡也行，我渴了，就拿桌上裝殘渣剩液的淺碟子解決。還有，哦，我要想辦法弄到、買到、借到、或偷到一匹任何品種的老馬。我那條灰色騎馬裙雖然不新了，仍舊可以穿。眞是太令人高興了！畢竟，我又可以快樂起來了。好一段時間，我都以爲自己老得感覺不到快樂，更別提幸福了呢！」茉莉這麼作想，然又不禁臉紅，彷彿腦子裡盤算著什麼陰謀似的。

看穿她心思的辛西雅有一天說道：「茉莉，妳很高興可以擺脫我們了，對不對？」

「不是啦！辛西雅，至少我沒想擺脫妳。只不過，妳知道我有多愛爸爸，以前跟他相處的時間跟現在比起來多得多——」

「啊！我就覺得我們好像闖入者，根本就是——」

「對妳，說眞的，我從未這樣想過。妳讓我的生活充滿新樂趣，就像我的姊妹。這樣的關係是我從未經歷過的美好。」

「那，媽媽呢？」辛西雅追問，半是懷疑、半是難過。

「她是爸爸的妻子，」茉莉平靜地說：「當然我得承認偶而難免有失落感，因爲我在爸爸心中已不再居首位。然而，事實就是如此……」她的臉整個漲紅起來，甚至眼睛都要冒出火苗，一時之間情緒激動得想哭。那垂絲柳樹，那心中的哀愁，以致於那緩緩降臨的安慰；腦海中突然清晰地浮現那個在她內心徬徨孤立無援時安慰她的人——「是羅傑！」她望著辛西雅，本還遲疑要不要提起這個名字，「是羅傑在我聽到消息，心裡驚駭又難過時，告訴我該如何接受爸爸的再婚。哦，辛西雅，能被他深愛著是多麼棒的一件事啊！」

辛西雅紅了臉，看起來十分樂於接受這番豔羨。

「呃，我想是吧！不過話說回來，我怕他會期望我一直像他心裡所想的那麼好，那我可就得在接下來的日子裡都戰戰兢兢地生活了，茉莉。」

「妳的確很好呀，辛西雅！」茉莉插嘴道。

「不，我不是。妳跟他一樣都錯了。有一天我在你們心裡的地位將一落千丈，就像那天穿堂裡掛著的，因爲彈簧斷裂而停擺了的鐘一樣。」

「我想，他愛妳的心不會改變。」

「妳能這樣嗎？妳還會是我的朋友嗎？如果、如果妳發現我曾經犯下荒謬錯誤？請妳記得有時候要我做出對的事，實在非常困難……」她邊說邊握住茉莉的手，「我們姑且不要從妳或我、或媽媽自己的觀點來看她好了，妳應該不難發現她不是懂得如何撫養女兒，甚或——哦，茉莉，妳不知道當我迫切需要有人相伴且給些建議的時候，是如何孤立無援。媽媽一點也不懂，如果能給我智慧與良好引導，我可以有什麼樣的蛻變。可是我知道，甚至——」她突然間警覺到自己透露出太多內心的情感，因而覺得羞赧，「我試著不去在意，其實，我敢說那反成了錯誤之源。不過如果每件事都非得嚴肅看待不可的話，光煩就把我煩死了。」

「真希望我可以幫助妳，或是瞭解妳。」茉莉在心裡無解地困惑了一兩分鐘後才答道。

「妳可以幫助我的。」辛西雅倏地轉變了態度，「我可以修改帽子，編出漂亮的髮辮，就是沒辦法像妳那麼靈巧地收摺禮服與衣領。妳可以幫我打包嗎？那是最有用、最具體的仁慈了，不是空空洞洞，只動動嘴皮子卻不著邊際的安慰而已。」

一般而言，到車站送行的人總是心情低落，憋忍住離愁看著離開的人漸行漸遠；而離開的人也總是滿腹離情、依依不捨，盡量看點不同的風景，轉移注意力來沖淡難受的惆悵。話說在跟父親把吉布森太太與辛西雅送上駛往倫敦的驛馬車後，茉莉竟是愉快無比，走在回家的路上，幾乎要跳起舞來。

「現在，爸爸！」茉莉說：「您這整個星期都是我一個人的了。您得乖一點才好。」

「那妳可別對我太兇。不要走那麼快，我都快喘不過氣來了，別那麼急，固德芬太太在那兒呢！我們差點錯過她了。」

他們走到對街去和固德芬太太打招呼。

「我們剛剛送我太太和她女兒去搭往倫敦的驛馬車。吉布森太太要出外一週。」

「唉喲，到倫敦哪！而且只去一個星期！啊，這趟路可真遠的！茉莉小姐，妳的同伴不在身邊，妳可就寂寞了喲！」

「對呀！」茉莉猛然驚覺固德芬太太說得還眞沒錯，「我會很想念辛西雅。」

「而您，吉布森先生，哈哈，您可又恢復單身生活了！您千萬得找個下午過來跟我喝喝茶。我們非得想個法子讓你跟我們同樂一下。這樣吧，我們約星期二好嗎？」

儘管茉莉死命捏他的手臂，吉布森先生還是接受邀請了，固德芬太太相當滿意。

「爸爸，您怎能夠接受，這麼浪費我們的下午呢？我們總共才六天時間，現在只剩下五天了。我還巴望著我們這幾天可以一起做事呢！」

「做什麼事？」

「哦，我不知道。就是想做什麼便做什麼，無拘無束的。」茉莉有些淘氣地看著她父親。她父親眼睛閃著明白的亮光，不過臉色倒是挺嚴肅的。「我可是好不容易被訓練成舉止有禮、行止有度的上流紳士，才不想一夕之間就崩壞了。妳不要害我。」

「好，好，您不會崩壞的，爸爸。我們這星期每天午餐都吃起司配麵包。每天晚上您都可以在客廳穿拖鞋，安安靜靜地待在家裡。對了，爸爸，您不覺得我應該可以騎一下羅娜克蓮娜嗎？我已經找出那條灰色舊騎馬裙了，也會小心讓自己看起來乾淨整齊。」

「那，要去哪兒找側騎的馬鞍呢？」

「說實話，舊馬鞍早不適用於那匹高大的愛爾蘭母馬了。但我不需要特別裝備，爸爸，我想我沒問題的。」

「謝謝妳哦！不過我不想回到野蠻人的生活，還是想看我女兒像淑女一樣上馬、騎馬。」

「想像一下我們在鄉間小路上並肩騎馬……啊！犬薔薇想必已經盛開，還有忍冬，以及那些稻草——我好想再去看馬利曼家的田地！爸爸，就讓我跟您一起騎馬出門，拜託啦，我真的沒問題。」

果如茉莉所期盼，她的願望「眞的」實現了。整個星期愉快美好的兩人假期，只有一處美中不足：大家爭邀喝茶，把他們當新郎跟新娘似的。實乃因爲吉布森太太進門後便規定他們家晚餐時間延後，這樣一來就跟何陵福特當地習慣的喝茶時間衝突了。吉布森太太邀請人家六點鐘過去喝茶，一般人都已經在吃晚餐了，誰還過去喝茶呢？然後他們邀請人家八點半過去晚餐，自己不吃蛋糕、三明治，誰還敢肆無忌憚在他們面前大快朵頤，一副餓死鬼的樣子呢？所以大家紛紛邀請吉布森先生參加何陵福特當地的茶會。吉布森太太婚後目標是「融入」小鎭文化，卻把鄉親茶會當作無足輕重的小事看待。茉莉挺懷念以往她偶會參加的樸實聚會。隨著邀請不斷湧入，茉莉免不了爲自己跟父親的兩人時光又要減少而發牢騷，但另一方面也由衷高興又可重溫老方式跟老朋友們聚聚。布朗寧小姐和菲比小姐特別同情茉莉的寂寞，照她們的說法，茉莉就是天天上門吃晚餐也沒問題，即使茉莉不這般打算也得常常走訪，免得傷了她們的心。

出遠門的期間，吉布森太太給丈夫寫了兩封信。這則消息讓布朗寧小姐很滿意，她們姊妹倆最近幾個月不太到吉布森家去，因爲覺得不待受歡迎的樣子。她們在冬夜常討論起吉布森先生一家，談起來就沒完沒了，因爲話題不少且天天不同。她們最想知道的是吉布森先生和他妻子相處得如何，其次想知道新任吉布森太太奢侈與否。現在，她們得知出門的吉布森太太給丈夫寫了兩封信，足見兩夫妻之間感情和諧，然還不到非常好的地步，畢竟寄的不是限時掛號信，只是平信而已。倘再來第三封信，可就顯得有些過頭了。當茱莉告訴她們，吉布森太太的第二封信是在回何陵福特前一天晚上所寫的，布朗寧小姐們互看了一眼，滿意地點點頭。她們放心了，因爲兩封信表示吉布森夫婦感情剛剛好，由她們對吉布森家的瞭解也恰到好處：多於兩封太過頭，若僅一封便只是交差了事。不過，布朗寧姊妹之間有一個問題尚在爭執中，即第二封信的收信人是誰。就夫妻的觀點來看，給吉布森先生寫兩封信無可厚非，但若寫給茱莉，豈不更顯現繼母的溫柔體貼？

「親愛的，妳說吉布森太太給你們寫了兩封信，」布朗寧小姐道：「我想，第二封信是寫給妳的吧？」

「第二封信很長，其中有一半是辛西雅寫給我的，其餘則寫給爸爸。」

「這是挺好的安排，我覺得。辛西雅都說了些什麼，她玩得高興嗎？」

「哦，對呀！我想她玩得可高興了。她們去參加了晚宴，然後有一個晚上，媽媽去肯莫夫人家，辛西雅就跟她堂妹們一起去看戲。」

「我就說嘛！短短一個星期做這麼多事？我說這個叫『盡情玩樂』，你們算算嘛——星期四還在路上，星期五休息，而星期天就是星期天，全世界都一樣。信肯定是星期二寫的。好了！我希望辛西雅回來時別覺得何陵福特無聊才好。」

「我覺得不太可能。」菲比小姐帶著幾分假笑，一副了然於心的神情，看起來跟她仁慈純眞的臉龐不大相稱。「茱莉，妳常跟普瑞斯頓先生見面，沒錯吧！」

「普瑞斯頓先生！」茱莉驚訝得滿臉通紅，「不，沒有的事。他整個冬天都在艾斯坎伯，您知道的！他不過才剛回來，您怎會這麼想呢！」

「哦！當然是有人告訴我們的嘍！」布朗寧小姐說。茉莉從小聽這句「有人告訴我」聽到大，最討厭這句話了，眞想把那個「有人」掐死。既然敢說，爲什麼不敢直陳是誰說的？偏偏布朗寧小姐們就愛這種把戲，尤其是菲比小姐，簡直在玩機智問答遊戲。

「有人趕巧在某一天經過石南巷，看到普瑞斯頓先生和一位年輕小姐，唔，我們暫且不說是誰了。他們一起親密地走著，也就是說他騎著馬，可是旁邊步道高於馬路，加上那邊恰有一座木橋橫跨在小溪上——」

「也許茉莉把這件事當成祕密，我們就別追究了。」菲比小姐道，她看茉莉一副狼狽樣、又氣又惱的。

「這哪會是什麼祕密，」布朗寧小姐放棄了「有人說」策略，對菲比小姐的打岔祭出明確證據加以斥責，「因爲洪波小姐說過普瑞斯頓先生已經訂婚了。」

「我可以確定，他訂婚的對象絕不是辛西雅。」茉莉略顯激動，「拜託，別再傳這樣的事了……您們不知道這樣的事會對當事人造成多大傷害。我最討厭這種謠言了！」茉莉在說這些話時口氣自然不是挺好，但她當時只想到羅傑。要是他聽到類似傳言，心裡肯定很難受（雖然他人遠在非洲中部！）——茉莉這麼一想，難掩氣憤，臉都氣紅了。

「哎喲喂呀！茉莉小姐！妳不記得我年紀大得都可當妳母親了嗎？怎拿這款態度跟我們——跟我說話呢！妳說『謠言』是嗎？告訴妳，茉莉——」

「對不起。」茉莉僅是半懺悔地說。

「我相信妳不是故意這樣對姊姊說話。」菲比小姐試圖打圓場。

茉莉未立即作出回應。她還是想解釋給她們聽，把這些話傳來傳去會對當事者造成多大傷害。

「難道您們不明白嗎？」她繼續說，臉上仍氣得發紅，「用這種說三道四的方式在人家背後說閒話，萬一聽的人眞的很在意，可怎麼辦才好？況且也是極有可能發生的事啊，也許普瑞斯頓先生的確跟人訂婚呢？」

「茉莉！這樣我就要可憐起那個跟他訂婚的女人啦！說眞的，我對普瑞斯頓先生印象糟透了。」

布朗寧小姐語氣中頗富警告意味，她忽然想到了另一件事。

「哦，但那個女人、或那個女孩，她也不會高興聽到有關普瑞斯頓先生的謠言。」

「也許吧！可是不管怎麼說，記住我的話便行。他是個愛拈花惹草的男人，年輕的小姐們跟他保持距離較妥。」

「我相信他們是意外在石南巷遇到的。」菲比小姐說。

「我完全不知這件事。」茉莉回道：「我今天實在太失禮，只是，請您們莫再提起這件事了。我這樣請求您們，自有我的理由。」說罷隨即起身，因爲聽見教堂的鐘聲，時間已比她預期還要晚了，這時候她父親八成已回到家了。她彎下腰親親布朗寧小姐陰鬱不甚愉悅的臉。

「妳長得好高了，茉莉！」菲比小姐出聲，急欲掩飾姊姊的不高興。「就像某首老歌的歌詞說『高得像棵白楊樹』呢！」

「不能光長身子，也需長點腦子才行，茉莉！」布朗寧小姐目送茉莉走出門，再補上這一句。待茉莉身影離去，布朗寧小姐隨即起來緊緊把門關上，然後拄著她妹妹坐下，低聲說：「菲比，那天跟普瑞斯頓先生出現在石南巷的就是茱莉她自己呀，都被固德芬太太看到啦！」

「我的天哪！」菲比小姐驚叫道，聽姊姊這麼一說，立刻覺得是千眞萬確。「妳怎麼知道的？」

「採取『對號入座法』。難不成妳沒注意到茱莉起先整張臉有多紅，接著轉爲蒼白，然後說她知道普瑞斯頓先生和辛西雅·柯派屈克絕對沒有訂婚嗎？」

「也許沒有訂婚。可是固德芬太太看到他們在一起閒晃，只有兩個人獨處——」

「固德芬太太只是在經過石南巷的時候瞧見而已，那時她坐在馬車裡。」布朗寧小姐簡潔有力地說：「我們都知道她乘車一向蜷曲坐著，故有可能一半是眼見、另一半是瞎猜，更何況她連站在平地視力都不怎好了，遑論坐在搖來晃去的馬車裡。茱莉和辛西雅都有條新的格子花呢披肩，十分雷同，此外兩人也把帽子樣式弄得相仿，再說了，聖誕節後茱莉身高已追上辛西雅。我以前老擔心她會長得矮矮胖胖，現在倒是人人稱羨的又高又苗條啦。我敢說固德芬太太那天看到的是茱莉，但卻誤認爲是辛西雅。」

布朗寧小姐一說出「我敢說」這樣的字眼，菲比小姐就放棄所有的疑問了。她靜坐著整理自己的思緒，然後才開口：「姊姊，說到底，他們也非不相配。」她溫順地道出看法，等著姊姊認可。

「菲比，普瑞斯頓先生跟我們至交好友的女兒怎會相配呢！早知道他所做的事，去年九月我們就不邀他過來喝茶。」

「怎麼了，妳知道什麼？」菲比小姐追問。

「洪波小姐跟我說了好些事情呢，其中有幾件我覺得妳不應該聽，菲比。普瑞斯頓先生曾跟一位美麗的葛瑞森小姐訂婚，在漢威克。他從漢威克來的，葛瑞森小姐的父親對男方身家背景稍加調查，竟聽到許多負面消息，於是要女兒取消婚約，葛瑞森小姐卻因此香消玉殞。」

「這太令人震驚了！」菲比小姐想當然地倍受震撼。

「另外，他經常出入撞球間，也會賭馬，據聞還養了賽馬。」

「可是，肯莫伯爵繼續讓他當土地管理人，這不是很奇怪嗎？」

「不！也許不奇怪。普瑞斯頓先生對於管理土地相當有一套，又瞭解法律相關事宜，伯爵也許不必去在意他的私生活——也或許伯爵知道呢，光看他喝了太多酒時說話的那副樣子就曉得了。」

「喝了太多酒……哦，姊姊，他是個酒鬼嗎？我們竟還請他過來喝茶！」

「我可沒說他是酒鬼，菲比。」布朗寧小姐沒好氣地說：「男人有時難免多喝了幾杯，並非這樣就叫酒鬼。別再讓我聽到妳用這麼粗俗的字眼，菲比！」

受到此番斥責，菲比小姐沉默少頃。眼前，她又開口道：「我眞希望不是茉莉．吉布森。」

「妳愛怎麼希望就怎麼希望，我確定是茉莉沒錯。但我們最好什麼都別跟固德芬太太說，既然她以爲是辛西雅，乾脆讓她這樣想吧！時間自會讓一切浮出檯面。普瑞斯頓先生興許和辛西雅還滿配的，辛西雅在法國長大，儘管儀態優雅，倒也沒什麼特別之處。普瑞斯頓先生絕不行，不該和茉莉在一起，要我衝進教堂反對他們的婚禮都可以！只不過我擔心……我擔心她和他之間藏有祕密。我們得保持警醒，菲比，不管她願不願意，我都是她的守護天使。」

第四十一章 疑雲密布

吉布森太太回來了，對倫敦之旅讚不絕口，說肯莫夫人如往昔優雅，且眞情流露。「她剛回英國不久，我就去看她，讓她感動不已。」海芮小姐對前任家庭教師自然也像從前般熱絡，而肯莫伯爵則是「向來都很熱情」。至於柯派屈克一家，他們豪宅是無哪位大法官的住宅能與之相比的，此外女王律師顧問的絲質長袍既好看又貴氣，在眾僕役面前威風凜凜。辛西雅同樣受到了許多讚美，柯派屈克太太慷慨大方地給辛西雅備妥舞會華服與花環、漂亮帽子及外套，簡直像個神仙乾媽。跟這些大手筆的禮物比起來，吉布森先生給的十英鎊顯得微不足道。

「辛西雅受歡迎到極點，都不知道他們肯不肯放她回來了。」吉布森太太對倫敦行的結論如上。「那麼，妳跟爸爸都做些什麼，茉莉？從妳的信看來，你們過得很愉快。我在倫敦無暇看信，就把信放在口袋裡，趁著搭驛馬車回來途中看。不過，親愛的孩子啊！妳看起來完全跟不上流行，身上的衣服好落伍，還有，妳那頭捲髮亂蓬蓬的。捲髮早過時了，我們得給妳變個髮型才行。」吉布森太太嘴裡嘟噥著，用手去順茉莉的頭髮，像要把捲髮給梳直似的。

「我給辛西雅轉去一封非洲來的信，」茉莉靦腆地說：「您是否聽過辛西雅提及信上的內容？」

「哦，是啊！可憐的孩子！我想那封信讓辛西雅頗擔心呢，收到信那天，她說晚上不想去參加洛森先生的舞會，人家柯派屈克太太都幫她把舞會服裝準備好了呢！可是她實在沒什麼好擔心的。羅傑信上不過說他又發了一次燒，寫信時已經好多了。他說每個到阿比西尼亞，就是他所在之處去的歐洲人，總得經歷發燒來適應當地環境。」

「辛西雅後來去參加舞會了嗎?」茱莉問。

「當然了!他們之間又算不上訂婚，就算是，羅傑哪知道她有沒有去舞會。想像一下，辛西雅如果跟人家說『我認識的一個年輕人去了非洲，約在兩個月前病了好幾天，所以我今晚不想參加舞會』，可不顯得太意氣用事，我最討厭這樣了。」

「她去了也不會快樂的。」茱莉說。

「哦，她玩得可開心了。她的白紗禮服紫色滾邊裝飾，整個人看起來——也許做母親的總是偏愛自己的孩子，但她簡直是舞會裡最耀眼的人。每一支舞都跳喲，虧她還是頭一回露臉呢!我確定她玩得很盡興，從她隔天早上談起舞會的態度就可以看出。」

「不曉得漢利老爺知不知道。」

「知道什麼?哦，對!妳當然是指羅傑的事。我敢說他不知道，也沒必要讓他得知，畢竟羅傑現在沒事了嘛!」說完她便離開，繼續將從倫敦帶回來的行李拆箱。

茱莉放下手邊工作，嘆了口氣。「後天就是他來這裡提議大家到赫斯特森林玩的周年紀念日了，那時媽媽還爲他午餐前就來了不高興。不知辛西雅是否跟我一樣對往事記憶猶新。時至今日，也許——羅傑，羅傑啊!但願——希望你能平安回來!要是……我們如何能忍受!」她伸手摀住臉，努力讓自己別再往下想。

接著茱莉忽地站起身，好像想到了什麼可怕的事。

「我怕她並沒有那麼愛他，要不然就不會……不會去跳舞玩樂了。果眞如此，我該怎麼辦？我能怎麼辦呢？我會受不了的。」

接下來所擔心的是他的健康。她們至少超過一個月沒收到他的來信了，而辛西雅就在這段時間裡返家。茉莉引頸企盼了兩個星期，辛西雅終於結束了倫敦行。辛西雅不在的日子裡，茉莉發覺單是她與吉布森太太兩人相處，眞是無聊到難以忍受，讓人悶得發慌。也許茉莉在過去幾個月裡快速長高成了目前的單薄，情緒上容易激動。不過說眞的，吉布森太太常常哀怨不滿地來上一大段沒來由的牢騷，也不管聽的人是否面露難色，總愛自顧自講到連自己都不知所云，聽得茉莉不想把耳朵封住或直接站起身快步走出客廳都不行。吉布森太太的牢騷可多了：只要有半點事出錯，只要吉布森先生冷冷地跟她唱反調；只要廚子做的晚餐稍有瑕疵，或女傭打破了一件小小的易碎物品；只要茉莉髮型不順她的意、穿著不合她意的服裝，只要晚餐的味道瀰漫了整間房子，或不該來的訪客來了而該來的訪客卻沒來——這些事都可以引發長篇大論的牢騷，讓這位昔日的柯派屈克太太又把已逝的丈夫拿出來哀悼，甚至責罵一番，彷彿一切都怪他死得太早給惹出的禍，要是他沒死就好了。

「回顧過往那些幸福快樂的日子，我當時眞該好好珍惜。說穿了，有青春有愛情，貧窮又算得了什麼！我記得親愛的柯派屈克先生會走上五英里路到我最喜歡的店家去，給我買一個馬芬糕，因爲生了辛西雅後我就好愛吃那種糕點。我不是在抱怨親愛的爸爸，不過只是想——也許我不該講給妳聽，我只忍不住想，當初柯派屈克先生要能多注意自己身體就好了，他咳得那麼厲害，卻固執得不去管它！男人都非常固執，我覺得。而柯派屈克先生這種固執無異是太自私，都沒想到他這麼走了，我一個人該怎麼辦才好。我比一般人更脆弱呀，因我生就一副細膩感性的心腸。我還記得柯派屈克先生寫的一首小詩，他在詩中把我的心比喻為豎琴的一根琴弦，在最輕柔的微風中都會受到振動。」

「我還以為豎琴的琴弦得用力撥動，才能夠發出聲音。」茉莉說。

「親愛的孩子，妳的詩意比起妳父親來眞是好不了多少。還有妳的頭髮更糟糕了！妳就不能把頭髮泡泡水，改善一下那些蓬啊、捲的部分嗎？」

「那只會讓頭髮乾了之後更捲而已。」茉莉忽然覺得想哭，因腦海中浮出了畫面──那已是記不清幾年前，一個年輕的母親在幫小小女兒洗澡穿衣，她把半裸的女兒抱在大腿上，指頭愛憐地輕撫著女兒濕亮亮的捲髮，然後滿懷著深情與喜悅，無限慈愛地親吻寶貝的捲髮頭。

能接到辛西雅來信總教人心情愉快，不常寫信的她一寫就是長信，語氣活潑。她在信上不斷提到新名字，茉莉完全不認識那些人，不過吉布森太太會在旁說明解釋。

「格林太太！啊，那是瓊斯先生的漂亮表妹，她跟她的胖老公住在俄羅斯廣場，他們有自家馬車。但我不確定格林先生是瓊斯先生的表弟，還是格林太太是瓊斯先生的表妹，反正等辛西雅回來，我們可以問問她。韓德森先生！就是留著絡腮鬍的年輕人，以前跟著柯派屈克先生一起學習法律的學徒──還是莫瑞先生的學徒呢？我只記得他們說他跟著某位研讀法律。啊，那些人呀！他們是在洛森先生家舞會隔天來拜訪的，都非常欣賞辛西雅，竟不知我就是辛西雅的媽呢！辛西雅那天打扮得多好看，黑色緞質衣服很襯她的膚色。他們家兒子有隻是義眼，不過堪稱家財萬貫。考門！對，我想起來了，他們家姓考門。」

羅傑有段時間沒捎信，等他再來信的時候，辛西雅也已從倫敦返回。遠遊歸來的辛西雅比以前更嬌豔、穿著更時髦，多虧了本身的好品味和表親們的慷慨大方。雖說倫敦的生活新鮮又有趣，她自己也津津樂道於在那兒的點點滴滴，唯拋開浮華的倫敦回到何陵福特也不見她惋惜。她帶回各色各樣精緻小玩意兒送給茉莉，有最新款式的領巾、編織圍巾所用的圖樣、一副輕巧的刺繡手套（茉莉從沒見過手套帶有那種刺繡），以及其他許多小巧的倫敦之旅紀念品。雖然如此，但不知何故，茉莉總覺得辛西雅和她之間的關係變了。

茉莉明白自己永遠無法一窺辛西雅內心世界，就算辛西雅表現得再眞誠熱絡，她們之間都像隔著一道透明牆。辛西雅亦心知肚明，所以經常以開玩笑方式提及這事實。茉莉當然有切身的領悟，只不過認爲對此無須多想。她知道有時候許多想法或感覺會忽然掠過自己心頭，她從未想過要對任何人提說，除非這些想法與感覺糾結難解，便可能找她父親傾訴。她知道辛西雅迴避的不止是純粹的想法或感覺而已，辛西雅迴避的是事實。然而，茉莉又覺得這些事實可能肇因於辛西雅早年生活上的掙扎受苦，與欠缺母親關愛有關，以致於讓辛西雅在個性上令人難捉摸，要是辛西雅能把童年的一切忘掉就好了，別一直在內心裡渴望能對過去的陰鬱和苦難有所彌補。所以，茉莉現在的問題並非她當初以爲的，要如何讓辛西雅對她訴出眞話，因爲現在的辛西雅分明避著她，每當茉莉直接誠懇且充滿關懷地看著辛西雅時，辛西雅就躲開茉莉的視線。顯然有些話題是辛西雅不想談的，避之唯恐不及的態度倒使茉莉十分好奇，好像事情直接攤開在路上卻指明禁止談論。茉莉注意到辛西雅談及羅傑時的轉變，對此茉莉在莫可奈何中稍感慶幸。辛西雅現在說起羅傑口氣溫柔多了，會稱他爲「可憐的羅傑」，茉莉對此解讀爲辛西雅是在說羅傑信上所提生病的事。

辛西雅回來後頭一週的某天早晨，吉布森先生臨出門前匆匆跑進客廳，他頭戴著帽子，腳穿好靴子，也上了馬刺。只見他走到辛西雅面前，快速打開一本書冊指著其中段落，不發一語，隨即步出客廳。他眼睛閃耀著光芒，臉上帶著某種愉悅神情，茉莉把這一切看在眼裡，也注意到辛西雅看了書冊上的描述後滿臉通紅。接著辛西雅把書冊往前推了推，繼續手上工作，並沒把書闔起來。

「那是什麼？我可以看嗎？」茉莉問道，伸出手想碰桌上的書冊。即便觸手可及，但在徵得辛西雅同意前，她未動手拿起。

只見辛西雅說：「當然可以，科學期刊怎可能藏祕密嘛！不過是會議報導而已。」說著把書冊往茉莉的方向推了一下。

「哦，辛西雅！」茉莉應道，書上的訊息不由讓她屏住呼吸，「妳不覺得驕傲嗎？」因爲書中報導的是地理學會年度大會，何陵福特爵士在大會上朗讀了來自羅傑的信，是他對非洲偏遠地區所做的研究，至今未有任何歐洲人到那麼遠的地方去過，且還寄回了許多珍貴標本。何陵福特爵士朗讀內容引起了全場注意，往後發言的幾位學者也對羅傑・漢利先生的貢獻表示極高讚許。

茉莉興許比較瞭解辛西雅了，她不會讓旁人得到他們所預期的反應。也就是說，不管辛西雅是驕傲、快樂、感激，甚或憤怒懊惱、傷心難過，只要她覺得是別人預期的結果，就會隱藏住眞實情緒，竭盡所能不流露出來。

「對於這則報導，恐怕我並沒有妳興奮，茉莉。對我而言這已不是新聞，雖說當時我還未窺得全貌，起碼也聽說了個大概。我離開倫敦之前就聽說過地理學會大會的事，我堂叔的社交圈內已對這件事廣泛地討論，說實在的，他們沒有把他說得那麼好——那純不過是種社交禮儀，妳知道的，說穿了沒什麼實質意義。反正要是有貴族肯不嫌麻煩把寫給自己的信拿出來念，準會有人大肆宣傳，對當事人恭維一番。」

「胡說，」茉莉說：「妳自己也清楚妳說的不是事實吧，辛西雅！」

辛西雅姿態優雅地抽動一下肩膀，那是她的法式聳肩，依然低著頭做女紅未抬起眼。茉莉又把那則報導從頭到尾讀了一遍。

「啊，辛西雅！」她說：「妳那時也許可以去參加大會，有女士們在場耶！報導中說『有許多女士們也出席了大會』。哦，妳怎能不想辦法參加呢？既然妳堂叔的朋友們熱衷這件事，妳大可以請他們帶妳去的，不是嗎？」

「或許吧！如果我開口的話！不過，他們可能為我突然對科學興趣提高而感到大惑不解。」

「妳不妨把事實眞相告訴妳堂叔。如果妳要求保守祕密，我想他會答應，也一定會幫妳。」

「茉莉，我就說這麼一次。」辛西雅此時放下女紅，語氣嚴肅且略顯急躁，「請記住，我誠摯地希望妳不要提起，或討論我和羅傑之間的關係。等時候到了，我自會告訴我堂叔，告訴每一個相關的人，但此時我不會沒事找事給自己惹一堆麻煩，只為了聽別人對他的讚美就讓這件事提早曝光。如果被逼急了，我會解除婚約，從此和羅傑形同陌路。再沒有比這時候更壞的我了。」辛西雅原本憤怒的語氣，在話說完之前已變成垂頭喪氣的抱怨。茉莉沮喪地看著她。

「我眞不瞭解妳，辛西雅。」茉莉終於說。

「是呀！我敢說，妳是無法瞭解我的。」辛西雅應道，眼睛飽含淚水看著茉莉，語氣極其溫柔，彷彿欲彌補自己方才表現的憤怒，「恐怕——唉，希望妳永遠也不會瞭解我。」

不一會兒，茉莉走過去環抱著辛西雅。「哦，辛西雅，」她喃喃地道：「我害妳心情不好嗎？我讓妳生氣了？不要說妳害怕我瞭解妳。當然，妳有妳的缺點，每個人都有缺點的，可是我會因妳的缺點而更愛妳。」

「我還不知道我有這麼壞，」辛西雅說著笑了一下，原本在眼眶裡打轉的淚水因爲茉莉的安慰話語給弄得流淌下來，「可是……我眞的惹出麻煩了。現在就是麻煩纏身。我常想，我這輩子總和麻煩脫不了關係，一旦那些麻煩事曝光，妳會發覺我比妳想像的壞多了。我知道妳爸肯定會把我踢出去的，可是我一點也不擔心妳會那樣，茉莉。」

「我當然不會。那麼妳想——羅傑呢？他的反應會是如何？」茉莉靦腆地問。

「我不知道。我希望他永遠不會得知我做的壞事。不過我想他應該也不會知道，因爲再過不久，我就可以告別麻煩回歸清白了。當時我並不懂是非對錯，我好想把事情原委都告訴妳呀，茉莉。」

茉莉沒催促辛西雅趕快說，雖然她很好奇，也想知道是否幫得上忙，但終究還是由辛西雅自己做選擇。辛西雅遲疑著，說眞的，她可能後悔對茉莉說得太多了。就在此時，吉布森太太走進來，身上穿著一件修改過的衣服，她特意把原來的樣式改成在倫敦所看到的流行款式。辛西雅這時似乎完全忘記了剛剛的淚水和心中的煩惱，又全心全意做起女紅。

打從辛西雅回來，就和倫敦的堂妹們通信通得頗勤，總歸按照一般標準來說很頻繁。事實上，吉布森太太有時會抱怨海倫．柯派屈克太常寫信來了，因爲在一便士郵資系統①開辦前，郵資是由收信人所給付的。一週得付三次十一點五便士的郵資，加起來就是「三、四先令」了。這讓吉布森太太挺不高興，不過抱怨只限對家裡人，外人看到的永遠是最光鮮亮麗的一面。對何陵福特居民而言，尤其是親愛的布朗寧小姐們，她們聽到的可是「親愛的海倫對辛西雅熱誠的友誼」，以及「眞高興可以常常聽到最新消息——眞的，是新聞的再轉播哦——來自倫敦。方便得像住在倫敦一樣！」

「依我看，簡直比住倫敦還好哩。」布朗寧小姐語氣認眞，她對首都的印象多半從評論家來的，那群評論家常將倫敦說成是墮落的中心，腐化村婦與敗壞地主千金之地，是以不正當娛樂引人迷失的大漩渦。倫敦等同道德的傾斜點，很少有人接觸後不受污染。布朗寧小姐從辛西雅回來後便睜大眼等著看辛西雅出現道德日益淪喪的跡象，然而辛西雅除了帶回可愛配件和美麗衣裳外，沒有哪兒不一樣。辛西雅「見過世面」也「看過倫敦的絢麗與繁華」，但回到何陵福特仍舊隨時可爲布朗寧小姐搬椅子、爲菲比小姐紮花束，或縫補她自己的衣服。不過，這一切俱是辛西雅個性上的優點使然，和倫敦城無關。

「我看這倫敦哪，」布朗寧小姐長篇大論批評倫敦一番後，簡潔地道：「不過就像小偷和強盜搶了老實人的裝束來打扮自己。我倒想問問，我們何陵福特爵士是在哪兒養大的？還有羅傑．漢利先生咧？您好心的吉布森先生把地理學大會的報導借給我看了，吉布森太太，他們兩位在大會上可受到極大讚揚哪！吉布森先生對他們的成就與有榮焉。那報導是菲比念給我聽的，因爲書上的字小到我沒辦法看。她念的時候說，報導中有一堆地名她連聽都沒聽過，不曉得怎麼念。我告訴她，省略不念就好，因爲我們從未聽說，估計以後也不會再聽到，不過她倒是念了何陵福特爵士與羅傑受到的讚揚。好了，回到剛才的問題，他們兩人都是在哪兒養大的呢？哈，就在何陵福特方圓八英里之內呀！換句話說，茉莉或我也有機會到那兒去的，可能性相當高哦！可是人們就津津樂道於在倫敦召開的世界性學術會議，大家都以能認識住在倫敦的傑出人士爲榮，而據我所知，倫敦眞正吸引人的是逛不完的店家和看不完的戲碼呀，哈，那些根本無足輕重嘛！我們總是勤勉工作，力求完美，言必信、行必果，絕不會無病呻吟又廢話連篇。然而，我還是要再問一次，這優秀的學會如何組成？那群智者從何而來？傑出的研究人員怎麼養成？像我們這樣的鄉間教區就是他們的搖籃！倫敦把他們招聚了去，拿來妝點門面，然後大聲對被它搶了的人們喊說：『來看看我有多美！』哈，還眞的咧！我對倫敦沒有什麼耐性可言，好在辛西雅已經離開了。還有啊，吉布森太太，我不知道如果我是妳，會不會禁止辛西雅跟倫敦方面通信往來。依我看，跟他們走得太近是百害而無一利。」

「她最近也許可能再上倫敦去，布朗寧小姐。」吉布森太太皮笑肉不笑地答腔。

「倫敦哪！想想就好。我祝福她能夠嫁給經濟小康的鄉下老實人，最好再有小部分田產，配上良好的品格。聽好了，茉莉，」布朗寧小姐砲口忽轉向一旁安靜的茉莉，茉莉著實嚇了一跳。「我祝福辛西雅嫁個有品德的丈夫。我不消替她操心，畢竟她有母親照料。至於妳，一個沒媽的孩子，唉，不過妳母親在世時是我的好朋友，所以我不會不管妳，放妳隨便找個沒品沒德的男人就嫁了——我說話算話。」

布朗寧小姐最後幾句話像在寧靜小客廳裡丟了顆炸彈，瞬間引爆了憤怒。其實在布朗寧小姐心裡，這些話意有所指，主要用來警告茉莉別和普瑞斯頓先生走得太近，可是不太認識普瑞斯頓先生的茉莉，根本不懂布朗寧小姐爲何這麼嚴肅對她講話。

向來聽到有關自己的事就豎起耳朵要把每個字、每個音都聽清楚的吉布森太太（她說這叫「敏感」），一等布朗寧小姐話音落下，立刻出言反擊。只見她幽幽地說：「我想，布朗寧小姐，要是您認爲有哪位母親能比我更照顧茉莉，那您就大錯特錯了。我不——我覺得沒必要再插進任何人來照顧茉莉的需求或保護她了。我實在不明白您爲什麼講這種話，好像我們全錯了，而您才對。您這樣說讓我很難過哪，我說眞的！您大可以問問茉莉，有什麼好處是辛西雅有而她沒有的？至於說沒有照顧她，啊，如果她明天要上倫敦，我鐵定也會跟著去，以求幫她顧前顧後。想當年，我還讓辛西雅隻身到法國念書呢！況且，茉莉的房間裝潢得跟辛西雅的毫無二致，我還給她用我的紅色披肩，什麼時候用都行，想更常用也可以。我眞的不懂您是什麼意思，布朗寧小姐。」

「我無意冒犯您，我只是想提醒茉莉。她明白我意思的。」

「不，我不明白，」茉莉大著膽子說：「您的話聽得我一頭霧水，如果我沒聽錯，您意思是說您不希望我嫁給品德不良的男人，而且基於是我母親的好友，您會竭盡所能阻止我。可是，我根本還沒想到結婚這回事，也無意跟任何人結婚。但假使我眞想結婚又挑上了個壞人的話，我會很感激您過來警告。」

「我不會只是警告，茉莉，要我到教堂反對婚禮進行都可以，如眞走到那一步的話。」布朗寧小姐接話，覺得自己半被茉莉說服了，而茉莉說話時激動得滿臉通紅，眼睛直盯著布朗寧小姐的臉。

「悉聽尊便！」茉莉回應。

「好了，好了，我不再多說。興許是我錯了呢！這件事就別再提。但記住我說的話，茉莉，無論如何我都是爲了妳好。吉布森太太，很抱歉讓您難過。就像所有的繼母一樣，我想您也是努力想扮好您的角色，祝您有愉快的一天。二位再見了，上帝保佑妳們。」

布朗寧小姐若認爲離開前的祝福能爲小客廳帶來和平的話，就錯得離譜了。她一走，吉布森太太立刻爆發，「努力想扮好我的角色，眞是！茉莉，如果妳能給我小心點，免得布朗寧小姐又來賞我一頓無禮的說教，我會感激不盡。」

「我眞的不明白她爲什麼說那些話呀，媽媽！」

「我當然也不明白，更不會在意。但我確信從來沒人跟我說過這種話，好像我一直在努力卻辦不到似的。『努力想要』——眞的咧！誰不曉得我是盡職的繼母，敢在我面前用如此無禮的態度議論。我對『職責』兩字向來敬重，認爲只有教堂或是在同等神聖的地方才應討論這類議題，而非隨隨便便跑進人家客廳，嚇壞人的說將起來。就算她是妳母親早年的朋友也不該這樣！竟一副我沒好好照顧妳，對辛西雅比對妳還好的態度！對了，就在昨天，我去辛西雅房裡發現她正在看信，她一看到我馬上便把信收起來了。我連問都沒問是誰寄來的，喏，妳乾脆跟我說說是誰寫來的信吧。」

事情是這樣的。吉布森太太盡量避免跟辛西雅正面衝突，因爲知道到頭來落下風的是自己，茉莉就不同了，總連想都沒想就舉白旗投降，以免戰事擴大。

恰在那時，辛西雅走進客廳來。

「怎麼了？」她急促說道，察覺氣氛不對。

「茉莉不知道做了什麼事，惹得魯莽的布朗寧小姐不開心，跑來教訓我一頓，叫我要扮好繼母的角色！辛西雅，如果妳那個可憐的父親還在世就好了，我便不必受這種無禮的待遇了。『一個努力要扮好她角色的繼母』，眞的，布朗寧小姐就是這樣說的。」

對辛西雅而言，任何牽拖到她父親的敘述都令她覺得諷刺。她走上前問茉莉到底發生了什麼事。無緣無故惹來一肚子氣的茉莉只得答道：「布朗寧小姐似乎誤解我會跟某個品德不佳的人結婚——」

「妳，茉莉？」辛西雅反問。

「是呀，她前不久也跟我說過一次。我懷疑她所指的是普瑞斯頓先生……」

辛西雅忽然不發一語地坐下。

茱莉接著道：「她像在指責媽媽沒把我管好，我覺得她說的話實在讓人生氣——」

「也沒那麼嚴重，不過就是很魯莽。」吉布森太太附和道，一聽茱莉認同她，心情寬慰不少。

「她怎會有這樣的想法呢？」辛西雅說著，靜靜地拿起刺繡來做。

「不知道。」她母親順口發表自己的評論，「我承認我不挺欣賞普瑞斯頓先生，不過就算布朗寧小姐指的是他好了，那位先生也比布朗寧小姐討人喜歡！不管那一天，我都寧願上門來訪的是普瑞斯頓先生而不是像她那樣的老小姐。」

「我不曉得她是否指普瑞斯頓先生，」茱莉說：「這純屬猜測。當妳們都在倫敦的時候，她就曾提起過他——辛西雅，我猜是她聽到了什麼關於妳和他的風聲吧！」

背對著母親的辛西雅抬起頭看著茱莉，眼裡滿是不准再往下說的神色，雙頰氣得紅通通。

茱莉趕緊住嘴。

就在那一眼之後，辛西雅接下來氣定神閒地發言，倒讓茱莉頗為驚訝。辛西雅幾乎立刻開口說：「啊，既然妳們只猜測她說的是普瑞斯頓先生，那麼我們最好別再提起他了。至於她建議媽媽把妳管好一點，茱莉小姐，這我可以替妳打包票哦，媽媽跟我都知道妳絕不可能做出那種蠢事。啊，我們就別提這事了。我是來告訴妳們，漢娜・布蘭德的兒子嚴重燙傷，小男孩的姊姊在樓下等著，想跟我們要些舊床單、舊襯衣。」

吉布森太太向來對窮苦人家很仁慈，一聽便立刻起身往儲藏室找去。

辛西雅悄悄換過位置正對著茱莉，「茱莉，請不要再把我和普瑞斯頓先生牽扯在一起，不論是在媽媽面前或任何人面前都一樣。千萬不要！我自有我的理由，請妳永遠都不要再這樣說了。」

此時吉布森太太回來了，茉莉即便瀕臨辛西雅說出祕密的邊緣，也只好再度打住。她不知道辛西雅這次是否會透露更多祕密，但她自知惹得辛西雅大爲懊惱。

不過，她將窺得全貌的時機已不遠了。

譯註：

①一便士郵資系統（penny post）是在特定地區之內，一般信件都只需付一便士即可。

第四十二章　風暴來襲

秋天蓮步輕移，依循時序前進，帶來黃金玉米豐收季，越過收割後的田地，悠然晃進淡褐色雜樹林間搜尋堅果；再繞進蘋果園，摘下紅潤誘人的果實，又置身喜悅的呼喊聲中，觀看著嬉鬧的孩童。洋溢瑰麗鬱金香色澤的晚秋，順著時序物換星移，此刻已是白天越來越短的秋末，大地上除了遠方傳來狩獵的槍響以及鷓鴣飛起時的呼呼聲之外，甚爲安靜。

自從布朗寧小姐上演了令人不快的談話後，吉布森家就出現了家人間貌合神離的問題。辛西雅似乎（在心理上）和每個人都保持距離，尤其對跟茉莉兩人間的私下交談更是避之唯恐不及。而吉布森太太對於被影射照顧茉莉不夠周到、沒管好繼女一事仍耿耿於懷，決定對可憐的茉莉採取緊迫盯人政策，像是「妳剛才到哪裡去了，孩子？」「妳跟誰見面？」「誰寫來的信啊？」「才一點小事怎麼去那麼久？爲什麼每次都這樣？」諸如此類的問題，彷彿正在調查茉莉是否眞和某人偷偷摸摸的交往。茉莉一貫誠實無僞回答每個提問。

儘管茉莉明白吉布森太太的動機，猶知吉布森太太無非是要營造她盡力在管教以善盡繼母職責的印象，並不是對茉莉的行爲起疑，偏偏這些無妄之災弄得茉莉神經緊繃，焦躁不已。一想到得仔細交代行蹤才能出門，茉莉乾脆哪兒也不去，因有時不過純粹想要興之所至恣意漫遊，趁著嚴冬未到，把握機會對周遭環境來趟年終巡禮。對茉莉來說，這是壓得人喘不過氣的日子，彷彿她生命中已喪失了熱情，美好的往日時光逝去不復回，徒留讓人憑弔的碑銘。她想，「青春已遠去」，就在她十九歲的年紀！另外不知道爲什麼，辛西雅變得不一樣了，加上辛西雅對羅傑的看法或許也改變了，令茉莉稍覺難過。與辛西雅急欲從茉莉心中抽離相比，繼母的作爲要算仁慈了。吉布森太太擔心茉莉所以祭出諸多監視手段，不過除此以外，幾乎和以前一樣。但是辛西雅不同，似乎焦慮不安又像過度煩心，只是她眞正在煩些什麼，連對茉莉也絕口不提。善良單純如茉莉便開始自責，她認爲，「連我都忍不住爲羅傑安危操心，掛念著他人在哪裡、在做什麼？辛西雅內心的負擔豈不更重？」故怎可以怪她在行爲態度上所出現的改變呢？

有一天，吉布森先生心情愉快地走進來。「茉莉，辛西雅呢？」他問。

「她出門辦點事情……」

「啊，眞可惜，不過沒關係。趕快去把妳的帽子戴上，外套穿好。我跟辛普森家借了馬車讓妳和辛西雅一塊坐的，既然這樣，你必須自己一個人走路回來了。我最遠只能載妳到巴福路，妳得在那裡下車。如果妳要的話，我是可以載妳到布羅浩斯家去，我可能得在那裡待上幾個小時。」

吉布森太太人不在客廳裡，可能也不在家，不過茉莉顯然一點也不擔心須跟繼母報備，畢竟是父親要帶她出門。不到兩分鐘，茉莉即已準備完畢坐上她父親身旁的座位了，馬車後座沒人坐，減了重量的馬車便輕快地在鋪石路上跳動起來。

「哦！眞好玩。」隨著路上一個大顚簸，馬車彈跳了一下，震得茉莉從座位上彈起又落下。

「對年輕人來說好玩，對上年紀的人就不是這樣了，」吉布森先生說：「我的骨頭都快有風濕症了，還是走平坦路面較舒服。」

「美景當前，空氣又新鮮，爸爸您這麼說太煞風景了，再說您還年輕得很。」

「謝謝。虧妳這麼會說話，我就把妳在這山腳下放下來嘍，我們離何陵福特有一段路了。」

「哦，帶我到山頂繞一圈嘛！我知道那兒可以眺望馬爾文山的藍色山脊，也可看到矗立樹林中的德瑞爾會堂。我們就讓馬兒在那裡休息一下，然後立刻下山，我絕不再多說一句。」

於是馬車載著茉莉躍上小丘的山頂，他們靜靜待了一兩分鐘，恣意享受著眼前美景，彼此並不多交談。只見眼前的森林呈現金黃色澤，平疇綠野中，有著紫紅磚牆的老屋載著歪斜的煙囪，一片靜謐小湖隱身其中，再往後就是馬爾文山脈的山丘！一會兒之後，吉布森先生開了口。

「妳就在這兒下車吧！小姐，天黑之前趕快回家。妳從克羅斯頓那邊的捷徑回去好了，比我們剛才來的路近多了。」

要走到克羅斯頓，茉莉得先經過一條綠蔭蔽日的狹窄小路，那附近的河堤旁散落著圖畫般的古樸鄉間小屋，接著來到一個小樹林，穿過小樹林就迎見上頭架著木板橋的小溪，走過小橋來到小溪對岸，踏上草地斜坡再走到盡頭就是克羅斯頓了。茉莉已經來到克羅斯頓，此處周圍住著許多勞工家庭，通過此處再往前走即是前往何陵福特的捷徑。

回程這趟路剛開始走時最讓人覺得寂寞，只見狹窄小路、小樹林、小木橋以及草地斜坡等。茉莉毫不在意隻身獨行，愉快走在垂拱的榆樹綠蔭下，一兩片轉黃的落葉不時飄落衣裙上。她一路心曠神怡地走著，經過最後一棟小屋時，門前有個小女孩不小心滾下斜坡，先是自己嚇了一跳，接著便嚎啕大哭。茉莉連忙彎下身子把她抱起來，原本受驚嚇的小女孩滿懷驚訝，茉莉走上斜坡來到小屋前面，心想這應該就是她的家了。小女孩的母親正從屋後的園子走來，手裡抓著裝滿了西洋李子的圍裙，那些李子是她剛剛從園子裡採的。一見到母親，茉莉懷中的小女孩迫不及待地伸出雙手，而母親隨即鬆開抓著圍裙的手，從茉莉手中抱過小女孩，李子頃刻間掉了滿地。母親安慰著一看到她又重新哭了起來的孩子，一邊哄著孩子，一邊對茉莉致謝。她竟能說出茉莉的名字。茉莉問她怎麼知道的，她回說結婚前曾在固德芬太太家裡工作，所以「見過吉布森醫生的女兒」。

聊了幾句後，茉莉繼續往回家的路走去，路旁鮮麗花朵不時吸引住茉莉的目光，忍不住沿路採下紮成花束。她走進樹林，轉入一條僻靜小路的轉角處，突然聽見有人情緒激動地說著話。茉莉立刻認出是辛西雅的聲音，站在原處四下張望。

那裡有冬青樹的樹叢，在夾雜著琥珀色與深紅色的樹葉葉片中，冬青樹發出閃亮的深綠色光芒，如有人在那兒，定是隱身在厚厚的樹叢後面。於是茉莉離開小路直往前走，穿越羊齒類植物與樹林下草叢互相糾纏的地帶，撥開冬青樹叢，赫然發現普瑞斯頓先生和辛西雅正站在眼前：他緊握著她的雙手，兩人看起來都面露不悅，狀似在爭執著什麼，卻被茉莉悉悉窣窣的腳步聲給打斷了。

一時之間沒人說話，然後，辛西雅率先打破沉默。

「哦，茉莉，茉莉，妳過來評評理！」

普瑞斯頓先生緩緩放開辛西雅的手，臉上表情與其說是微笑不如說是譏諷，他同因茉莉的突然出現而覺困擾，不論他們在談什麼，總不希望被不相干的人打擾。茉莉疾步走到辛西雅身旁，攬起她的手臂，雙眼緊盯著普瑞斯頓先生。

茉莉臉上充滿純眞無畏的神氣，看得普瑞斯頓先生招架不住地轉開了臉，對辛西雅說：「我們之間所談的事不宜有第三者在場，既然吉布森小姐現在過來陪妳，我們不妨再約他處，改天把事情談開，看看該怎麼解決才行。」

「如果辛西雅不想我在場，我可以離開。」茱莉說。

「想，想，請妳留下來！我希望妳能在場，我想讓妳聽到我們之間的一切對話。哦，我要是早些告訴妳就好了。」

「妳的意思是說，妳後悔沒把我們訂婚的事告訴她？妳在很久以前就答應嫁給我了。妳還記得是妳要求我不把這件事說出去吧？」

「我不相信他的話，辛西雅。別、別哭，忍住淚水，我不會相信他的。」

「辛西雅，」他語氣突地變得無限溫柔，「請妳……拜託妳別再這樣下去了。妳不知道這件事讓我多痛苦。」

他上前一步，想再握住她的手安慰她。她卻躲開了，情緒更加激動地啜泣起來。因有茱莉在身旁，辛西雅覺得有了靠山，便放心地流露出真感情，放任心中的情緒自由宣洩。

「走開！」茱莉說：「你沒看到你把她惹得更糟了嗎？」

他紋風未動，彷彿一直注視著辛西雅太專心了，根本沒聽到茱莉說的話。

「走開呀！」茱莉又嚷道，語氣充滿憤怒，「如果你不想看到她哭，就快走呀！你才是她一切煩惱的來源，難道你不明白嗎？」

「辛西雅開口要我走，我會走的。」他終於出聲。

「哦，茱莉，我眞不曉得該怎麼辦才好。」辛西雅把掩著面的雙手垂放下來，哀怨地看著茱莉，卻也哭得更傷心了。其實，辛西雅激動得出現歇斯底里情形，雖然她試著說話，卻喃喃不知所云。

「你快跑到那邊樹下的村舍去，要杯水來給她喝。」茉莉說。

他仍站在原地遲疑著。

「你怎麼不快去？」茉莉耐心快磨光了。

「我跟她還沒把話說完。妳們不會在我回來之前離開吧？」

「不會，你沒看她這個樣子連動都動不了嗎？」

雖頗不情願，他終究快步走了開去。

辛西雅得了些許喘息，稍微恢復了神智。她終於開口：「茉莉，我眞討厭他！」

「他剛剛說妳跟他訂婚了，是什麼意思？不要哭，親愛的，把事情跟我說。如果能幫忙，我義不容辭，只是我實在弄不懂到底是怎麼回事。」

「這事說來話長，現在不是能說清楚的時候，我也沒那個體力說明。妳看！他回來了。我一能夠走動，我們就回家去。」

「求之不得。」茉莉應道。

他要來了水，辛西雅把水喝了，整個人隨之冷靜下來。

「現在，」茉莉說：「趁著妳能走動，我們最好趕快回家去。天很快要黑了。」

茉莉以爲這等容易就能把辛西雅帶離現場，她錯了。普瑞斯頓先生似是吃了秤砣鐵了心，非把話說完不可。

他說：「我想，既然吉布森小姐已經知道這麼多，不如把整件事情都告訴她好了。當初妳答應我，一滿二十歲就要跟我結婚的。否則我們何必站在這兒說話呢？妳不解釋給她聽，她肯定覺得事有蹊蹺，甚至滿腹疑雲。」

「據我所知，辛西雅是跟另一位男士訂了婚的，你別指望我會信你的話，普瑞斯頓先生。」

「哦，茉莉，」辛西雅渾身發顫，但盡量控制住自己冷靜以對，「我未跟任何人訂婚，沒有跟妳說的那位男士，也沒有跟普瑞斯頓先生。」

普瑞斯頓先生勉強擠出一絲笑容，「我想，我手上有些信件足可證明剛才所說的話屬實。倘使必要，也可讓奧斯朋・漢利先生相信這事絕非憑空虛構——我想，吉布森小姐所說的那位先生應該就是他了。」

「我眞是讓你們兩個給弄糊塗了，越說越不懂。」茉莉說：「不過有一件事我倒是非常清楚，那就是：我們不該在這時候還站在這兒，辛西雅和我眞的得馬上回家了。如果有話跟柯派屈克小姐說，普瑞斯頓先生，您大可以上我父親家來公開要求跟她見面，像個紳士一樣。」

「我極樂意這樣做，」他說；「能有機會把我和柯派屈克小姐之間的關係詳述給吉布森先生聽，是我夢寐以求的事。我巴不得早日去找吉布森先生呢！只是我順應了柯派屈克小姐的要求，把這件事當作祕密，絕不對任何人提說。」

「拜託，茉莉，千萬不行！妳不知道箇中緣由，妳一點也不懂。妳是出於好意、心存良善，這我知道，可是妳這樣只會越幫越忙。我現在已經恢復體力，可以走動了，我們快走吧！到家後我一定把事情一五一十地告訴妳。」辛西雅說著，抓起茉莉的手臂就要離開。孰料普瑞斯頓先生緊跟在後，在她們旁邊走著，且邊走邊說。

「我不知道妳們到家後，妳會怎麼說。可是再怎麼樣，妳都不能否認是我未來的妻子吧？也不能否認當初我是因爲妳的一再懇求，才將我們訂婚之事保密到現在的吧？」

普瑞斯頓先生此舉眞是不智。只見辛西雅停下腳步，轉過身去制止他。

「既然你執意要說，既然我非得在這兒說不可，那我只好告訴茉莉，你說的事實只是表面假象而已。那時我只是個被母親忽略的十六歲少女，而你……我還以爲你是個朋友，在我需要時借我錢，卻逼我答應將來得嫁給你。」

「逼妳！」他特別強調了那個「逼」字。

辛西雅立時滿臉通紅。「我承認『逼』並非恰當字眼。那時，我是喜歡你的，你幾乎是我唯一的朋友，而你當時就要我嫁給你的話，我也的確不會反對。只不過，我現在比較認識你的爲人了。你最近老對我糾纏不清，現在我鄭重告訴你——我以前就曾跟你說過，說得我都煩了——我是絕對不會嫁給你的。絕對不會！就算你讓這件事情曝光，就算我的名譽受損，就算我所有的朋友都不跟我來往，我也不會改變心意。」

「我不會不跟妳來往的。」茉莉說道，被辛西雅絕望的哭腔弄得心裡一陣難過。

「眞教人心痛。」普瑞斯頓先生說：「妳愛怎麼解讀我的爲人就隨便吧，辛西雅！可是妳絕對不能懷疑我對妳那眞誠、熱烈及無私的愛。」

「這我就很懷疑了。」辛西雅重新振作精神反擊，「啊！當我想到我所見過、我所知道的那種把別人的需要擺在自己的利益之前，所謂的『無私的愛』——」辛西雅暫停下來，她擔心自己透露太多信息給他，於是遲疑著。

普瑞斯頓先生抓住空檔發言：「我心甘情願等了妳這麼些年，妳要我保持沉默，我就保持沉默，看妳和別的男人嘻笑時忍受著忌妒，被妳忽視時忍受著冷漠與孤寂……只是單純地信任一個十六歲女孩的承諾。而女孩長大時卻把這嚴肅的承諾說成是年輕時的少不更世！辛西雅，我一直愛著妳，眞的很愛妳——我絕不會放棄妳。如果妳能夠信守承諾嫁給我，我發誓我一定會讓妳好好愛我，就像我愛妳一樣。」

「哦，我眞希望——我眞希望當初沒跟你借那些倒楣的錢。就是那些錢給我帶來災難的！哦，茉莉，我一直省吃儉用著不敢花錢，就是爲了存夠錢還給他。現在我終於存到錢了，他卻不拿。我本來想，如果把錢還他，我跟他之間的事即可一筆勾銷，我也可以自由了呢！」

「妳這麼說，好像妳爲了二十英鎊把自己給賣了似的。」他說。

他們現在已來到公共草地，旁邊是勞工階級所居住的村舍，他們可以聽到村舍裡的話聲。即便事件中的男女主角忙著爭辯，沒注意到這個情況，茉莉卻注意到了。她在心中暗下決定，假如普瑞斯頓先生仍無意停止這場無止盡的爭吵，她就去敲其中一戶人家的門求助，請他們送她和辛西雅回家。

「我並沒有把自己給賣了……那時候我是喜歡你的。可是現在，我多麼討厭你呀！」辛西雅叫道，情緒激動得口不擇言。

普瑞斯頓先生一聽，稍欠身行了個禮，接著轉過身快步走開，不久即從她們的視線中消失。不管怎麼說，這對她們而言都是種解脫，兩個女孩隨即快快往回家路上走去，彷彿怕他追來。途中茉莉對辛西雅說了些話，辛西雅只如下對應。

「茉莉，如果妳能可憐我一下，如果妳還愛我——現在就什麼話都先別說。我們先平安回家，確定沒有意外發生要緊，等到我們上樓睡覺的時刻妳再到我房裡來，我會把全部事情都告訴妳。我知道妳會痛罵我一頓，可是我一定得告訴妳才行。」

因此直到她們回家，茉莉都沒再多說。一回到家，她們鬆了口氣，且慶幸沒半個人注意到她們晚回家。兩個女孩各自回自己房間稍事休息，整理儀容，也平靜一下情緒，準備晚餐。茉莉覺得受到好大震撼，簡直無法下樓去，彷如自己的利益已瀕臨險境。她坐在梳妝臺前，雙手抱著頭。房裡蠟燭並未點上，整個房間籠罩在溫柔的黯淡中，她努力讓急促的心跳緩和下來，並試著回想剛才聽到的話，思忖著這會對她所愛的人們造成什麼樣影響。羅傑，哦，羅傑！他在遙遠的神祕國度，心中充滿著愛（啊，那是愛，辛西雅所說的愛！是愛的本質！）而他摯愛的人卻已和別人訂婚，那個對象根本不適合她！怎會這樣呢？要是羅傑知曉，會作何想？有什麼感覺呢？光想像著他會多痛苦是沒有用的——光想根本於事無補。茉莉決定了，她將盡力把辛西雅從那人手中救出來，如果她能幫上忙：不論是幫忙出主意、給予忠告或付諸行動，絕對要全力以赴，不只是坐在那兒空想些有的沒的，然後自己嚇自己，削弱了自己的力量。

茉莉晚餐前來到客廳，發現辛西雅和她母親兩人正說著話。客廳裡已擺上蠟燭，但未點上，因壁爐裡的火愉快地發出陣陣跳動的光芒。她們正等著吉布森先生回家，時候不早，吉布森先生也差不多該到家了。

辛西雅坐在陰暗處，茉莉瞧不見她的樣子，敏銳的耳朵仍能從聲音判斷出辛西雅恢復了冷靜沉著。吉布森太太說著白天裡的事：她去拜訪了誰，然後發現誰跟誰也在那兒；誰出門去了，不在家；以及她在路上聽來的大小八卦。茉莉頗同情辛西雅，辛西雅聲音顯得慵懶疲憊，可是該接話的地方都接上了，也適度回應吉布森太太的問題。此時茉莉的出現恰恰拯救了辛西雅，她努力插進她們母女的談話，分散注意力。對此吉布森太太倒是無感，仍自顧自聊著，輕鬆得很。

待吉布森先生現身，他們在客廳裡的位置起了些變動。辛西雅挪到明亮之處，整個人變得輕快靈敏，部分原因是怕吉布森先生察覺出她的憂慮，部分原因則是辛西雅從小到大不論何種場合，但有男士在場，不論是老是少，只要出現她眼前，她定會把最美好迷人的一面展現給對方看，不讓他們拜倒在自己石榴裙下絕不善罷甘休，這是她天生的本領。她拿出最可愛的姿態，擺出最用心的神情，聆聽吉布森先生述說一天的遭遇，看得沉默的茉莉忍不住懷疑，幾乎無法相信眼前的辛西雅是那個將近兩個鐘頭前還哭得撕心裂肺的女孩。沒錯，她的確看起來臉色蒼白、眼皮沉重，不過這只是她經歷了剛才的麻煩所留下的唯一痕跡；但此刻這些麻煩顯然早被拋到九霄雲外去了，茉莉心想著。

晚餐過後，吉布森先生出門給城裡病人看診。吉布森太太坐進舒適的扶手椅，拿著張泰晤士報安靜優雅地打起盹來，那張報紙是遮臉用的。辛西雅一手拿著書，另一隻手則遮擋過多的刺眼光線。只有茉莉沒法閉目又看不下書，無法做事的她坐在拱型窗戶前的椅子上。百葉窗未放下，因爲無須顧慮有人偷窺。她凝視窗外柔和的闃暗，發現自己正努力辨識著黑暗薄紗覆蓋下的物體：位於花園盡頭一側的村舍，高大的山毛櫸還有樹下羅列的椅子，以及拱門，那是夏日玫瑰最愛攀爬之處；在黑暗的薄紗下，遠處的、近處的每一樣景物都朦朦朧朧浮現著。

女僕送上了茶，開始了夜晚的忙碌。餐桌已整理妥當，吉布森太太也從小寐中甦醒，在同個時間點說著好幾星期以來都一樣的話語，比方「親愛的爸爸出門去了」之類的。辛西雅看起來跟往常沒甚兩樣，然而茉莉心想著，在她冷靜外表下隱藏著何等非同小可的祕密呀！終於到了就寢時間，姊妹倆總利用睡前時光聊聊天，今天卻都一語不發地回到自己房間。

茉莉坐在房裡，她忘了到底是辛西雅要過來，還是她過去找辛西雅。她脫下晚餐穿的正式衣裳，換上了輕便衣服站著等候，又坐下來等了片刻，依然不見辛西雅。

於是茉莉走到對面房間，站在門口敲敲門，驚訝地發現門竟然是關上的。她自行開了門走進去，看到辛西雅仍穿著從客廳上來時的衣裳，還沒更衣，失神地坐在梳妝臺前。

辛西雅將頭靠在手臂上，似乎完全忘了跟茉莉有約，她看到茉莉時嚇了一跳，面色凝重，憂慮和沮喪全寫在臉上。獨處時的辛西雅往往不再壓抑自己，因此擔憂或煩惱全都表現出來了。

第四十三章 辛西雅的自白

「妳說我可以過來，」茉莉說：「而且會把所有事情告訴我。」

「我想妳應該都知道了。或許妳不知道我要怎麼爲自己辯解，不過妳肯定知道我有大麻煩。」辛西雅沉重地道。

「我一直思索，」茉莉小心翼翼且不甚肯定地回答：「想來想去總忍不住想到……也許妳可以告訴爸爸——」

搶在茉莉往下說之前，辛西雅倏地站起身。「不行！」她說：「我絕不會這樣做。除非我打算立刻離開這裡，否則絕不可能。妳也知道我沒其他地方可去——我是說，若沒有先講好的話。當然，我堂叔可能收留我，他畢竟是我的親戚，再怎麼不堪，他也一定會支持我、照顧我的。或者，我也可以出去找份家庭女教師的工作，我應能成爲受歡迎的女教師才對。」

「拜託，辛西雅，妳不要說這麼任性的話。我不相信妳犯了什麼大錯。妳說妳不是故意的，我相信妳。那個討厭的男人存心設了陷阱讓妳跳。不過，我相信爸爸有辦法撥亂反正，如果妳願意拿他當朋友看，把事情托出——」

「不，茉莉，我做不到，別再說了。如果妳想說，盡可去跟他說，只不過請先讓我離開這間房子——給我點時間收拾行李就好。」

「辛西雅，妳很清楚，沒有妳的同意我一句也不會講。」茉莉覺得辛西雅這樣說傷了她的心。

「妳不會告訴他麼，親愛的？」辛西雅說著，拉起茉莉的手，「妳可以答應我不告訴他。認眞嚴肅地答應我，行嗎？因爲把所有的事情告訴妳，對我而言就像卸下心上的大石頭，妳都已經知道這麼多了。」

「當然！我答應妳絕不說出去。妳可以信任我。」茉莉仍免不了嘆息。

「很好，我信任妳。我知道妳是可信任的。」

「但妳眞的可以考慮告訴爸爸，請他幫忙。」茉莉不死心地再說。

「絕對不行。」辛西雅斬釘截鐵地回道，比先前更沉靜了。「妳想，我會忘記那個白目卡克斯先生回去之後他對我所說的話？他是多麼嚴肅，而我失寵了多久呀，如果我現在算是恢復了先前地位的話。我就是媽媽有時提起的那種人：沒有辦法跟不重視自己的人一起生活。這也許是項弱點或是一種罪，我眞的不知道，況且也不在意。是，要我跟知道我自身缺點，而且認爲這缺點大過優點的人同在一個屋簷下生活，我眞的快樂不起來。現在妳明白了吧，妳父親正是如此。我常告訴妳，妳父親，還有妳也是，你們對於道德都是超高標準，比我所認知的高多了。哦，我連想都不敢想……如果他知道了，定會非常氣我，永遠也不會原諒我。可是，我那麼敬愛他！我眞的非常敬愛他。」

「好了，別擔心啦，親愛的。他不會知道的。」茉莉應道，只因辛西雅又開始變得歇斯底里，

「至少，我們現在可以先不提這事。」

「妳永遠都不會說出去——永遠——快答應我！」辛西雅急迫地拉著茉莉的手。

「除非妳允許，否則我永遠不提。現在讓我好好想一下該怎麼幫妳忙。妳先到床上躺下來，我會

坐在妳床邊，一起來想辦法。」

辛西雅卻走到梳妝臺旁邊的椅子坐下。

彼此沉默了一段時間，茉莉說：「這一切是什麼時候開始的？」

「很久了，四、五年前吧！當時我還是個常被丟在一旁沒人管的孩子。媽媽每逢假期都會出門拜訪富貴人家。某次假期中，媽媽照例出門去，而唐諾森一家人邀我一起到烏斯特郡①過節。妳無法想像這對我來說是多麼令人興奮的消息。我向來孤苦伶仃被關在艾斯坎伯大宅裡，那是肯莫伯爵的產業，媽媽負責的學校就設在其中。普瑞斯頓先生身爲伯爵的土地管理人，負責整座大宅裝潢修繕之類的事，除此之外，他跟我們往來得很頻繁。我覺得媽媽以爲——不，我不確定是不是那樣，其實我好想把罪過都怪到她頭上去，可是我最好什麼都不要跟妳說，畢竟這有可能只是我的想像而已——」

接著辛西雅沉默下來，一語不發地過了須臾，她在回想過去的時光。此時辛西雅的臉竟露出飽經風霜的蒼老樣，完全迥異於平常神采奕奕的美麗臉龐，讓茉莉不禁嚇了一跳。茉莉心想，由此可見，辛西雅內心想必飽受這些祕密的摧殘。

「反正，我們跟他關係滿密切，他常常過來巡視大宅景況，對媽媽的事情都瞭若指掌，連她生活中大小事都清楚得很。我會告訴妳這些，是因爲這樣就較容易瞭解我對他的反應了。有一天，他又到大宅裡來，剛好發現氣惱焦慮的我一個人在家，不過我並沒有哭——妳也知道我不太愛哭的，今天的情形是例外。我告訴媽媽唐諾森家邀我一道出遊，媽媽回信說我可以去，卻隻字未提旅費著落，也沒交代該怎麼解決服裝問題。我長高了，所以前一年所有的連身裙早不能穿了，還有手套跟靴子也⋯⋯簡單地說，我就是連穿去教堂稍體面的衣服也沒有——」

「那妳怎麼不寫信，把問題告訴她呢？」茱莉說時小心翼翼，深怕辛西雅以爲是在責問。

「我眞希望能把她的信拿給妳看。妳還眞該見識媽媽寫的信，妳難道不知道她總會遺漏掉一些重要的事嗎？我把我的問題告訴她，她的回信卻只寫著她在那兒玩得多麼愉快、人家對她多好多好，她多麼希望我能跟她同在一處，一起享受歡樂時光之類的。但對於唯一跟我密切相關的重要之事，她卻連提都沒提，也沒告知她接下來要到哪裡去。她只說，寫信之後的隔天她就要離開原來的地方，大約什麼時候會回家而已。我收到她信的時候是星期六，而節慶日在下星期二就開始了——」

「可憐的辛西雅！」茱莉說：「但妳還是可以試試看寫信過去，他們也許會幫妳轉信的。我沒有要對妳說教的意思，只是想到妳因走投無路而去跟那個討人厭的男子交朋友，就覺得難過。」

「啊！」辛西雅嘆了口氣，「還眞的是『千金難買早知道』。我那時不過是個小小少女，比起孩子也大不了多少，他那時又常來拜訪我們家，除了媽媽以外，他等於是我唯一的朋友了。唐諾森一家不過是好心腸的點頭之交而已。」

「眞抱歉，」茱莉謙卑地說：「我跟爸爸在一起，一直過得很快樂。眞難想像我們之間竟有這麼多的不同。」

「不同！是啊，我應該這麼想的。爲錢的問題操心，讓我覺得生活了無樂趣。我們也許不能說是貧窮，這樣說太對不起學校了，不過，如果媽媽和我能夠像以前愉快生活在一起，就像妳和吉布森先生那樣，就算叫我節衣縮食，我也非常樂意的。我們的問題不在於貧窮，而是她似乎從來都不想把我帶在身旁。只要一到假期，她便出門去富貴人家作客，而我當時正處於尷尬年紀，非常不想待在客廳裡應付來訪的客人。那年齡的女孩們都有著特殊的敏銳性，像能聞出訪客動機似的，對於他們有的沒的棘手問題，我總是能掰就掰，能拖就拖，只要能把對方打發掉就好。在維持禮貌的原則下，他們也不太注重事實和謊言的差別。不管怎麼說，我察覺得出來自己是媽媽的絆腳石。普瑞斯頓先生似乎能夠明白我的感覺，那時我非常感激他仁慈的話語及憐憫的表情，即使只是像掉在桌腳的麵包屑一般沒人會注意到的不起眼的仁慈。就在他那天過來巡視裝潢工人們進度時，發現我一個人待在空蕩蕩課室裡，盯著攤在桌上的褪色夏日遮陽帽、戴鬆了的舊緞帶，還有半磨損的手套，彷彿是舊衣市場攤位的貨色直瞧。我跟往常一樣，看著這些破爛東西生悶氣。他告訴我，他很高興聽到我要跟唐諾森家去參加節慶的消息；我想是老貝蒂，也就是我們家的傭人跟他說的。當時我爲了錢愁煩，虛榮心又因爲舊衣服覺得困窘不已，所以鬧起彆扭說我不去了。他在桌邊坐了下來，漸漸地引導我把心裡的愁煩都告訴他。有時候我當眞認爲，那段日子裡他確實是個好人。也不知道怎麼搞的，那時候我彷彿不覺得接受他的錢有什麼不對或不應該。

「他說他口袋裡剛好有二十英鎊，不知道該拿這筆錢怎麼辦，他大概有好幾個月都不會用到，我不妨先拿去用，以後再還他就好，或是等媽媽方便的時候再還也行。媽媽八成知道我需要錢，而最可能伸出援手幫我的人就是他了。二十英鎊不是什麼大數目，我得全收下才夠用，或說我以爲我知道我不會花到二十英鎊，可以把沒花完的錢還他之類的……啊，那就是災難的起頭！茉莉，這聽起來沒什麼大錯，對嗎？」

「對。」茉莉遲疑地說。她不想讓自己像個道貌岸然的法官，可卻也不欣賞普瑞斯頓先生。

辛西雅往下說：「哦，靴子、手套、帽子和斗篷，再加上一套白色的平紋細布禮服，都在星期二出發前準備好了，到達唐諾森家之後又買了一套白色絲質禮服，此外再算上我的旅費等等，全部開支加在一起，二十英鎊已經所剩無幾。原因是我們在烏斯特郡時，我發現還需要一件舞會用的禮服，因爲大家都要參加舞會。唐諾森太太給了我舞會的門票，可當我告訴她打算穿白色平紋細布禮服參加舞會時，她的臉色頗爲沉重，因爲那件禮服我在他們家連穿兩個晚上了。哦，天哪！如果我是有錢人該有多好！妳明白我的意思吧，茉莉。」辛西雅勉強擠出個笑容，「我無法不注意到自己的美貌，還有人們對我的愛慕。第一次發現這情形就是在唐諾森家。我開始覺得自己穿上精緻新衣服時的確很漂亮，同時注意到其他人也是這麼想。說我是舞會中最美的女孩，我想我當之無愧，而且感受到這種魅力的我，當然覺得快樂無比。在那歡樂的一週結束前一兩天，普瑞斯頓先生來加入我們。他上一次見到我的時候，我還穿著不合身的寒酸舊衣，一個人可憐兮兮、分無分文又快哭出來似的坐在空蕩蕩課室裡。在唐諾森家的我儼然是個小女王，就像我常說的『人要衣裝』嘛！我成了大家仿效的焦點。我們去舞會時恰是普瑞斯頓先生到烏斯特郡的第一個晚上，來邀舞的人簡直多到我不知道該怎麼辦才好。我猜，他大概就是在那時愛上我的。我認爲他以前並沒有這樣，然後，我便開始覺得欠他錢眞難受。跟他在一起，我完全沒辦法像跟其他人在一起般自在。哦！那種感覺既怪異又不舒服！可是，我喜歡他，一直覺得他是我的朋友。我們在那兒的最後一天，我跟其他人一起在花園裡散步，當時我想要告訴他，我玩得多開心、過得多快樂，這都多虧了他的二十英鎊——我那時感覺就像灰姑娘快要聽到十二點的鐘聲時一樣。我想跟他說我一有錢就會還他，雖然想到要把這件事告訴媽媽，心裡就七上八下的，猶且清楚以我們的經濟狀況，想存到二十英鎊沒有那麼容易。然而我跟他之間的談話卻很快結束，我完全沒料到他竟會強烈地對我示愛，要求我答應嫁給他。哦，我眞是被他嚇壞了，趕緊跑開去跟其他人待在一起。然而就在那天晚上，我收到了他差人送來的一封信，表示對於嚇到我之事表達歉意，仍重申要我答應嫁給他的要求，只要我應允，婚期由我決定，任何時候都可以——那其實是封很急迫的情書，裡頭還提到我那筆不幸的借款。他說他可以把借款一筆勾銷，當成是將來要給我的前金——只要——不用我說，妳也可以猜到他是什麼意思，茉莉，這就是事情的原委了。」

「那，妳怎麼說？」茉莉幾乎無法呼吸地問道。

「我完全沒有回答，第二封信接著到了，求我給他個答覆。可是那時候媽媽已經回到家裡，往常的生活壓力以及對於貧窮的嘆息又開始了。瑪莉‧唐諾森常常寫信給我，不斷熱切地說普瑞斯頓先生有多好，就像被賄賂了似的幫他說話。我知道他在他們那個圈子裡頗受歡迎，加上那時候我也還滿喜歡他的，對他心存感激。所以我回信答應說我滿二十歲就可以跟他結婚，在那之前他不能跟任何人提起，得把這件事當成祕密才行。於是，我努力想忘記跟他借錢的事，可不知道爲什麼，一答應結婚之後便開始討厭起他來了。每次他只要發現我旁邊沒人，就會迫不及待地過來聊天，一副跟我很熟的樣子，眞受不了。我想，媽媽都開始起疑了。我無法詳述所有的細節，說實在的，有時候連我都弄不清楚這到底是怎麼回事，又是如何演變到今天這地步。我知道卡克哈芬夫人寄了些錢給媽媽，說是要給我念書用，媽媽卻覺得滿困窘的，心情不佳。再說，我和媽媽一直處得不太好，當然不敢冒險提那討厭的二十英鎊的事，況且我還想著如果將來跟普瑞斯頓先生結婚了，二十英鎊就不用還了——我眞是邪惡得可以。可是，哦，茉莉，我已經受到懲罰了，因爲我眞是厭惡死那個男人了。」

「不過，爲什麼呢？妳什麼時候開始討厭他？對於這件事，妳似乎一直都挺順從他的。」

「我不知道。在到布洛涅念書前，我心裡就萌生出對他的厭惡了。他讓我覺得我好像必須聽命於他，不時就來提醒我已經跟他訂婚。他的言語和行爲都教我倒盡胃口。他對媽媽的態度也透著一種傲慢。啊！我知道妳認爲我不太尊敬我母親——也許是吧！可是，他對媽媽出錯時那種冷嘲熱諷的態度讓我非常受不了，他稱我爲他的『愛』時，那種樣子更教我覺得噁心。就在我到布洛涅的學校去念了一學期後，來了一個英國女孩——是他的表妹，她對我所知不多。茉莉，聽著，我接下來要講的話，請妳聽完後盡快遺忘。那英國女孩總是她表哥長她表哥短的說個不停：羅伯特．普瑞斯頓是他們家族中的偉人，他長得多麼英俊瀟灑，他所在之處的女士們都如何地愛他等等，甚至連貴族家的小姐都不例外。」

「他是指海芮小姐嗎？」茉莉忿忿不平地問。

「我不知道，」辛西雅疲憊地說：「我那時並不在意，就是現在也不會在意。那女孩繼續往下說，她說還有個美麗寡婦也愛他愛得不得了。他常對那寡婦的投懷送抱嗤之以鼻，那寡婦卻以爲是他不明白自己芳心，而——哦——這個男人竟然就是我答應要嫁的人，我不只欠他錢，還給他寫情書。茉莉，現在妳明白全部的事情了。」

「不，我還不完全明白。妳在知道他是怎麼講妳母親的之後，怎麼辦呢？」

「當然只有一件事好做。我寫信告訴他我討厭他，永遠永遠也不會嫁給他，還有，只要我存夠了錢，會把二十英鎊連本帶利還給他。」

「後來呢？」

「布洛涅學校的老師把我的信原封不動的拿回來了，並且告訴我，學校裡不容許女學生私下給男士們寫信，除非先讓她看過內容。我告訴老師，他是我們家的友人，也是幫媽媽處理一些事務的管理人——我眞的無法把事實告訴老師。但是老師仍然不准我把信寄出去。我眼睜睜看著老師把信給燒了，向她保證以後絕不再這樣做，要不然她就要告訴媽媽。我只好先冷靜下來，等回家的時候再說。」

「所以說，妳那時並沒有跟他見面，至少一段時間是見不到他的。」

「對，但是我可以寫信。我開始努力存錢要還給他。」

「他怎麼看待妳寫的信？」

「哦，起初他假裝不相信我是認眞的。他以爲我純粹在嘔氣，或只是裝腔作勢地氣個一陣子，他道個歉就好了。」

「那後來呢？」

「他乾脆直接威脅我，更慘的是我眞的被他嚇住了。我實在無法忍受事情曝光被拿來當作茶餘飯後的話題，更無法想像他要把我寫的那幾封蠢信公開——哦，那些信——我連想都不願意去想，開頭寫著『我親愛的羅伯特』——竟這樣稱呼那個男人！」

「可是，辛西雅，妳怎麼還能答應羅傑的求婚呢？」茉莉問。

「爲什麼不可以？」辛西雅態度尖銳地轉過頭去看著茉莉。「我那時是自由的，現在也是自由的，答應羅傑的求婚等於確認我仍屬自由身的好方法。而且我喜歡羅傑，跟這種能夠讓人信賴的人在一起，我覺得好安心。何況我既非草木也非頑石，面對迥異於普瑞斯頓先生的『羅傑的溫柔與無私的愛』，如何能拒絕？我知道妳認爲我配不上羅傑，當然了，如果這一切都曝光了，他也會這麼想的。」此時辛西雅的語調變得很哀怨，讓茉莉忍不住同情起她來，「其實，有時候我想著，也許該放棄他，然後到一個全新的世界去展開新的生活……還有一兩次我也想著，爲了報復，乾脆跟普瑞斯頓先生結婚好了，讓他永遠聽命於我。只是我想這樣應會適得其反，因爲他本性非常殘忍，既狂暴又殘忍，簡直是披著羊皮的狼。我一次又一次，求他千萬不要把這件事說出去，讓我們能平和分手。」

「別在意他是不是把這件事說出去了，」茉莉說：「他會得到報應的，他自己所受的傷害絕對比妳還重。」

辛西雅臉色更蒼白了些，「可是，我在給他的信上說了有關媽媽的事。那時我對媽媽所做的事有許多批判，然而，當時的我根本不瞭解媽媽所受到的誘惑有多大。他說除非我承認我和他之間的婚約，不然便要把我寫的信拿給妳父親看。」

「他才不敢！」茉莉氣得直起身來站在辛西雅前面，那股堅決的氣勢彷如她正站在普瑞斯頓先生面前一樣，「我不怕他。他也不敢對我無禮，就算他眞的對我口出惡言，我也不在意。我會去跟他把那些信要回來的，我倒要看看他敢不敢拒絕我。」

「妳不曉得他的爲人，茉莉。」辛西雅搖了搖頭，「我在好幾個月前就把錢準備好，他跟我約過好幾次了，彷彿要來拿還他的錢，要不就是一副要把信還我的樣子。羅傑眞是可憐！他壓根不知道這些事。每當我給羅傑寫情書的時候，免不了責罵自己一頓，因爲我曾經那麼深情地寫信給另外那個人。如果普瑞斯頓先生知道我和羅傑訂婚了的話，肯定會利用那些信件來報復羅傑和我，陷我們於痛苦深淵之中！我寫那些信的時候才十六歲，茉莉——我總共就寫了七封信！它們就像我腳下的地雷一樣，隨時可能引爆。然後，父親、母親和所有人都會受到影響。」辛西雅輕描淡寫地作出結論，感覺卻是痛苦極了。

「我要怎麼樣才能拿到信？」茉莉說道，努力思考著，「我絕對會拿到那些信，有爸爸當靠山，他不敢不給的。」

「啊！這就是問題所在了。他知道我一點也不敢讓妳父親聽到這件事，我對妳父親的顧慮遠遠超過其他人。」

「他這樣竟然還敢說愛妳！」

「這就是他愛的方式。他常說他會不擇手段讓我成爲他的妻子，等成眞之後，他相信他絕對有辦法讓我愛他。」由於身體上的疲憊以及心靈上的困頓，辛西雅開始大哭。茉莉立刻過去抱住她，把她美麗的頭攬在自己胸前，親吻著，用溫柔的話語安慰，彷彿辛西雅只是個小孩。

「哦，把一切都告訴妳後，我好舒坦！」辛西雅喃喃說道。茉莉則回應：「我相信我們是站得住腳的，所以，我確定他會把信還來。」

「也會把錢拿回去嗎？」辛西雅補充問道，抬起頭渴望地看著茉莉的臉。「他非得把錢拿回去不可。哦，茉莉，如果不讓妳父親知道，妳是沒有辦法處理好的！我寧可到俄國當女家庭教師。我幾乎想著，我寧可——不，不行！」她突然打了個寒顫，把未說完的話給吞了回去，「一定不能讓妳父親知道——拜託妳，茉莉，務必不能讓他知道。我會受不了的。我不知道該怎麼辦才好。妳會答應我永遠也不告訴他或媽媽，對嗎？」

「我永遠都不會說的。妳難道不知道我會盡全力保護——」，她本來想說「保護妳和羅傑免於受苦」，可是辛西雅插嘴道：「祕密。無論如何都不能讓妳父親知道就是。如果妳做不到，那就算了，但如果妳能堅持下去，我會非常感激的。反正再怎麼說，情況也不會比以前壞，只會比以前好，因爲妳的憐憫與同情就是我的安慰了。但還是請妳答應我，不要跟吉布森先生說。」

「我已經答應了，」茉莉說：「不過我再答應妳一次。現在，上床睡覺去吧！好好休息一下。妳的臉看起來跟床單一樣白，再不休息的話會生病。都已經半夜兩點多了，而且妳還冷得發抖呢！」

於是她們互道晚安，準備就寢。然而，茉莉回到自己房間後，方才的那股勇氣與精神瞬間消失，她連衣服都沒換就直接癱倒在床上，因爲這會兒頭腦亂糟糟的，無暇他顧。她只想著，萬一哪天羅傑恰巧得知此事，只怕會情海生波。那麼，對羅傑隱瞞到底對或不對？她想，她必須說服辛西雅，等羅傑一回到英國就把全部事情告訴他。什麼都不知道的羅傑要是能從辛西雅口中直接得知此事，總比從別人那兒聽到好。茉莉整個心思都繞到羅傑身上去了——他會有什麼感覺，會說些什麼，他們見面時會是什麼情形，以及他此刻人在哪裡等等，一直到她忽然恢復了勇氣，繼而想起她剛才答應辛西雅要幫忙的事。冷靜下來的茉莉仔細想想自己的承諾，激動情緒過後便發現事情的困難度。最困難的就是她怎麼跟普瑞斯頓先生見面呢？而且只有他們兩個人哪！辛西雅是怎樣做到的？還有，他們之間是如何傳遞信件的呢？」

茉莉很不願去想，表面看起來誠實無僞的辛西雅私底下肯定有些不太光明磊落的行爲。而她更不願意去想的是，她開始擔心自己也得循著辛西雅的模式去做了。不過無論如何，她會盡量走在正路上，萬一走偏了，她也只是爲了救自己所愛的人免於痛苦而不得不去做。

譯註：

①烏斯特郡（Worcestershire），位於英國英格蘭西米德蘭茲區域的郡。

第四十四章　茉莉伸出援手

經歷過前夜風暴，兩個女孩在早餐桌上平靜安舒一如往昔，倒挺教人不解。辛西雅蒼白著一張臉，卻是態度自若，氣定神閒地談著日常雜事，和平常無甚兩樣。茉莉則是一言不發地坐著，觀察著辛西雅，內心忍不住懷疑，辛西雅想必對隱藏眞正想法與惱人祕密有著長久累積的功力，要不然怎能這般沉著鎮靜。早晨送來的信件中有一封寄自倫敦的柯派屈克家，但不是辛西雅的專屬通訊者海倫寫來的。信由海倫的妹妹代筆，替海倫致歉，她說：海倫染上流行性感冒，身體非常虛弱不適。

「讓她到這兒來呼吸一下新鮮的空氣吧，」吉布森先生說：「這時節，群樹環繞的鄉間要比倫敦好多了。我們家現在空氣清爽不潮濕，地勢較高，附近又是砂礫土，環境宜人，此外我也可以免費幫她看診。」

「這的確是個好主意。」吉布森太太回道，一面快速在心裡盤算著，要接待這樣一位過慣了柯派屈克家生活的小姐到自己家來，得在生活開銷上追加多少預算，而且一邊說話還一邊計算著可能造成的不便，衡量著此舉的利弊得失。「妳不喜歡她來麼，辛西雅？還有茉莉也是。親愛的，妳也可以利用這機會認識柯派屈克家的小姐，我相信他們定會回請妳，那就太好了！」

「我不會讓她去。」吉布森先生接話，現在他可是吉布森太太一開口就看出她在打哪樣如意算盤了。

「親愛的海倫！」吉布森太太繼續說：「我想好好照料她一番，我們不妨把你的諮詢室改成她專用的小客廳，親愛的。」吉布森太太盤算結果認爲要在家裡接待單一客人好幾個星期，肯定造成不便，自是麻煩多多。「因爲她生病了，當然需要靜養。如果讓她待在客廳，來來往往的訪客必定擾得她不得安寧，而餐室的話嘛，又那麼、那麼——該怎麼形容呢？餐味那麼重，食物的味道似乎盤旋不去。如果親愛的爸爸能讓我大刀闊斧——」

「何不把妳的試衣間給她當臥房，再把緊鄰客廳的小房間給她當起居室呢？」吉布森先生反問。

「書房啊，」吉布森太太爲彰顯高貴而選用這兩個字，先前它才被叫做書櫥而已。「除了書本和寫字桌之外，連一張沙發也放不下，又到處是通風孔。算了，親愛的，我們還是別邀請她來了，不管怎麼說，她還是待在自己家舒服。」

「好了，好了！」吉布森先生眼見自己就要被打敗了，不想再爲這件事多費唇舌。「也許妳說得對，這是奢華與清新空氣間的選擇，到底人各有所好而魚與熊掌不能兼得。如果她想來，我竭誠歡迎，也很高興以我們本來面目接待，不過我不能放棄諮詢室，它是不可或缺的——我們的溫飽全靠它呢！」

「我會寫信告訴他們吉布森先生人有多好，」吉布森太太在丈夫走出門時頗滿意地說：「他們會對他感激得有如她來過了一樣呢！」

不知是爲了海倫的病抑或是其他原因，早餐後的辛西雅顯得非常洩氣，一副心不在焉的樣子，類似情況持續了一整天。現在，茉莉明白這許多個月來辛西雅的心情何以如此多變，因而對辛西雅更溫柔且更加包容了。天將晚時只她們兩個女孩獨在一處，辛西雅過來站在茉莉身後，使她的臉不被看到。

「茉莉，」她說：「妳眞的會去做嗎？妳眞的會去做妳昨天晚上所說的事嗎？我想了一整天，有時我忍不住想，如果妳眞的去跟他要那些信，他說不定會把信還給妳，他可能會想……無論如何，値得一試就對了，假使妳不討厭這樣做的話。」

現在茱莉仔細思考，她還眞不想私底下去跟普瑞斯頓先生見面，越想就越不喜歡這個主意。可是這原本是她自己提出來的，她既不能也不願打退堂鼓，這麼做也許有用，況且她也不認爲會有什麼損害。於是，儘管覺得厭惡，她還是告訴辛西雅說她願意去做，只是，當看著辛西雅急切安排跟普瑞斯頓先生見面的細節時，厭惡感就更深了。

「妳就跟他在通往陶爾莊園那條大路上的門房小屋會面。他只有一條路可以過來，就是從陶爾莊園那邊，他常得到那兒去處理公事，畢竟他有總鑰匙，到哪裡去都不成問題。妳可以像我們往常那樣到小屋旁邊去，不必走得太遠。」

辛西雅熟練的安排讓茱莉嚇了一跳，足見辛西雅對這種事有相當經驗。茱莉不由大著膽子問了一句，要怎樣去跟普瑞斯頓先生說呢？辛西雅紅著臉答道：「哦，這妳不用管！他會很高興去赴約。妳自己也聽他說過希望再討論一下的，這又是第一次由我這邊要求見面。如果我能因此獲得自由——哦，茱莉，我會一輩子愛妳，感激妳！」

茱莉想到了羅傑，因爲如此，她迸出了以下的話。

「這一定很可怕……我想我是勇敢的人，但即便如此，我都不認爲我能、能夠接受羅傑的求婚——在和別人的婚約未可解決的狀況下。」她說時禁不住紅了臉。

「妳忘了我有多厭惡普瑞斯頓先生！」辛西雅說：「我對他的厭惡遠超過我對羅傑的愛，還好我可以跟羅傑訂婚，眞讓我心存感激。羅傑不願稱此爲『訂婚』，但我要說我們是訂了婚的，因爲這給我一種安全感，讓我覺得普瑞斯頓先生對我無權無分——我是自由的。而且我眞是自由的！就差那些要命的信了。哦，如果妳能讓他把他那討厭的錢拿回去，然後把我的信給拿回來就好了！我們便能夠遺忘一切，他可以跟別人結婚，我也可以嫁給羅傑，沒有人會知道這些事。畢竟，這不過是人們常說的『年少輕狂』而已。妳可以告訴普瑞斯頓先生，只要他一把信公開、或是把信給妳父親看啊什麼的，我就會立刻離開何陵福特，永遠不再回來——」

茱莉帶著許多像這樣她覺得根本不該去傳遞的訊息，不知道該說些什麼才好。她眞討厭這個任務，也對辛西雅提及和羅傑關係時的那種態度頗不以爲然，覺得自己等於辛西雅的共犯，相當可恥，但爲了讓辛西雅走回正途，進而獲得清靜的生活空間，她情願忍受這一切，面對一切困難。因爲除了對辛西雅深摯的同情與憐憫之外，她亦不忍見到辛西雅暗自忍受沉鬱壓力以及可能招致的壞名聲。於是茱莉出發了，一個人走向說好的會面地點。那是個颳大風的陰天，簌簌風聲呼嘯著吹過大樹上已近光禿的樹枝，她走進莊園大門朝著通往門房小屋的大道走去。她快速走著，覺得全身血液直往腦門上湧，整個人根本無法思考。在距離門房小屋約四分之一英里處有個大拐彎，之後就是直接通往陶爾莊園大宅的路了，目前伯爵一家人都不在。茱莉不想離小屋太遠，她站在一棵大樹旁，面朝著小屋。忽然聽到背後草地上有腳步聲響起。

來者正是普瑞斯頓先生，他瞥見有女人的身影半被樹幹擋住。普瑞斯頓先生不疑有他，以爲赴約的人是辛西雅。及至走上前距離夠近時，眼前的身影轉過頭來，他才發現不是光鮮亮麗的辛西雅，而是臉色蒼白、表情堅決的茉莉．吉布森。她沒跟他打招呼，光從她蒼白膽怯的樣子來看也知道她很怕他，但她那雙灰瞳卻堅定地迎向他的目光，閃耀著充滿勇氣的單純。

「辛西雅沒辦法來嗎？」他問道，想必她正在等他。

「我不知道你以爲來的會是辛西雅。」茉莉回應，心中有些驚訝。她單純地以爲辛西雅早跟他講妥來的人會是茉莉・吉布森，雙方約好在既定的時間與地點見面。辛西雅相當世故，她給他寫了張語意不明、模稜兩可的紙條誘騙他，故弄玄虛使他以爲是她本人要來見面。

「她說她會來的。」普瑞斯頓先生得知自己上了當，原來要來見面的人是茉莉・吉布森，心中不免煩躁。茉莉遲疑著不知該從何說起，他則下定決心等對方先開口。茉莉因爲介入了別人的事，心中覺得尷尬不已。

「反正她叫我來跟你見面就是了。」茉莉說：「她把你跟她之間的事，從頭到尾告訴我了。」

「眞的？」他嘲諷道：「她說的話可得打折扣，不能全信哪！」

茉莉氣得臉紅，她聽出他語調中的無禮，情緒開始激動起來。不過她控制住自己的情緒，冷靜下來後也就產生了勇氣。

「你不應該這樣數落一個你聲稱愛她愛到想娶她爲妻的人。但先不管那些，你手上有幾封她寫的信，她想要拿回來。」

「我想也是。」

「你無權保有那些信件。」

「法律上的『權』，還是道德上的『權』？妳指的是哪一種？」

「我不知道。總之，你就是半點權利也沒有，做爲一個紳士，怎可扣著一位少女寫的信而不還？更何況還想用來威脅她！」

「我想，這件事妳是都知道了，吉布森小姐，」他態度上比先前尊重了，「至少，她是就她的觀點把事情全告訴妳了。不過那是她的說法，現在妳得聽聽我的版本才行。她認眞地答應我，就像任何一個女人——」

「她當時還不是女人，只是個女孩，未滿十六歲。」

「她已經夠大，知道自己在做些什麼了，不過如果妳喜歡我稱她爲女孩，我自然恭敬不如從命。她認眞地答應說要嫁我爲妻，條件是婚約必須保密，且得等上一段時期。她寫信重申她的誓言，同時極其祕密地向我保證信守諾言。我絕無騙妳，我從來就沒有以聖人自居，誠然在某些方面汲汲營營爲求一己私利。妳也清楚得很，她是個身無分文的女孩，就當時情況而言，她跟任何富貴人家都沾不上邊，更別提會對我的事業有任何幫助了。我對她的愛完全出於一個男人眞摯脫俗的熱情，她自己也應該清楚。我大可以跟兩三個有錢女人結婚，而且每一個都漂亮得很，沒有人會覺得勉強或不情願。」

茉莉打斷了他的話，他那自以爲是的態度惹得茉莉火冒三丈。「不好意思，我不是來聽你說那些有可能成爲尊夫人的女孩們的故事。我只代表辛西雅過來見面，她不喜歡你，也不想嫁給你。」

「那麼，我非得讓她像妳說的『喜歡』我不可了。她確實曾經『喜歡』我，更立了需要兩人都同意才能打破的承諾。我深信我可以讓她跟以前一樣愛我，至少她在寫給我的信上是這樣說的，就等我們結婚以後了。」

「她永遠都不會跟你結婚。」茉莉態度堅定地說。

「那麼，有幸得到她青睞的那個人就得好好研究她寫給我的信了。」

茉莉幾乎想笑出聲，她肯定羅傑才不會去看在這種情形下拿給他看的信，不過繼而一想，羅傑可能因此感到萬分難過——如果他得知辛西雅跟普瑞斯頓先生有書信往來，卻又不是由辛西雅主動告知。想到這裡，茉莉決定不管怎樣都要避免讓羅傑受到傷害。在茉莉想到該說什麼之前，普瑞斯頓先生又開口了。

「妳那天說，辛西雅已經跟人訂婚了。我可以問一下對方是誰嗎？」

「不行，」茉莉應道：「你不必問了。你也聽到她說那不算訂婚，那個婚約還未成定局。就算是，你想在我聽了你剛才說的話之後，還能告訴你對方是誰嗎？不過有一件事你是絕對可以知道的：你要拿給他看的信，他連一個字也不會看。他太——不行！我不要在你面前提到他。你永遠也無法瞭解他的爲人。」

「這位神祕的『他』何其幸運能得吉布森小姐熱心維護，而他和吉布森小姐可是完全沒有婚約呢。」普瑞斯頓先生說道，臉上掛著極討人厭的表情。

茉莉突然覺得自己簡直快要氣哭了。還好她努力克制下來，重新振作精神繼續奮戰——爲了辛西雅，也爲了羅傑。

「任何一個正派男女都不會去看你所提供的信，就算眞的有人看了，也會因爲太過羞恥而不敢跟人說。這樣一來，你那些信又有什麼用呢？」

「信上有辛西雅不斷重複，要跟我結婚的誓言。」他答道。

「她說她寧願永遠離開何陵福特，自己出去賺錢謀生，也不願意嫁給你。」

他的臉頓時垮了下來，像受到嚴重打擊而倍覺屈辱，看得茉莉都替他難過了。

「她是冷靜地跟妳說的嗎？妳知道，妳所告訴我的是極爲殘酷的事實嗎？吉布森小姐，如果妳說的屬實，那也就是說，」他繼續往下說，稍恢復了點精神，「年輕小姐們都特別喜歡『討厭』和『憎惡』這類的字眼。我就認識一堆姑娘常用這種字眼形容她們夢寐以求想嫁的男人呢！」

「我不曉得別人到底怎麼樣，」茉莉說：「不過，我相信辛西雅的確是——」茉莉說到這裡遲疑了一下，她感受到他的痛苦。不過，她還是說出來了，「的確是討厭你，其程度跟任何像她一樣討厭你的人不相上下。」

「像她一樣？」他幾乎無意識地重複著這幾個字，彷彿要抓住些什麼以掩蓋自己所受到的羞辱。

「我的意思是，我就比她更討厭你。」茉莉低聲說。

他沒注意聽她回答，拿著手杖戳著地上的草，低垂著眼看地上。

「所以，你現在可以把她的信交給我帶回去了嗎？我可以保證，不管你怎麼做，她都不會嫁給你啦。」

「妳眞是單純，吉布森小姐，」他忽然間抬起頭來，「我猜，妳不知道世界上除了愛情以外，是沒有別種情感能讓人感到喜悅滿足的。妳聽過『報復』這回事嗎？辛西雅用她的誓言欺哄我，也許妳和她都不相信我——算了，現在說那些也沒有用。我不會平白無故放她走，妳可以跟她那樣說。我會保留她的信件，等遇上合適時機就把它們拿出來用。」

茉莉對於此番交涉的失敗，簡直無法原諒自己。她原本祈望能順利完成任務，這下子越幫越忙。她還有什麼籌碼可用呢？

恰在此時，興許是他忽然想到這兩個女孩在家裡是怎麼談論自己的，那樣的畫面簡直如同在他受了屈辱的自尊上更不留情地揮鞭猛打。只見他說道：「奧斯朋．漢利先生可能將聽說她信上的內容，即使他為人正派，不屑去看那些信，但總會聽到風聲。不止哦！就連妳父親也會聽到幾句耳語。如果我沒記錯，柯派屈克小姐貌似也說了些關於某位女士，現在已是吉布森太太的不太好聽的話。有——」

「住口，」茉莉說：「我不想聽信上任何內容，她寫信給妳的時候幾乎沒有朋友，虧她還把你當朋友看呢！我想到下一步要怎麼做了，我先給你一個公平的警告好了。我早該把你的所作所為告訴我父親的，只不過辛西雅叫我答應她別告訴我父親，我才沒說。所以，我要把這件事從頭到尾講給海芮小姐聽，請她告訴她父親。我相信她會這樣做的，到時候，看你怎麼拒絕肯莫伯爵向你討要那些信件。」

他心知肚明自己不敢拒絕肯莫伯爵。在伯爵面前，他是個精明的土地管理人且深受賞識，但他遲遲不肯歸還信件進而用來威脅別人的行為，卻是任何紳士、正派人士、或有男子氣概的人所無法忍受的。對此他清楚得很，猶且驚訝眼前站著的女孩竟如此聰明，想得到這一招。霎時間，他竟忘我地讚賞起茉莉的機靈來了。茉莉站在那兒，害怕之餘卻也十分勇敢，處於不利情勢中仍堅持著自己的要求，不過，也許在這當中最令他詫異也最能顯出他本性的卻是——他發現茉莉似乎渾然不覺他是個年輕男子，亦未意識到她自己是一個年輕女孩，彷若她是從天而降的天使，無涉於男女感情。雖然他覺得自己終將讓步歸還信件，卻不甘立刻投降。

就在仍佇立原地不想退讓，努力思索該怎麼回應茉莉這一招時，敏銳機警的他立刻聞見有馬蹄踏過石子路面，往他們方向前來。不一會兒，茉莉比他先看到來者是誰。他看到茉莉臉上現出驚慌轉身想跑，然而在茉莉移動之前，普瑞斯頓先生一把抓住茉莉的手臂。

「冷靜一點。他已經看見妳了，可是妳又沒做丟臉的事，沒什麼好怕的。」

他說話時，薛勝客先生已來到大道轉彎處，距他們僅有咫尺。普瑞斯頓先生看到這位老人家紅潤臉上現出一副對眼前所見了然於心的神色，沒特意去看他們。他走過去打招呼，老人家立刻勒住馬，在他們眼前停下來。

「吉布森小姐！妳好呀！這樣颳大風的天氣眞不適合女孩家出門，還冷得很呢！也不適合久站吧？啊，普瑞斯頓，你說是嗎？」老人家說罷，一副心知肚明狀，用手上馬鞭戳了戳普瑞斯頓先生。

「是的，」普瑞斯頓先生說：「恐怕我讓吉布森小姐站太久了。」

茉莉不知道該說些什麼或該怎麼辦，於是稍微欠身行禮，轉過身往回家的路走去，對於自己任務未能成功，心中感到無比沉重。因爲她不知道自己征服了什麼，其實，就連普瑞斯頓先生也尚未意識到呢！

就在茉莉走開去的時候，她依稀聽到薛勝客先生說：「抱歉，打擾了你們兩人獨處的時光，普瑞斯頓。」即便茉莉聽到了這句話，此話隱藏的寓意卻沒往茉莉心裡去，她僅僅覺得有負辛西雅所託竟未完成任務，垂頭喪氣地走回家。

辛西雅不斷朝屋外張望，等著茉莉回家。她一瞥見茉莉的身影便飛奔下樓，把茉莉拉進餐室裡。

「欸，茉莉，妳沒把信拿回來？算了，我也不抱希望的。」她坐了下來，彷彿那個姿勢會讓她好過點，而茉莉像個有罪的人在她面前站著。

「我眞的很抱歉。我盡力了，我們談到最後——薛勝客先生出現打斷了我們的談話。」

「討人厭的老傢伙！如果不被打擾，妳是極有可能說服他把信交出來的，妳知道嗎？」

「我不知道。如果薛勝客先生不出現就好了。我真不喜歡讓他看到我站在那兒跟普瑞斯頓先生說話。」

「哦，那沒什麼，他不會多想啦！那，普瑞斯頓先生怎麼說？」

「他似乎認定妳跟他訂婚了，而那些信是他手上唯一證明。我想，他用他自己的方式深愛著妳。」

「他自己的方式，還眞的咧！」辛西雅輕蔑地道。

「我越想越覺得我們該請爸爸去說。不過，我跟他講到我會跟海芮小姐說這件事，並請肯莫伯爵去要那些信。可是若眞這樣做的話，還滿難堪的。」

「對呀！」辛西雅沮喪地說：「他只會把它當作一種威脅。」

「妳同意的話，我會立刻去做的，我說話算話。只不過，我覺得要是請爸爸來處理，肯定可以處理得更好，更少人知道。」

「我告訴妳，茉莉，妳答應過我不告訴吉布森先生了，希望妳不要違背自己的承諾。要不然我只好離開何陵福特，永遠不再回來。如果妳父親知道了這件事，我就會這麼做的，我話就說到這裡！」辛西雅說罷站起身，情緒緊張又激動地幫茉莉把披肩收拾起來。

「哦，辛西雅──羅傑！」茉莉只吐得出這幾個字。

「是，我知道！妳不必提醒我。可是我怎樣也無法跟對我有成見的人同住一個屋簷下，這些成見可能來自於從別人那兒聽說了什麼，聽來的事往往比事實本身要糟糕得多。我剛到這兒時多麼快樂呀，你們都愛我，而且欣賞我、認爲我很不錯，可是現在──啊，茉莉，我在妳身上就已看出不同了。妳是把心思都寫在臉上的人，這兩天我都看到妳心裡作何想法，妳一直在想著：『辛西雅怎可以騙我，一直以來都跟那人有聯絡，還同時跟兩個男人有著半訂婚的關係。』這樣的想法充塞了妳的心，根本把對我的同情都給擠掉了。哦，妳可曾想過我當時是個凡事都得自己處理的女孩，連半個可幫助我、保護我的朋友都沒有。」

茉莉沉默不語。辛西雅所言的確不少是事實，然而也有很多錯處。因爲，在這令人難捱的四十八小時裡，茉莉還是誠摯地愛著辛西雅呀，對於辛西雅所處窘境所擔的心遠高於辛西雅自己。她也知道（儘管是在擔心過辛西雅之後才意識到的）要盡力去跟普瑞斯頓先生交涉，讓她心裡苦不堪言。她簡直把自己逼到極限了，一想到這裡，斗大的淚珠滾出眼眶順著雙頰往下流淌。

「哦！我眞殘忍。」辛西雅說道，吻去茉莉臉上的眼淚，「我都明白，我明白這是事實，是我罪有應得，我眞不該指責妳的。」

「妳並沒有指責我！」茉莉試圖擠出笑容，「我的確想過妳說的那些事，可是我還是很愛妳呀，很愛的，辛西雅。如果我是妳，也會做同樣的事情。」

「不，妳不會的。妳在各方面都跟我不一樣。」

第四十五章 隱私

那一天接下來的時間，茉莉萬分沮喪且不太舒服。心中藏著不能說的事對她而言非比尋常，是她從來未曾有過的經驗，那些不能說的祕密彷彿正從四面八方囓咬著她。

那是她甩不掉的夢魘，她多麼希望可以遺忘掉一切，可是就連身邊發生的瑣事彷彿都在提醒她那些事的存在。翌晨吉布森家收到幾封信，一封是羅傑寫給辛西雅的，而半封信也沒有的茉莉靜靜看著辛西雅讀信，心中湧起些許欣羨的哀愁。茉莉覺得除非辛西雅將她和普瑞斯頓先生之間的關係誠實告訴羅傑，否則在讀羅傑來信時不可能得到眞正的滿足快樂。然而，正讀著信的辛西雅卻不時露出燦然臉色與迷人酒窩，那是她在受到讚美、欣賞與喜愛時的招牌表情。

茉莉的沉思與辛西雅的閱讀，都被吉布森太太興奮的叫聲給打斷了。吉布森太太從正讀著的信上抬起頭，把信塞給她丈夫，說：「看！我得說這是我所期待的！」語罷，轉向辛西雅解釋道，「那是妳堂叔寫來的信，親愛的。他人眞好，希望妳過去跟他們住幾天，幫他們逗逗海倫，讓她精神好些。可憐的海倫！只怕她眞的病得不輕。偏偏我們又不能邀她過來，因爲不能占著親愛爸爸的諮詢室用。雖說我可以讓出我的試衣間，但——總之我就寫了信，跟他說妳心裡很難過——妳當然凌駕於我們所有人之上，因爲妳是海倫的好朋友，妳曉得呀。他們盼妳能去幫忙，我確信妳絕對幫得上忙！所以，他們索性寫信邀妳過去，因爲海倫已經在等妳了。」

辛西雅一聽，眼睛發亮。「我眞想去。」她說。「可是這樣得離開妳，茉莉。」她低聲補了一句，彷彿突然被良心譴責。

「妳趕得上今晚的驛馬車嗎？」吉布森先生說：「說來也眞奇妙，這二十幾年來我一直靜靜地在何陵福特執業，今天竟第一次接到通知要我去倫敦會診，明天就得到達。我擔心肯莫夫人的情況更不穩定了。」

「不會吧？可憐的夫人！這消息眞讓我吃驚，還好吃過早餐了，要不然聽到這樣的消息我哪吃得下東西。」

「我只是說她的情況更不穩定了。身體上的不適若變得不穩定，也有可能是好轉的前兆，請別擅自闡釋我所說的話。」

「謝謝。親愛的爸爸總是這樣體貼地要給人安心。辛西雅，妳的衣服怎麼辦呢？」

「哦，我很快能夠整理好一切，媽媽，沒問題的。謝謝您。我下午四點之前應該就能準備妥當。茉莉，妳方便過來幫我打包嗎？我有話跟妳說，親愛的。」她們一上樓，辛西雅又接著底下的話，「能離開那個陰魂不散男人所在的地方眞是太好了！可是妳別以爲我很高興離開妳哦，要離開妳，我一點也不覺得高興。」辛西雅像在特別放話似的。

茉莉卻沒聽出她的意思，只答道：「我想也是。平心而論，我明白要跟普瑞斯頓先生在公開場合見面，態度又不同於以往的私下相處，那種感覺有多討厭。我相信在未來好久好久的時間裡，我都不想再看到普瑞斯頓先生了。而海倫．柯派屈克——對了，辛西雅，羅傑的信上寫些什麼，妳一個字都還沒跟我說。請妳告訴我，他可好？他發燒好了嗎？」

「好了，差不多都好了。信上的他很有精神，大半寫些鳥啊、動物啊，一如往常，還有當地原住民習慣之類的事情。喏，妳可以看，從那裡開始——」說著指出信上的某個段落，「到那裡。如果可以的話，告訴妳好了，我就信任妳吧，茉莉！這顯示出我對妳的敬重，我知道妳只會看我允許的部分，不會去看全部的內容，當然其實那也沒什麼，不過是情書上慣見的蠢話而已。那麼，在我打包的時候，妳可以把他人在何處，在做些什麼，還有日期那一類的內容抄寫下來，再寄給他父親。」

茉莉一語不發地接下信，開始在寫字桌上抄寫，再三玩味地讀著辛西雅說她可以看的部分，然後頻頻停下筆，用手托著腮幫子，眼睛盯在信上，讓想像力於來信者的身上盤旋，想像著許久未見的他，想像著幻想世界中的他。辛西雅突然闖進客廳來，把陷入沉思默想的茉莉給嚇了一跳，只見辛西雅一臉開心的樣子。「都沒有人，太好了！啊，茉莉小姐，妳的口才遠比妳自己認爲的要好多呢！妳看！」她舉起一個鼓鼓的大信封，然後快速放進自己的袋子裡，怕被人看到似的。

「怎麼了？親愛的？」茉莉見狀走過來，關心地問道。

「妳以爲我在爲這個大信封擔憂嗎？哈，妳不知道麼，裡頭裝的是我那些可怕的信，我要直接把它燒掉。普瑞斯頓先生大發慈悲地把信都還給我嘍，多虧了妳，小茉莉——我最親愛的。這些信在近年來讓我如坐針氈，寢食難安。」

「哦，我眞高興！」茉莉說道，放心多了，「眞沒想到他會把信送回來。他這個人比我所想的還好嘛。好了，現在一切都結束了。妳想，他這樣就不能再跟妳有任何瓜葛了，辛西雅，對嗎？」

「管他想怎麼樣，我可不怕他，他手中沒有任何證據了。我現在覺得輕鬆無比，一切都多虧了妳，妳這難能可貴的小淑女！現在只剩下一件事要做了，可以請妳再幫我個忙嗎？」辛西雅問時，對茉莉又勸又哄又撒嬌。

「哦，辛西雅，不要再找我啦，我沒辦法了。妳都不知道我一想起昨天的事，還有薛勝客先生臉上的表情，心裡有多不舒服。」

「不過是件小事而已。我不會告訴妳我是怎麼拿到信的，以免增加妳良心的負擔，可是一牽扯到錢，就非找個信得過的人不可了。我一定得逼他拿回他那二十三英鎊還有幾先令才行。我加了百分之五的利息算給他的，錢裝在信封裡，已經封好了。哦，茉莉，如果妳幫我把錢安全地送還給他，我就可以輕鬆過日了。這是最後一個忙了，而且妳不必立刻去做。妳可能在商店裡、街道上、或是宴會中遇到他，只要把錢帶在口袋裡，遇到時再給他即可，再容易不過了。」

茉莉沉默下來。「可以請爸爸拿給他，不會造成什麼傷害的。我會告訴爸爸不准問信封裡有什麼，只管把信封交給他便是。」

「很好，」辛西雅說：「就依妳的方式去做吧。我認為我的方法最好，因爲一旦事情曝了光——但妳已經爲我做了好多事，要是現在拒絕幫我忙，我也絕不會怪妳！」

「我實在不喜歡跟他有這些不光明磊落的往來。」茉莉懇求道。

「不光明磊落！不過是幫我拿封信給他而已！如果我有信要請妳幫我拿給布朗寧小姐，妳也不願意嗎？」

「妳明知這是兩碼子事。給布朗寧小姐送信，我可以公開去做。」

「可是，只要再幫我送一下這個，裡頭寫了簡單一兩句話是關於那些錢的——如此就能夠光明磊落地結束這困擾了我好幾年的麻煩事！不過，妳喜歡怎麼做就怎麼做吧！」

「把信封給我！」茉莉說：「我試試看就是了。」

「眞是我最親愛的茉莉！妳先試試吧！若妳覺得私下拿給他會給妳帶來麻煩，就先收著，等我從倫敦回來再說。到時候，不管他願不願意，他都得把錢給拿回去！」

茉莉跟吉布森太太有兩天時間獨處，這對茉莉來說實在沒什麼好期盼，她心情迥異於當初期盼只有她和父親兩人在家時的興奮。首先，她們不必到「喬治」去送行，因爲驛馬車不是從那裡啓行。到市場去送行，對吉布森太太來說實非講究禮儀的時候。況且那時天候不佳，陰雨連綿的傍晚，屋裡比平常早點起蠟燭。還要不間斷地過六個小時才上床睡覺，沒有音樂、沒有閱讀，只有兩個女人坐著做刺繡，間或小聊一番以打發時間，就連晚餐也提早解決了，全因他們得配合出門遠行的吉布森先生和辛西雅。然而吉布森太太倒眞想讓茉莉開心些，於是盡量使自己成爲討人喜歡的同伴，只不過，茉莉身體微恙又想著那些煩心事——當身體不舒服，心裡有許多煩憂的時候，惱人的事便成了形似的出現在她眼前。茉莉努力想甩開她從未經歷過的不愉快，哪知這房子和家具，以致於屋外灰濛濛的雨景，似乎把這些不愉快都滲透進茉莉的心了，讓她不斷想及過去幾天所發生的事。

「我想，下次得換妳跟我去旅行了，親愛的。」吉布森太太此話幾乎引起茉莉的回響，因爲茉莉眞的很想離開何陵福特，到其他地方度過一兩星期，換個環境呼吸一下新鮮空氣。「我們在家裡待得太久了，年輕人都需要體驗不同生活！不過，像現在這個時候，旅行者就會很想待在家裡明亮的火爐旁了。『家是無與倫比的』——就像那個詩人說的，開頭第一句不就說『走過歡樂，行過繁華』①嘛！說得眞好，彌足實在。能有個這樣溫暖的小窩眞好，妳說是麼，茉莉？」

「是的。」茉莉有氣無力地答道，不由冒出生活總是「一成不變」的感慨。如果她能跟父親一起赴倫敦，即使只有兩天，那該有多好玩哪！

「說眞的，親愛的，要是我跟妳兩個人來趟小旅行，定會很有意思的。就妳跟我，沒有別人。要不是天氣這麼糟糕，我們其實可以來趟即興旅行。我一直想出去走走，想了好幾星期了，可是我們的生活太規律了！我不得不說有時候我看那些桌子、椅子都看膩了。而且，我也好想念他們！他們不在家，屋裡顯得好沉悶、好冷清！」

「對！今晚，我們是孤單二人組。不過，部分原因也是天氣啦，令人倍覺孤寂！」

「胡說，親愛的。我不能讓妳說出這種怪罪天氣的蠢話。可憐的柯派屈克先生以前常說『愉悅的心能帶來陽光』，他是特別說給我聽的——只要我心情稍微低潮，他就會這樣鼓勵我。因爲我根本像個晴雨表，光從我的心情就可判斷出天氣狀況了。我向來都是個非常敏感的人！還好辛西雅沒遺傳到這一點，我覺得她不太容易受外在因素的影響，妳覺得呢？」

茉莉想了一下，回答：「對，她的確不太容易受影響……我覺得，應該是很難受影響。」

「好多女孩子，我是打個比方啦，她們對於辛西雅所受到的注目都會很羨慕。就像去年夏天，她在她堂叔家也是吸引了許多人的目光。」

「在柯派屈克先生家？」

「是啊！當時那兒有位韓德森先生，是名年輕律師，也就是說他還在念法律，可是他家產豐厚，將來還可能更有錢，所以我說他念法律純屬玩票性質。那韓德森先生簡直完完全全愛上辛西雅了。這不是我在胡思亂想，雖得承認做母親的總是有點私心，可是柯派屈克夫婦也都注意到了。柯派屈克太太來信中有一封便曾提到可憐的韓德森先生要到瑞士度長假，無疑是努力想遺忘辛西雅。不過，柯派屈克太太卻認爲這樣做其實是『剪不斷，理還亂』哪！我覺得她說得眞貼切，遣詞用字也不失優美。改天妳得認識一下柯派屈克嬸嬸，茉莉，她就是我所說的心智高尙又優雅的女人。」

「我忍不住想，眞可惜辛西雅沒跟他們說她已經訂婚了。」

「那不是訂婚，我親愛的！要我說幾次妳才懂？」

「如果不是訂婚，那是什麼呢？」

「我不懂妳爲什麼凡事都非得冠上個名目不可。事實上，我實在不明白妳說『那』是什麼意思。講話要能讓人理解才是。語言的首要原則不就在於清楚表達意思嗎？說眞的，哲學家們可能得探討一下，如果我們不能藉由語言讓人明白自己想說些什麼，那人類要語言何用？」

「可是辛西雅和羅傑之間確實存在著某件事。比方說，他們的關係是迥異於我和奧斯朋的呀！那麼，我該怎麼稱呼他們之間的那件事呢？」

「妳不應該把自己的名字和任何未婚男士的名字連在一起，要教會妳這些禮節還眞困難哪！孩子。也許我們可以說，辛西雅和羅傑之間有一種特別的關係，很難去給它定名。我一點也不懷疑，就是因爲這樣，辛西雅才會避談這件事。因爲，這話只在我們之間說就好，茉莉，有時候我當眞認爲辛西雅和羅傑之間會無疾而終。他人在遙遠地方，又得好久以後才能回來，而我們私底下說說就好，辛西雅並非很專情的人。我知道她以前有一次曾經很投入，但那陳年往事已經船過水無痕了。總之，她對韓德森先生展現了非常客氣的態度，在這方面她想必有著從我而來的遺傳，因爲我年輕時也常受追求者包圍，怎麼樣也甩不掉。對了，親愛的爸爸都沒有跟妳提到漢利老爺或奧斯朋的近況，對吧？我們好像很久沒聽到奧斯朋的消息，也沒見到他。不過，他應該過得很好，要不然我們早就聽到什麼了。」

「我想他應該挺好的，前幾天聽人說在路上碰到他騎著馬——哦，我想起來了，是固德芬太太，她說奧斯朋看來比往年健壯。」

「眞的！多高興聽到這樣的消息。我對奧斯朋一向有好感，妳知道吧？我就沒眞正喜歡過羅傑。我當然很看重他，但他怎能跟韓德森先生相比！韓德森先生那麼富裕又有教養，人家的手套都是法國貨呢！」

她們的確好久沒見到奧斯朋・漢利了，然而事情往往這樣，她們才說到他，他就出現了。就在吉布森先生出發赴倫敦的第二天，吉布森太太接到一封已不似往日那般常見的短箋，是倫敦城裡肯莫伯爵家發來的，他們要吉布森太太跑陶爾莊園一趟去找一本書或手稿，或諸如此類病中的肯莫夫人急著要的東西。陰鬱天氣裡有如此令人興奮的差事可做，對吉布森太太而言眞眞求之不得，她精神立刻就來了。這起任務終究帶著點機密性，也能讓她一成不變的生活換換空氣，還能帶給她乘馬車奔馳在貴族莊園大道上的樂趣，更能使她過過莊園女主人的乾癮，暫時掌管她一度熟悉的大小華麗屋宇。她好心地問茉莉要不要陪她去，當茉莉謝絕好意情願一個人留在家裡，她也不覺惋惜。

上午十一點，吉布森太太即出門去，身著星期天上教堂所穿最華美的衣服（這是僕人的用語，她自己才不這樣說）。她穿得這般講究，乃爲了讓陶爾莊園裡的僕人們驚豔，否則要給誰看呢，伯爵一家都不在呀！

「我到下午才回來，親愛的！希望妳一個人在家不會覺得無聊。我知道妳不會無聊的，因爲妳有點像我，親愛的，再沒有比獨處時更忙的時候了，就像那位偉大作家②說的。」

茉莉自由地享受獨自在家的閒適，像吉布森太太在陶爾莊園裡如魚得水般快樂。茉莉大著膽子將午餐裝在托盤裡帶到客廳吃，這樣她就可以一邊大啖三明治，一邊繼續看書。午餐吃到一半，僕人忽然報說奧斯朋・漢利先生來訪。走進客廳裡的奧斯朋一臉病容，完全不像近乎半盲的固德芬太太所言「奧斯朋看來極為健壯」。

幾句寒暄之後，他說：「我不是來找妳的，茉莉。我原本希望在妳家見到妳父親，還以為午餐時間是最合適的時候。」他坐了下來，似乎很高興可以暫歇，整個人看起來十分疲憊，坐時弓著背。此刻的他彷若只求坐得舒服，自然管不了坐姿好不好看，有沒有顯出紳士風度了。

「希望你找他不是因為健康問題吧？」茉莉不知這樣提問是否恰當，但很關心他的身體狀況。

「沒錯，我就是為此而來。我可以自己拿塊餅乾，拿杯紅酒吧？不，不要拉鈴叫僕人送食物，送來我也吃不下。我只嘗一口，這樣夠了，謝謝妳。妳父親什麼時候回來？」

「他被叫到倫敦去了。肯莫夫人狀況比先前不穩定。我猜也許要動手術，可是到底怎麼樣我也不清楚。他明晚回來。」

「好，那我等吧！也許到那時候，我就比較好點了。我想也許是我自己嚇自己也說不定，真希望妳父親會這樣告訴我。我敢說他免不了揶揄我，當然我是不會介意。他總愛取笑胡亂認為自己有病的人，妳說是不是，茉莉？」

茉莉心想父親若見了奧斯朋這副模樣，八成不會當作他是胡亂認為自己有病，也不會想揶揄他。然而她只回應：「爸爸老愛開玩笑，你也曉得。看了那麼多病痛，開開玩笑可以讓他放鬆心情。」

「沒錯，世界上有許多憂傷，我想這人世間終究不是什麼快樂的地方。啊，辛西雅也去倫敦了，」他停了一下，補上這句：「我想再見她一面。可憐的羅傑老弟！他很愛她呢，茉莉。」

茉莉不知如何接話，奧斯朋此刻在聲調和態度上的改變讓茉莉大爲驚訝。

「媽媽到陶爾莊園去了，」茉莉終於想到可說的話，「肯莫夫人急需幾件只有媽媽才找得到的東西。錯過你的來訪，她會覺得惋惜。我們昨天才談到你，她還說好久沒見到你呢。」

「我越來越沒記性了。最近我常覺得好疲憊，總是病懨懨的，偏在我父親面前又非強打起精神不可。」

「你怎麼不過來讓爸爸看看呢，」茉莉說：「或給他寫封信啊？」

「我也不知道自己到底怎麼回事，有時狀況好，有時又滿糟糕的。直到今天，我總算鼓起了勇氣要聽聽妳父親怎麼說，但看來我是白跑一趟了。」

「實在很抱歉。不過只有兩天而已，他一回來便可去看你了。」

「茉莉，切記，請妳父親千萬不要驚動我爸。」奧斯朋兩手撐在椅子上好讓自己稍許欠身向前，急切地向茉莉訴說，「我眞希望這時候羅傑能夠在家。」他又坐回椅子，恢復了原來的姿勢。

「我總算明白你是怎麼回事了，」茉莉說：「你以爲你自己病得很重。可那不就是因爲你現在很疲憊嗎？」她不確定是否該弄明白他現在心裡想什麼，要是她知道了，便不得不照實回答了。

「啊，有時候我眞認爲自己病得不輕，繼而又想，只是因爲不暢快的環境導致心情不好，才會想著自己有病。」他沉默了一陣子。然後，彷彿剎那間下定決心似的，他又開口了。「妳知道，有其他人需要倚靠我的——倚靠我的健康。那天在我們家圖書室所聽到的事情，妳沒忘記吧？我知道妳沒忘。從那時起，我就常在妳的眼神中看出妳一直沒忘了那件事。那時我還不瞭解妳的爲人，但現在瞭解了。」

「別說得那麼急，」茱莉說：「先休息一下。沒人會打擾我們的。我繼續做我的針線活兒，等你想再往下說的時候，我一定洗耳恭聽。」奧斯朋臉色蒼白得可怕，茱莉不禁擔心起來。

「謝謝。」片刻之後他又振作起精神，開始平靜地說話，彷彿說的是與己不相干的事情。

「我妻子名叫艾咪，艾咪・漢利——當然了。她住在溫徹斯特附近一個小村莊『畢夏村』，請寫下來，不過妳自己知道就好。她是法國人，羅馬天主教教徒，也是個女僕。她是個非常好的女人，我自是無須贅言她對我有多重要了。我不敢提到她。有一次我想跟辛西雅說，可是辛西雅好像沒有要拿我當大哥看待的意思。也許她對於這新建立的關係有些害羞吧！就請妳代爲轉達我這當兄長的對她的愛了，由妳來說也是一樣。有人分擔了我的祕密，讓我心上一塊大石落了地。妳就像我們家的一分子，茱莉，我可以信任妳，如同我信任羅傑一樣。有人知道我的妻子和孩子在哪裡，著實令我安心不少。」

「孩子！」茱莉驚叫道。而在奧斯朋回答之前，女僕瑪麗亞報道：「菲比・布朗寧小姐來訪。」

「把那張紙摺起來收好，」他快速地塞了東西在茱莉手裡，「妳自己一人知道就行。」

譯註：

①語出美國演員與劇作家潘恩（John Howard Payne，1791～1852）一八二三年的作品：〈*Home! Sweet Home!*〉。

②此處的偉大作家指西塞羅（Marcus Tullius Cicero，106 B.C.～43 B.C.），古羅馬演說家與政治家。

第四十六章 小鎮八卦

「親愛的茉莉，妳怎麼不過來跟我們一起吃晚餐呢？我剛跟姊姊講，我要過來好好說妳一頓。哦，奧斯朋．漢利先生，是你呀？」菲比小姐臉上顯出打擾了兩人幽會的表情。茉莉和奧斯朋互相交換眼神，對菲比小姐的會錯意了然於心，兩人相視一笑。

「我確定我會——呃！人有時候總得——我看到我們的午餐就——」一陣語無倫次後，菲比小姐終於恢復正常，「我們方才得知吉布森太太從『喬治』雇了馬車，因為姊姊剛好叫家裡的女僕南西拿錢去給湯姆．奧斯勒，我們跟湯姆買了幾隻他弄陷阱捕到的兔子。奧斯朋先生，希望你不要因為這樣就把我們當盜獵者看，設陷阱捕兔子用不著執照吧？——然後啊，我們家南西聽說湯姆駕著馬車送妳親愛的媽媽到陶爾莊園去了，因為原本駕馬車的柯克斯扭傷了腳，所以改由湯姆上陣。當時我們已吃完午餐，南西說湯姆要到晚上才會回來。我一聽便說，『可憐的小茉莉不就得一個人在家了？她母親可是我們的好朋友呢！』——當然，我是指她在世的時候啦！這會兒，我確定很高興白擔心一場。」

奧斯朋開口道：「我是來找吉布森先生的，沒料到他上倫敦去了，而吉布森小姐好心把她的午餐分我一些。我該告辭了。」

「哦，真是的！抱歉打擾了你們，」菲比小姐尷尬地說：「可是我真的出自一片好意。哎，我從小就最不會看時機。」沒等她說完有多抱歉，奧斯朋已經離開了。奧斯朋離去前意味深長地看了茉莉一眼，那眼神像在說今日一別便不知何時才能再見，看得茉莉心頭一震，久久無法忘懷。「這麼一件好事，中途卻冒出我這個人，把事情都搞砸了。我相信妳非常好心，親愛的，關於——」

「關於什麼，親愛的菲比小姐？如果您以爲我和奧斯朋．漢利先生之間有什麼男女情愛成分，您就錯得離譜了。我想我以前跟您澄清過一次了，請您務必相信我。」

「哦，對！我記得。可是姊姊不知怎麼搞的，老以爲是普瑞斯頓先生，我想起來了。」

「這個想法也一樣錯得離譜，」茉莉微笑著，盡量表現出完全與她無干的樣子，不過由於提到了普瑞斯頓先生的名字，讓她覺得心煩氣躁，臉頰也跟著漲紅了。眼前情狀實在很難讓她跟菲比小姐持續交談，因爲她心裡一直擔心奧斯朋：他迴異於以往的外表，他陰鬱的話語似在預言未來的災禍，還有關於他妻子的祕密：法國女人、天主教徒、僕婢身分。茉莉忍不住運用自己的想像力將這些奇怪的事實片段拼湊起來，遂難跟得上菲比小姐沒完沒了的念念有詞。話雖如此，她還是趕在菲比小姐餘音繚繞尚未完全停歇時接上話，半由機械式回音記憶、半由菲比小姐臉部表情中判斷出是個疑問句。原來菲比小姐問要不要和她一塊出去？她要上葛林斯德書店去。

葛林斯德不只是何陵福特的書店老闆，他在本業之外也兼任何陵福特書社的經理人，處理社員入會、代收書款、從倫敦代訂書籍等事宜，僅酌收社員們工本費便允許將書籍放在他店內書架上。葛林斯德書店裡的何陵福特書社其實是小鎮上各路消息與新聞八卦的中心，成員個個都是如假包換的假斯文。說眞的，這地方與其說是文人雅士共享文學之愛的聚集處，倒不如說是測試個人涵養的地方。書社成員大多自視甚高，認爲加入書社乃是種身分地位的表徵，因此一般市井小民不論多麼熱愛文學、喜愛閱讀，也對加入書社望而卻步。說眞的，有些書社成員還不大看書呢！拿固德芬太太來說，她私下就覺得看書是浪費時間的事，還不如把握拿來做針線活兒好，要不也可打打毛衣、烤烤酥餅什麼的，加入書社不過爲了表現身分地位而已；換句話說，這批好心的婆婆媽媽們，晚上時光要是沒有年輕貌美的女僕來把她們從茶會中接回家，肯定覺得這個世界令人無所適從了。總而言之，葛林斯德書店等於是個喝茶聊是非的地方。拿這角度來看何陵福特書社，大家都沒有異議。

茉莉上樓去做準備，要陪菲比小姐出門。她打開房間裡一個抽屜時看到了辛西雅留下的信封，裡頭裝著給普瑞斯頓先生的短信，已小心封好，看起來像一封信無異。這是茉莉在萬般不情願下承諾替辛西雅轉交的東西，也是終結這件事的最後一擊。茉莉拿起信封，內心憎惡不已。她一度忘記了它的存在，現在它就躺在那兒面對著她，而她得想辦法處理掉。她拿起信封放進口袋，心想也許會在路上碰到他，這麼一想，機會還眞的來了。

她們走進葛林斯德書店看到同往常一樣，有兩三個人聚在那兒翻翻書，或在登記簿上寫下欲代訂的新書書名。普瑞斯頓先生就在那兒，一看到兩位女士進來，他想都沒想便欠身爲禮，及至發現來者是茉莉，臉上竟立即出現極端嫌惡的神情。在普瑞斯頓先生心中，茉莉如同他挫敗受辱的化身，一看到她就勾想起他最想遺忘的不愉快事件；換句話說，他想起了茉莉直言不諱，簡單明瞭地告訴他辛西雅不喜歡他。假如菲比小姐此刻能瞧見普瑞斯頓先生那張帥臉上的表情，就會告訴姊姊說茉莉和普瑞斯頓先生之間的事是她猜錯了。然而，菲比小姐卻站在書店另一頭忙著挑選信紙，因爲她覺得直接走近普瑞斯頓先生身旁，近距離和某位男士一塊看著書架上的書實在有違淑女風範，於是給自己找點事忙，閃到另一頭去了。茉莉伸手探探口袋裡那封重要的信，她眞敢就這麼走過去把信交給他嗎？陷於猶豫不決之際，退縮好像往往占得上風，就在茉莉自覺鼓足了勇氣要走向前時，菲比小姐恰剛買好信紙。她轉過身來，有些感傷地看著普瑞斯頓先生的背，然後對茱莉低語：「我想，我們先到詹森布料行去，待會兒再回來買書好了。」

兩人一塊走到對街的布料行。然而她們才踏進布料行，茱莉的良心就重捶了她一下，責備她的臨陣退縮，喪失良機。「我去去就來。」茱莉對著一進門便忙著選購布料的菲比小姐說道，自己跑過街回到書店門口。她目光不偏不倚地盯住門口，心想短時間內普瑞斯頓先生應不會出來。她闖進書店，他正站在櫃臺前跟葛林斯德本人說話。茱莉把信塞進他手裡，他嚇了一跳，完全沒料到有這一著，而茱莉隨即轉身往外走，回到菲比小姐身邊。

那時固德芬太太趕巧站在書店門口，看到茱莉匆匆走進來，於是一雙圓眼瞪得又大又圓，再配上她那副眼鏡簡直像極了貓頭鷹。她親眼看到茱莉．吉布森把一封信塞到普瑞斯頓先生手裡，而意識到有人目睹一切的普瑞斯頓先生向來習慣了不光明磊落的做事手法，便連拆都不拆，立刻把信放進口袋。也許，如果他有時間思考一下的話，定會拒絕收下茱莉急著塞到他手裡的信，因爲這樣正好可在眾目睽睽之下羞辱茱莉。

又是個要和吉布森太太一起度過的漫漫長夜，唯值得慶幸的是中間還包括了晚餐時間。一頓晚餐吃下來至少得用掉一個小時，因爲這是吉布森太太的堅持，也是茱莉所不以爲然的——就算只有兩個人，晚餐禮儀也得像有二十個人在場似的，一道手續都不可少。所以，即便茱莉心知肚明，她的繼母也清楚得很，女傭瑪麗亞尤徹底明白，不論吉布森太太或茱莉都不會去碰甜點，餐桌上還是擺著甜點，就像喜歡吃杏仁和葡萄乾的辛西雅在家時一樣；或是吉布森先生在時。他從來就無法拒絕蜜棗，雖然他挺反對那種論調：「有身分地位的人每天都得有正式的甜點擺在面前。」

吉布森太太今天貌似在對茱莉致歉，用的就是她對吉布森先生常說的那幾句話：「這不是浪費，我們無須吃這些甜點的，像我從來也不吃。不過，就是看起來舒服，且可以讓瑪麗亞明白上流社會人家日常生活是怎麼要求的。」

一整個晚上，茱莉思緒亂紛紛，但還是勉力裝出認眞聽吉布森太太說話的樣子。她想著奧斯朋，他突然傾吐出來卻未及說完的祕密，還有他那病懨懨的容貌；她想著羅傑何時可以回家，非常期盼羅傑能夠回來（她告訴自己），這是爲了奧斯朋也爲了她自己。然後她審視起自己：她跟羅傑有何相干？她爲什麼期盼他回來呢，這是辛西雅該做的事。只是，再怎麼說羅傑都是她推心置腹的朋友，尤其在今晚稍早那令人煩亂不安的時刻裡，茱莉當然要把他當成心中的倚靠與支持了。接著，她又想起了她和普瑞斯頓先生之間的短兵相接。他看起來多麼生氣呀！辛西雅曾喜歡上這樣一個人，甚至弄到令人煩死了的困境！還好一切都結束了。她就這樣東想西想，任思緒四處去，不過就今晚的情況看來，她雖坐在那兒做著針線活兒，有一搭沒一搭地和繼母說著話，卻也總是心不在焉的，足證那「困境」（這是少女的她所用的措辭）尚未過去。

所謂「好事不出門，壞事傳千里」，而夏天竟是這壞事的蟄伏期，恰恰和冬眠動物的天性相反呢！溫暖的空氣，恣意的漫遊，人們談的皆是園藝、花朵，竟無暇顧及八卦緋聞；何陵福特的夏天反倒是邪惡讒言的休眠期。不過一旦夜晚早臨，人們圍著爐火聚集，翹起腳來圍成個圈（當然不是把腳放在壁爐的圍板上，這是不被允許的），接著就說起私密話了！或者是在牌局間休息喝茶的時候，某些人就開始溫和地引開原本熱烈討論的「牌局戰況」以及略顯疲乏無力的「正經八百的時事政論」，改聊起芝麻蒜皮的生活瑣事來了，像是「馬丁戴爾肉舖裡最好的肉已經漲價了，一磅肉漲了半便士」，或是「眞是的，哈利爵士又給書社裡訂了一本蹄鐵術的書了，菲比和我很努力地看，偏偏看了半天也看不出什麼趣味」，或是「我不知道艾希頓先生怎麼辦，南西竟然要結婚了！她都跟了他十七年了！像她這種年紀的女人還想結婚，眞是頭腦有問題——我今天早上在菜市場碰到她時，也是這樣跟她說的！」

布朗寧小姐就這麼揭開了夜間唇槍舌戰的序幕，她手上的牌放在綠呢鋪底的牌桌上，口中大嚼著新近搬到何陵福特的道威太太所做的磅餅①。

「婚姻生活其實沒有妳想的那麼糟糕，布朗寧小姐，」固德芬太太挺身而出，捍衛她兩度進入的神聖殿堂，「如果我碰到南西，才不會跟她說那款話。想想看，晚餐妳愛怎麼發落就怎麼發落，絕不會有人來干涉妳。」

「如果婚姻生活只是發落晚餐！」布朗寧小姐挺身應戰，「我也會做，興許做得還比一個得討丈夫歡心的女人更好。」

「我可是很得我丈夫歡心的哦，兩個都是，只不過傑洛米比可憐的哈利．比佛挑嘴。但我經常跟他們說，『吃些什麼，由我來負責，你們只要引頸期盼就好。胃總是喜歡驚喜的。』而他們從未失望過。我說眞的，豆子和培根（艾希頓先生家的南西婚後在自己家做的）吃起來要比南西這十七年來在艾希頓先生家幫他做的甜麵包和春雞好吃多啦。話說若要我來挑話題，我倒想告訴你們一樁比老南西嫁給有九個孩子的鰥夫更加有趣的消息。只是這兩個年輕人還沒公開戀情，尚處於祕密幽會階段，也許我不該把他們的祕密拿出來說才好。」

「我確定我不想聽什麼年輕男女私下幽會的事，」布朗寧小姐說道，把頭高高一抬，「我認爲，未經雙方家長首肯就私自相戀，是連當事人都要覺得羞恥的事。我知道時代不一樣了，輿論看法也不同。哦，回想當初我們家女僕葛瑞塔嫁給巴爾利先生之前，巴爾利先生可是給我父親寫了好多封信，其中根本沒幾句對葛瑞塔的讚美，連關於她最平常的事都不怎麼提。我父親和母親把她叫到書房去，她說她快嚇死了。我父母親跟她說這門親事不錯，巴爾利先生是個正人君子，希望他過來吃晚餐的時候，她可以舉止合宜地對待他。從那以後直到他們結婚前，他一週可以過來看她兩次。每次巴爾利先生過來看葛瑞塔的時候，我和母親就坐在牧師公館會客室的窗戶前做針線活兒，他們兩人則坐在會客室另一頭，等九點的鐘聲一敲，我母親就喚我看看花園裡的花草植物，因為那是巴爾利先生該起身告辭的時候了。我無意冒犯諸位，我個人認為結婚是連非常令人尊敬的人都避不掉的弱點。不過，如果有人非結婚不可，那麼就請他們展現出最棒的一面，帶著尊嚴依循禮儀而行；反之，若有失當的祕密幽會之事，拜託，無論怎樣也請別來跟我說！我們繼續玩牌吧！道威太太，我想是該妳了。我對婚姻如許直白的見解還請大家海涵！在座的固德芬太太可以告訴大家，我是非常直言不諱的一個人。」

「這不是直言不諱，妳分明在跟我唱反調，布朗寧小姐。」固德芬太太道，雖對剛才的話覺得不是滋味，仍隨時準備好在該她出牌時俐落地打出手中的牌。至於道威太太，因為急於融入當地最假斯文的社團，以致於不論布朗寧小姐（她乃是何陵福特已逝教區牧師的掌上明珠，當然代表著小鎮裡菁英圈中的菁英分子）提倡什麼樣的主張，獨身主義、婚姻生活、重婚、甚或一夫多妻，她都擁護到底。

所以接下來的時間裡，都沒人再提起那個固德芬太太已到了喉嚨口的祕密，大家沉默一陣之後，布朗寧小姐突又沒來由地接續起之前的話題。她忽然唐突冒出一句：「我才不認為我造了什麼孽，得去給男人當奴隸。」如果她指的是她個人對於婚姻生活所持有的真知灼見，應該會有人加以附和，但當時大家都認眞地打牌，她這樣天外飛來一筆，還眞教人摸不著頭緒。

待到布朗寧小姐先行離席（因爲菲比小姐感冒了，家裡有個病人），固德芬太太終能將祕密一吐爲快。

「哦！現在終於可以說出我心中的想法了，說說當固德芬先生在世的時候，我們之間誰是奴隸——絕對不是我。我也不認爲布朗寧小姐在這有四個寡婦及六位身爲人夫的正人君子所在的屋裡，高調宣傳自己獨身未婚是什麼得體的言行。抱歉，艾瑞小姐，我絕無冒犯之意！」艾瑞小姐，這位老處女不幸地發現在布朗寧小姐走後，自己成了現場單身女子的唯一代表。「我大可以告訴布朗寧小姐，她鍾愛的一個年輕女孩正往婚姻大道上邁進，且還偷偷摸摸地選在薄暮時分出去會情郎，行爲就像我家女僕莎莉或妳家女僕甄莉一樣，她的名字還叫茉莉呢！我常覺得那個名字品味低俗，他們一決定給她取這名字時我就這樣覺得了，聽起來簡直跟洗碗女傭沒兩樣。不過，人家的眼光倒挺好，挑了個俊俏又聰明的年輕男人當對象哪！」

此話一出，在場者除了女主人道威太太外，全都一臉好奇地豎起耳朵仔細聽。道威太太微笑著，一副心知肚明的神情，憋著不出聲，直到固德芬太太說完故事才假裝嚴肅地說：「我猜您說的是普瑞斯頓先生和茉莉．吉布森小姐吧？」

「啊，誰告訴妳的？」固德芬太太回道，這下換她大吃一驚了，「妳不能說是我。因爲除了她，何陵福特還有好幾個茉莉，雖說也許沒一個身分地位有她那樣高的。我可以確定，我從來沒說過是她。」

「對！可是我知道。我也有故事要說呢。」道威太太再道。

「不可能！妳說眞的嗎？」固德芬太太接腔，驚訝之餘亦帶些許忌妒。

「是的。我舅舅薛勝客先生曾在莊園大道上撞見過，害他們嚇了一大跳，這是他說的。他還責罵普瑞斯頓先生帶著女朋友在外面晃蕩，而普瑞斯頓先生也沒否認。」

「啊！眞相越挖越多了，我來說說我所知道的。只是女士們，我並不想讓那女孩蒙羞，所以妳們得把我的話當祕密，別洩漏出去。」這些人當然保證絕不說出去，那太容易。

「先前在我家幫傭後來嫁給了湯姆・歐克的漢娜，就住在皮爾森巷。大約一個星期前，她有一天在採摘西洋李子時，看到茱莉・吉布森行色匆匆走過那條巷子，腳步急得像要趕著去跟某人會面。那時漢娜的女兒安娜瑪莉亞跌倒了，茱莉還挺好心地把她抱了起來。所以，如果漢娜不知道茱莉爲什麼會到那兒去，現在就明白了。」

「當時她是獨自一人吧？」其中一位女士焦急地問道，因爲固德芬太太竟挑在這節骨眼上開始吃起蛋糕來。

「當然不是。我剛不是說，她像是趕著去跟某人會面嗎？果不其然，不一會兒，普瑞斯頓先生就從林子裡跑出來了。他追到漢娜身後說，『麻煩妳行行好給我一杯水，有位女士昏倒了，可能歇斯底里發作或什麼的。』雖然他不認識漢娜，可是漢娜知道他是誰。常言道：『認識傻子的人，比傻子認識的人還多呢！』哦，眞對不住普瑞斯頓先生，畢竟無論怎麼說他都不會是個傻子。還有，我再分享一則獨家新聞，是我親眼所見。我在葛林斯德書店裡瞧見她塞了封信到他手裡，這還是昨天的事呢，他對她鐵青著一張臉，因爲她若沒看到我的話，他可是清楚地看到了。」

「『窈窕淑女、君子好逑』本是天經地義的事，」艾瑞小姐說：「爲什麼他們要這樣搞神祕？」

「有些人就喜歡這樣，」道威太太應道：「偷偷摸摸更顯刺激、更添精彩。」

「是呀！就像給食物加點鹽巴。」固德芬太太也插嘴道，「不過，我不認爲茉莉．吉布森是那種人，眞的。」

「吉布森家的人都自視甚高嗎？」道威太太高聲道，疑問語氣多過簡單的聲明，「吉布森太太曾來拜訪過我。」

「是哦，妳是醫生的潛在客戶嘛！」固德芬太太補充一句。

「吉布森太太雖跟伯爵夫人及陶爾莊園一家人親密，但對我相當友善，本人也很優雅。我聽說她晚餐同樣吃得晚，而且事事講求氣派。」

「氣派！這可跟她丈夫鮑勃．吉布森早年的作法大相逕庭。想當年他初到何陵福特，有塊羊排吃就高興得不得了了，說實話，我還怕他三餐不繼呢！那時我們都叫他鮑勃．吉布森，不過時至今日，再沒有人敢鮑勃長、鮑勃短的叫他了。我還想再叫叫看呢！」

「我想這件事把吉布森小姐弄得灰頭土臉的！」其中一位女士開口道，盼能把話題轉回去。

然而，固德芬太太一聽到她所洩漏出來的消息引得這等回應，立刻向發話者開砲。

「誰說的？我要請妳小心用詞，別拿這樣的話來形容茉莉．吉布森，到底她可是我從小看著長大的。如果妳要說的話，就說她是有點奇怪好了。我自己還是個年輕女孩時也挺奇怪的，一盤摘好的黑莓擺到我面前，我連看都懶得看，偏喜歡自己跑到樹叢裡鑽進鑽出地尋覓摘採。人各有喜好，不見得每個人談戀愛都得像布朗寧小姐她們家那樣攤給眾人看才行。我今天要說的只是茉莉．吉布森做的事嚇了我一跳，因爲我覺得那個叫辛西雅的俊俏小姑娘才比較可能做這種事。說眞的，我一度還以爲普瑞斯頓先生追求的是她呢！好了，女士、小姐們，我祝大家有個美好的夜晚。我最受不了浪費時間啦，再說我們家莎莉八成又讓燈籠裡的蠟燭點著融成蠟油也不吹熄，我明明交代過她，需要等我時就把蠟燭吹熄，可是她往往沒照吩咐去做。」

於是大家行禮如儀般互道再見，當然也沒忘了向今天的東道主道威太太致謝，感謝她讓眾人過了個愉快的夜晚。在昔日的舊社會，大家無論做什麼事總不忘遵循禮儀。

譯註：

①磅餅（pound-cake），每種食材各放一磅，如糖、奶油、麵粉等混合搭配製成的餅。

第四十七章 醜聞與其受害者

吉布森先生回到何陵福特就發現有成堆工作等著他。去了兩天名為旅遊的倫敦行，所造成的結果就是回來後得馬不停蹄地工作，他心裡其實很想抱怨。他幾乎無暇跟家人說話，一回到家就趕著出門處理幾個狀況嚴重的病人。然而，茉莉還是想辦法趁父親出門前在走道上攔住他。

她手裡拿著準備給父親穿上的厚大衣，附耳在父親身邊低聲說：「爸爸，奧斯朋・漢利先生昨天過來找您！他一副病容，顯然也被自己嚇到了。」

吉布森先生臉色變了一下，注視著茉莉一會兒，唯只回道：「我會去看他的。但別讓妳母親知道，妳沒跟她提過吧？」

「沒有。」茉莉應道，她只跟吉布森太太提過奧斯朋來訪，並未透露奧斯朋因何而來。

「關於這件事，什麼都別說，沒必要提。我來想一想，啊，我今天可能沒辦法去，不過我會想辦法跑一趟的。」

父親的反應讓茉莉一顆心直往下掉，顯然奧斯朋的病非似茉莉自己所想的只是因為「情緒緊張」引起。她想到奧斯朋在瞧見菲比小姐誤會了他們倆關係而現出困窘神情時發笑的愉快面容，奧斯朋那般表情任誰看了也不會相信他有什麼大病。然而，看了父親嚴肅的表情，茉莉不得不想起昨天奧斯朋剛進門那刻令人詫異的樣貌。茉莉和她父親說話時，吉布森太太一逕忙著讀辛西雅寫的信，辛西雅這封信直接託吉布森先生從倫敦帶回來了，畢竟郵費高漲，所以有人可託直堪託嘛！辛西雅當初匆匆忙忙地打包，有許多東西沒帶到，索性在信上列了張清單寫出欠了哪些衣物。茉莉幾乎要懷疑辛西雅信上是不會提到自己了，只是她實在不懂，爲什麼辛西雅對她的態度會變得這麼保留。

辛西雅內心自是也有一番掙扎，她努力讓自己不要這樣，且稱這種態度爲「忘恩負義」，然而，事實卻是她無法忍受自己在茉莉心中的地位已大不如前——她是這樣堅信的；對於一個知道自身醜事的人，她實在忍不住要疏遠開來。她將茉莉的迅速做出決定與願意幫忙全看在眼裡，儘管茉莉本身不同意，唯仍答應伸出援手；她也知道茉莉不會把過去的錯誤和困境放在心裡，但還是認爲善良正直的茉莉一旦知道她所做過這些不光明磊落的壞事，定會對她印象大打折扣，因此也就不願再跟茉莉維持過去那樣的閨密情誼了。辛西雅在心中不斷譴責自己的忘恩負義，所以能夠離開茉莉到倫敦去，令她不住萬分欣喜，因爲她實在無法像個沒事人一樣跟茉莉說話，猶且寫信告訴茉莉說她忘了帶緞帶、蕾絲什麼的也太尷尬了，畢竟她們最後一次對話談的可是非比尋常的主題，而且當時的氣氛甚爲凝重。

就這樣，吉布森太太手拿辛西雅開出來的清單，嘴裡念著辛西雅信上寫的瑣碎消息，間或參雜一些辛西雅的要求。

「海倫不可能病得太重，」茉莉終於開口：「否則辛西雅不會要我們寄去她的粉紅禮服和雛菊花冠。」

「我倒不認爲這兩件事扯得上關係，」吉布森太太語氣頗爲尖銳地答道：「海倫不論病得多重都不會自私到把辛西雅拴在身邊。說眞的，當初如果我曾想過辛西雅到倫敦去是要沒完沒了地待在氣氛超差的病房裡，就不會答應讓她去了。再說，海倫必會高興聽辛西雅講述舞會裡所發生各種愉快的大小事——就算辛西雅不喜歡那樣的場合，但爲了海倫理當犧牲一下，盡量去參加舞會呀、慶典呀之類的。我對照顧病人的看法是，莫只顧自己的感覺和想望，應要能幫病人消磨掉無聊時光才對。只是，對於如何照顧病人，很少人像我想得這麼深入呢！」吉布森太太說到這裡，覺得此刻適於嘆口氣再繼續往下讀。茉莉感覺辛西雅的信被吉布森太太這麼一念，在文意上不太連貫，彷彿辛西雅歡喜能對海倫有所幫助與安慰，可同時卻又輕易被說服去參加倫敦城裡大小娛樂活動，即便在這蕭瑟的冬季。接著，吉布森太太念到韓德森先生的名字，嘟噥著聲音往下念，聽起來頗爲神祕，大概省略了許多細節。總之，辛西雅提到他的部分就是，「韓德森先生的母親建議我嬸嬸去諮詢一位唐納森醫生，聽說他對海倫這種病很在行，可是叔叔不太確定是否該這樣做。」接下來是寫給茉莉，充滿感情卻又小心用字的幾句話，表示辛西雅極感激茉莉不辭辛勞爲她做的事。就這樣了。茉莉有些沮喪地走開去，她不知道爲何如此。

肯莫夫人的手術成功，再過幾天他們就會把肯莫夫人帶回陶爾莊園，期盼鄉間的新鮮空氣有助她身體復原。吉布森先生對肯莫夫人這個病例相當有自信，儘管他的意見完全不同於倫敦的一兩位名醫，但最後證明他的看法是正確的。因此，在肯莫夫人手術後，他們經常找他諮詢癒後照護的相關問題。在需要立即探視何陵福特當地病情較重的病人與仔細回覆倫敦同業信函的情況下，吉布森先生實在挪不出時間看奧斯朋，因爲去一趟漢利村起碼得花上三、四個小時。於是他寫信給奧斯朋，請奧斯朋務必立刻回信詳述病癥，待接獲奧斯朋回信後，他研判沒有立即的危險。奧斯朋本人也不願吉布森先生專程跑一趟漢利大宅僅爲了給他看病。因此，吉布森先生遂將探視奧斯朋的日期往後延，然而這樣的延期往往就延誤了病情。

最近這幾天有關茉莉私會普瑞斯頓先生的八卦越演越烈，包括他們之間的祕密通信、在僻靜巷道幽會等等，都被繪聲繪影、煞有介事地描述著。這單純的女孩走在街道上還一點也不知自己成了八卦新聞女主角，眾人指指點點的目標。有些僕傭們在自家客廳裡聽見女主人們講述部分傳言後，便用鄉野村夫村婦的粗鄙言詞對所聽見之事大肆渲染。普瑞斯頓先生開始注意到茉莉的名字和自己連在一起，雖說覺得一派胡言，卻也感到這個錯誤很好笑，根本不想費半分力氣去澄清。「她自找的，誰教她愛管閒事。」他對自己說道，心中猶且升起一股報復的快感：誰教她威脅要把事情告訴海芮小姐，弄得他狼狽不堪，加上又那麼直言不諱地告訴他辛西雅不喜歡他，可見他被她們拿來討論，而且一個是不喜歡他，另一個則是看不起他。再說，要是他出面澄清，可能引得大家想刨根究底來挖出眞相，到時候若發現是他逼著辛西雅跟他在一起，豈不更慘！他很氣自己依然愛著辛西雅。他以自己的方式愛著辛西雅，要是她能理解就好了。

他告訴自己，有許多財富、地位在辛西雅之上的女人都會樂意跟自己在一起的，其中更不乏美女。更自問道爲何這麼傻，偏愛一個身無分文加上翻臉像翻書的女子？

答案同樣蠢得很，卻有十足說服力。辛西雅就是辛西雅，連維納斯都取代不了她。就這一點來說，普瑞斯頓先生倒是勝過許多優秀男士；那些人儘管人品不錯，但到了找結婚對象時就不是那麼堅持，總是隨機隨緣，最終找了個願意跟自己結婚的便算完成終身大事。普瑞斯頓先生卻不是這樣，從過去到現在，辛西雅在他心中地位都是無人可比，不過他若生起氣來，辛西雅還是會掃到颱風尾。所以，橫阻在他與他所愛之人中間的茉莉當然不可能得到他的好感，更別期望他會對茉莉展現什麼善意。

該來的終於來了，離道威太太家那次聚會後不久，茉莉覺得自己走在街上怎地引人側目起來了。

固德芬太太的孫女有一次在街上碰到茉莉，停下腳步和茉莉說話，固德芬太太竟當眾把她孫女給拉走，本來兩人說好路途漫長的散步也被以胡亂搪塞的理由，沒走多遠就草草結束。

固德芬太太用以下態度對幾個朋友解釋道：「妳們知道的嘛！我不認為一個女孩在這裡、那裡或任何地方私會情郎有什麼不對，但要是成為人家茶餘飯後的話題就慘了。不過事已至此——茉莉．吉布森已成了大家掛在嘴邊說三道四的對象。我想我得對貝西負責，她把女兒安娜貝拉交託給我，我必須注意不讓安娜貝拉被看到跟那個不懂處理事情把自己弄成眾人話題的女孩在一起。我的原則是這樣，我覺得挺不錯，妳們不妨參考看看：女人家得小心自己言行，切勿成為別人的話題；一旦噩夢成眞，朋友們該盡量站遠些，待風平浪靜後再恢復交誼較妥。所以，安娜貝拉這趟來，不會和茉莉．吉布森有什麼互動的。」

有段時間兩位布朗寧小姐皆被擯斥在說茉莉閒話的圈子外。大家咸知布朗寧小姐「脾氣暴躁」，每個靠近她的人都有個直覺，絕不要在她面前提起半點她疼愛之人的是非。她當眞會不假辭色痛罵說閒話的人一頓。她總誇口說對於愛搬弄是非者絕不輕饒，因之沒有人敢來試試運氣。菲比小姐就另當別論了，她之所以沒在第一時間聽到關於茉莉的八卦，乃因為她到底是布朗寧小姐的妹妹，而且她的心地實在太善良了，皮厚如固德芬太太者也不願惹菲比小姐難過。倒是新來的道威太太，覺得菲比小姐豈可不知小鎮當前的熱門話題，熱心地詳述給她聽。菲比小姐不可置信地提出一堆問題，淚眼汪汪聽著回答，雖然心中還是不信。

興許是出於一種英雄主義的作風，菲比小姐並沒把聽來的祕密告訴姊姊莎莉。就這樣過了四、五天，直到某天晚上布朗寧小姐對她說了不太客氣的話。

「菲比！除非妳有好理由，不然別給我在那邊長吁短嘆。如果有的話，趁早直截了當地告訴我——如果沒有，就趕快把這壞習慣給改了！」

「哦，姊姊！妳覺得我應該告訴妳嗎？能說出來倒是一種解脫。可是我覺得我不應該說，會害妳心情變差。」

「才不會。對於人世間的不幸，我經常沉思默想它發生的可能性，所以早做好準備，對任何不好的消息都能沉穩以對，從容接受。況且，昨天吃早餐時妳不是說，妳要用一整天時間來整理妳的抽屜嗎？那時我就料到準有不好的事情發生了，只是還不知道有多不好而已。是賀徹斯特銀行破產了嗎？」

「哦，不是的，姊姊！」菲比小姐移到靠姊姊所坐沙發近些的一張椅子上去，「妳眞的在想這些事情嗎？如果妳已經在想了，我眞該一聽到消息就立刻告訴妳！」

「妳聽好，菲比，知道什麼就原原本本地告訴我，絕不要有所隱瞞。光看妳那個樣子，我還以爲我們都要完蛋了咧，晚餐時候沒吃肉，還不停地唉聲嘆氣。好了，到底是什麼事？」

「莎莉，我不知道該從何說起，眞的。」

菲比小姐開始哭泣，布朗寧小姐抓起她的手臂，使勁地搖她。

「等說完後，妳愛怎麼哭就怎麼哭。但現在先別哭，快告訴我發生了什麼事？」

「茉莉．吉布森做了醜事啦，姊姊，就是這樣。」

「茉莉．吉布森才不會做醜事！」布朗寧小姐義憤填膺地說：「妳竟敢亂說可憐的好朋友唯一的女兒！別再讓我聽到妳說這種話了！」

「我也不想呀！是道威太太告訴我的，還說全鎮的人都知道了。我跟她說過我半個字也不信，並且也不打算告訴妳。但再不說出來，我就要生病了。哦，姊姊！妳想做什麼呢？」

只見布朗寧小姐一語不發地站起身，表情凝重，態度堅決地朝著門口走去。

「把我的帽子戴上，東西拿上，走一趟道威太太家，親自質問她這堆謊言從何而來。」

「哦，姊姊，別說是『謊言』哪！這個措辭太強烈了，請以『善意的謊言』稱之吧！因爲我相信道威太太並非惡意中傷，況且、況且……這些話可能是眞的！我沒騙妳，姊姊，這就是我心情沉重的原因，有許多事情聽起來都像是眞的。」

「什麼事情？」布朗寧小姐仍然像個法官似的直挺挺站在地板中央。

「就是……茉莉塞了封信到他手裡的那件事。」

「『他』是誰？這講得不明不白的蠢話，我哪聽得懂？」布朗寧小姐說著便在最靠近自己的一張椅子坐下，打定主意要耐著性子聽故事了。

「『他』就是普瑞斯頓先生。這傳言無疑是眞的，因爲當時在布莊裡，我正想問她藍色料子在燭光下看起來會否像綠色時，她人就不見了。店裡的年輕人跟我說『會』，茉莉準趁著那時跑過街去，固德芬太太也在那個時候走進書店裡，就跟她說的一樣。」

布朗寧小姐這時已是沮喪多過氣憤，於是只說：「菲比，我快被妳弄瘋了。拜託一下，妳這輩子好歹也試一次，有條不紊地告訴我，道威太太到底跟妳說了什麼。」

「我竭盡所能地把出了什麼事都告訴妳了呀！」

「妳從道威太太那兒聽到些什麼？」

「就是，茉莉和普瑞斯頓先生兩人在一起像女僕和園丁一樣，總在不對的時機和場合見面。茉莉昏倒在他懷裡，兩人在晚上一起出去，還互寫情書，把信偷塞進彼此手裡。我要說的就是這些，姊姊，其中一次我幾乎置身其中。我親眼看見她跑過街到葛林斯德書店，而他就在那兒，那是我們從書店裡走出來不久，她去時手裡拿著封信，回來時信已沒了，她本人興奮地漲紅著臉。我當時並沒想到，而這會兒全鎮的人都在談論這件事了，眞是丟臉，大家還嚷讓著他們兩人應該結婚。」菲比小姐說著又啜泣起來。一記耳光突然打了下來，只見站在她身旁的布朗寧小姐氣得渾身發抖。

「菲比，再讓我聽見妳說這些話，我馬上把妳踢出去。」

「我只是說出道威太太說的話而已，還是妳叫我說的。」菲比小姐講話時溫馴得像隻綿羊，「莎莉，妳不該叫我說的。」

「別管我該不該。此刻那一點也不重要，我現在想的是該如何平息謠言。」

「可是莎莉，那並不全是謠言——如果妳還是不相信的話。我怕事情有一部分是眞的，雖然道威太太告訴我時，我也一直想著那不是眞的。」

「如果我去找道威太太，而她又把剛剛的話說給我聽，怕也要賞她兩個大巴掌了，我實在無法忍受有人中傷瑪莉留下來的女兒。這些人當眞以爲他們可以這樣無中生有，亂造謠嗎？」布朗寧小姐大聲說出心中的想法，「謠言亂傳的結果只會帶來傷害，不會有任何好處。菲比，我很抱歉打了妳耳光，只是妳要再說這樣的話，我也會再做同樣的事。」

菲比在姊姊身邊坐了下來，拾起姊姊已顯年老的一隻手臂輕柔地撫摸著，這是她表示接受姊姊道歉的方式。

「我跟茉莉談起這事，她若有他們所說的一半沒用，就會加以否認；要是全屬空穴來風，也會教她擔心死了。不，那樣行不通。固德芬太太倔得跟驢子似的，我說服了她，她也不會去說服別人。不行！說出這些事的道威太太也該來跟我說一說，我會把雙手一起綁在保暖皮手筒中，再把自己綁住，免得我動手揍她。聽完了該聽的話，我會告訴吉布森先生，請他來處理。這就是我接下來要做的事。所以菲比，妳就無需多言了，不管妳怎麼反對，我都不會聽的了。」

布朗寧小姐登門拜訪道威太太，一開始相當客氣地請教近期何陵福特鬧得沸沸揚揚的茉莉與普瑞斯頓先生傳聞的最新情報。道威太太果然上當，鉅細靡遺地將事實以及眾人加油添醋下越傳越誇張的故事，一一說給布朗寧小姐聽，完全沒料到一場暴風雨正在成形，待她說完就要對她發動攻擊。道威太太因是新近搬到何陵福特，不像其他當地太太小姐們一樣習慣對布朗寧小姐保持敬意，面對布朗寧小姐的指責時她們大多不敢為自己辯解。道威太太挺身為自己說話，且老實轉述她所聽到的最新緋聞，雖說她一再強調有許多人認為是真的，她本人並不相信；至於她認為是事實的部分，則舉出了許多證據來證明自己所言所信不假。布朗寧小姐幾乎無話反駁，靜靜地坐在一旁，聽完道威太太辯解之後，布朗寧小姐簡直寒透了心。

「那麼！」她終於開口，邊說邊從椅子上站起來，「非常遺憾竟然在我有生之日聽到這種事，這些關於我至親骨肉般之人的傳言，對我來說眞是一大打擊。我想我得誠心為之前對妳說的話向妳致歉，道威太太，我今天實在無意冒犯。總之我不該用那種態度說話，不過我是對事不對人，妳明白的。」

「我希望妳別誤會我。我的消息來源絕對可靠，布朗寧小姐。」道威太太回應道。

「親愛的朋友，即使從可靠的消息來源得知不光明的醜事，也不需去說給別人聽，因為對聽的人毫無助益。」布朗寧小姐將手放在道威太太的肩膀上，「我不是個良善的女人，但我知道何為良善，那也是我的忠告。現在我要請求妳原諒我對妳大發脾氣，但是，上帝知道妳的話讓我有多痛苦。妳會原諒我吧，親愛的？」

道威太太感到放在她肩膀上的手顫抖著，明白了布朗寧小姐心中無限沮喪痛苦，遂就應允了。於是布朗寧小姐回家去了，她沒跟菲比說什麼，菲比卻一看就清楚她姊姊的疑慮已獲證實，光從幾乎沒動過的晚餐、簡短的答話及那一臉愁容，不用多作解釋也曉得。

此刻，布朗寧小姐坐下來寫了封短箋，接著拉了鈴，讓應聲而來的年輕女傭把信送去給吉布森先生，囑咐定要交給本人。然後，布朗寧小姐把星期天上教堂時所戴的帽子戴上。菲比小姐曉得姊姊捎了信給吉布森先生請他到家裡來，準備轉述對他女兒有著莫大影響的謠言。

布朗寧小姐對自己必須去做之事感到難過，她覺得渾身上下都不舒服，對菲比小姐暴躁易怒，手上的針線活兒更是在緊張的手上頻頻被扯斷。

當門上響起了敲門聲——遠近馳名的醫生敲門聲，布朗寧小姐才摘下鼻梁上的眼鏡，竟掉到地上摔破了。她吩咐菲比小姐出去，彷彿妹妹在場會帶來咒詛造成不幸似的。她想要看來一派自然的樣子，但因為太過緊張，忘了平常是站著還是坐著接待醫生的。

「啊哈！」他精神愉快地走進來，互搓著兩手直接走到壁爐前，「怎麼了嗎？我猜是菲比。希望不是抽筋的老毛病又犯了哦？不過沒事的，吃個一兩劑藥就會好。」

「哦！吉布森先生，要真是菲比，或是我就好了！」布朗寧小姐說道，身體顫抖得越來越厲害。吉布森先生發揮耐心在布朗寧小姐身旁坐了下來。

他察出她的焦躁不安，仁慈友善地握著她的手。

「別急，慢慢說。我敢說事情準沒有妳想像的糟糕，我們會有辦法解決的。可用之方俯拾皆是，倒是我們常常不懂得用。」

「吉布森先生，」她說：「我擔心的是你家茉莉。事情已經曝光了，哦，願上帝幫助我們二人，還有那可憐的孩子，我知道她只是受別人引誘而走上歧途，絕不是她自己願意這樣做！」

「茉莉！」他嚷道，反擊她的話，「我的小茉莉做了什麼或說了什麼嗎？」

「哦！吉布森先生，我不曉得該怎麼跟你說才好。要不是我太傷感，有違自己心意被那些證據給說服了，也不會跟你提起。」

「不管怎樣，先把妳所聽到的告訴我。」他說著，把手肘撐在桌上用手遮住眼睛。「我一點也不擔心妳聽到關於我女兒的任何傳言，」他繼續道：「只不過，在這好事不出門、壞事傳千里的社會，知道別人八卦些什麼也是必要的。」

「他們說──哦！我哪開得了口呢？」

「說吧！好嗎？」他拿開遮住快冒出火來的眼睛的手，「我不會相信的，所以妳放膽說吧！」

「我怕由不得你不信。我本來也不信的，她一直偷偷跟普瑞斯頓先生交往──」

「普瑞斯頓先生！」他驚叫道。

「總在不合宜的地點與時間相見──在黑夜，昏倒在……在他懷裡。唉，是你要我說的。全鎮的人都在談這件事。」

吉布森先生再次用手遮眼，一語不發。於是布朗寧小姐繼續往下說，間或佐以證據及證人，「薛勝客先生親眼目睹他們在一起。他們還在葛林斯德書店交換信件，是她跑過去找他的。」

「不要再說了，行嗎？」吉布森先生把手拿開，露出陰沉鐵青的臉，「我已經聽夠了，別再說了。我說過不會相信的，我的確不信。我想應該感謝妳告訴我這些，只不過，現在我還做不到。」

「我不要你的感謝，」布朗寧小姐都快哭了，「我覺得你應該知道。儘管你已經再婚，但我無法忘記你曾是親愛的瑪莉的丈夫，而茉莉是她的孩子。」

「我現在眞的不想多說，」他一點也沒回應到布朗寧小姐的最後一句話。「我可能無法控制自己。我只盼遇見普瑞斯頓，用我的馬鞭抽得他半死。我希望身爲醫生的我可以治療這些中傷人的謠言。我多麼想讓這群造謠者的舌頭停止動作一會兒。我的女兒！她做了什麼傷害他們的事嗎？他們竟然這樣詆毀她的名聲！」

「說眞的，吉布森先生，恐怕這些都是事實。如非親自驗證過，我也不會請你來的。不過，在你做出用馬鞭抽打人或下毒之類的暴戾舉動之前，請務必確認事實。」

對於正在氣頭上的男人所說不合常理的話，吉布森先生大笑道：「關於用馬鞭抽人或下毒之類，我說了什麼嗎？你以爲我會讓自己的暴戾作爲連累茉莉，讓她又被拿來八卦一番嗎？讓那些謠言自生自滅好了，時間自會證明一切。」

「可是我不認爲會這樣，這就是令人扼腕的地方。」布朗寧小姐說：「你得採取行動，只是我也不知道你該怎麼做。」

「我會回家問問茉莉到底怎麼回事，這就是我要採取的行動。那些謠言太可笑了——就我對茉莉的瞭解來看，眞是太可笑的謠言了。」他站起身，疾步在屋裡來回走著，不時發出短促不自然的大笑，「他們接下來要說些什麼呢，『遊手好閒，魔鬼也嫌』①啊。」

「拜託，在這屋裡別提到魔鬼。誰也不知道會發生什麼事，不要提到那麼可怕的字眼。」布朗寧小姐央求道。

他彷彿沒聽到布朗寧小姐說話似的，逕自講給自己聽：「我就要從這個地方走出去了，還不曉得又給那些蠢謠言添上什麼料呢！」然後沉默了片刻，雙手放在口袋裡，眼睛直視地上，繼續用他那高級軍官般步法來回走著。

突然間，他在布朗寧小姐座椅旁停了下來，「我眞是太不知感恩了，因爲妳長久以來都以好朋友立場對我展現友誼，這些事不管是事實或是造謠，人們在談著的醜聞我都應該知道。由妳來告訴我再合適不過了，我打從心裡感謝妳。」

「說眞的，吉布森先生，這要是不實的謠言，我就不會提起，讓它隨風而逝便罷了。」

「可是，這就不是事實啊！」他頑固地道，放下他因表示感激而握在手裡的布朗寧小姐的手。

她搖搖頭，說：「我會一直疼愛茉莉的，因爲她母親是我的好朋友。」品行端正的布朗寧小姐說出這款話已是大大的讓步。

然而，女孩的父親並不領情。

「妳應該因爲茉莉本身而疼愛她，她並未做出什麼敗壞名聲的事。我這就回家去，把事情問個水落石出。」

「要是那可憐的女孩已經受到引誘誤入歧途，怕是沒那等容易回歸正道了。」這是布朗寧小姐對吉布森先生最後一句話的評語，不過，她及至確定吉布森先生已經走遠而聽不到了，甫才說出。

譯註：

①「遊手好閒，魔鬼也嫌。」原文為：「Satan finds some mischief still for idle hands to do.」語出英國讚美詩作家與牧師伊薩克・瓦茲（Isaac Watts，1674～1748）。在本文中，本書作者將「hands」（手）一詞改為「tongues」（舌），以諷諭造謠之人。

第四十八章 無辜的罪犯

低垂著頭，彷彿正迎著凜冽寒風，緊迫得無法喘息……吉布森先生腳步急促地回到自己家中。他按了門鈴，這是他平常不會有的舉動。瑪麗亞前來應門。

「去跟茉莉小姐說有人在餐室裡等她。別說是誰要找她。」吉布森先生的態度令瑪麗亞不得不聽命而行。

「是誰要找我呢，瑪麗亞？」雖然茉莉驚訝地發問，但瑪麗亞並未照答。

吉布森先生走進餐室，關上門，藉以獨處片刻。他走到壁爐前，伸手抓住壁爐架，把頭垂靠手上，試圖讓激烈的心跳平緩下來。

門開了。在聽到茉莉驚呆了的語氣前，他知道茉莉已站在門口。

「爸爸！」

「噓！」他出聲道，倏地轉過身來，「把門關上，過來。」

她朝他走過去，心想著到底出了什麼差錯。她頭一個念頭是漢利家出事了。

「是奧斯朋嗎？」她問道，幾乎無法呼吸。

吉布森先生若不是氣昏了頭，也許能從這幾個字得到些許安慰。然而，他放著眼前可讓他放寬心的線索不管，直接說：「茉莉，我聽到的傳言是什麼意思？有人說妳在和普瑞斯頓先生祕密交往——

專挑僻靜的地方會面，還偷偷交換信件。」
雖然他聲稱完全不信這些傳言，而內心深處也的確不信，說起話卻是又硬又嚴肅，臉色陰鬱慘白，外加一雙銳利眼睛狠盯著茉莉看，彷彿想找出什麼。茉莉全身顫抖著，但並不打算逃避這樣咄咄逼人的目光。她沒立刻回話，因爲快速回想著對辛西雅所做出的承諾。這極短暫的沉默看在父親眼裡卻像是漫長的默認，他多麼渴望聽到女兒氣急敗壞地馬上否認此事啊。茉莉邁步向前，意欲向父親解釋，隨即被吉布森先生一把抓住手臂，他氣得沒意識到自己動作的粗魯。茉莉越是不回答，他越是氣憤，抓著茉莉的手也就越是用力，抓得茉莉不由自主地叫痛。然後，他放開茉莉的手。
茉莉看著自己柔軟手臂顯出青紫的抓痕，眼淚不停在眼眶中打轉，她沒想到父親竟會如此傷害自己。那一瞬間，茉莉覺得父親眞是太奇怪了，寧願在自己孩子身上動粗也不聽聽事實到底怎麼回事。她像個小孩向父親伸出雙臂，盼能得到疼惜安慰，然而父親卻只是冷漠以對。
他「哼」了一聲，看看她手臂上的青紫指印，「那算不了什麼。回答我的問題，妳是否——是否跟那個男人私下見過面？」
「是的，爸爸，我和他見過面。可是我不認爲我做錯了什麼。」
吉布森先生坐了下來。「妳錯了！」他心痛地道：「竟敢說妳沒做錯什麼？好！算我活該受的。妳母親死得早，合該算她運氣好。所以這件事情是眞的嘍？我原本還不相信的，打死不信。我更在心裡偷笑那些人怎麼好容易上當啊，原來我才是一直被蒙在鼓裡的笨蛋！」
「爸爸，我無法告訴您詳情。這不是我的祕密，要不您早就全盤皆知了。眞的，您這樣誤會我，您將來會後悔的。我從未騙過您的，是不是？」茉莉試圖去拉父親的手，然而他將雙手緊緊插在口袋中，眼睛淨盯著地毯上的圖案瞧。「爸爸！」她再一次懇求，「我曾欺騙過您嗎？」

「我怎知道妳有沒在騙我？我是從街頭巷議聽到此事的。真不知道下個爆出來的新聞是什麼！」

「街頭巷議，」茉莉沮喪地說：「這關他們什麼事呢？」

「一個女孩家連最基本規矩都不在意的時候，大家就會毫不吝惜地讓她名譽掃地。」

「爸爸，您這話有欠公允——『連最基本規矩都不在意』？我來告訴您，我做了什麼事。我的確見過普瑞斯頓先生，就是那天您讓我乘著您駕的馬車出去，您去看診而我獨自散步回來的那一次。我和他見面時，其實還有另一個人在場。我和他後來又見了一次面，那次是別人事先幫我安排好的，沒有別人，就只有我們兩個，地點在通往陶爾莊園的路上。就是這樣了。爸爸，您得相信我。我不能再多作解釋了，您得相信我才行。」

茉莉的話讓吉布森先生不由得軟化下來，她的語氣是如此真誠。然而吉布森先生既沒答腔也沒移動，就這麼過了一兩分鐘，接著他抬起眼直視茉莉，這是父女倆將事情攤開來談之後，吉布森先生首次看著茉莉。她臉色慘白，不過仍是一臉堅毅，清楚顯示出她沒有說謊。

「那些信，妳又怎麼說？」他追問道，不過開口的同時又好像覺得很丟臉，問不下去似的。

「我給過他一封信，但信裡沒有半個字是我寫的——事實上，我幾乎可以確定那只是個信封而已，裡頭沒寫任何東西。交給他那封信，以及我剛才提到的那兩次見面，這就是我和普瑞斯頓先生之間全部的互動了。哦！爸爸，他們到底說了哪些，讓您這麼生氣、這麼震驚呢？」

「算了。光憑妳剛剛說的那些，足可讓人編出一大堆故事來啦。妳得把事情一五一十地跟我說明才行，我必須將謠言一件一件反駁回去。」

「您方才不是說，我剛剛所說的事情已足夠讓人編出一大堆故事了，您如何反駁得了呢？」

「妳說妳做這些事不是爲妳自己，而是爲了另一個人。妳若講出那個人是誰，把事情原原本本地告訴我，我會盡我所能保護她的。因爲，我可以確定那人就是辛西雅，而我會證明妳的無辜，同時也保護她。」

「不行，爸爸！」茉莉略加考慮後說：「我把能說的都跟您說了。我得考慮到自己才行，因爲我承諾過要保守祕密。」

「那妳乾脆等著名譽掃地好了，除非妳把一切解釋清楚，要不然誰也救不了妳。如果妳不說，我就去找普瑞斯頓，非要他給我個交代不可！」

「爸爸！我再次請求您相信我。您若去問普瑞斯頓先生，也許可以問出事實來，但那正是我竭力要隱藏的呀！事實一旦公布於世只會讓幾個人很不快樂，況且這整件事都已告結束了。」

「偏偏妳的部分還沒結束。布朗寧小姐今天派人來找我去她家，告訴我鎮上人們是怎麼說妳的。她暗示妳早被傳得名譽掃地啦。茉莉，妳不知道，光是芝麻蒜皮小事就可能毀掉女孩子一生的名節。那時，即使她說的我半個字也不信，卻也難以反駁。現在妳竟跟我說布朗寧小姐的話大部分屬實。」

「爸爸，我認爲您是位勇敢的人。而且您是相信我的，對嗎？我們可以挺得過謠言攻擊，無須懼怕。」

「妳不懂那些居心不良的舌頭有多毒，孩子。」他說。

「哦，這會兒我打算豁出去了，您就又叫我『孩子』啦！至親至愛的爸爸，對於這些話，我確信最好又最明智的處理辦法就是不管它。畢竟它只是傳來傳去的流言罷了。我想，布朗寧小姐告訴您的時候也無不良居心。假以時日，那些人便覺得無聊而漸漸把它淡忘掉了——就算不是這樣，您也不會要我毀掉自己的承諾吧？」

「即便妳說得有理，我也不輕易原諒那個利用妳的善良、把妳推進困境裡的人。妳還年輕，不明白這些事有多邪惡。我比妳有經驗多了。」

「可是爸爸，我還不知道我現在能做些什麼。也許我是有點蠢，不過我所做的事都是自己願意去做，不是誰非要我做不可的。再說，就算有人認爲這樣做不對，實際上卻無損於道德問題。剛提過這件事已告結束，我很慶幸地說，是我的作爲讓事情畫上句點的。就是爲了讓它結束，我才去做的。如果人們仍要拿我當話題，我也只好認了，您也得這樣，親愛的爸爸。」

「妳母親，吉布森太太知道這件事嗎？」他忽然焦急問道。

「不，完全不知道，連一個字也不知道。拜託別告訴她。萬一她知道了，情況只會更糟而已。我眞的把能說的都說給您聽了。」

得知他妻子和子虛烏有的謠言全無瓜葛，著實讓吉布森先生大大鬆了口氣。剛才他突然一陣寒顫，深怕這原本爲了照顧女兒才娶的續弦妻會被亂七八糟的謠言給弄昏了頭；其實說穿了，他更怕她爲了保護她自己的女兒而教唆茉莉去當代罪羔羊。吉布森先生心中清楚得很，辛西雅才是這一切的根源。雖然如此，還好吉布森太太並沒牽扯進這件事情當中。吉布森先生雖爲茉莉蹚了這灘渾水而倍覺煩擾，所幸吉布森太太沒軋上邪惡的一角，對茉莉與普瑞斯頓先生兩人私下會面完全不知情。

「那妳打算怎麼辦呢？」他說：「閒言閒語鬧得沸沸揚揚的，難道我就什麼事也不做，一句話也沒得反駁嗎？難道我就笑笑地看著這批人一則八卦傳過一則，散布關於妳的謠言嗎？」

「恐怕只能這樣了。眞的很抱歉，爸爸，我也不想讓您得知的，我看得出來這些事讓您煩死了。不過，只要不再節外生枝，而且往事已然畫上句點，沒有八卦材料可傳播，閒言閒語還能不漸漸消失嗎？我知道您相信我所說的每一個字，也信任我，爸爸。請您看在我的分上，稍容忍一下這些無聊的流言和那群人的嘴。」

「這很難做到，茉莉。」他回道。

「就當爲了我而做的，爸爸！」

「我也想不出更好辦法了，」他悶悶不樂地回答，「除非把普瑞斯頓那傢伙抓來。」

「那是最糟糕的作法，肯定鬧得滿城風雨。再說，他畢竟也非十惡不赦的人。哦，他的確不是好人！可是在這件事上，他倒沒做什麼傷害我的事。」她說著，忽想起在通往莊園的路上遇見薛勝客先生時，普瑞斯頓先生對她說的話——「妳又沒做丟臉的事，沒什麼好怕的。」

「妳的顧慮不錯。兩個男人爲了一個女人的名聲起爭執，這樣的事怎麼說都得避免。不過，我早晚會和普瑞斯頓把這件事攤開來談。到時他就知道隨便和我女兒約會不是那麼好玩的。」

「他沒有和我約會。他不曉得我會突然出現，另一次，他也不知道赴約的人會是我。我把信給他的那次，他若早有準備就不會收下信了。」

「這還眞是一團迷霧。我非常不喜歡妳和這些祕密扯在一起。」

「我也討厭這樣，可是又能怎麼辦呢？我得知一個又一個被要求不能說出去的祕密。我也沒辦法呀！」

「啊，我只能說千萬別成爲祕密事件的女主角。假如妳無法不成爲共犯，至少可以不要當上女主角。好了，我想我得尊重妳的意願，不插手這件事，讓它自生自滅就好，是嗎？」

「否則在這種情形下，您還能怎麼辦呢？」

「是啊，不然咧？話說回來，妳如何受得了？」

霎時間，茉莉熱淚盈眶。對一個從未對他人有過不好想法或說過不友善話語的年輕女孩來說，發現她世界中的人都拿自己當緋聞女主角看待，心中難受程度實非外人所能想像。然而，她仍笑著回答父親的問題，「好在這像拔牙，要不了多久就會結束啦。如果我眞做錯事了，那才叫慘呢！」

「辛西雅應該注意——」他開始說話，但茉莉用手摀住他的嘴巴。

「爸爸，絕不要指責辛西雅或質問辛西雅。您若這樣做，只會把她逼出吉布森家而已，她自尊心很強，除了您之外沒有人能給她避風港。啊，還有羅傑——就當爲了羅傑，您千萬別說些什麼或做些什麼會把辛西雅逼走的事，羅傑那麼信任我們，認爲辛西雅在我們家會得到關愛照顧，所以才能放心離家。哦！我想就算辛西雅眞是個邪惡的人，而且我一點也不愛她了，我仍舊會看在羅傑的分上好好照顧辛西雅，畢竟他是那麼愛她。再說，辛西雅其實心地很好，我也非常愛她。您一定不可以惹辛西雅生氣或傷害她，爸爸，請您記住，您是她的倚靠！」

「我想這個世界少了女人存在的話，應該會運作得更好。有她們在，麻煩跟著來。哦，妳們這些人，害我差點忘了可憐的老霍夫頓，我一個小時前就該去看他的。」

茉莉嘟起嘴巴湊近爸爸面前，要討個吻。「您現在不生我氣了是麼，爸爸？」

「別擋路。」他像往常般親吻女兒，「就算現在不生氣了，我還是有足夠理由罵妳，因爲妳讓我擔心得不得了。而且我可以告訴妳，這件事短時間內是不會結束的。」

儘管在這番談話中，茉莉顯得相當勇敢，對眼前困境似乎輕鬆以對，但其實，她承受的痛苦要比她父親大得多。她父親只須選擇不聽那些謠言就好，茉莉卻得不斷參與當地的小型活動。

吉布森太太感冒了，且對當時流行的老式安靜聚會興趣缺缺，此外她也被道威太太一對不文雅的姪女弄得火冒三丈。因爲聚會中那兩個女孩放聲大笑，盡情閒聊，對眼前的食物大快朵頤，還喜孜孜和教區牧師艾希頓先生調情，看得吉布森太太不住要懷疑艾希頓先生有沒顧及自己的身分地位，知不知道自己在做什麼。普瑞斯頓先生對於來自各方的茶會邀約，反應已不若去年初到何陵福特時熱烈：他怕罩在茉莉頭上的烏雲會波及自己，畢竟他是茉莉約會醜聞中的同伴，是鎮上婦德擁護者隨時可能大加撻伐的對象。

至於茉莉，每個活動或聚會都在受邀之列，因爲沒有人願意得罪吉布森夫婦先生。話雖如此，但在對待茉莉的態度上已截然不同於以往，每個人表面上對她客客氣氣，卻無半個人出自眞心。只要留心就不難發現，從事情發生後，人們對她眞可說是兩樣態度兩樣情，不過也無法明確指出到底哪裡不同就是了。然而，茉莉深信自己無愧於良心，帶著一顆勇敢的心前去赴會，結果深刻感受到自己僅僅受到邀請，實未受到歡迎。她聽見奧克斯小姐兩姊妹竊竊私語，她們斜睨著眼打量這位全鎮談論的誹聞女主角，對她品頭論足，毫無降低音量的意思。茉莉不由慶幸起父親沒興致來參加聚會，更高興繼母還在生病故也無法前來，要不然見了今天這般光景可不知會有多生氣。布朗寧小姐自詡爲忠實老友，和茉莉說話時卻一臉寒霜，寡言少語，因爲自那晚她帶著極度痛苦心情告訴吉布森先生有關他女兒那些不堪入耳的謠言，一直到現在，吉布森先生都沒給過布朗寧小姐隻字片語。

只有菲比小姐比往常更熱絡地和茉莉互動，茉莉也因此得以冷靜下來，將一切冷淡與蔑視置諸腦後。在牌桌下輕撫著茉莉的溫柔之手，說話時不斷提及茉莉好使她加入大家談話的舉動，讓茉莉感動得幾乎要掉下淚來。有時，這可憐的女孩忍不住想，她的朋友們這般不同於以往的態度是否只是她的幻覺而已？要是她從未跟父親談過且因而生出勇氣來，也許就無法忍受眼前朋友們這樣對待她了。她從未告訴過父親對於她周遭不斷出現的蔑視小動作，她有什麼感覺。她是自願承受重擔的，更甚者，是她自己堅持這樣的，所以絕無理由在父親面前哭訴，或在自己所造成的結果面前退縮。因此，她從未拒絕前往任一受邀場合或任一回何陵福特當地的交誼活動。

雖說如此，有天晚上父親告訴茉莉他非常擔心她繼母越來越嚴重的咳嗽，希望她可以留在家裡幫忙照顧而別去參加固德芬太太家宴會時，茉莉突然覺得好輕鬆，不必再強裝笑容前去赴會。固德芬太太原本發了邀請函給吉布森家的三個人，但只有茉莉一個人要去。一想到能夠待在家裡，茉莉開心得不得了，隨即又免不了自責起來，怎可把自己得以留在家中的快樂建築在繼母生病的痛苦上呢。

還好吉布森先生給太太開的藥方發揮了功效，而吉布森太太對茉莉相當感激，態度也就格外溫柔。「眞好，親愛的！」她輕撫著茉莉的頭，「我想，妳的頭髮變得柔軟多了，摸起來也沒有那種令人討厭的粗硬又捲曲感覺了。」

這下子茉莉知道她繼母今天心情很好。她的頭髮到底柔軟或捲曲，正是此刻她在繼母眼前受寵與否的檢測。

「眞抱歉，因爲我身體不舒服，害妳不能去參加那個小宴會。親愛的爸爸就是這樣多慮嘛！我一向很得男人們嬌寵，柯派屈克先生常常不知道該怎麼樣才會讓我滿意。可是，我認爲吉布森先生更是傻得可愛哩，他臨出門前還交代，『好好照顧妳自己，海雅辛西。』然後都走到門口了，還轉過頭來說：『如果妳不照我的指示去做，後果如何我可沒辦法負責。』我對他搖搖食指，說：『別這麼緊張嘛，眞是個傻男人！』」

「我希望我們已經把爸爸交代的事都做好了。」茉莉說。

「哦，是呀！我感覺好多了。我說茉莉呀！雖然嫌晚了，我猜妳還是想去固德芬太太家吧？瑪麗亞可以送妳去，我最喜歡看妳穿得漂漂亮亮啦。妳這一兩個星期都穿平淡保暖的一般衣著，這時候應該很想穿上顏色亮麗的晚禮服才對。所以，妳上樓更衣吧，親愛的！也許還能在宴會上聽到些趣聞回來轉述給我聽，唉，我足不出戶，跟妳還有爸爸關在這屋裡已經兩個星期了，眞是讓人鬱悶又寂寞。更何況，我最受不了看妳這花樣年華的女孩待在屋裡不去參加宴會了。」

「哦，說眞的！媽媽，我一點也不想去。」

「好極了！好極了！要不然，我可要怨妳自私嘍！妳看，我可是爲了妳甘願犧牲我自己。」

「哦，所以您的意思是說，是我不想去而您留下來陪我。」

「那當然。我之前不就說過妳可以選擇待在家裡嗎？好了，別跟我耍嘴皮子了，對一個生病的人來說，沒有比這更累的事。」

接著，她們雙方沉默了一陣。吉布森太太首先打破沉默，慵懶地說：「妳不能說些有趣的事來聽聽麼，茉莉？」

茉莉心頭隨即浮現她快遺忘了的瑣碎雜事，不過她覺得這些事絕稱不上有趣，吉布森太太也會有同感。不久吉布森太太便開口道：「我眞希望辛西雅在家。」

茉莉覺得繼母在責怪自己拙於言談，不會逗她開心。

「您要我寫信給她，讓她回來嗎？」

「呃，我不知道。要是我能多知道些事情就好了。妳最近可有親愛的奧斯朋・漢利的消息呢？」

想起了父親的吩咐，少去談及奧斯朋的健康狀況，茉莉便不作聲。其實也沒必要作聲，因爲吉布森太太自己又接上話，「我跟妳說，如果韓德森先生對辛西雅的態度跟春天她到倫敦去時一樣殷勤，那麼羅傑的機會——哦，當然啦，如果那小子出了什麼意外，我定會很難過，雖然他是個粗野笨拙的傢伙，但非洲不只是缺乏醫療資源的地方……那是個蠻荒之地，有些地方還存在食人族。我常會在夜深人靜、睡不著覺時，想起在地理學書籍上讀到的描述，也會想到韓德森先生，他眞那麼喜歡辛西雅的話！我們的智慧有限，自是無法預知未來，要不然我眞想知道未來到底會如何。倘能知道未來如何，我們現在就能做出更好的決定了呀！不過，我從大局著眼，現在我們還是少驚擾辛西雅爲妙。如果我們能夠及時得知消息，也許就可以安排她和肯莫伯爵伉儷一道回來。」

「他們要過來？肯莫伯爵夫人的身體已經好到可以旅行了嗎？」

「是啊！沒錯。要不然我也不會去想是否要辛西雅跟他們一道回來了。這是個好主意呀，多體面，正好可以讓她在倫敦的律師界亮亮她的地位。」

「那麼，肯莫夫人身體好多了？」

「對。我還以爲爸爸跟妳提過這件事，不過，他總是小心翼翼避免談論病人的情形嘛。這是非常正確的做法，既有醫術又有醫德。他很少跟我說他病人的狀況。是的！伯爵伉儷、海芮小姐、卡克哈芬爵士伉儷以及艾格妮絲小姐都會回來。我早早訂購了一頂冬天的帽子和一件黑色緞面斗篷了。」

第四十九章 茉莉・吉布森遇貴人

手術後的肯莫夫人從惡疾中逐漸康復，身體狀況也日趨穩定，決定換換環境返回陶爾莊園療養。於是仍在康復中的貴族夫人便在一家子簇擁之下，聲勢浩蕩地回到這祖傳的老家。照目前情況看來，伯爵一家在陶爾停留的時間極可能是近年來最長的，因爲最近幾年他們總是爲了健康問題四處奔波。總之，伯爵一家對於能回到祖居都覺得很愉快，可以好好休息。每位成員都以自己方式享受在陶爾的生活，其中最如魚得水的非肯莫伯爵莫屬了。他挺能閒聊的本領及對街談巷議的愛好，在倫敦忙碌生活中幾乎派不上用場，旅居歐洲時更是一點用也沒有，因爲法文他說得不流利也不大聽得懂。況且身爲大地主的他，總想知道在他的土地上發生了什麼事、他的佃農們過著什麼樣的生活。他喜歡聽他們從出生、結婚直到老死的故事，並總能輕易記住他們的長相。簡言之，他非常善於跟他們打成一片：倘若對方是個老太太，他便也跟著成了一名老婦人；但會是個心地善良的老婦人就是了，在騎著他那匹粗壯結實的矮腳馬四處巡行時，口袋裡總不忘裝滿小銅板準備給小孩子，給老人預備的則是一小包一小包的鼻菸。儼似個老婦人，他也喜歡在妻子的客廳裡喝下午茶，邊喝茶邊將一天中所聽到的八卦消息轉述給家裡人。這些口述報導對於健康狀況正處康復期的肯莫夫人來說不啻是最佳的娛樂消遣，不過她一直都很蔑視這種聽人傳述八卦緋聞的習慣，遂往往先聽完小道消息之後，再高傲地加以撻伐一番才算結束。雖然如此，這畢竟成了一種習慣，伯爵家的人總在日常活動，也就是散步或乘車、或騎馬之後，聚集肯莫夫人房裡，坐在爐邊喝著茶，陪肯莫夫人早早用晚餐，然後輪流將他們在上午所聽到的當地情報鉅細靡遺再轉述一遍。待每個人都說完該說的之後（不是之前哦），總得再聽一頓她老人家千篇一律的訓誡：在背後對人說長道短的，真是可憐呀，這些道聽塗說也許全是謊言，加上「謠言應止於智者」等等。

在十一月天的某夜，他們又聚集在肯莫夫人房裡，她斜躺在爐邊沙發上休息，一身雪白衣裳，還圍了條印度披肩。海芮小姐坐在地毯上，靠近火爐裡燃燒著的木頭，正用火鉗夾起掉落的餘燼，堆往火爐中央的熊熊烈焰間。從少女時代起即善於理家的卡克哈芬夫人，此刻利用白日將盡而黑夜尚未完全籠罩之際，編織卡克哈芬莊園裡要掛在牆上用的水果吊網。肯莫夫人的侍女走進來，藉著角落處發出的微弱燭光察看需否給伯爵夫人添茶水（肯莫夫人眼睛不好，甚是畏光）。屋外風聲颯颯，吹得樹上光禿的枝枒不住地來回撫著玻璃窗。

肯莫夫人喜歡對她最愛的人冷嘲熱諷，故意冷落，她丈夫即常領教她在這方面的侍候。這一天肯莫伯爵比平常晚歸，回來後還假裝忘了沒喝下午茶這回事，夫人便對他視若無睹。他們都知道這乃因他沒親自給她端茶，又被抓到錯誤，沒送上糖就先遞上奶油之故。伯爵最後只好大聲求饒。

「請原諒我，夫人，我今天比平常晚歸，我知道該早一點回來的。哦，妳還沒喝茶嗎？」他驚叫道，立刻起身給妻子端茶。

「你知道，我向來都是先放糖再放奶油。」她說時特別加重「向來」二字的語氣。

「是啊！我眞是個大笨蛋！我以爲這次我準會記得哩。我跟妳說，我今天在路上碰到老薛勝客了，都是他害的啦！」

「他害你先拿奶油再拿糖給我？」他妻子問道，她的愛說笑實在冷酷。

「不是，不是！哈，哈！妳今晚氣色好多了，親愛的。我是說哦，薛勝客眞是長舌男，話說個沒完害我無法離開，才耽誤時間。我都不知道已經這麼晚了！」

「好吧！既然你終於逃離薛勝客身邊，乾脆把他到底跟你交談了些什麼，講給我們聽聽。」

「交談！那算哪門子交談？我根本說不上幾句話，只有聽的分而已。不過他每次都有一大堆情報倒是眞的，消息比普瑞斯頓靈通多了，咦，等一下，他跟我說了關於普瑞斯頓的事情。老薛勝客認爲普瑞斯頓不久就要結婚了，說有關於普瑞斯頓和吉布森他女兒交往密切的傳言甚囂塵上。他們在公園裡幽會讓人瞧見了，還有彼此書信往返，應當快結婚之類的。」

「我會難過耶。」海芮小姐說：「我一直很喜歡那女孩，可是我受不了爸爸的模範土地管理人。」

「我敢說那只是空穴來風。」肯莫夫人貌似說給海芮小姐聽，「爸爸總是今天聽人這樣說，明天聽人那樣說，沒個準的。」

「這次消息聽起來像眞的呢。薛勝客說鎭上老太太們都曉得這件事，還渲染得頗難聽。」

「想也知道不會太好聽。我眞懷疑克萊兒是怎麼了，竟會讓這種事傳來傳去。」卡克哈芬夫人說。

「依我看，這還比較像克萊兒自己的女兒會做的事，那個滿狡猾的柯派屈克小姐才是眞正的緋聞女主角。」海芮小姐說：「她看起來一副高級喜劇女主角的樣子，旁的年輕小姐們就是被設計進去的不知情棋子而已。這下子，可憐的茉莉．吉布森怕要因『祕密幽會』而名聲掃地了。可是『幽會』，怎麼可能！那孩子老實得很。爸爸，您確定薛勝客先生口中鬧得滿城風雨的緋聞女主角是吉布森小姐，不是柯派屈克小姐？一想到茉莉跟普瑞斯頓先生在一起，那個畫面就很不協調。不行，事關我的朋友小茉莉，必要時我會衝進教堂裡反對他們結婚。」

「說眞的，海芮，我眞弄不懂妳爲何對何陵福特無足輕重的街談巷議這麼有興趣呢？」

「媽媽，這不過是一報還一報，『禮尙往來』罷了。他們向來對我們所言所行那樣感興趣。倘若我要結婚了，他們豈不會忙著打探所有的細節，像是：我們是在哪裡相遇的？我們對彼此所說的第一句話是什麼？我當時穿什麼衣服？他是怎麼求婚的？是寫信呢，還是親自開口的？——我確定好心的布朗寧小姐們準對瑪莉怎樣擺設他們卡克哈芬家的育嬰房，以及如何教養女兒們，蒐集了夠多的情報。所以，我們去瞭解何陵福特鎭上的人們在做什麼，不就堪稱『禮尙往來』，算是對他們的回報嘍！我是爸爸的同黨，我喜歡聽這些八卦消息。」

「特別是這次的情形，有違常理又加油添醋。」肯莫夫人說道，她仍是處於恢復期的病人，身體多少有些不適。海芮小姐因心煩而漲紅了臉，不過很快又恢復精神，猶且嚴謹更勝以往的說：「我承認我對於茉莉．吉布森這件事很感興趣，我很喜歡她也十分關心她。我眞不喜歡聽到她的名字跟普瑞斯頓先生連在一起，實在忍不住要想，八成是爸爸弄錯了。」

「我沒弄錯，親愛的。我確實只把我所聽到的話重複一遍而已，如果妳或我親愛的夫人因此感到難過，我在此向妳們致歉。可是，薛勝客眞的說是吉布森小姐，還說那女孩被講成這樣眞是可惜了。但他們的確是被人瞧見了才引發閒言閒語。普瑞斯頓配她足可配得過，沒有人會持異議的。現在，讓我來說點其他消息吧，門房那個老瑪格蕾過世了，所以現在找不到人去妳們學校裡教漿衣服技巧了——羅伯特．霍爾去年賣蘋果賺了四十英鎊……」他們就這樣聊到別的話題去了，只有海芮小姐仍在心裡興致盎然地懷疑思索著方才聽到的話。

「我在她父親結婚那天就告誡過她要當心那人了。那時她是多麼率真又直言不諱的女孩呀！我不相信他們說的是眞的。那只是老薛勝客胡謅的故事而已，半出於想像，半出於聽不清。」

翌日海芮小姐騎馬前往何陵福特，爲了一解心中謎團，她去拜訪布朗寧小姐們，直接說明來意。倘非布朗寧小姐們是茉莉的老朋友，她也不會跟她們提起這些謠言。如果薛勝客先生在路上遇見並肩騎著馬的伯爵和海芮小姐，試圖要暗示這些緋聞跟茉莉有關的話，海芮小姐包準立刻擺出一副她擅長操弄的高傲臉色，讓薛勝客先生光看就曉得該閉嘴。但不管怎樣，她還是想弄清楚是怎麼一回事。她開門見山地對布朗寧小姐說：「我聽說了些有關我的小朋友茉莉・吉布森和普瑞斯頓先生之間的事，這到底是怎麼了？」

「哦，海芮小姐，您也聽說了？眞抱歉！」

「爲什麼要抱歉？」

「我想，很抱歉，除非您先告知您知道了什麼，否則我們最好三緘其口。」布朗寧小姐說。

「不，」海芮小姐答道，笑了一下，「我得先確定妳們知道些什麼，我才告訴妳們我所知道的。哈，如果妳們願意的話，我們再來交換情報。」

「只怕這對茉莉來說不是什麼好笑的事情，」布朗寧小姐搖了搖頭，「大家都在傳這些事哪！」

「可是我才不相信——我眞的不信。」菲比小姐插嘴道，都快哭出來了。

「那，我也是。」海芮小姐拉起這位善心女士的手。

「眞是夠了，菲比，還說妳不相信。當初是誰哭哭啼啼地說服我相信原本我也認爲不可能的事呀，我都記得的。」

「我只是把固德芬太太告訴我的事情跟妳說而已，姊姊。不過我確定妳和我一樣，都見過去參加宴會的茉莉，她孤獨地坐在角落裡看《英格蘭與威爾斯的美女們》，直到看膩了都沒有人過去跟她說話，而她還是一貫溫和、甜美直到散會，雖然也許有些蒼白——事實也好，非事實也罷，我絕不相信任何詆毀她的話。」

菲比小姐就這麼不管現實，淚眼婆娑地坐著。

「像我先前說的，我也跟妳一樣。」海芮小姐附和道。

「可是，您如何解釋茉莉跟普瑞斯頓先生的幽會呢？」布朗寧小姐問道，爲了充分表現自己，當然樂意加入茉莉這一邊，不過這得看她如何爲自己辯護。「我甚至還叫人去請吉布森先生到我家來，把一切都告訴他。我想他至少會用馬鞭痛打普瑞斯頓先生一頓，但他卻好像一點也不在意似的。」

「如此看來，他應該是知道了我們所不知道的事，」海芮小姐果斷地說：「畢竟，合理且正當的解釋可多了。」

「當我感到責無旁貸，必須告訴吉布森先生時，他對此事還一無所知。」布朗寧小姐補充。

「那，也許跟普瑞斯頓先生訂婚的人是柯派屈克小姐，而茉莉只是他們的心腹兼信差。」

「我不明白您的邏輯推理於此事有何幫助。因爲，如果普瑞斯頓先生光明正大地跟辛西雅・柯派屈克訂婚了，他可以大大方方上吉布森家看她呀，不是嘛！茉莉何必蹚渾水給自己惹麻煩呢？」

「這就是難解之處了，」海芮小姐說道，稍顯煩躁，到底她無法提出合理的解釋，「不過我還是選擇相信茉莉・吉布森。我確信她沒做什麼不對的事。我已經決定去拜訪她了。吉布森太太因爲這波嚇人的流行性感冒得待在家裡，我要帶茉莉出去，在流言充斥的小鎮上逛一圈，拜訪一下對這些消息大肆宣傳的固德芬太太，或貝德芬太太。但今天沒得空，我跟爸爸約了三點碰面，現在已經三點了。菲比小姐，請記住，妳、我二人正在對抗全世界，企圖為一個受壓迫的少女討回公道。」

「唐吉軻德和桑丘・潘薩！①」她輕快地步下布朗寧小姐家老式的樓梯時，自言自語道。

「現在菲比，我可得告訴妳，這樣做太不漂亮了。」當海芮小姐一走，只剩下布朗寧姊妹時，布朗寧小姐不怎高興地開口了，「首先，妳說服我、讓我改變想法，我因而變得很不快樂，此外更得去做討人厭的事情，全因為妳讓我相信謠言有部分為真。接著，妳竟然倒轉立場去哭訴妳完全不相信這些謠言，搞得我才是真正在背後說閒話的壞人似的。啊，不必！沒用的。我才不聽妳解釋。」布朗寧小姐丟下淚眼汪汪的菲比小姐，逕將自己反鎖在房裡。

此時海芮小姐正和父親並肩騎著馬，走在回家的路上，顯然已聽完父親想說的話了。然而，她心中實仍不斷思前想後，努力要找出茉莉和普瑞斯頓先生幽會的合理化動機。啊，說曹操、曹操就到！海芮小姐忽看見普瑞斯頓先生在他們前方不遠的路口轉彎處，正騎著他的駿馬，一身勁裝朝他們緩緩而來。

穿著舊外套、騎棕色老矮腳馬的伯爵愉快打招呼道：「啊哈！這不是普瑞斯頓嗎？你好啊！我剛想問你關於自營農場上那塊草地的事，約翰・布瑞克爾要在那兒耕種。那塊地充其量不過兩英畝吧？」

他們討論著土地的事情時，海芮小姐決心趁此機會問個水落石出。於是伯爵一說完話，海芮小姐便開口：「普瑞斯頓先生，不知你是否允許我問幾個問題，好幫助我解開心中的謎團？因為我目前實在是困惑不已。」

「當然可以。我一定竭盡所能提供您所需要的資訊。」不過就在講完這麼禮貌的一句話之後，他突然想起茱莉跟他說過的威脅——她會告訴海芮小姐發生了什麼事。繼而又想，信他早就歸還了，整件事也告結束，她成了勝利者，而他被打敗了。這樣看來，她不會那麼沒有風度，已經贏了還跑去跟海芮小姐告狀吧？

「最近在何陵福特有不少關於你和吉布森小姐的傳聞。我們是不是該恭喜你和那位年輕女士好事將近呢？」

「啊！對了，我們早該說聲恭喜的，普瑞斯頓。」肯莫伯爵插嘴道，急切表達祝福之意。

然而，他女兒卻平靜地說：「爸爸，普瑞斯頓先生尚未告訴我們那傳言是否可信。」

她看著他，一臉想究知答案的表情——希望他能眞誠無僞地回答的面容。

「我沒那麼幸運。」他答道，試圖不動聲色地讓他的馬表現出忐忑不安的樣子。

「那麼，我大可以駁斥傳言了？」海芮小姐冷靜地問道：「還是，我們應該相信，假以時日那些傳言可能成眞？我這樣問是因爲這種傳言若只是不實之說，會對年輕女孩造成傷害的。」

「讓其他花樣少女知道你名草有主喲！」肯莫伯爵又插嘴了，一副覺得自己眞有見識的表情。

海芮小姐繼續說：「對於吉布森小姐，我是相當關心的。」

普瑞斯頓先生從海芮小姐的態度，可以感受到海芮小姐知道謠言並不只像表面聽起來那樣，而他的牽扯其中當然另有隱情。只是，海芮小姐到底掌握了多少事實眞相？

「對於吉布森小姐，不論過去或未來，我都和現在一樣不會有特別的情感。如果這番回答能解除您心中的疑惑，我自是感到無比快慰。」

他說話時無意間流露出一股驕傲的神氣，尤其是最後那句話。其實那不在於他的遣詞用字，也不在於他說話的語氣，更不在於他說話時的表情，而是在於一切的總和。種種元素形成一種質疑的態度，彷彿在說海芮小姐有權過問這些事嗎？其中更還包含著挑釁的成分。然而，他驕傲的態度卻也刺激了海芮小姐的情緒，她絕不會因一個地位比自己低下之人的質疑或挑釁而對自己失去信心。

「那麼，先生，你是否知道當你跟一個年輕女孩私下見面，沒有他人在場，而你又跟她說話說個不停時，會對那女孩的名聲造成傷害？你引起——是你引起這些街談巷議的。」

「我親愛的海芮，妳也問得太多了吧？妳不知道，普瑞斯頓先生也許有意——也許有著不爲人知的打算。」

「不，伯爵，我對吉布森小姐沒有半分意思。她也許是位令人尊敬的年輕女性，我毫不懷疑她是，然而她不是我理想中的對象。我想，海芮小姐似乎下定決心要逼我承認一件我不得不承認的事，那是沒人會喜歡更沒人想要的事……但是，這樣的事就發生在我身上了。我是個被拋棄的男人。拋棄我的正是柯派屈克小姐，在我們訂婚好長一段時間之後，我被她退婚了。我跟吉布森小姐的見面都不怎麼愉快，我可以告訴您，她就是慫恿柯派屈克小姐離開我的人。當然，她還是中間人，多虧了她來切斷我和柯派屈克小姐之間最後的連結。您的好奇心（他特別強調「好奇心」三個字）是否因爲我這備極屈辱的自白而得到滿足了呢？」

「海芮，親愛的，妳太過分了！我們無權探問普瑞斯頓先生的隱私啊。」

「我不會再問了。」海芮小姐現出一抹毫無掩飾的勝利微笑，這是她好久以來一直想賞給普瑞斯頓先生的笑容。在好幾年前他們初次見面時，普瑞斯頓自恃長得帥，一副風流倜儻貌，見了海芮小姐也像見了其他女人一樣，對她大獻殷勤，彷彿他和她處在平等的地位一般。從那時起，海芮小姐就想教訓他一下了。

「我想，普瑞斯頓先生會原諒我的，希望如此。」她繼續說道，仍是優雅的貴族姿態。這句話讓普瑞斯頓先生覺得自己在海芮小姐心中的地位儼然已比當年初見面時提高許多了，「普瑞斯頓先生在得知何陵福特的三姑六婆對他和我的朋友茉莉・吉布森之間的會面用不恰當的態度、不合事實的言語大肆渲染一番之後，願意挺身而出對整件事作出解釋，消除我心中的疑慮，眞是令我感激不已。」

「希望海芮小姐能明白這解釋誠屬我個人祕密才好。」普瑞斯頓先生說。

「當然，當然！」伯爵回應：「我們都瞭解。」

於是伯爵騎著馬回家，把普瑞斯頓先生和海芮小姐間對話一字不漏地告訴妻子與大女兒，當然還囑咐她們千萬不可告訴別人。然後，海芮小姐因爲問了人家太過私密的問題有失風度，被父母訓斥了好幾天。她想安慰一下自己，決定去探望吉布森家。到了那裡，她發現吉布森太太（仍未脫離病人身分）剛好在睡覺，毫不費力地就把不知情的茉莉拖著一塊散步去了。她故意拉著茉莉在鎮上主要街道來回走了兩趟，還在葛林斯德書店前面徘徊了半個鐘頭之久，接著一路繞到布朗寧小姐家，但她失望得很，因爲她們兩姊妹都不在家。

「或許這樣也好。」考慮了一會兒之後，她說：「把我的名片留下來好了，在底下寫上妳的名字，茉莉。」

茉莉自始至終一頭霧水，弄不懂海芮小姐何來這一切。她整個下午都愣愣地隨著海芮小姐轉來轉去的，便嚷道：「拜託啦，海芮小姐！我拜訪人從未留下名片，更從未有過名片。另外，不論是拜訪布朗寧小姐們或其他任何人，我都是想來就來，想走就走。」

「沒關係的，小茉莉。今天妳就照章行事，遵行全套的禮儀。還有，請妳轉告吉布森太太找一天過來莊園裡坐坐吧，等她身體好到可以過來時，把日期告訴我們便成，我們會派馬車去接她。說眞的，她最好能留在莊園裡過夜，因爲這種天氣實在不適合讓體弱之人在晚上出門，就算坐馬車也一樣。」海芮小姐就站在布朗寧家門口白色階梯上說這些話，離去時還拉著茉莉的手親切地道再見。「請妳告訴她，親愛的，我今天原本打算去看她的，不過她剛好在睡覺，便抓著妳出來轉轉了。還有，別忘了告訴她，讓她到莊園裡來換換空氣。媽媽很喜歡她來的，我很確定！還有馬車，以及那些瑣事。現在，先再見了！我們今天做了好多事，比妳想的還多呢！」她繼續說道，彷彿還在跟茉莉說話似的，雖然她人已走遠，茉莉早就聽不到，「我今天帶著吉布森小姐在何陵福特愉快地散步，假如何陵福特不喜歡吉布森小姐，我可就要失望了。」

譯註：

①唐吉軻德（Don Quixote）和桑丘・潘薩（Sancho Panza），為西班牙名著小說《唐吉軻德》一書中的主人翁及其隨從。

第五十章 真相大白

吉布森太太雖已從流行性感冒中痊癒，但體力恢復得很慢，就在她身體好到可以接受海芮小姐邀請前往陶爾莊園之前，辛西雅從倫敦回來了。倘若茉莉覺得辛西雅在離別時對她表現得不夠情深意濃，就算只有一絲絲這種想法掠過心頭，那麼，從倫敦回來的辛西雅就要讓茉莉因自己的想法而內疚了。

兩個女孩一重逢就恢復了往日深厚情誼，互攬著彼此的腰，態度親密地走到樓上客廳，坐下來時還手牽著手。整體而言，現在的辛西雅相較於過去因深受不愉快祕密所累而心情低落或情緒浮動，在態度上竟更顯沉靜了。

「畢竟，」辛西雅開口：「能回到家裡來眞好。不過，要是您看起來再健康些就更好了，媽媽！這眞是唯一美中不足之處。茉莉，妳怎麼不寫信叫我回來呢？」

「我是想這麼做。」茉莉應道。

「可是我不讓她這麼做，」吉布森太太說：「妳待在倫敦比留在這兒好，因爲妳什麼忙也幫不上。而妳從倫敦寄回來的信就帶給我不少歡樂了。這會兒海倫身體康復，我也差不多快好了，所以妳回來得正是時候，每個人都興高采烈地在談論慈善舞會呢！」

「可是媽媽，我們今年不去參加。」辛西雅心意已決，「舞會是在二十五日，對吧？我想，到時候您體力還沒完全恢復，沒辦法帶我們去的啦！」

「妳是打定主意要害我更嚴重是吧，孩子？」吉布森太太發起牢騷來了。她就是那種平時沒事，生個小病也要渲染成大病，而一旦有好玩的事，即使病得不輕也硬要說沒事的人。這次好在她丈夫既有智慧又堪稱權威人士，直接明令禁止她去參加原本她下定決心非去不可的本年度慈善舞會。不過，這樣一來就把家裡氣氛給弄僵了，家中空氣沉悶，裡頭的人則情緒低落——尤其是辛西雅，原本活潑好動的辛西雅變得無精打采。茉莉盡力想讓她們母女兩人維持像她一樣的好心情，眞是不容易。身體欠佳也許解釋了吉布森太太爲何病懨懨的，然而，辛西雅卻實在沒道理這般沉默且還嘆息聲不斷，她到底怎麼了？

茉莉百思不得其解。更令茉莉不解的是，辛西雅還不時跟茉莉提起她祕密的助人義舉，說這眞是值得稱許；年輕而單純的茉莉總是不疑有他，深信辛西雅所說的話。每次說完這樣的事情後，總讓茉莉覺得自己做對了，於是顯得精神昂揚。偏偏辛西雅可就不是這樣了。在她特別顯得意興闌珊或了無生氣的時候，總是會來上一段底下這樣的話。

「啊，茉莉，妳得讓我的好心休息一下才行！我今年做了夠多好心腸的事了。我眞是夠好心啦，要是妳知道一切就好了！」，或是「眞的，茉莉，我眞是天降善心！在倫敦是我最好心的時候了，我還發現這好心有如風箏一般繃得緊緊地飛上天，在天上盤旋一陣後就突然墜落地面，纏在一堆荊棘和蒺藜裡頭。唉呀！這都是諷喻啦！要是妳能明白我離家這段期間表現得多棒就好了，強到我現在可以對抗媽媽那一堆荊棘和蒺藜。」

然而，普瑞斯頓先生的事還沒解決的那段時間裡，茉莉已領教過辛西雅不想說出祕密卻又一時興起就諷諭個不停的功力，因此，即使茉莉有時被辛西雅弄得好奇心大作很想問個究竟，辛西雅那曖昧不明的隱喻卻只讓茉莉越聽越迷糊。有一天，祕密自動爆開來，原來韓德森先生求婚被辛西雅給婉拒了。茉莉怎麼想都不覺得這算是值得誇口的光榮事蹟或算得上什麼好心。祕密是這樣爆開來的：吉布森太太自上次得流行性感冒後一直在床上吃早餐，私人信件也就理所當然地放在餐盤裡一併送上去。有一天早晨，她比平常早進客廳，手裡拿著一封攤開的信。

「我接到柯派屈克嬸嬸寄給我的信了，辛西雅，她把我的紅利寄來給我，妳叔叔太忙了。可是這一段話是什麼意思，辛西雅？」吉布森太太說著將信拿給女兒看，用手指著其中一段敘述。辛西雅連忙把手中工作擱到一旁，探頭看個仔細。突然間，她先是雙頰緋紅，繼而臉色慘白。她看著茉莉，彷彿想從那張堅定明朗的臉上獲得勇氣似的。

「這是……媽媽，我現在就解釋給您聽……我在倫敦的時候，韓德森先生跟我求婚了，我當然是予以婉拒。」

「婉拒——妳竟然連提都沒跟我提過，我這還是偶然得知呢！說眞的，辛西雅，我覺得妳太不厚道了。眞想不通妳爲何要拒絕韓德森先生？他英俊瀟灑，人又如此紳士！而且妳叔叔跟我說，韓德森先生的財力非常雄厚。」

「媽媽，您忘了我答應要嫁給羅傑・漢利了嗎？」辛西雅平靜地回道。

「沒有，我當然沒忘！茉莉老在我耳邊嗡嗡叫著『訂婚』、『訂婚』的，我哪忘得了？不過嚴格說起來，那不能算是正式的承諾，他自己大概也這樣想。」

「怎樣想的，媽媽？」辛西雅尖銳地道。

「哦，就是彼此都有可能找到更合適的對象嘛！他肯定知道妳有可能碰上妳更喜歡的人，會改變心意。妳畢竟涉世未深呀！」

辛西雅不耐煩地動了動，彷彿要她母親別再說了。「我從未說過我比較喜歡韓德森先生，您怎麼能這樣說呢，媽媽？我要嫁給羅傑，就這樣了。我不想再提這件事了。」說完便起身走出客廳。

「嫁給羅傑！說得眞好聽。誰能保證他會活著回來？就算他眞的回來了，他們要拿什麼結婚呢？有誰要告訴我嗎？雖然我知道她喜歡韓德森先生，也不指望她會答應他的求婚。不過，有情人終成眷屬不也是天經地義的事嗎？她實在犯不著那麼早就拒絕掉人家，可以等到──哦，等到……看事情怎麼發展嘛！我還是個病人耶！弄得我心跳都變快了。我說辛西雅還眞會惹人生氣。」

「其實……」茉莉開口道，繼而想起繼母身體還不太好，要是說了不順她意的話，可能惹動她的怒氣而讓她身體吃不消，遂便換了個話題以求能讓她的心跳緩和下來，原先想捍衛羅傑而打算出口的話就硬被逼回肚裡去。不過，等到只有茉莉和辛西雅兩人在一處，辛西雅又主動提起此事的時候，茉莉就沒有那麼客氣了。

辛西雅先說：「啊，茉莉，現在妳全知道了！我一直想告訴妳，可是偏開不了口。」

「我猜這是卡克斯先生事件歷史重演了，」茉莉沉著臉說：「妳只是盡量讓自己討人喜歡，而他卻想太多了。」

「我不知道，」辛西雅嘆了口氣，「我的意思是我不知道我是否討人喜歡。他人很好，也十分好相處，但我沒想到會有這種結果。算了，不管怎麼說，現在再想都沒用了。」

「不是這樣！」茉莉簡單地道，因為在她心目中，即使是全世界最好相處、最仁慈的人也無法跟羅傑相比，羅傑就是羅傑。辛西雅隔了一陣子才接話，不過說的卻是不相干的話題，語氣還帶有些彆扭，也不再用戲謔的悲情去隱喻自己所做的事表現出多好德行了。

過沒多久，吉布森太太康復得可以接受邀請前往陶爾莊園一遊，並在那兒住上一兩天了。海芮小姐告訴她，要是她能到陶爾去陪陪因病只能待在家裡的肯莫夫人，不啻是善行一樁。吉布森太太一聽，心裡忍不住飄飄然起來，覺得自己是被需要的，越想越得意。

肯莫夫人已處於大部分病人常見的康復期。生命之流又回來了，人一旦恢復元氣，昔日的欲望、打算和計畫也就跟著回來。當初她病得嚴重時，哪有心情搭理這些？不過話說回來，她現在畢竟尚未完全康復，體力還跟不上腦力，做起事來力不從心——身體還處於虛弱蹣跚的地步，心思卻健壯而果決，因此她老人家更爲暴躁易怒了。至於吉布森太太，身體狀況其實也尚未健壯到能承受責難和痛苦，她哪料想得到，這一趟陶爾莊園之行完全不像她所預期的呢！卡克哈芬夫人和海芮小姐都注意到她們母親身體和脾氣上的狀況，唯兩人在言談間若提起此事亦只點到爲止，十分留意盡量不讓「克萊兒」單獨和肯莫夫人相處太久。只不過，有時候她們一疏忽，再見到克萊兒時就發現她眼中噙著淚水了。

病中的肯莫夫人閒來無事，花了許多時間沉思冥想，覺得當前社會有許多錯處，猶認爲自己生來即是要撥亂反正爲世上人主持公道的。吉布森太太則以爲這些批評針對她個人，所以也不仔細問問到底怎麼一回事，淨忙著爲自己辯護。第二天也就是吉布森太太待在莊園的最後一天，海芮小姐走進來發現她母親正語氣激昂，長篇大論對克萊兒說個不停，但見克萊兒的表情甚是複雜：一臉柔順，卻又相當難堪地隱忍著。

「怎麼了，媽媽？您是不是說太多話，把自己累壞了？」

「不是！我一點也不累！我只是在講這些不按階級穿衣打扮的人有多愚蠢而已。我一開始就跟克萊兒說，在我祖母的時代大家是怎麼穿衣服，那時每個階級有每個階級該穿的衣服，僕役不會去學穿商人的衣飾，商人也不會去穿專業人士的衣著，以此類推。最蠢的就是女人家不顧階級只顧打扮了，就像我方才訓過她的，人家會怎麼想啊！眞是的，不成體統！克萊兒，妳丈夫眞把妳給寵壞了，妳該聽聽人家是怎麼看待妳的穿著打扮啊！別以爲穿著漂亮、打扮入時就可以贏得人家尊重和讚美，人家心裡頭可清楚記著合不合禮法的。」

「肯莫夫人，他們告訴我，這塊絲綢料子降價了。這是我在華特盧商店買的過季商品。」吉布森太太說道，撫摸著身上所穿這件觸動肯莫夫人怒氣使其大發雷霆的華麗禮服。

「我再說一次，克萊兒！這無關於妳或妳的禮服，或妳那身行頭値多少錢。要買單的是妳丈夫，就算妳花錢花過了頭，該擔心的也是他。」

「這一整套才値五個金幣。」吉布森太太哀求著。

「而且很好看。」海芮小姐說道，屈身向前檢視吉布森太太身上的禮服，希望藉此安撫眼前這個滿腹委屈的女人。

然而，肯莫夫人繼續道：「不是！現在妳應該比較瞭解我了，我心裡想什麼，嘴裡就說什麼。我從不拐彎抹角的，說話向來直白。我來告訴妳，我認爲妳錯在哪裡好了，克萊兒，如果妳眞想知道的話。」也不等吉布森太太回答，肯莫夫人毫不留情，逕自往下說，「妳太寵妳女兒了，寵得她連自己的心意如何都不曉得。她對普瑞斯頓先生所做的事情實在令人嫌惡，不過歸根究底，這是她的教育出了問題。妳是難辭其咎的。」

「媽媽，媽媽！」海芮小姐說：「普瑞斯頓先生不想公開這件事的。」

於此同時，吉布森太太叫道：「辛西雅——普瑞斯頓先生！」語氣之驚訝，讓老經驗的肯莫夫人一聽便明白吉布森太太完全不知此事。

「在我覺得撥亂反正、捨我其誰的時候，我無暇顧及普瑞斯頓先生怎麼想了。」肯莫夫人態度頗驕傲地對海芮小姐作此回應，「而且，克萊兒，妳的意思是說——妳女兒和普瑞斯頓先生訂婚一段時間了，我相信有數年之久吧，而最後選擇悔婚，還利用了吉布森家那個女孩。咦，我忘了她的名字，叫什麼莉或什麼芬的……總之弄得她和她自己成爲全鎮的話題，何陵福特人閒聊的對象——這些事，妳完全一無所知？我還記得我年輕時，有個女孩叫『不專情的賈姬』呢。妳得在妳女兒身上多放些心思才好，要不然哪天她也會有個類似的渾名。我是像朋友一樣跟妳說話哪！克萊兒，好好管管妳女兒，將來讓她順順當當地找個好人家嫁了。至於普瑞斯頓先生有什麼感覺，我就不去管了。我甚至連他這人有沒有感情都不知道。不過，我卻知道對女孩子家來說什麼是合宜行爲，用情不專絕非好行爲。好了，妳們兩人都出去吧！叫布瑞麗上來陪我，因爲我累了，想睡一會兒。」

「說眞的，肯莫夫人，您會相信我嗎？我不認爲辛西雅曾和普瑞斯頓先生訂過婚。以前他是曾追求過，我擔心——」

「拉鈴叫布瑞麗上來。」肯莫夫人疲倦得閉起了眼。

海芮小姐對母親脾氣再清楚不過，於是近乎強拉著吉布森太太，把她帶出肯莫夫人房裡，因爲吉布森太太還想上訴，不認爲她所聽到的是事實，即便那是出自肯莫夫人之口。

一回到自己房裡，海芮小姐便說：「好了，克萊兒，我把事情始末說給妳聽。我想，這也由不得妳不信，因爲是普瑞斯頓先生本人告訴我的。當初，我聽到在何陵福特盛傳有關普瑞斯頓先生的誹聞。及至騎馬外出時碰到他，我便問他到底是怎麼一回事，很明顯的，他並不想回答我的問題。我想，沒有一個被甩的人會願意去談這種事。後來，他要求我和爸爸不對別人提起他所告訴我們的事。不過，爸爸卻把它說出來了，所以媽媽才知道內幕。妳明白的，這都是事實。」

「可是，辛西雅跟另一位男士訂有婚約呀，眞的！而且還有一位條件甚佳的男士，當辛西雅在倫敦時跟她求婚了。普瑞斯頓先生根本是自欺欺人罷了。」

「不是吧！我認爲這必定是妳那美麗的女兒——辛西雅小姐施展魅力，引得男士們一個接一個向她求婚。我是受不了普瑞斯頓先生，不過呢，想起他因爲情敵而遭拋棄一事，倒也讓人不忍對他多加苛責了。」

「我不知道。我一直覺得他對我懷恨在心，有可能是他挾怨報復所使出的手段。您得明白，若他沒遇到您，今天親愛的肯莫夫人就不會對我這麼生氣了。」

「她只是要警告妳注意辛西雅而已。媽媽對自己女兒們也一向嚴格，絕對不許女孩家隨便跟男人說笑，卡克哈芬夫人將來也會像她一樣！」

「可是辛西雅跟男人調情，我也沒辦法呀！她不是嬉戲怒罵或傻笑個不停，她一直都是個淑女，保持大家閨秀的樣子而已。不過，她的確有股吸引男人的獨特魅力，我想這應是源自於我的遺傳。」

說到這裡，吉布森太太若有似無地笑了一下，此時若有人稱讚她，應該也會被她視爲理所當然，不過沒有人這麼做就是了。「不論如何，我會跟她談的，把這件事徹底弄清楚。麻煩您告訴肯莫夫人，她今天說話的方式讓我覺得心裡很驚慌，不只是我的穿著，還有這一切事。哦，這套禮服不過值五個金幣，而且是從八個金幣降價下來的呀！」

「現在，妳也別在意了。妳的臉看起來好紅，像在發燒呢！我讓妳在媽媽那個溫暖的房裡待太久了。可是，妳知道嗎？她很高興有妳來陪她。」這倒是實話，雖然她對『克萊兒』長篇大論教訓個不停，使得可憐沒處逃的吉布森太太不滿臉通紅都不行。話說回來，聽受伯爵夫人教訓也不是每個人都有的榮幸，等驚慌害怕的感覺一過，吉布森太太就又會把它當成樂事一樁。說罷，海芮小姐拍拍吉布森太太，熱絡之情勝於平常，以弭平剛才她在康復期病人房裡所度過的尷尬時光。

卡克哈芬夫人跟吉布森太太講了許多道理，夾雜著科學和深奧的思想，整個感覺倒挺令人愉快的，不過內容不太容易懂就是；而天生好心腸、好脾氣，善良又寬大的肯莫伯爵則對她好心來看望肯莫夫人充滿了感激，且將感激之情實體化，把打獵所得的動物送給她，給的還是最好吃的腰部肉，當然也送了些其他較小的獵物。她坐上伯爵家華麗而冰冷的馬車返家，一路回想著此次莊園之行，尤讓她耿耿於懷的是伯爵夫人發作的壞脾氣——她把這頓脾氣算在辛西雅頭上。其實，伯爵家上下皆明白告訴過她，伯爵夫人由於健康緣故，常會鬧彆扭。吉布森太太此時並不打算跟辛西雅談這不愉快的事，也不太想拿這件事去指責辛西雅，到底她覺得還沒聽聽辛西雅是怎麼說的，興許事情還有得解釋呢！然而一回到家，看到在客廳裡安靜坐著的辛西雅，吉布森太太卻忽然沒來由地火冒三丈了。

辛西雅原本無精打采地坐在舒適的小椅子上，一看到母親回來，隨即起身愉悅地招呼道：「哦，媽媽，您還好嗎？沒想到您這麼快回來呢！我來幫您拿帽子和披肩！」

吉布森太太卻沒好氣地回應：「沒什麼意思，還不如早早回家的好。」說時雙眼緊盯著地毯，臉上毫無表情，對女兒善意的招呼也沒有善意回應。

「您怎麼了？」辛西雅誠心誠意地問。

「妳！辛西雅——就是妳！打從妳一出生，我就該知道妳會給我惹來這些閒言閒語。」辛西雅頭往後仰，眼睛冒出了怒火。「我怎麼犯到那些人了？我惹了什麼閒言閒語啦？」

「每個人都在說妳呢！難怪伯爵家的人也跟著說。肯莫伯爵向來最消息靈通。妳眞應該多注意一下自己的言行，辛西雅，如果妳不想成爲別人茶餘飯後的話題。」

「那也要看他們說的是什麼呀！」辛西雅故作輕鬆地道，心裡有譜接下來要發生什麼事。

「咳！反正我不喜歡這樣就是了。我女兒做錯了事，卻得由肯莫夫人來跟我說我才知道，因此挨了她一頓訓，說我女兒跟男人調情，還把到手的男人給甩了，好像這一切都跟我有關似的。我可以告訴妳，我這趟陶爾之行全被這件事給毀了。別碰！不要碰我的披肩。等我回房間再自己拿。」

辛西雅一顆心直往下沉，覺得自己孤立無援，進退失據。她坐了下來，她母親就在身邊，不時誇張地長吁短嘆著。

「您可以告訴我，他們到底說了什麼嗎？如果我眞成了人們的話題，至少也該知道他們怎麼說我的。茉莉來了！（早上剛散步回來的茉莉，散發著一身清新）茉莉，媽媽剛從陶爾莊園回來，我榮幸得很，被伯爵和伯爵夫人給拿來數落了一陣。我正問媽媽，他們到底說了我什麼。我只不過是個平凡人，眞不知道對於這平凡無奇又微不足道的我，伯爵和伯爵夫人有什麼好說的。」

「重點不在妳！」吉布森太太說：「他們是說給我聽的。他們是要教訓我，任誰都受不了自己的孩子被拿來當作眾人閒談的題材。」

「我剛不就說了嘛！這要看他們說的是什麼呀！如果我就要跟何陵福特爵士結婚了，不成為眾人的話題才怪，而且不論您或我，根本不會把這樣的閒談放在心上。」

「這可不是妳要跟何陵福特爵士結婚，所以別岔開話題，亂說一通了。他們說妳跟普瑞斯頓先生訂婚了，現在卻又拒絕跟他結婚，就是把他給甩了。」

「您希望我跟他結婚麼，媽媽？」辛西雅反問，她滿臉怒容，低垂著雙眼。

茱莉站在一旁，覺得好熱，不甚瞭解整個狀況。她原地站著，只盼自己能打打圓場當個和事佬，或能幫上什麼忙之類的。

「不，」吉布森太太說道，顯然對辛西雅這個問題覺得很挫折。「我當然不希望。妳都已經和那個有為青年羅傑・漢利訂婚了——不過，沒有人知道他現在在哪裡，也不曉得他是生是死。就算他還活著，也沒半毛錢。」

「對不起呢！我知道他從他母親那兒繼承了些錢，即便為數不多，但不至於半毛都沒有。何況，他一定會出名、博到好名聲，假以時日，錢財就會跟著來了。」辛西雅說。

「妳讓自己和他糾纏不清，而且和普瑞斯頓先生之間也是如此，弄得關係錯綜複雜……」吉布森太太本想說「亂七八糟」，終是避開了這樣的字眼，「搞得終於出現了一個合適人選——英俊可親又溫文儒雅，還有一大筆錢的韓德森先生出現時——卻只好拒絕了他。妳這輩子乾脆當老處女好了，辛西雅，妳真讓我痛心。」

「我就來當老處女，」辛西雅平靜地道：「我有時會想我就是那種當老處女的料！」她語氣認真，同時帶著點悲傷。

吉布森太太重燃戰火，「我不想知道妳的祕密，但妳千萬別讓它爆開來。既然現在全鎮人都知道了，妳也應該讓我知情。」

「可是媽媽，我眞的不知道事情會演變到這地步。到現在，我都還不懂他們爲什麼知道這件事。」

「我也不曉得。我只知道他們說妳跟普瑞斯頓先生已經訂婚，應該要嫁給他的，這我也愛莫能助，就像妳選擇拒絕了韓德森先生而我也沒辦法一樣。雖然我會一直責怪妳做了錯誤決定，但也於事無補。這眞是太強人所難了。」吉布森太太說罷哭了起來。就在那時，她丈夫回家了。

「妳在這裡呀，親愛的，歡迎回來！」他風度翩翩地走向她，在她臉頰上親了一下。「啊，怎麼了？在哭啊？」他眞希望自己可以走開去。

「對呀！」她振作起精神，想盡一切力量博取同情，「我回家了，正在告訴辛西雅關於肯莫夫人怎麼因爲她而對我發脾氣。你知道她跟普瑞斯頓先生訂了婚卻又毀婚嗎？大家全在議論這件事，甚至連陶爾莊園都知道了。」

吉布森先生迅速地望了茉莉一眼，隨即明白一切。他噘起嘴做出吹口哨的嘴型，但並沒發出聲音。而辛西雅從她母親跟吉布森先生說了話後就不再擺出原先那種大膽的姿態了。茉莉在她身旁坐著。

「辛西雅。」吉布森先生頗嚴肅地叫道。

「是！」她柔和地回應。

「這是眞的嗎？我以前聽過一些，不過並不多。然就我所聽到的而言已算不堪入耳了，妳這樣得有個保護者吧——一個清楚事情來龍去脈的朋友。」

未聞回應。最終，她說道：「茉莉知道一切。」

吉布森太太同覺得丈夫說話的語氣太過陰鬱，一時怔住了，只好沉默以對。心裡對茉莉免不了有些忌妒，因爲她竟然知曉了自己所不知的祕密。

吉布森先生對辛西雅帶幾分強硬態度說：「沒錯！我知道茉莉曉得一切，而就因爲如此，她得替妳揹起那些罵名和惡毒的字眼，辛西雅。可是她卻拒絕告訴我更多。」

「她跟您說了那麼多，是嗎？」辛西雅說道，心情抑鬱。

「我也是被逼得沒辦法了。」茉莉接腔。

「她沒提到妳的名字，」吉布森先生說：「那時我就知道她肯定有所隱瞞。我果然沒猜錯。」

「她究竟爲什麼要提起這件事呢？」辛西雅語氣中透著責難。她這款語氣，加上她的提問，激起了吉布森先生的怒氣。

「因爲她得對我的質疑有所交代！我聽到有損於我女兒名譽的傳言，說她幾次私會普瑞斯頓先生，所以要她給我說個清楚。辛西雅，妳沒必要以小人之心度君子之腹，妳所作所爲所招致的壞名聲，已到了把茉莉拖下水的地步啦。」

辛西雅抬起原本低垂著的頭，盯著他看。「您竟這樣說我，吉布森先生。還沒弄清楚事情的青紅皀白，您竟然說出這樣的話！」

吉布森先生措辭太過強烈，他也知道。然而在那個當下，他實在控制不住自己。一想到他貼心、無辜的茉莉得默默忍受一切，他就不想收回自己所說的話。

「對！」他說：「我這樣講妳。妳根本不知道少女的名聲是多麼脆弱易受損傷。我得說，因爲妳那不爲人知的祕密訂婚，害得茉莉得替妳揹黑鍋，辛西雅，也許妳有不足爲外人道的原因，這我能瞭解——但妳別忘了，等羅傑回來，妳可得跟他解釋這一切了。我要妳把全部詳情告訴我，以便在羅傑．漢利回來時有個道理可說，藉以保護妳。我盡力爲之。」

沒有一句回應。

「妳最好解釋一下，」他繼續說：「妳擺明同時和兩個男人訂婚嘛！」

仍然沒有回答。

「當然了，現在鎮上八卦還沒挖出妳接受羅傑求婚一事，因爲大家的焦點都集中在茉莉身上，而那其實應該是妳，辛西雅。妳隱瞞了和普瑞斯頓先生有婚約的事，還讓茉莉到周遭朋友們都不熟悉的地方去跟他會面。」

「爸爸！」茉莉說：「如果您明白事情的來龍去脈，您就不會這樣跟辛西雅說話了。我希望她能將告訴我的話親口說給您聽。」

「我早準備好要聽她說了。」他回應道。

孰料辛西雅卻說：「不！您早對我未審先定罪了，您已經說了您無權說出的話。我不再對您說些什麼了，也不會接受您的幫助。人們對我總是殘忍以待……」她的聲音一度顫抖著，「我從沒想到您會這樣對我，不過我可以承受。」

之後，雖然茉莉使勁拉著辛西雅，她還是掙脫開來，飛快地跑出客廳。

「哦，爸爸！」茉莉喊道，不斷地掉淚，緊抱住她父親，「讓我把詳情說給您聽。」話一出口卻猛然想起吉布森太太也在場，有些話不太適合讓她聽到，於是便草草結束。

「我想，吉布森先生，您對我那沒有父親的可憐女兒實在太不仁慈了。」吉布森太太說道，把埋在手帕中的臉抬起來，「我眞希望她那可憐的父親尙在人世，要是他還在，這一切就不會發生了。」

「很可能。不過，儘管如此，我仍覺得不論妳或她都沒有什麼好抱怨的。我和我女兒盡我們所能給她一個家。我一直都疼愛她，疼愛到將她視如己出，像對待茉莉一樣對待她，我是眞誠無僞的。」

「這就是問題所在，吉布森先生，您並沒有像對待自己女兒般對待她。」

爭執的當下，茉莉奪門而出，跑上樓去找辛西雅。茉莉認爲自己像是帶了橄欖枝的和平使者，她帶來療傷的話語，因爲她父親剛剛說：「我疼愛她到將她視如己出。」然而，辛西雅卻深鎖著房門，怎樣也不願意開門。

「開門讓我進去吧！拜託了，」茉莉懇求道：「我有話跟妳說，我想見妳——快開門哪！」

「不！」辛西雅說：「現在我是不會開門的，我忙得很。走開，我不想聽妳要說的話！我不想見妳！我們終究要再見面的，到時候——」

茉莉靜默無聲地站著，心想著還有什麼具說服力的話可說。約過了一兩分鐘，辛西雅從房裡叫道：「茉莉，妳還在嗎？」茉莉隨即答了聲「是」，期盼著聽到溫和的話語，然而盼到的卻只有冷酷聲音所說出令人失望的決定：「走開！我受不了妳還站在那裡等待著，還窺聽著。下樓去，離開家裡，隨便去哪裡都行！這是妳目前所能爲我做的，最好的事了。」

第五十一章 禍不單行

茉莉換上外出服，照著辛西雅吩咐閃出門去。她拖著跟心情同等沉重的身軀一路蹣跚前行，走到不算太遠的田間駐足停歇。從小，這就是她尋求心靈慰藉獨處的所在。

她在樹籬旁坐了下來，把臉埋進雙手間，一想到辛西雅所面臨的窘境，她就難過得全身顫抖，因爲她實在半點忙也幫不上。她也不知道自己在那兒到底坐了多久，只不過當她再悄悄地走回自己房間時，發現已是午餐過後許久了。她對面的房門大開，辛西雅人已不在房裡。茉莉整整衣裙，走進樓下客廳。辛西雅和她母親神色凝重，兩人態度謹慎地坐在那兒。辛西雅一張臉有如石雕般，除去顏色之外只剩僵直，但她一逕做著手工，好像沒發生過什麼不尋常之事。而吉布森太太就不是這樣了，臉上明顯掛著淚痕，茉莉一走進來，她就抬起頭，用淡到幾乎看不見的笑容迎接茉莉。辛西雅則繼續手上的工作，彷彿沒聽見開門聲響，也沒感覺到茉莉的裙襬擦過她身邊。茉莉隨手拿了本書，並沒想看，純用來當作幌子好讓人以爲她有事做，藉以躲過說話的必要。

接著便是一長串的沉默。茉莉忍不住要懷疑是不是有人下了咒，教她們的舌頭都動彈不得。終於，辛西雅開口了，不過她得說上第二次才教人聽懂她的意思。

「我希望妳們二位都能知道，從今以後我和羅傑．漢利之間各不相干了。」

茉莉的書從膝上滑落地面，本人則張大嘴巴、瞪大眼睛，思索著辛西雅此言的意義。吉布森太太更受傷似的發著牢騷：「如果妳在三個月前，當妳還在倫敦的時候這樣說，我還比較能理解，可是現在根本一點意義也沒有。辛西雅，妳不是認眞的吧！」

辛西雅未接話，且在茉莉終於能說出話來時，臉上那堅決的表情也沒變。

「辛西雅，想想他吧！他會心碎的！」

「不！」辛西雅說：「才不會。就算他眞的心碎了，我也沒辦法。」

「鎭上那些閒言閒語很快會過去的！」茉莉說：「等妳自己把眞相告訴他，就——」

「我自己絕不會跟他提這件事。我對他的愛還沒有大到能夠把這丟臉事情告訴他，去請求他原諒的地步。對他坦承這件事，簡直就是——啊！我是怎麼樣也不會想這樣做的，雖說若有人可以傾訴，也許可讓自己好過些，而且請求別人原諒未必見得就是屈辱。我不知道！我只知道，清楚地知道，我絲毫不會改變心意——那——」她說到這裡稍停了一下。

「我想，妳可以不用再往下說了。」五秒鐘的沉默過後，她母親道。

「我受不了跟羅傑・漢利坦白這件事，還要請他諒解。我受不了我的形象在他心中有所折損，不管他當初是如何愚蠢地錯認我有多好。基於以上兩個理由，我寧願永遠不再見他的面，然而事實眞相卻是……我並不愛他。我喜歡他、尊敬他，但我永遠也不會嫁給他。我已經寫信告訴他了。這樣做對我而言不啻是種解脫，只要他收到信即可，另外我也寫信給漢利老爺了。能有這樣的解脫眞好！能再次感受到自由，眞讓人覺得舒暢，一想到要拚命努力符合我在他心目中的形象，我就覺得憂心。」她最後引用吉布森先生說過的話作結論——「免得他『看輕我的行爲！』」

然而，就在吉布森先生回到家吃完一頓沉默晚餐之後，她要求單獨和他在諮詢室裡談話。

辛西雅把好幾星期前對茱莉所說爲自己辯護的話，拿出來對吉布森先生再傾訴一遍。說完後，她告訴吉布森先生：「此刻，吉布森先生，我仍將您視爲朋友。我請求您幫我在遠方找個家，一個可以遠離我母親口中所有惡言和八卦的地方。也許將人們所提供的善意建言置諸腦後是不對的，但這就是我，我無法改變自己。您、茱莉，還有全鎭的人們，我簡直無法再在你們身邊待下去了。我想離開此地前往他方去擔任家庭女教師一職。」

「可是，我親愛的辛西雅，羅傑很快要回來了，到時候妳就有強力的靠山了。」

「媽媽還未告訴您，我已經和羅傑解除婚約了嗎？我今早給他寫信了。我也寫了封信給他父親，應該明天就會收到。至於寫給羅傑的信，我希望在他收到之前，我已經遠走他鄉了，或許會在俄羅斯也說不定。」

「無稽之談！你們之間的婚約也不是妳說解除就可以解除的，得經過雙方同意才行。妳這樣做不僅讓對方痛苦不堪，自己也無法得到自由。況且妳的信，他至少要一個月後才收得到。當妳冷靜下來思考時，一想到有羅傑這樣的人做丈夫，成爲妳有力的支柱，妳會很高興的。妳犯過錯，而且一開始的處理方式就很不高明——也或許是後續處理得不好。可是，妳總不會想要妳丈夫認爲妳是完美無缺的吧？」

「是的，沒錯，」辛西雅回道：「不管怎麼說，我在我愛人心中的地位必須是無可比擬的。對於羅傑，我實在是因爲不愛他，甚至連一點足夠讓我站在他面前坦承一切，向他說聲抱歉，像個孩子聆聽他訓誨、祈求他原諒的愛都沒有。」

「妳現在不就站在我面前，向我坦承一切、聽我訓話嗎？辛西雅！」

「是的，那是因爲和羅傑相比，我還更愛您。我經常這樣跟茉莉說。要不是已打算不久就要離開你們，我也不會說的。我可以知道這件事是否在您心中發酵，我從您的眼中就可以看到，我的本能就是能讓我知道。我有看穿周遭和我相關之人心思的本能。羅傑以他自己的標準來看待我，眞是讓我煩厭極了，我是無法達到他那等標準的，至終只得選擇放棄。」

「聽妳這麼一說，妳還是和他解除婚約好。」吉布森先生彷彿自言自語，「那可憐的小伙子！不過這對他未嘗不是好事一樁。他會熬過去的，他有顆善良而強壯的心。啊，可憐的老羅傑！」

辛西雅心中一度靈光閃現——想到羅傑的愛，刹那間又覺得寶貴難捨。不過她當然知道，伴隨著眞誠寶貴之愛而來的是不容懷疑的道德標準，她絕不是能讓羅傑滿意的人；想起自己曾犯過的錯，她也就不再留戀、毫無顧慮了。然而，在往事已成陳跡的後來，她曾想著，而且努力地探尋著那深不可測的奧祕，「如果當初不是這樣，結果將會如何。」

「妳還是再想想，明天再說吧！」吉布森先生緩緩說道：「妳犯的那些錯一開始皆僅是年輕女孩容易出現的錯誤，只不過到後來卻變成有意的欺騙了，我能諒解的。」

「您就不用麻煩去替我界定錯誤的種類了，」辛西雅苦澀地說：「我還沒有遲鈍到不辨是非的地步，我的苦衷是無人能理解的。至於我所做出的決定，我心意已決。羅傑可能得再過一陣子才會接到我的信，但他終究會收到的。此外，如同我所說，我也讓他父親知道了。這對他而言不會造成任何傷害！哦，吉布森先生，我想如果我能在不同的環境下成長，就不會有這麼一顆多愁善感又氣憤難平的心了。現在，不！請別費心！我不想聽道理，我受不了的。我一直以來所要的就是受到讚賞與崇拜，以及男人的好感。那些惡毒的八卦！她們對茉莉說的那些難聽話！哦，天哪！我覺得人生眞是悲哀。」她用雙手抱住頭，由內到外都疲憊不堪。

吉布森先生認為辛西雅目前處於身心俱疲的狀態，自己若再說些什麼，只會讓她情緒更激動，情況更糟糕而已。他離開諮詢室，把陰鬱地坐在客廳裡的茉莉叫過來。「去看看辛西雅！」他輕聲道，茉莉依言前去。茉莉溫柔地將辛西雅攬進懷裡，讓她將頭靠在自己胸前，就像母親撫慰著孩子。

「哦，我親愛的辛西雅！」她喃喃道：「我真的好愛好愛妳，親愛的辛西雅！」茉莉邊說，邊撫摸著辛西雅的頭髮，親吻著她的眼瞼。

辛西雅一直靜默不動，忽然間有個念頭閃進她腦中，她張開眼直視著茉莉，說：「茉莉，羅傑將來會娶妳！就是這樣準沒錯！你們兩個好——」

茉莉一聽，倏地用力推開她。「別亂說！」茉莉說，她又羞又氣，整張臉都紅了，「他今天早上還是妳丈夫呢！怎麼晚上就變成我的！妳把他當什麼了？」

「男人啊！」辛西雅笑道：「所以了，如果妳不讓我說他是移情別戀，那我乾脆用個新詞，說他是『努力尋求安慰』好了！」然而，茉莉對辛西雅的戲謔並未笑臉以對。就在此時，女僕瑪麗亞走進諮詢室，臉上表情甚是驚恐。

「老爺不在這裡嗎？」她像是不相信自己眼睛似的問道。

「不在！」辛西雅回答：「我聽到他出門去的聲音。不到五分鐘前，我聽到他把前門關上。」

「唉喲，這可慘了！」瑪麗亞說：「有個人從漢利家騎快馬過來，說是奧斯朋先生死了，漢利老爺要咱們家老爺馬上過去一趟！」

「奧斯朋・漢利死了？」辛西雅嚇了一大跳。

茉莉跑出前門，在暮色中尋找那位信差，一路找到馬廄場去。她看到黑色馬背上紋風不動坐著的信差，吉布森家僕人在靠近階梯處擺了燈籠，燈光下清楚可見馬兒嘴邊都起泡沫了，而一聽到經常造訪吉布森家那個風度翩翩又幽默迷人的英俊青年就這樣死了，僕人們都難掩驚愕與悲嘆。

茉莉走向馬背上的信差，其實那年輕人猶不可置信，正回想著自己離開漢利家時的情景。茉莉伸手撫摸著因快跑而皮膚濕潤溫熱的馬匹，此舉讓馬背上的年輕人回過神來。「小姐，醫生要過來嗎？」藉由微弱的光線，他認出了來者是誰。

「奧斯朋死了，是嗎？」茉莉低聲問道。

「恐怕是的——至少，他們是這樣說的。可是我騎得很快！也許還有機會也說不定。醫生要過來麼，小姐？」

「他出去了，我確定他們去找他了。我會自己去一趟。哦，可憐的漢利老爺！」她說罷，走進廚房，飛也似的在屋裡繞了一圈，想知道父親究竟上哪兒去了。僕人們也跟茉莉一樣，完全不曉得吉布森先生的行蹤。只有耳尖的辛西雅聽到前門關上的聲音，其他人包括茉莉在內，什麼也沒聽到。茉莉腳步飛快地衝到樓上客廳，吉布森太太正站在門口，納悶著屋裡上上下下不尋常的騷動。

「發生什麼事了，茉莉？孩子！妳怎麼一臉蒼白呢？」

「爸爸呢？」

「出去了。怎麼啦？」

「去哪兒？」

「我怎麼知道？我睡著了。剛才珍妮到樓上臥室來，這個珍妮啊，老是不在自己的工作崗位上，瑪麗亞就愛利用她。」

「珍妮，珍妮！」茉莉扯開嗓子大聲叫喚。

「別大吼大叫的——拉鈴呀！親愛的，到底怎麼了？」

「哦，珍妮！」茉莉在樓梯碰到正要上樓的珍妮，「誰找爸爸？」

辛西雅過來加入大家，她也想幫忙找出吉布森先生。

「這到底怎麼一回事？」吉布森太太說：「誰來說說話，回答一下好嗎？」

「奧斯朋．漢利死了！」辛西雅說道，甚是悲傷。

「死了！奧斯朋！可憐的傢伙！我就知道會這樣，雖然……哎，我果然沒錯。不過，他要是死了，吉布森先生也不能讓他起死回生呀！眞是個可憐的年輕人！不知道羅傑這會兒人在哪裡？他應該回家來。」

珍妮代替瑪麗亞進到客廳而挨了頓好罵，心頭上還亂紛紛的，連帶思慮也就不甚清楚，因爲客廳向來是由瑪麗亞負責。茉莉一連串連珠炮似的問題，卻根本問不出任何令人滿意的答案。她說有個男人到後門來——她看不清楚是誰，也沒問對方姓名——老爺似乎很急，只去拿了帽子。

「他不會去太久的，」茉莉思忖道：「否則定會交代行蹤。可是，哦！可憐的漢利老爺沒有人陪。」突然間，一個念頭湧現，她立刻付諸行動。「去告訴詹姆斯幫我準備側騎的馬鞍，去年十一月我才用過的。別哭了，珍妮，現在不是哭的時候。沒有人生妳的氣，快去吧！」

於是茉莉下樓，來到聚攏來的幾個女人當中。穿上外套和騎馬裙的她，眼睛顯出堅定神色，努力控制著顫抖不已的嘴角。

「啊，這眞是！」吉布森太太說：「茉莉，妳想做什麼？」

辛西雅一看立刻明白茉莉的打算，在茉莉準備出發時，俐落地幫茉莉整理衣裙。

「我要去一趟，非去不可。一想到他孤單沒人陪，我就受不了。爸爸一回來，肯定會到漢利家去，到時候若不需要我，我再跟著爸爸回來就是。」

茉莉聽見吉布森太太在後面絮絮叨叨地勸說，不過她並未停下動作。她得到馬廄場等詹姆斯把馬備好，而瞧見漢利家來的信差正吃喝著吉布森家僕人送上的食物和啤酒時，她心想這時怎還有人吃得下東西。茉莉的出現，顯然打斷了眾人原本七嘴八舌的討論及傳來傳去的問題與回答。她聽到了其中幾句：「就在糾結的雜草叢中」，還有「老爺根本不讓我們碰他呀，老爺像抱嬰兒一樣抱起他，途中得停下來好幾次，有一次老爺把人放在地上，仍緊緊地將他抱在懷中……那時我們大家都想，就由著他吧！所以沒人上前扶老爺或去扶屍體。」

「屍體！」——茉莉從不覺得奧斯朋已經死了，直到聽見這兩個字。她跟著信差疾馳在樹影幢幢的道路上，在他們爬坡而減緩速度、或放慢腳步讓馬匹略事休息時，這兩個字又在茉莉耳畔響起。她不斷重複念著這兩個字，彷彿想藉此將殘酷的事實塞進無法接受的意識中似的。而當他們來到沐浴在月光下寂靜無聲的屋宇——此時月亮已然升起，茉莉屏住呼吸，在那一瞬間她覺得自己似乎無法走進屋面對裡頭的景象。一盞昏黃燭光，粗糙地鑲嵌在銀亮月色間。

信差伸手往前指，這也是他從他們離開何陵福特後第一次開口說話。

「就在以前的育嬰室，他們把他放在那裡。老爺抱著他，到樓梯口就整個人崩潰了，於是大家把他放在最近的地方。那時老爺、羅賓森和我都在，大家七手八腳不知該怎麼辦才好，要等著醫生來。」

茉莉等不及那人下馬過來攙扶，逕自從馬鞍上跳下來。她整了整衣裙便毫不遲疑地往前走，不再去想眼前等著她的會是什麼。走在一度熟悉的甬道上，輕盈地登上樓梯，穿過一道道的門，終於來到育嬰室。她在門口停下腳步，傾聽著。裡頭是一片死寂。

她打開門。漢利老爺獨自坐在床沿，握著已死的奧斯朋的手，兩眼空洞地望著前方，茉莉進來了他連動都沒動，甚至連眼睛也沒眨一下。他早就知道事實了，醫生也沒有來，他多麼希望能夠擁有魔法，讓那個已死的年輕人恢復生命氣息。茉莉以最輕柔的腳步向他走去，連呼吸聲都壓到最低。她沒有說話，因爲不知道該說些什麼。她覺得漢利老爺對世上的醫術已不存盼望，既然如此，何必再去提到她父親，徒然解釋醫生的遲來呢？茉莉靜默不語在漢利老爺身邊站了片刻，接著乾脆坐在地板上，他的腳前。

也許她的在場能給他帶來一點安慰，不過，任何的話語盡成白費。他一定注意到她的出現了，只不過，他未明顯在意便是。他們就這樣坐在那兒，沒有交談，動也不動，他坐在他的椅子上，她坐在地板上；覆蓋在白布下已逝的奧斯朋是在場的第三個人。茉莉禁不住想，自己肯定打擾了這位父親的沉思了，他正盯著那張未完全覆蓋在白布下的平靜臉容直看。

對茉莉而言，時間從未像此刻這般找不到軌跡，沉默從未像此刻這般靜寂。她清楚聽到遠處有腳步聲走上樓梯，緩慢地逐漸靠近。她聽得出那並非她父親的腳步聲，然此刻她只盼望她父親的腳步聲響起。門外的腳步聲越來越近，終至在門口停了下來，門上響起了遲疑的敲門聲。坐在她身旁，高大而瘦削的老人爲這聲響顫抖了一下。

茉莉起身應門。是老管家羅賓森，他手裡端著一碗湯，用蓋子蓋著。「上帝賜福您，小姐，」他說：「讓老爺喝點湯吧。他從今天早餐後就沒碰過食物，這會兒都半夜一點了。」

羅賓森輕輕掀開蓋子，茉莉端著湯走回原先在漢利老爺身旁待著的地方。她沒說話，因仍不知該說什麼，也不知該怎麼勸一個憂鬱沮喪得出了神的老人吃點東西。然而，她還是舀起一瓢湯送到老人嘴邊沾沾他的嘴唇，彷彿他是生病中的孩子，而她是護士。不知不覺，老人吞下了第一瓢的湯。但在下一秒，他幾乎是哭嚷著出聲，險要打翻茉莉手中端著的湯。

他難過地指向床上，「他不會再吃東西了——永遠不會了。」接著撲向床上奧斯朋的屍體，伏在上頭哭泣。

他哭得那麼傷心欲絕，茉莉忍不住嚇得發抖，深怕他要跟著奧斯朋去了，深怕他的心就要碎了。老人不再聽她說話，無視於她的淚水，也無視她的存在，只兩眼空洞地望著窗外的月亮。就在他們兩人都渾然不覺的時候，茉莉的父親來到他們身旁。

「下樓去吧，茉莉！」她父親幽幽地道。茉莉起身時，她父親憐愛地撫摸著茉莉的頭，「到餐室去。」現在，她覺得自己的反應是可以自我控制的了。她一個人獨自走在灑滿月光的甬道上時，不禁因害怕而顫抖著。她似乎覺得自己會碰上奧斯朋，聽他解釋這一切：他怎麼會死，現在有什麼感覺、在想些什麼，以及希望她怎麼做等等。

她果眞聽話來到餐室，最後幾步路幾乎是害怕得小跑步起來，莫名其妙地害怕有人在後面追她。餐室裡擺著晚餐，有著明亮的燭光，羅賓森正忙把酒倒進較小的容器裡。茉莉眞想哭，要是能到某個靜謐處將心中澎湃洶湧的情緒都哭出來就好了，但是在那裡，她是無法這樣做的。她只覺異常疲憊，很想什麼事都不管。她一走進餐室就本能地坐進那張看起來可讓人好好歇會兒的皮製大安樂椅中，羅賓森把一只玻璃杯湊近她嘴邊，她立刻覺得生命的氣息又回來了。

「請喝，小姐，這是上好的馬德拉葡萄酒。您父親說您也沒吃多少東西。他是這麼說的，『我女兒也許得待在這裡，羅賓森先生。她還年輕恐會體力不濟，麻煩你讓她吃點東西，免得她累垮了。』這就是他所說的話。」

茉莉什麼也沒回應，也沒有精力去拒絕這番好意。

照著老管家的吩咐，茉莉把酒喝了，把東西吃了。之後，她要求老管家讓她一個人靜一靜，她坐回安樂椅中好好哭了一場，讓自己的心平靜下來。

第五十二章　漢利老爺的哀愁

感覺隔了好久，吉布森先生才從樓上下來。他走過來，背對著空蕩蕩的壁爐，約莫有一兩分鐘的沉默。

「他去睡了，」吉布森先生終於開口，「羅賓森和我兩個人把他弄回他房裡。不過在我要離開時，他叫住了我，要求我讓妳留下來。我眞的不知道——可是，在這種時候又不好拒絕。」

「我想要留下來。」茉莉說。

「眞的麼——眞是個好女孩。可是妳應付得來嗎？」

「哦，別擔心，我可以的。爸爸，」茉莉停了一下，「奧斯朋是怎麼死的？」她不可置信地低聲問道。

「心臟出了問題。如果我告訴妳，妳也聽不懂。我以前就注意到了，但在家裡最好別提這些事。我星期四看到他時，還覺得他的狀況似乎是長久以來最好的，我也是這樣跟尼可拉斯醫生說。不過，這些身體上的疾病會怎麼變化，往往讓人無法預測。」

「您星期四還看到他？您連提都沒提呢！」茉莉說。

「沒錯。我在家裡是不討論病患的，況且，我也不要他拿我當他的醫生看，我希望他當我是朋友。任何有關他健康狀況的警告，都只會加速悲劇發生而已。」

「這麼說來，他並不知道自己病得不輕。我的意思是：一發作起來就有可能要了他的命？」

「對，他完全不知道。他只有一直在觀察自己的症狀——事實上是越來越明顯的症狀。」

「哦，爸爸！」茉莉大爲震驚。

「我沒時間再討論這問題了，」吉布森先生繼續說：「而且，妳得徹底瞭解每個狀況，否則沒辦法下判斷。眼前所該做的事才是我們必須全力以赴的。今晚，妳就先留在這裡，不過也已經過了大半夜了，是吧？」

「是的。」

「妳得答應我，跟平常一樣上床睡覺去。也許妳會想，在這個節骨眼上不可能睡得著，不過，妳很可能一上床就立刻睡著。妳這年紀的人往往都是這樣。」

「爸爸，我想我得跟您說件事。我知道奧斯朋的大祕密，我曾嚴正答應過他絕不會說出去，不過，想起最後一次見到他時的情形，我想他一定是在擔心會發生這樣的事情。」茉莉說到這裡，忽然一陣鼻酸，忍不住哭起來，她父親擔心她會難過得崩潰。還好茉莉在轉瞬間控制住自己的情緒，抬起頭看著她父親滿腹狐疑的臉，並對他報以微笑，表示自己狀況良好。

「我也是迫不得已啊，爸爸！」

「好，好，我知道。妳繼續說。妳該上床睡覺去的，不過，怕是心裡藏了個祕密也難安睡。」

「奧斯朋已經結婚了，」茉莉說道，眼睛直視著她父親的臉，「這就是我所說的祕密。」

「他結婚了！胡說。妳怎麼會這樣想呢？」

「是他親口所說。事情是這樣的，那時我在漢利家圖書室看書，羅傑跑進來跟奧斯朋談奧斯朋他妻子的事。羅傑沒看到我，但奧斯朋看到了。於是他們要我保守祕密。我認為我並沒有做錯事。」

「現在先別想對或錯的問題了，趕緊說下去，把妳所知道的都告訴我。」

「我知道的也不多，一直到半年前，也就是去年十一月您上倫敦去替肯莫夫人看病。那天他到我們家來，把他妻子的住址寫給我，仍囑咐我保密。除了這兩次以外，從沒有任何人提起過這件事。我想上次他來的時候是打算多告訴我一些消息，只不過菲比小姐恰在那時來訪。」

「他這個妻子住在哪裡？」

「住在南部，靠近溫徹斯特。奧斯朋說她是法國女人，是個羅馬天主教徒，而且我記得他說她當過女傭。」茉莉補充道。

「啊！」她父親長嘆了一聲。

「還有，」茉莉繼續說：「他還說到有個小孩。現在，您知道我所知道的全部事情了，爸爸，哦——除了住址之外。我把它放在家裡一個安全的地方。」

顯然地，吉布森先生已完全忘了現在多晚，只見他坐了下來，將兩條腿伸長，把雙手放進口袋裡，開始努力思考。茉莉在旁不發一語，只沉默地坐著，她累得除了等待之外什麼事也不想做。

「好吧！」他終於開口，從椅子上一躍而起，「今晚只能這樣了，也許明天早上我可以想出什麼好辦法。可憐的小蒼白臉！」吉布森先生用雙手捧起茉莉的臉親了一下，「可憐又可愛的小蒼白臉！」說罷拉了鈴，告訴羅賓森吩咐女僕帶茉莉到下榻的房間去。

「漢利老爺不會太早起的，」待要離開，吉布森先生說：「這次的驚嚇讓他耗掉了太多的精力。把早餐送到他房裡，我十點以前會再過來一趟。」

他離開時雖然已經很晚，第二天仍信守承諾，準時到漢利家。

「茉莉，現在，」他說：「妳和我必須把我們所知道的事情告訴他。我不知道他會作何反應。他極可能因此覺得安慰，不過我也不敢奢望，但不論怎麼說，我們都得立刻告訴他才行。」

「羅賓森說漢利老爺又回房去了，擔心他會把自己反鎖在房裡。」

「沒關係。我來拉鈴，叫羅賓森上去告訴他說我在這裡等他，希望能跟他說說話。」

羅賓森傳回來的話是，「老爺謝謝吉布森先生的關心，但此時不便和吉布森先生見面。」他補充說：「等了好久，老爺才作出回應的，先生。」

「請你再上去一次，告訴他我可以在這裡等到他方便。」待羅賓森離開，吉布森先生轉頭對茉莉說：「那是騙他的，我十二點以前就得離開。不過如果我沒猜錯的話，他內心裡的紳士涵養是不好意思放我在這裡枯等的，用這個方法讓他出來比苦苦哀求他或跟他講道理都還有效。」

話雖如此，吉布森先生仍越等越失耐性，所幸他們已聽到漢利老爺的腳步聲在樓梯間響起。漢利老爺走得很慢，顯而易見是一副不情願的樣子。他走過來的時候幾乎像個瞎子般摸索著前進，一路抓著椅子、桌子維持住身體平衡，走到吉布森先生面前。他跟吉布森先生握手時並沒有說話，只低垂著頭，無力地擺動著手表示歡迎醫生的到來。

「我衰敗了，醫生。我猜這是天意。可是我眞難受啊！他是我的長子哪！」他說這話時像在說給陌生人聽，彷彿眼前的人完全不知道這些事情似的。

「茉莉在這裡。」吉布森先生自己也有些哽咽，邊說邊把茉莉推到前面。

「眞抱歉，我剛才沒看到妳。我現在心緒煩亂得緊。」他重重地坐在椅子上，彷彿忘了吉布森先生和茉莉還在那裡。

茉莉不知道接下來會怎樣。突然間她父親開口了。

「羅傑呢?」他說:「他不是快到好望角了嗎?」他站起身來,望向桌上擺著的一兩封尚未拆開的信,那是今天早上郵差送來的,其中一封是辛西雅的筆跡。茉莉和他同時瞧見了那封信。昨天到現在竟是如此漫長啊!然而,漢利老爺對他們的舉動或目光所向根本毫不在意。

「你會很高興羅傑盡快回家來的,老爺子。雖得花上幾個月時間,不過我相信他會盡快趕回來。」漢利老爺嘴裡低聲說了些什麼。茉莉他們父女倆拉長了耳朵聽,兩人一致認爲所聽到的是「羅傑不是奧斯朋!」

吉布森先生就他所聽到的話發表了一下意見,他說話的聲音很小,茉莉從未聽過她父親這麼小聲說話。

「對!我們都知道。要是羅傑能做些什麼,或是我能做些什麼,甚或任何人能做些什麼來安慰你就好了……但是,這並非人力所能爲。」

「醫生,我努力說服自己這是天意!」漢利老爺抬起頭看著吉布森先生,他總算看著他說話,說話時也比較有元氣了。「可是這箇中的苦絕非外人所能想像,眞的很難教人認命哪!」

他們都沉默了下來,漢利老爺自己率先打破沉默。「他是我的頭生子,是我的長子。而最後這幾年我們……」他泣不成聲,但努力控制住自己,「我們卻不像預期那樣成爲好朋友,我甚至無法確定——不確定他是否知道我有多愛他。」這會兒漢利老爺索性將心裡的悲苦淒涼大聲釋放出來。

「這樣反倒好!」吉布森先生低聲對茉莉耳語,「他會平靜下來的,別怕。到時再把妳所知道的事都告訴他。」

茉莉開始說了，連她都覺得自己的聲音拔高不自然，彷彿另外一個人在說話，雖然如此，她倒是口齒清晰。而一開始，漢利老爺根本沒打算聽。

「我在這裡的某一天，也就是漢利夫人病重的那時候，」這時可見漢利老爺喘息一下稍調整呼吸，茉莉繼續說著：「我待在圖書室裡，然後奧斯朋走進來。他說只是來拿本書，我就沒在意他，繼續看我的書。不一會兒，羅傑從鋪著石板的花園小徑越過敞開的窗扉進來。他沒瞧見坐在角落裡的我，直接對奧斯朋說：『這裡有封你妻子寄來的信！』」

說到這裡，漢利老爺甫全神貫注地豎起耳朵聽，這是他那哭腫了的雙眼第一次和別人四目交會。他焦急看著茉莉，嘴裡不停重複著：「他的妻子！奧斯朋結婚了！」

茉莉繼續往下說，「奧斯朋很生氣，因爲羅傑在我面前道出祕密，結果他們要我答應絕不會跟任何人提起這件事，甚至也不會再跟他們提到任何相關的隻字片語。所以一直到昨天晚上，我才跟爸爸說起這件事。」

「繼續說，」吉布森先生說：「把奧斯朋來訪的事告訴漢利老爺，就是妳告訴我的那些話！」

漢利老爺張大嘴巴和眼睛，緊盯著茉莉的嘴唇看。

「幾個月前奧斯朋到我們家來。他身體不舒服，想要見爸爸，可是爸爸出門去了，我一個人在家。我不太記得怎會聊到那件事上，不過那是自我們在圖書室之後，他第一次也是唯一的一次主動跟我提到他妻子。」茉莉看著她父親，彷彿在詢問他應否繼續往下說，透露她也所知不多的進一步消息。漢利老爺嘴巴乾得都僵掉了，不過還是努力地說出：「都告訴我吧，每件事。」

茉莉明白漢利老爺想要表達什麼。

「奧斯朋說他妻子是個好女人，他非常愛她。但她是法國人也是羅馬天主教徒，而且是個……」茉莉又看了她父親一下，「她以前當過女傭。就是這些了。此外便只有住址而已，我把它放在家裡了，奧斯朋寫下住址再交給我的。」

「好，好！」漢利老爺悲嘆道：「一切都結束了，都過去了，都成了一去不回頭的往事了。我們不會怪他的——不會的，只不過……我多麼希望他能親口告訴我啊，他和我同住一個屋簷下，心裡卻藏著這樣的祕密。現在我不覺得這有什麼好意外的，此後，再沒有什麼事好意外的了，因爲你根本猜不透一個人心裡到底想些什麼。結婚了這麼久！我們一直坐在一塊用餐，一塊生活。啊，我把一切事情都告訴他的！也許是說得太多了，因爲我把我的熱情和壞脾氣都毫無保留地呈現在他面前！結婚了這麼久！哦，奧斯朋啊！奧斯朋，你早該告訴我的！」

「是的，他早該說出！」吉布森先生說：「不過，我敢說他也很清楚你會多麼不喜歡他所做的選擇。就算如此，他也早該告訴你！」

「醫生，你有所不知，」漢利老爺尖銳地說：「你不知道我們之間是怎麼相處。我們既不跟對方說話也不信任對方。我常對他發脾氣，因他學業失敗又欠了一屁股債而對他生氣——他把這一切都往心裡擺。我不是要別人來介入和評斷我和我兒子們之間的事。還有羅傑，他也是！他也早就知情，卻什麼也沒跟我說！」

「奧斯朋肯定叫他不能說，就像他叫我要保守祕密一樣，」茉莉說：「羅傑也是身不由己。」

「奧斯朋就是這樣一個人，總是有辦法讓你服服貼貼，非得聽他的不可。」漢利老爺說道，囈語似的。「我記得——可是光記得又有什麼用？一切都過去了，奧斯朋沒有向我敞開心懷就過世了。我原本可以對他好些，我可以的。但他永遠不會知道了！」

「可是，從我們對他此生的瞭解，我們可以猜出他最大的心願是什麼。」吉布森先生說。

「是什麼呢，醫生？」漢利老爺心思敏銳地等著下一句話。

「他妻子的幸福無疑是他此生最大的心願了，不是嗎？」

「我怎知道那女人就是他妻子呢？你想他眞會娶一個輕佻的法國女傭爲妻嗎？這可能只是憑空捏造的故事而已。」

「別說了，漢利老爺。就算我不爲我女兒的誠實無僞挺身而出，也請你想想樓上房間裡躺著的奧斯朋——願他的靈魂與上帝同在。在你口不擇言說出詆毀他人格的話之前，請三思而後行。如果她不是他妻子，那她是什麼？」

「請原諒我，我不知道自己在說什麼。我在責怪奧斯朋嗎？哦，吾兒，吾兒——汝當信任老爸！當他還是個這麼點大的小男孩時，」說著用手比劃了高度，「總是叫我『老爸』的。我從不認爲他是個、是個我們現在以爲的人。願他的靈魂與上帝同在，你說得很對，因爲我確信他的靈魂就在那裡——」

「好！可是，老爺子，」吉布森先生試圖從語無倫次的漫天扯淡中拉回來，「回到他妻子這個話題——」

「還有他的孩子。」茉莉悄聲對父親說，雖然聲音很小，仍教漢利老爺給聽進耳裡。

「什麼？」漢利老師忽然轉過頭去面對著她，「孩子！妳怎麼從未提過？有孩子嗎？爲人夫也爲人父，而我卻一直被蒙在鼓裡！上帝保佑奧斯朋的孩子！我說，上帝保佑那孩子！」他態度虔誠地站起身，其他兩人也本能地跟著站起。他雙手合掌彷若在祈禱，然後精疲力盡地跌坐椅上，對茉莉伸出手來。

「妳是個好女孩，謝謝妳。告訴我該怎麼做，我會照做。」最後那句話是對吉布森先生說的。

「我也跟你一樣不知該如何是好，老爺子。」吉布森先生答道：「我相信這件事千眞萬確，想必有證明文件，而在我們採取任何行動之前，也許應當先把它找出來。最可能找到文件的地方就是奧斯朋的文件夾了。你可以立刻去找找看嗎？茉莉該跟我回去了，她須找出奧斯朋寫給她的住址，而你得忙著——」

「她會再回來嗎？」漢利老爺急切地問：「你——她不會讓我一個人在這裡吧？」

「不會的！她今天晚上就會再來了，我會想辦法送她過來。她沒帶換洗衣物，而且把我的馬給騎走了，我需要牠。」

「駕馬車去，」漢利老爺說：「需要什麼就拿。我會吩咐下去。你也會回來，對吧？」

「不！恐怕沒辦法，今天不行。我明天再來，早早過來。茉莉也許今天晚上就過來了，還是看你要她什麼時候來都行。」

「今天下午——今天下午三點我派馬車到你家門口。沒有你們其中一人在旁邊陪我，要我看奧斯朋的文件，我是不敢的。但在得知進一步消息之前，我也無法安歇。」

「我離開前會請羅賓森把奧斯朋的桌子搬進來。還有，我走之前，你可以給我一點午餐吃嗎？」

就這樣，一點一滴的，吉布森先生多少讓漢利老爺吃了東西。也因爲如此，漢利老爺恢復了點體力，精神狀況亦逐漸好轉，吉布森先生希望漢利老爺能利用茉莉不在的時候展開文件搜尋工作。

看著茉莉離去身影，漢利老爺流露出相當不捨的神情，教人看了忍不住鼻酸。不知情者，興許還以爲茉莉是漢利家千金而非吉布森先生的女兒。

遭受喪子之痛的老人既羸弱、心碎卻又體貼，他縮回椅子裡，似乎再也無力站起。即便如此還是叫喚著正要離去的吉布森父女，他用一種彷彿事後才回想起的語調說：「請代我向柯派屈克小姐問好，請告訴她，我拿她當自家人看待。我很樂於再見到她，只是要在——在喪禮之後，在那之前我想是沒辦法見她。」

「他還不知道辛西雅決定跟羅傑分手。」當他們騎著馬離開時，吉布森先生說：「我昨夜跟她談了很久，她心意已決。根據妳媽媽所說，倫敦那邊有另一個男子跟她求婚，不過她拒絕了。我還真高興沒有人來跟妳求婚，茉莉，哦，除了還沒開始就被我驅走企圖的卡克斯先生以外，好久以前了，姑且讓他列名在求婚者的名錄上好了。」

茉莉累得沒力氣跟父親開玩笑，簡直懶得理他。她還忘不了奧斯朋蓋在白布下的景象，雖說有白布覆蓋著，他身體的輪廓卻那麼鮮明——那是奧斯朋哪！她父親一騎上馬就換了個情緒，馬上將陰暗的房子拋諸腦後，著眼於不同的景緻。這會兒，他發現了自己的錯誤。

「得有人給奧斯朋．漢利太太寫封信才行，」他說：「我相信她有權利接受這個稱謂。不過，姑且不論她於法有沒有據，我們都得讓她知道她孩子的爹已經死了。這信由妳來寫，還是我來寫呢？」

「哦，還是請您寫吧，爸爸！」

「那就由我來寫好了。不過她也許曾從死去的丈夫那裡聽過妳這個朋友，我的話嘛，就只是一個鄉下醫生。她很可能沒聽說過我的名字。——但如果非我不可，那我只好寫了。」吉布森先生不喜歡就這樣被認定爲執行此任務的當然人選，不過既然非做不可，他也不再多說。

當他們越來越靠近小鎭，茉莉的目光穿過群樹瞥見顯現身影的教堂時立刻開口：「看見何陵福特教堂的尖塔了！我想，我永遠也不會去到看不見這教堂尖塔的地方。」

「胡說！」他說：「世界之大，任妳遨遊。況且，新奇的鐵道越鋪越長，正如他們所說他們會——我們也會『全世界走透透』。套句菲比・布朗寧的那句『坐在茶壺裡旅行』吧，布朗寧小姐還特別用粗體字寫下這樣的警句給洪波小姐呢！我是在米勒家聽說的。洪波小姐生平頭一遭搭火車去旅行，莎莉・布朗寧擔心得很，寫了一串原則前去指導，而她的忠告之一就是別坐在鍋爐上。」

茉莉果如她父親所預期的笑了一下。

「我們總算到家了。」

吉布森太太熱烈歡迎茉莉回家。原因之一，辛西雅現在很不得人疼；原因之二，茉莉剛從新聞焦點處回來；原因之三，吉布森太太其實挺喜歡茉莉，看到她那副臉色蒼白、心情沉重的樣子，甚是捨不得。

「最終竟然有這樣的結局，眞讓人匪夷所思！但也不是完全出乎我的意料，而且眞教人生氣，辛西雅竟然選在這個時候跟羅傑分手！她如果能再多等一天就好了！漢利老爺怎麼說呢？」

「他悲傷得快崩潰了。」茉莉答道。

「眞是的！我早料到他不是很喜歡他們訂婚。」

「誰訂婚？」

「怎麼，當然是羅傑和辛西雅。我問妳，漢利老爺接到辛西雅的信說要和羅傑分手時，他是怎麼說的？」

「哦——我弄錯了。漢利老爺今天還沒拆信，不過我在他的信件中看到辛西雅的信了。」

「我說他是故意的。」

「我不知道。他不會這樣的。辛西雅在哪裡呢？」

「到外面花園裡去了，很快會進來。我叫她去給我跑跑腿辦些事情，遭她斷然拒絕了，說她不進城裡去。我怕她把自己的事情處理得一團糟，偏偏她又不讓我插手。我討厭以唯利是圖的眼光來看事情，可看到她就這樣把兩個好對象拱手送出，實在令我忍不住生氣。先是韓德森先生，現在是羅傑・漢利。漢利老爺有沒有要羅傑做些什麼？他是不是想，因為奧斯朋的死，羅傑應該快點回來？」

「我不知道。漢利老爺整個心思繫在奧斯朋身上，彷彿除了奧斯朋之外其他人都被遺忘了。不過，也許奧斯朋已經結婚而且有個孩子的消息，可以讓他的精神振奮起來。」

茉莉對奧斯朋已婚這件事深信不疑，全沒想到她父親根本沒有跟他妻子或辛西雅透露這件他在前一天晚上才得知的消息。因為吉布森先生對奧斯朋的婚姻是否完全合法尚存一絲疑惑，確定事實情況之前並不打算告訴妻子。茉莉這麼一說，引得吉布森太太高聲道：「妳說什麼，孩子？結婚！奧斯朋結婚了。誰說的？」

「唉呀，糟糕了！我不應該說的，我今天眞是夠蠢啦。是的，奧斯朋結婚很久了，不過漢利老爺直到今天早上才曉得。我認為這件事對他有正面的影響，可是，我不知道到底會怎麼樣。」

「誰是奧斯朋的妻子？結了婚卻還以單身漢身分出現在大家面前，這眞是太過分了！倘若有哪樣事可讓我翻轉對一個人的好印象，那就是『表裡不一』這回事了。他妻子是誰？好孩子，把妳所知道的都告訴我。」

「她是法國人，是羅馬天主教徒。」茉莉說。

「法國人！她們最會迷惑人了，而他又長期待在外國！妳說有個孩子——是男孩還是女孩？」

「我不知道，我沒問。」

茉莉心想此刻不宜多言，還是只回答問題就好。事實上，她心裡七上八下的，因爲父親打算暫時當成祕密的事全教她給說出來了。恰在那時，辛西雅一臉漫不經心、無精打采的表情進來，茉莉立刻注意到她。辛西雅猶未聽說茉莉已回來的消息，直到走進來看到坐在椅子上的茉莉才知道。

「茉莉，親愛的，是妳嗎？雖然妳離開不到二十四小時，我對妳的熱切期盼卻有如盼望五月花朵。妳一不在，這房子裡的一切都不一樣了！」

「她也給我們帶來不尋常的消息呢！」吉布森太太說：「我幾乎要說妳昨天給漢利老爺寫信一事讓我感到高興了，儘管那時我還嫌妳太急躁哩，因爲如果妳今天才寫的話，他可能會認爲妳是基於什麼利益相關的考量才跟羅傑分手。啊，奧斯朋早在無人知曉的情況下結婚了，而且還有個孩子。」

「奧斯朋結婚了！」辛西雅驚叫道：「他完全像是個單身漢。可憐的奧斯朋！他那麼風度翩翩，看起來年輕又稚氣呢！」

「對呀！他騙得我們好慘，我絕不輕易原諒他。妳們想想！如果他來追求妳們其中一個，而被追求的那個就和他談起戀愛來的話可怎麼辦！他極有可能讓妳、或茉莉心碎的。就算他已經死了，我也不能原諒他，可悲的傢伙！」

「哦，不過，既然他從未追求過我們其中一個，我們也沒人和他談戀愛，我想我只替他覺得難過而已，畢竟要隱藏那種事也是很折磨人的。」辛西雅想起自己在隱藏祕密那段時間所受的煎熬，不禁有感而發地道。

「言歸正傳，他那孩子想必是個兒子，將來就是漢利家的繼承人，羅傑只好繼續過以往的窮日子了。茉莉，妳得幫個忙讓漢利老爺知道，辛西雅寫那封信時還不知道奧斯朋過世的消息，明白嗎？我可不想讓他認爲我們家的人是這麼俗氣。」

「辛西雅寫的信，他連看都還沒看。哦，請讓我把那封信原封不動地拿回來吧！」茉莉說：「再給羅傑寫封信——現在立刻寫，這樣它就能跟上一封信同時寄達。等他到好望角時會收到兩封信，請務必讓他知道哪一封才是最後的決定。妳想想看！他也會同時收到奧斯朋的死訊——兩件壞消息一起！辛西雅，寫吧！」

「不，親愛的，」吉布森太太說：「即便辛西雅想寫，我也不允許她這樣做。寫信去跟他重新訂婚！不管怎麼說，辛西雅現在只能等待，等他重新求婚再說，我們得先看看事情演變。」

然而，茉莉不斷地用哀求目光看著辛西雅。

「不！」辛西雅堅決地道，但並非只是意氣用事，「不可能的。昨天晚上是我幾個星期以來心情最舒暢的時刻。我很高興重獲自由，我怕極了羅傑的善良和博學，以及其他種種。我做不來他那樣，而且也不相信我會跟他結婚，就算他不知道有關我的傳言，或就算他聽到風聲來要求我給個解釋，然後在懊悔難過之下重新開始。我知道他無法讓我快樂，加上我相信他跟我在一起不會快樂。就是這樣了，與其嫁給他，我寧願去當家庭女教師。跟他在一起生活，我怕會無聊死了。」

「跟羅傑在一起會無聊！」茉莉自語道。「這樣是最好的，我明白了，」茉莉音量拉高，「只是我很替他難過，非常難過。他那麼愛妳。妳再也找不到像他那樣愛妳的人了！」

「說得好！但我總得試試看。何況太多的愛對我來說是一種壓力，我喜歡把愛分散出去，不局限在某一個人身上。」

「我才不相信妳說的，」茉莉應道：「不過我們別多作討論了。就這樣吧！我還以爲——我還肯定以爲妳今早一定覺得很難過。不過現在，我們就別再提了。」她靜靜地坐著，眼睛凝視窗外，內心痛苦翻騰著，她不知自己因何如此。她說不出話來，可能因爲一開口，眼淚就會掉下來吧！一會兒之後，辛西雅悄悄來到她身後。

「茉莉，妳在生我的氣。」辛西雅低聲道。

茉莉倏地轉過頭去。「我！這件事根本與我無關。妳自己拿主意便成，妳認爲對的就去做。我相信妳做得對。我只是不想討論而已，不想再有任何意見。我眞的累了，親愛的，」她現在的語氣格外溫柔，「而且不知道自己在說些什麼。如果我說了讓妳生氣的話，別放在心上。」

辛西雅沒有立刻接腔，過了片刻她才說：「妳想，我要不要跟妳一起去，幫妳的忙？我應該昨天就跟妳一起去的。妳剛剛說他還沒看我寫的信，所以他應該還不知道。再說，妳知道我一向都很喜歡奧斯朋的。」

「我不知道，我作不得主，」茉莉答道，不甚清楚辛西雅這麼說的動機，也許只出於一時的衝動。「請爸爸做決定好了。依我看，也許妳別去較妥，但不要以我的意見爲準，我純是以我的看法去忖度妳的立場而已。」

「對我而言，妳的意見和其他人的一樣寶貴，茉莉。」辛西雅說。

「哦，那樣的話，妳就別去了！我今天因爲熬夜關係累壞了，不過明天就會好。妳要問我的話，我不會想讓妳在這種嚴肅的時刻進到那屋子裡去。」

「很好！」辛西雅回應道，半是高興一時衝動的建議被拒絕了，她嘴裡這麼說，心裡也這麼想。「畢竟，我這樣去是有點唐突。」

於是，茉莉獨自搭馬車回漢利家，心想著漢利老爺不知怎樣了，他會在奧斯朋的文件夾裡發現些什麼，還有他是否有所覺悟等等。

第五十三章 意外的新生兒

茉莉乘坐的馬車一到漢利大宅，尚未完全停穩，羅賓森就迫不及待幫她把門打開，告訴她漢利老爺正焦急等著她回來。漢利老爺不止一次地叫羅賓森到樓上窗口張望，從那裡可看見從何陵福特通往漢利村的小路，他要羅賓森注意是否看到熟悉的馬車出現。

茉莉直接走進客廳，漢利老爺正站在客廳中央等著。事實上他很想出去接她，唯礙於嚴肅禮法限制喪家主人不宜如平常一樣出入其宅，只得作罷。他手裡拿著張紙，興奮激動地顫抖著，身旁的桌子上散放著四、五封拆開的信。

「全都是眞的，」他開始說：「她是他的妻子，而他是她的丈夫——這是正確的正字！可憐的小子，可憐的小子！他付出了這麼大代價。上帝啊！希望這不是我的錯。妳讀讀看，親愛的孩子，這是張證書，是正式的證書——奧斯朋・漢利與瑪莉艾咪・薛赫，這裡有教區教堂和其他一切必要條件，也經過見證。哦，啊！」他坐進最近的一張椅子，嘆息著。

茉莉拉過另一張椅子在他旁邊坐了下來，閱讀起法律文件，其實她根本不需要這些文件來證明他們結婚的事實。看完之後，茉莉將文件握在手中，等著漢利老爺說出連貫的句子，因爲他不斷地用不成字句的話在自言自語。

「是，是！都怪我脾氣太拗。她是唯一可以……她走了後，我情況就越糟糕了。更糟！更糟！看看演變成什麼結果了。他怕我——沒錯，很怕，事實就是害怕。他都往心裡放，擔心和憂慮要了他的命，他們可能把它稱爲『心病』。哦，我兒，我兒，我現在終於懂了。可是爲時已晚，眞教人心痛……太晚了，太晚了呀！」他用雙手摀住臉，身體前後搖動，搖到茉莉看不下去。

「桌上有幾封信，我可以隨意拿來看嗎？」若是在其他時候，茉莉絕不會問這種問題，此刻她實在受不了眼前這位老人悲苦的沉默了。

「好啊！拿去看，拿去看，」他回道：「也許妳可以看懂。我只能這裡、那裡的挑幾個字看。我把信放在那裡就是要給妳看的，看完再告訴我上面都寫了些什麼。」

當時茉莉的法文閱讀能力尙屬一般，信上所寫的法文在拼字與書寫方面亦都不算上乘，她還是盡力把它翻譯成通順的口語英文，一些表達愛意的單純句子與對奧斯朋的順從（彷彿奧斯朋的意見是無可懷疑的）、對他的目標的信心。如許言簡意賅的簡單句子，令漢利老爺感動到心坎裡去。茉莉的法文閱讀能力若更好些的話，興許就不會翻譯得這麼感人，斷斷續續中更顯純摯。信上許多句子都用英語表達，急切想知道內容的漢利老爺在等著茉莉回來時便先讀過了。每次茉莉一停頓，漢利老爺就說：「繼續。」他仍用手遮住臉，只在每次停頓的空兒重複這兩個字。

茉莉起身去找更多艾咪寫的信，在檢查那些文件之時，發現一紙特別的證明。

「這張受洗證書，您看過了嗎？」她大聲念出來，「羅傑・史蒂芬・奧斯朋・漢利，爲奧斯朋・漢利與其妻瑪莉艾咪之子，生於六月二十一日，一八三幾年——」

「給我看。」漢利老爺講到聲音都破了，伸出渴盼的手，「『羅傑』是我，『史蒂芬』是我可憐的老父親，他沒活到我這把年紀就過世了，可在我印象中總是老父的形象。他最疼愛奧斯朋了，那時奧斯朋很小。那孩子還記得我父親史蒂芬眞是太好了。對呀！那就是他的名字。而奧斯朋——奧斯朋・漢利！一個奧斯朋・漢利死了，正躺在他自己的床上，可另一個、另一個我卻從未見過，也從未聽說過——直到今天。他一定得叫做奧斯朋，茉莉。他也叫做羅傑呀……已經有兩個『羅傑』了，只不過其中一個是百無一用的老人，而『奧斯朋』已經沒有了，所以非得把這小傢伙取名爲奧斯朋不可。我們把他帶到這裡來，給他請保姆，讓他母親在她自己的國家過安穩日子。我要把孩子留下來，茉莉，妳發現這件事，眞是個好女孩。奧斯朋・漢利！如果上帝恩待我，那孩子可以跟我在一起，我不會對他發脾氣，絕對不會！他不會怕我。哦，我的奧斯朋，我的奧斯朋，」他突然大叫出來，「你知道我每次對你說狠話的時候，內心有多痛苦、多難過嗎？你知道我有多愛你嗎？我兒——我兒啊！」

從這些書信的內容看來，茉莉很懷疑孩子的母親會像漢利老爺所希望那樣順應要求和孩子分離。雖說信上遣詞用字不太高明（茉莉當然不這麼想），字裡行間卻處處充滿了溫柔的愛。不管怎麼說，茉莉在此時還是不宜提出心中疑惑，就讓漢利老爺先把心思放在這意外發現的小羅傑・史蒂芬・奧斯朋・漢利身上好。她讓老人家轉移目標想想有關這新發現的所有細節，好讓他有事情做。茉莉陪著他一起想，兩人憑著有限的訊息展開了無限想像，給事實披上了件令人期待不已的外衣。

就這樣，白天過去了，夜晚緊接來臨。

他們打算邀請參加喪禮的人不多，只有吉布森先生，以及長期和漢利老爺在生意上有合作往來的人。吉布森先生於翌日上午早早來到漢利家，茉莉把心中疑難問題告訴他，這個問題不時浮上茉莉心頭，不過顯然地，漢利老爺連想也沒想過。

怎麼告訴這個獨居於溫徹斯特附近已成了寡婦的女人，她失去了什麼？她日夜盼望等待著的若沒出現也該捎信來的人，此時已成了躺在床上動也不動的逝者。一封用外國字跡寫的信已送入郵局，艾咪的信總是寄到那間郵局去，等著轉送漢利家，只是漢利家此刻無人知曉。

「總得讓她知道才行！」吉布森先生沉思著。

「是啊！當然，」他女兒說：「怎麼做呢？」

「晚個一兩天告訴她應該沒關係。」他看起來似乎不想太快解決難題，「這消息會讓她焦急不安，可憐的女人，然後各種沮喪的負面想法接著全出現在她心頭——其中的確包括了部分事實。這是種準備。」

「準備什麼？至少我們得做些什麼吧？」茉莉說。

「當然，妳說得沒錯。何妨讓妳寫信，說奧斯朋病得厲害。明天寫好了。我敢說他們一定每天寫信，這樣一來她有三天沒收到信了。妳就告訴她說妳是怎麼知道這一切，我想她必須知道他病得很重，『情況危急』——妳可以用這字眼，如果覺得必要的話。然後，隔天再把全部事實告訴她。漢利老爺那邊我一點也不擔心，喪禮過後我們會討論有關孩子的事情。」

「她不會答應和孩子分開的。」茉莉說。

「唉！沒見到她之前我無法下定論，」她父親回應：「有些女人會願意。當然每個人情況不同，妳說的不無可能。不過她到底是外國人，可能想要回國和自己親人在一起。是去是留，事情還有得討論。」

「您老這樣說，爸爸，可是關於艾咪和孩子這件事，我想您會發現我說得對。我從她來信中判斷的，而我覺得我的看法正確。」

「妳也總是這樣，女兒。時間自會告訴我們答案。所以，那孩子是個男孩嘍？吉布森太太特別交代我問清楚，這樣一來她就會對辛西雅取消和羅傑的婚約一事大爲釋懷了。其實這樣做對辛西雅和羅傑都好，只是羅傑可能得花好一段時間才能想通。他們兩人並不相配。可憐的羅傑！昨天給他寫信時眞讓我不知從何下筆啊，誰知道他會有什麼反應呢？罷了，罷了！日子總得過下去。不過，我倒挺高興這個小男孩成爲漢利家繼承人。我才不願意看到漢利家產業被愛爾蘭那邊的漢利家族拿去，據奧斯朋以前告訴過我，他們是第二順位繼承人。現在，去把給那可憐法國女人的信寫一寫，茉莉，這樣可以令她有點心理準備。接下來，就算是替奧斯朋做的，我們得想想看該怎麼做才能避免讓她過度驚嚇。」

對茉莉而言，寫這種信相當不容易，她寫了又撕，撕了又寫，兩三次後才算寫出差強人意的一封信。最後她想不管了，寫不出更好的來了，索性寫完後連看都不再看一次便直接寄出。第二天的信好寫多了，她簡短而溫柔地將奧斯朋的死訊告訴艾咪。然當第二封信寄出去，茉莉卻覺得自己的心在淌血——艾咪太可憐了，失去丈夫又孤身在外國，和丈夫的距離那麼遠，連丈夫死了、埋葬了都沒有在場，對於自己摯愛的人，竟連想刻在心版上的最後一面都沒法見到。她滿腦子都是素未謀面的艾咪，那天跟漢利老爺聊天時便不斷地提到艾咪。他安靜聽著各種揣測，可一提到關於小孫兒的事情時，簡直要失控了。不過他倒是不再使用「那個法國女人」來稱艾咪了，他其實也沒惡意，畢竟在他心裡，艾咪等同法國女人：應該是愛說話、愛表現，有雙黑眸且可能嘴唇塗得紅紅的。

話雖如此，他仍寧願把艾咪當兒子的未亡人尊重、看待，也不願去把那種愛魅惑人的女性刻板印象加諸在她身上。他打算支付她生活費，將之視爲一種責任的延伸，但他希望，且相信自己永遠都不必跟她見面。他的法律顧問、吉布森或任何人，和每個人都應該照會，好形成防守陣式來防止這種危險發生。

就在此時，一名嬌小有著灰瞳的年輕女子正要出發，不是去見他，而是去見他已死的兒子——她仍相信她的丈夫還活著。她知道此舉違背丈夫心意，可是他從未在她面前顯露出任何令人憂心的健康狀況，而正在享受燦爛生命的她，連想都沒想過死神已然攫取了她摯愛之人的生命。他病得很重，情況危急，那陌生女孩的來信是這樣說的，然而艾咪曾照護過她的父母，清楚生病是怎麼一回事。法國醫生還曾稱讚她是個技術優良、手指靈巧的好護士，而且就算她是全世界最笨拙的女人好了，他不是她的丈夫、是她的一切嗎？她不是他的妻子、是——他的枕邊人嗎？其實根本無需太多理由，艾咪吞下盈滿眼眶的淚水，收拾起一只小皮箱，乾淨俐落打包完畢，隨即整裝上路。她身旁地上坐著孩子，已快兩歲了，艾咪總是給予孩子溫煦的笑容和慈愛的話語。

艾咪的女僕愛她也信任她，女僕因年紀關係有較多的人生歷練。艾咪說出她丈夫生病了。對主人家庭狀況有著清楚瞭解的女僕知道艾咪目前身分還不是被承認的妻子，然而她對於女主人當機立斷、不管丈夫身在何方都要回他身邊去的決定，有著無限的同情與憐憫。來自於本身的經驗，使女僕提醒艾咪千萬小心，這樣的提醒並未讓艾咪對未知的行程望而卻步。女僕苦口婆心勸說艾咪將孩子留下來。「我希望他能留下來陪我，」她說：「旅行時帶著小嬰孩，只會讓爲人母親的妳徒增困擾。再說孩子的父親也在病中，可能不方便見孩子。」

對此，艾咪回答：「妳希望他能留下來陪妳，但我更希望他能陪著我。一個女人絕不會嫌她孩子是累贅（事實並非如此，但主僕兩個女人卻都對此深信不疑），如果先生身體狀況不錯，他一定會高興聽到可愛的兒子在牙牙學語。」於是艾咪在最近的路口等著坐上通往倫敦的晚班驛馬車。女僕瑪莎以監護者與朋友身分送行，將健壯活潑的小男孩抱給艾咪，看到馬匹的小男孩高興得笑出聲來。

艾咪在倫敦幫傭時曾結識一位開內衣店的法國女人，這次艾咪決定不去旅館而到那間店待上幾個鐘頭，等著搭隔天一大早的伯明罕驛馬車。她在店裡沙發上或睡或臥，因為那兒沒有多餘的床，不過，店主波琳太太適時給他們母子送上好咖啡與熱湯。之後，母子倆便又啓程深入廣大的未知世界，想趕快見到「他」是他們唯一的心願。艾咪記起奧斯朋曾講過下驛馬車的站名，他總在那裡下車然後走路回家。但艾咪只記得站名的發音卻不知拼法，於是她清楚而緩慢地念出站名，並用不甚流利的英語向警衛問何時能到達那裡？回答是下午四點不到就可以到達。唉！誰也不知道在這之前會有什麼事發生！只要能跟他在一起，她便無所恐懼，她確信自己能讓病重的他活過來的。然而，在她能悉心照料之前，要是他有個什麼三長兩短，那該怎麼辦呢？她在許多方面都頗能幹，儘管其他方面單純得有如孩童。她打定主意在菲佛縣一下馬車就趕路。她下車時雇了幫手拿行李，問人怎麼去漢利大宅。

「漢利大宅！」旅店主人說：「啊！漢利大宅出事了。」

「我知道，我知道。」她應著，一等行李被放進獨輪手推車啓行，就上氣不接下氣地緊跟在後，懷裡抱著熟睡中的健壯孩子。她全身血脈沸騰，眼睛幾乎無法分辨景物。像她這樣一個外國人，拉下了百葉窗的房子對她而言根本看不出差別，她心裡焦急，卻又不知該往何處去。

「小姐，後門還是前門？」旅店裡的腳夫問道。

「最近的。」她回答。而前門即是距離他們「最近的門」。

陪漢利老爺坐在陰暗客廳裡的茉莉，正把艾咪寫給丈夫的信翻譯成英語念給他聽。其實漢利老爺不太在意信的內容，反倒是茉莉甜美又沉穩的聲音使漢利老爺覺得平靜安慰。可如果茉莉同一封信念第二次時用了不同字眼，漢利老爺就會抓她錯誤，像小孩子常做的那樣。

這個下午漢利家非常安靜，如同一連幾天以來，家中的每個僕傭就算非必要也是踮著腳尖走路，壓低聲音說話，且盡其所能地輕柔開關門。最靠近他們、最明顯的活動聲響來自樹上的白嘴鴉，牠們聒噪聊起春天該做些什麼事。這等寂靜中，前門的門鈴聲乍然響個不停，響得整個屋子都聽到了——拉鈴的是隻充滿活力渾不知大宅裡哀愁的手。正在讀信的茱莉停了下來，和漢利老爺驚訝又陰鬱地對望著。也許他們同時想到可能是羅傑突然回來了（這是不可能的），但沒有人說話。他們聽到羅賓森在毫無準備的情況下趕緊前去應門，大家豎起耳朵聽著，可是什麼也聽不到。接著有些動靜了，老管家打開門時，看到一位懷中抱著小孩的少婦站在那裡。她一口氣念出準備好的英語句子：「我可以見奧斯朋・漢利先生嗎？他生病了，我知道。可是，我是他妻子。」

羅賓森向覺得事有蹊蹺，長久以來僕人們也都有所懷疑，原來是這麼一回事。他早就猜測可能有這麼一個女人，可是當她站在那裡詢問可否見她死去的丈夫（她以為他還活著的），剎那間，羅賓森腦中一片空白。他無法告知事實，只能讓門開著，跟她說：「請稍等，我馬上回來。」接著便走進客廳，他知道茱莉在那裡。他驚慌地快步直走到茱莉身旁，對她低語著什麼，茱莉一聽隨即臉色發白。

「怎麼了？怎麼了？」漢利老爺問道，激動得不住顫抖，「不要瞞著我，我受得住。羅傑——」

茱莉和羅賓森都以為老人家要昏倒了，但他站起身走到茱莉身邊。懸著一顆心，比任何事都教人難受。

「奧斯朋・漢利夫人來了。」茱莉說：「我寫信告訴她說她丈夫病重，所以她就來了。」

「她似乎還不清楚到底發生了什麼事。」羅賓森說。

「我不能見她——我不能見她。」漢利老爺整個人縮到角落去，「茱莉妳去吧？妳去好了。」

茱莉在那兒站了少頃，拿不定主意。她也很想躲到旁邊去。羅賓森插嘴了，「她看起來很虛弱，懷裡還抱著個健壯的小孩，至於他們從哪裡來我倒是沒多問。」

就在此時，門輕輕地打開了，身材嬌小的灰衣女子出現在他們面前，彷彿隨時可能因懷中孩子的重量而不支倒地。

「妳是茱莉，」她說道，一時間未看到漢利老爺，「就是寫信給我的那位小姐——他有時會提到妳。妳會讓我見他的。」

茱莉沒應答，只不過在這樣的時刻，眼神足可傳達出讓人意會的嚴肅訊息。艾咪領會了茱莉的意思，她所能說的只是：「他不——哦，我的丈夫——我的丈夫！」她的手臂癱軟了，身體搖晃著，懷中的孩子大聲啼哭著伸出雙手求助。就在艾咪昏倒在地之前，孩子的祖父過來將孩子一把抱起。

「媽媽，媽媽！」小男孩用法語叫道，掙扎反抗著要回到倒在地上的母親身邊。他抗拒得如此用力，漢利老爺只好放他下來，男孩立刻爬向那看起來毫無生氣的身體。茱莉抱著頭坐在他們後面，羅賓森則忙著拿水、取酒，招喚女僕幫忙。

「可憐的女孩，可憐啊！」漢利老爺嚷道，彎下腰看著她，對她所承受的痛苦不禁落下淚來，「她還這麼年輕，茱莉，她一定深愛著他。」

「那當然！」茱莉順口接道，正忙解開艾咪戴著的帽子，幫她把破舊但修補得乾淨整齊的手套脫下來。艾咪露出柔順豐厚的黑髮，映襯出一張慘白純真的臉，一雙小巧美麗而膚色略紅的手除了結婚戒指之外別無飾物。男孩小手抓住艾咪的一根手指，不停在她身邊磨蹭，可憐地哭喊著，越哭越大聲，「媽媽，媽媽！」隨著孩子愈益急切地哭求，艾咪的手動了一下，嘴唇也抖動著，半恢復了意識。她沒張開眼，斗大淚珠卻不住地從睫毛底下滑落。茉莉扶起她的頭靠在自己胸前。

他們試著讓她喝點酒，她別過臉去，但水，她倒是沒有拒絕。就是這樣了。最後，她試著說話。「帶我到幽暗的地方去，」她說：「讓我一個人靜一靜。」

茉莉和女僕合力抬起將她帶到大宅裡最好的一間臥房放在床上，把罩上燈罩的燭火吹熄。艾咪就像一具無知覺的屍體，任由他人做他們的事，她既不幫忙也不抗拒。不過，就在茉莉離開房間到門口站崗前，清楚聽見艾咪對她說話：「食物——麵包和牛奶——給孩子。」

然當他們送來食物，她卻連碰都不碰，只不發一語地轉過頭面對著牆壁。倉促中，小男孩留給了羅賓森和漢利老爺，基於某些未知緣故但可算爲最幸運的理由，他不喜歡羅賓森的紅臉和粗粗的聲音，於是展現出對他祖父的青睞。茉莉來到樓下時，發現漢利老爺正餵小男孩吃東西，臉上表情是近些日子以來最祥和的。小男孩不時暫停吃麵包、喝牛奶，說幾個字、帶點動作以表示對羅賓森的不喜歡，此舉只逗得老僕人發笑，對受孫子青睞的漢利老爺來說尤感歡喜。

「她動也不動地躺著，既不說話也不吃喝。我甚至覺得她也沒在哭。」茉莉不等漢利老爺問起便主動陳述，因漢利老爺所有心思全集中在小孫子身上，根本顧不得提問。

羅賓森插進話來，「迪克・韋華是旅店裡的腳夫，他說她搭的那班驛馬車是清晨五點從倫敦出發的，同車乘客們說她在路上以爲其他人沒注意，偷偷哭了好一陣子，而且都沒一起下車吃東西，只有休息時餵小孩子。」

「她累壞了，我們得讓她休息。」漢利老爺說：「我想，小傢伙睡在我懷裡就好。上帝保佑他。」

茉莉趁此時偷偷溜到外面，派人送消息到何陵福特給她父親。因爲茉莉心中對這不幸的陌生人充滿了憐憫，不確定自己應該怎麼處理眼前事件。

不時上樓探看艾咪的情形，茉莉心想她也沒比自己大多少，此刻她人就睜著眼躺在那兒，動都不動，死了一般。茉莉輕柔地給艾咪蓋好被子，不時傳遞出友善的信息，目前她所能做的也只有這樣了。漢利老爺簡直完全被小男孩給迷住，但茉莉最關注的還是這位母親，她不僅喜愛結實健康的勇敢小傢伙，更欣賞對他無微不至地溫柔呵護的母親，只消從孩子的身體以及他身上穿的每一吋衣服就可看出母親用心。

後來，漢利老爺低聲說：「茉莉，她不像個法國女人，對吧？」

「我不知道，我不知道法國女人是什麼樣子的。人們總說辛西雅像法國人。」

「她看起來也不像幫傭的吧？我們姑且不談論辛西雅，她都那樣對待我家羅傑了。唉！喪禮之後，我的腦子一可以恢復思考，就想著怎麼做才能讓羅傑和辛西雅幸福快樂，甚至打算讓他們立刻結婚。誰知竟然來了這麼封信！我從來沒想過要辛西雅當我們家媳婦，眞的。但羅傑似乎很喜歡她呀，羅傑向來很少說自己要什麼的。不過現在一切都結束了，我們就別再提她了。或許像妳說的，她比較像法國人而不像英國人吧！我倒覺得那可憐的女人是個好女人。我希望她交到朋友，也好有人照應——她應該不到二十歲吧！我本還以爲她會比我那可憐的兒子大呢！」

「她是個溫婉美麗的人，」茉莉說：「可是、可是有時候我覺得，她好像熬不過去。她躺在床上動也不動，我眞擔心她會死掉。」一想到此，茉莉忍不住輕聲啜泣起來。

「不會的，不會的！」漢利老爺說：「人沒這麼容易心碎而死。雖然有時我眞希望如此，可是日子總得過下去，就像聖經說的『凡事皆有命定』。我們會給她最好的照顧。在她身體恢復到可以旅行之前，我們不會要她離開的。」

茉莉心想，對於讓艾咪離開一事，漢利老爺似乎頗爲篤定。而且她幾可確定他想留住孩子。也許在法律上他也有權利這麼做，但是，孩子的母親會同意嗎？無論如何，她父親有辦法解決的。在茉莉心中，父親見多識廣且經驗豐富——他會有辦法的。她期盼、等待著父親的到來。

時值二月天傍晚，小男孩在漢利老爺臂彎中熟睡。漢利老爺無限愛憐地抱著他，直到臂膀發酸了不得已才將他放上沙發，即那張漢利夫人在世時常坐的黃色紮實大沙發。她總倚著靠墊，半躺臥在沙發上歇息。自漢利夫人過世後，那張沙發一直擺在角落，淨成了單用來塡補空間的家具。曾幾何時，沙發上再現人影，有如古典義大利圖畫中小天使模樣的小人兒正在沙發上酣睡。

漢利老爺看著睡在沙發上的孩子，憶起了自己的妻子。他心想著她，開口對茉莉說：「她要是看到這幅景象會有多快樂呀！」

茉莉卻以爲他說的是樓上躺著的年輕寡婦，因爲茉莉第一個念頭想到的「她」是艾咪。眼前，似在許久期待之後，終於傳來了第一聲讓她精神爲之一振的響聲——她父親輕快敏捷的腳步聲響起。

吉布森先生隨即走進了只靠壁爐中閃動火光照明的屋裡。

第五十四章 茉莉派上用場

騎著馬在春寒料峭中奔走的吉布森先生，下馬走進漢利家，他邊走邊搓著快凍僵的雙手。茉莉從父親眼神判斷，早有人將漢利大宅裡所發生的事情全告訴他了。不過他什麼都沒說，僅直接走向漢利老爺打招呼，等著漢利老爺主動開口。

漢利老爺正在書桌上摸索著，不一會兒找到了一支小蠟燭點上，未多說話。接著，他給老友打了個手勢交代跟著他走。他輕手輕腳地把吉布森先生帶到沙發旁，讓老友看看熟睡中的小男孩，如許小心翼翼，唯恐燭光或任何聲響吵醒他的孫兒。

「啊！好個漂亮的小男孩，」吉布森先生說道，馬上回到壁爐旁，速度快得超乎漢利老爺所料。「他母親也在這兒，我聽說了。我們得稱她爲『奧斯朋．漢利夫人』，對吧？眞是教人同情的女人哪！來到這個家對她而言無疑是件傷心難過的事，因爲我聽說，她來時還不知道奧斯朋的死訊。」他並未特別對著漢利老爺或茉莉說，所以也沒有特別要誰來回答。

漢利老爺開口回應：「是啊！她相當震驚。她正在樓上最好的房間休息。我想請你去看看她，吉布森，但願她會同意。看在我那可憐的兒子分上，我們得給她最妥善照顧才行。我眞希望奧斯朋能看到他在沙發上安睡的兒子。我知道他根本不敢讓我曉得這一切，可是，他應該瞭解我的，應該明白我只是在說狠話而已，其實沒那等狠心。不過這一切都已成過去，如果我太過分了，就祈求上帝寬恕我吧！我已經遭到報應了。」

茉莉越來越替樓上的年輕母親感到心急。

「爸爸，我覺得她病得厲害呢，也許比我們所想的還糟糕。您可以立刻上去看她一下嗎？」

吉布森先生跟著茉莉上樓去，漢利老爺也跟在後面，心想正是自己該盡責任的時候，且還對克服了想留在小孫兒身邊的欲望而跟著他們上樓，感到相當滿意。他們走入艾咪被送進來的房間。她躺在那兒，紋風不動，姿勢跟剛被送進來時一樣。她的眼睛睜開著，未見淚水，只直勾勾盯著牆看。吉布森先生跟她說話，但她並不回答，他拉起她的手把脈，她亦毫不在意。

「立刻拿點酒來給我，還有，吩咐人準備牛肉茶。」他對茉莉說。

然而，當吉布森先生試著將酒餵進她嘴裡時，側躺著的她無所反應，任憑酒沿著嘴邊流下枕頭。吉布森先生倏地起身走了出去，而茉莉則拉起那毫無生氣的手撫摸著。漢利老爺一語不發，沮喪地站在旁邊，眼見這麼一條年輕的生命此時奄奄一息，心裡抑忍不住悲慼，心想她和奧斯朋之間一定相愛甚深。

吉布森先生一步兩階梯，快速回到樓上，懷裡抱著半醒的小男孩。醫生並不在意將男孩從睡夢中吵醒，當然也不介意聽到他啼哭幾聲。他注視著躺在床上的年輕母親，一聽到孩子的聲音，她開始全身抖動。他把孩子放在艾咪背後，孩子開始撒嬌地向母親靠得更近，艾咪轉過身來將孩子攬進懷裡，發出慈母的聲音溫柔哄著撫慰孩子。

不管這是出於艾咪的習慣、本能或是思考後的動作，對吉布森先生來說都是個難得的機會，他趁艾咪尚有一絲意識，用法語跟艾咪說話。這是他得自小男孩用法語叫「媽媽」的靈感。在目前艾咪大腦一片混亂之際，法語對她而言是最清楚的語言。事實果眞如此——只是吉布森先生沒想到那也是她被使喚，學著服從命令的語言。

剛開始時吉布森先生說得有點生硬，後來就越說越流利了。起先艾咪只是簡短回答，但回答逐漸加長，有時候吉布森先生還能趁機餵她幾滴酒，後來甚至可以讓她吞些有營養的東西。茉莉還是第一次聽到父親用這麼溫柔加憐憫的聲音跟人說話，不免覺得吃驚，雖然他們說話的速度太快，茉莉無法完全聽懂他們在說什麼。

後來，待吉布森先生再沒有什麼能做的事情之後，他們便再度回到樓下。他將艾咪告訴他的，包括這段路的旅程以及一些他們不知道的事情，都說給漢利老爺和茉莉聽。她的倉促出發，不顧奧斯朋禁止仍執意回這個家來，過度的焦慮、破碎的夜晚、旅途的疲憊，終讓她在聽到噩耗後不支病倒，而吉布森先生對她身體狀況的後續發展依舊不敢掉以輕心。她回答吉布森先生問題時，經常出現不著邊際的情形，爲此吉布森先生常得努力將她拉回現實。不過，吉布森先生也因此預測她的身體會再出現其他毛病，那天晚上就在漢利家待到很晚，以便和漢利老爺及茉莉一起安排幾件事情。就艾咪狀況來看，唯一讓他們感到寬心的就是，她明天（舉行葬禮的日子）可能會不省人事。情緒波濤翻攪下過了一天而顯得疲憊不堪的漢利老爺，想到十二小時之後即將面臨的痛苦試煉，覺得自己似乎撐不下去了。他雙手抱頭坐著，拒絕上床睡覺，尤不願去想到他的孫兒——不到三個鐘頭以前，他在他眼裡還是至寶呢！

吉布森先生交代女僕某些在照顧艾咪時的注意事項，並堅持要茉莉上床睡覺去。但茉莉求父親讓她在這個重要時刻熬夜。他回答：「好了，茉莉，妳瞧，如果漢利老爺願意乖乖聽話，事情是不是就好辦多了。他再耽溺在自己的情緒中，只會更加焦慮而已。不過，他會這樣自是因爲痛苦不已之故，只好由他去。可是接下來幾天，妳可有得忙了，現在非得去睡覺才行。我眞希望在看每件事情時都能夠像看到妳的當務之急般清楚。要是當初沒讓羅傑出外晃蕩就好了——他自己也會這樣想的，那令人同情的傢伙！我有沒有告訴妳，辛西雅十萬火急到她柯派屈克叔叔家去了？我猜她現在寧願到她叔叔家去，也不想到俄國當家庭女教師了。」

「我確定她當時是相當認眞的。」

「是啊，是啊！此一時，彼一時也。我毫不懷疑她當初的決心。只不過，避開眼前這令人不愉快的『時』與『地』是她的主要目標，柯派屈克叔叔的家恰可滿足她此刻需要，比起俄國冰天雪地的寒宮來得好太多了。」

讓茉莉轉移注意力，這正是他的意圖。茉莉忍不住想起了韓德森先生，他的求婚，以及接著而來的一切暗示。她想著，期待著——她期待著什麼？還是她睡著了嗎？在把這一點弄清楚之前，她已沉沉進入夢鄉。

在那之後，難熬的幾天就在單調的擔心憂慮下度過，因爲似乎沒有人想到茉莉會在奧斯朋・漢利夫人病情如此嚴重時離開漢利大宅。不過，茉莉的父親不再讓她忙著看護工作，漢利老爺給了吉布森先生「空白支票」，他便雇請兩名有效率的醫院護士來照顧不省人事的艾咪；至於茉莉，她得接受專業指導才能給予艾咪在照護與飲食上更好的幫助。此外，小男孩也無需茉莉照顧，漢利老爺巴不得他只跟自己一個人要好，況且亦已經指派一名女傭照料。只是，漢利老爺仍需要「傾聽者」，可讓他在無法不說出對逝去愛子的思念以及對愛子之子的鍾愛，甚至在憂心艾咪不知何時才能康復而陷抑鬱極想要發抒情感時，有個人可以聽他傾訴。相較於辛西雅，茱莉在言詞上稍嫌失色，但她有顆眞摯的心，心之所繫都是人們需要的眞性情。眼前，她只希望漢利老爺別將艾咪視爲他與他孫兒之間的阻礙——漢利老爺的確是這麼想的。他也不是沒看到事實，心裡誠然也清楚得很。然而，他跟自己胸中微弱的良心交戰著，不斷重複地說眼前要耐心等待。其實只有他一個人欠缺耐心等待。他常說一等艾咪病情好轉，身體完全康復之後就必須離開漢利家，偏偏除了他以外根本沒有誰認爲艾咪會把小孩留下，獨自離開漢利家。

茱莉曾問過父親一兩次，她是否該跟漢利老爺說一下，讓他知道要送走艾咪有多困難，到底她是絕不可能同意放棄孩子，諸如此類的事。吉布森先生卻只答道：「先等等吧！只待時機成熟，上天自有安排的。」

茱莉頗得老僕人們愛戴，應算好事一樁，這是由於她常常自我控制得當，相當約束自己。其實，她父親是她背後的靠山也是原因之一。此外，他們也發現茱莉從來不會去考慮自己的舒適方便或快樂與否，她多半就是順從別人的意思。如果漢利老爺發現茱莉爲了配合別人有多麼委屈自己，必會暴跳如雷。不過茱莉自己倒沒多想過，她純是拚命想幫助別人，做好父親每日來看診時所交代的任務而已。也許吉布森先生忘了該給自己女兒留點時間喘息，茱莉總是很好使喚且從不抱怨。

話說奧斯朋．漢利夫人如護士們所說的「甦醒」過來，她柔弱得像個初生嬰兒般躺著，恢復了意識，燒也退了。而就在那一天過後，當屋外春天的花朵正綻放著蓓蕾、小鳥們正愉悅地唱著歌，茱莉忽然跟她父親提說，她感到難以言喻的疲累加上頭痛欲裂，整個人似乎快不支倒地了。

「先停下手邊的工作，」吉布森先生湧現一陣不捨的痛苦，自責不已，「過來這邊躺一下，背對著光。我去去就來。」說罷，快步出去找尋漢利老爺。他走了好長一段路，終於在麥田裡找到了漢利老爺，有幾個婦人正在那兒割草。跟在漢利老爺身旁的小孫兒，不時因為田間小路凹凸不平，結實的小身體無法保持平衡而抓著爺爺的手指頭。

「哦，吉布森，病人情況怎麼樣了？好多了呀！眞希望我們可以讓她到戶外走走，天氣這麼好。她要是能出來活動一番，身體肯定會大有起色。我以前就常要求我那可憐的兒子出來走走。也許我讓他覺得煩，可就我所知，清新的空氣無疑是讓身體健壯最有效的方法了。不過，對她而言也許是另一回事了，畢竟不在英國出生的，英國的空氣對她可能沒什麼用吧！再說，如不是回到自己家鄉，可能身上的疾病無法痊癒。嗯，這樣看來，不論她是哪裡人，還是早點回去較好。」

「這我不知道。我開始覺得我們該讓她在這兒住下了，我想這是最適合她的地方。不過，我不是爲了她的事來找你的。我可以請你派馬車給我家茉莉乘坐嗎？」說到最後幾個字時，吉布森先生似乎略帶哽咽。

「當然，」漢利老爺回道，放下孫兒。他把小孩子抱在懷裡許久了，這會兒要專心跟吉布森先生說話。「我說，」他開口道，伸手抓住吉布森先生的手臂，「怎麼啦？別苦著一張臉，說話呀！」

「沒什麼，」吉布森先生急促地道：「不過就是我想帶她回家，讓我可以看著她而已。」說完便轉過身往大宅走去。然而，漢利老爺將麥田和割草的人都拋在後面，趕忙追上吉布森先生。他很想說話，心裡卻像塞滿了什麼似的，一句話也說不出來。最後，他終於開口：「我說吉布森，你家茉莉就像我的女兒一樣，我猜是因爲我們讓她太操勞了。她的身體該不會有什麼問題吧？」

「我怎麼知道！」吉布森先生回話態度近乎粗暴。不過，此時漢利老爺完全能理解這樣的脾氣爆發，絲毫不以爲意，只是在回到大宅之前兩人都一語不發。之後趕緊吩咐準備馬車，他站在一旁黯然神傷地看著僕人將馬匹套上，頓覺得茉莉不在，自己肯定六神無主，不知如何是好。他心想，直到此刻他才曉得茉莉多重要。唯眼前的他選擇保持沉默，此舉讓向來有話就說、有氣就發且情緒都寫在臉上的他，讓眾人看見了他正努力控制自己，這對他而言實是値得稱讚的行爲。吉布森先生攙扶著勉強擠出笑容而眼淚快要掉下來的茉莉坐上馬車，此時漢利老爺就在旁邊站著，然後上前一步親吻茉莉的手。當他試著道謝並祝福她時，竟開始崩潰痛哭。等他冷靜下來，便只聽得吉布森先生號令馬車出發了。

茉莉就這樣離開了漢利家。她父親不時騎著馬靠近馬車窗口，和茉莉輕鬆愉快地對話。來到距何陵福特僅兩英里之處時，吉布森先生讓馬加快速度，輕快地跑過馬車窗戶，舉起手對茉莉送了個飛吻。他先行回家幫茉莉打點好一切，待茉莉抵家，吉布森太太已在等著她了。吉布森先生對於茉莉返家下了一兩項清楚的指示。吉布森太太因爲兩個女兒都不在家，覺得挺寂寞的，一看見茉莉回來甚是高興。

「啊！我可愛的茉莉，這眞是出人意料的驚喜。今天早上我才跟妳父親說，『你想，我們茉莉什麼時候才能回來呢？』那時他也沒多說——他總是這樣，妳知道的。不過，我確信他打算給我來個驚喜。啊，妳看起來有些……我該怎麼形容呢？我記得有首美美的詩曾經寫道：『哦，叫她白皙，而非蒼白！』所以，我們就說妳是『白皙』好了。」

「妳別管『白皙』還是『蒼白』了，得趕快讓她回房裡好好睡個覺休息一下才行。妳在屋裡不是放了幾本沒營養的小說嗎？那倒是可以讓她盡快進入夢鄉的好材料。」

直到看著茉莉在光線調暗的屋裡靠臥沙發斜躺下來，手裡拿了本書在看的樣子，吉布森先生才離開茉莉。他領著妻子出去，吉布森太太走到門口時轉身送給茉莉一個飛吻，臉上露出百般不願地被丈夫拖走的表情。

「好了，海雅辛西，」他拉著妻子走進客廳，對她說：「茉莉需要多點照顧。她操勞過度，而我眞是個笨蛋。就是這樣了。我們得盡可能別讓她憂慮擔心——我也說不準她是不是要生病了，眼前這種狀況，眞是！」

「可憐的孩子！她看起來不像是累垮了。她與我有些相似，感情太豐富了，對她而言反倒是種負擔。好在她回家來了，我們盡量讓她看到笑臉就行。這一點我倒挺有把握哦，你最好把你那張苦瓜臉收起來，親愛的，再沒有什麼比周遭一堆憂愁嚴肅的臉更令病人不舒服的了。我今天收到辛西雅寄來令人愉快的信。她柯派屈克叔叔當眞對她太好了，簡直當女兒看待，給她難得的音樂會入場券。還有，韓德森先生也去拜訪，儘管以前她曾拒絕過他的求婚。」

在那一瞬間，吉布森先生心想，要讓他妻子高興還眞容易，拋給她一個愉快的想法，讓她畫個美夢的大餅就行。反觀他自己，眼見自己女兒氣息奄奄地躺在沙發，不曉得會否是將大病一場的前夕，要他收起苦瓜臉實在不容易。不過，他向來是一旦決定該怎麼做就會馬上進行的人，猶且明白「有些人得警戒，有些人得去睡，世界因而運轉不墜」①。

他對茉莉的擔心果然成眞，不過並非嚴重大病也非急症，故無立即性危險，只是變成長期磨耗她體力的狀況，使她體力一天不如一天。到後來，吉布森先生甚至開始擔心茉莉得當一輩子的病人了。對吉布森太太來說，家裡沒什麼大不了的事情好告訴辛西雅，她寫給辛西雅的信向來報喜不報憂，像是「季節轉換讓茉莉人不大舒服」或「茉莉在漢利家做了太多工作，近日正在休息」這種無關痛癢的敘述，完全沒提到眞正狀況。但那時，按照吉布森太太的說法則是，若透露太多茱莉的情形只會教辛西雅擔憂罷了，會讓辛西雅在倫敦玩得不愉快，而話說回來，其實也沒什麼好說的，因爲每天的情形都差不多。然就從那一天起，事情變得不一樣了：海芮小姐只要一有空便會過來陪茱莉坐坐，起初這有違吉布森太太的意願，後來她反倒非常樂於見到這樣的事——基於她自身的考量。

在吉布森太太慫恿下，海芮小姐給辛西雅寫了封信。事情是這樣的，有一天，海芮小姐探望茱莉後，在吉布森家客廳裡小坐片刻，她開口道：「說眞的，克萊兒，我常上你們家來，而且總是待上不算短的時間，我想也許該開始做點手工才好。姊姊瑪莉的賢慧影響了我呢！我來給媽媽做個小腳凳好了。我想給媽媽驚喜，所以如果在這兒做，她就絕對不會知道了。只不過，在這可愛小鎭上找不到用來搭配成三種顏色的金珠珠，而在何陵福特，又有誰可爲我上山下海找尋我所需要的東西呢？我確定，最能搭配的珠珠——」

「我親愛的海芮小姐！您忘記辛西雅啦！您想想，能有機會替您做點事，她會多高興啊！」

「眞的嗎？那她可有得事做、有得高興的了。可是請記得，這是妳替她答應的。她也幫我買些毛線好了——哎，我還眞好哩，給人這麼多高興的事做。話說回來，妳認爲我眞的可以寫信託她幫我辦事？瑪莉和艾格妮絲這時剛好都不在倫敦——」

「我確信她會很高興哦。」吉布森太太說道，心裡想著要是辛西雅在柯派屈克先生家接到海芮小姐來信，顯示她跟貴族人家有所交情，臉上就更添光彩了。於是她將柯派屈克家住址給了海芮小姐，海芮小姐果然依言去信辛西雅。信上先是致歉一番，然後便提出待辦事項，接著因爲不知道辛西雅對於茱莉的狀況一無所知，海芮小姐在信上寫道：「我今早去看茱莉。去了兩次才見到她，因爲她病弱得除自家人之外，什麼人都沒辦法見。希望她可以趕快好起來。可是我去看她時，總覺得她一天比一天虛弱，我怕吉布森先生也爲她擔心不已。」

就在這封快信寄出的第二天，辛西雅沉著鎮定地步進自家客廳，彷彿才離開家不到一個小時。吉布森太太正打著瞌睡，仍以爲自己在看書。她陪了茉莉大半個上午，現在是午餐過後，也早早給過茉莉晚餐，她想該是可以歇會兒的時候，才正打起瞌睡，辛西雅就進來了。

「辛西雅！親愛的孩子，妳怎麼冒出來？妳到這兒做什麼呢？嚇我一大跳！我的心怦怦怦直跳，難怪我一直擔著顆心。妳到底回來做什麼？」

「爲了您所說的『擔心』哪，媽媽！我都不知道呢，您從未告訴過我茉莉病得多嚴重。」

「胡說八道──請原諒我這麼說，親愛的，可是這眞的是胡說！茉莉的病只因爲情緒緊張引起，吉布森先生都這麼說了。一種神經系統的發燒嘛！唉，這就是想太多造成的結果，況且她已經有起色了。妳實在犯不著因爲這樣離開妳叔叔家。關於茉莉的事，是誰告訴妳的？」

「是海芮小姐。她寫信給我，要我幫忙買毛線──」

「我知道，我知道。可是妳也該明白，海芮小姐向來喜歡誇大其詞。我當看護當得快累垮了都沒在說。也許妳回來了終究也算好事一樁，親愛的。現在妳得到樓下餐室吃點東西，然後告訴我在倫敦的點點滴滴。對了，到我房間去，還不要進妳房間，茉莉對聲音很敏感的！」

辛西雅吃著東西時，吉布森太太不斷發問。「還有，妳嬸嬸她的感冒好了沒？海倫呢，身體還滿好的吧？瑪格麗特還和以前一樣漂亮嗎？男孩們都在哈洛念書吧，我猜。還有，最得我疼愛的韓德森先生，怎麼樣了呢？」問到最後一個問題時，吉布森太太盡量表現自然，唯仍難掩聲調上的轉變和迫切的語氣。辛西雅沒立即作出回答，她氣定神閒，態度從容地給自己倒了杯水，然後才說：「嬸嬸身體健康。海倫好得很，瑪格莉特很漂亮。男孩們都在哈洛，而據我所知，韓德森先生身體也很健康，因爲他今晚會到我叔叔家用餐。」

「小心，辛西雅。看妳把那片桑葚派切成什麼樣了，」吉布森太太語氣裡透著不悅，雖不致因辛西雅的動作生氣，但這也不失爲發洩脾氣的出口。「我實在想不到妳竟然這樣無預警地跑回來。妳叔叔、嬸嬸肯定氣炸了，我敢說他們以後再也不會邀妳去了。」

「正好相反，一等我確定茉莉沒事，我就要回他們家。」

「『確定茉莉沒事』？妳聽說的純屬胡說，再說我看妳留下來也無濟於事。我得告訴妳，照顧她是我的日常任務，白天如此，晚上甚至起來好幾次呢。因爲吉布森先生都會起床察看茉莉有沒有好好吃藥，於是我就被吵醒了。」

「茉莉恐怕眞是病得不輕？」辛西雅問。

「是啊！從某方面來說沒錯，但另一方面就不是了。我稱之爲『沉悶』，而非一般所謂的疾病。沒有立即性危險，只不過日復一日，每天情形都差不多。」

「要是我早一點知道就好了！」辛西雅嘆道，「您認爲我現在可以進去看她嗎？」

「我先進去幫她準備一下。妳會發現她比先前好多了。啊！吉布森先生來了！」

吉布森先生聽到聲音，走進客廳。辛西雅覺得他看起來老多了。

「妳回來了！」他說著，走向前跟她握手，「啊，妳怎麼回來的？」

「搭驛馬車。我不知道茉莉病得這麼厲害，要不然便早回來。」她眼裡充滿淚水。吉布森先生很感動，再次握了握她的手，嘴裡喃喃地道：「妳是個好女孩，辛西雅。」

「她聽了海芮小姐的誇大其辭，」吉布森太太說：「就直接回來了。我給她說，這麼做眞是有夠蠢的，因爲茉莉現在好多了。」

「是有夠蠢的。」吉布森先生重複著妻子的話，卻對辛西雅微笑。

「但比起做聰明事的聰明人，做蠢事的蠢人有時還較討人喜歡。」

「我倒覺得蠢人跟蠢事都惹我煩，」他妻子應道：「不過，既然辛西雅回來了，既回之則安之吧！」

「說得好，親愛的。現在，我要跑上樓看我女兒，把這好消息告訴她。妳稍等幾分鐘再上來。」

後面這句是對辛西雅說的。

茉莉剛見到辛西雅時高興得流下淚來，然後兩人親密地擁抱對方，女孩間深沉的愛盡在不言中。有一兩次茉莉開口道：「眞讓人高興。」不過都沒力氣再往下說。這五個字所產生的效果卻深深烙印在辛西雅心中，她回來得正是時候，此時的茉莉正需要些新鮮的刺激，猶且又有熟悉的人跟她分享新鮮事。辛西雅的世故讓她曉得何時該多話、何時該沉默、何時該歡笑、何時該憂傷，恰合茉莉心情多變的需求；她也專心傾聽茉莉說話，永不厭倦——就算不是眞的，至少外表看來如此。茉莉總重複說起她在漢利家那幾天有多難過、多沮喪，他們家中那種哀痛逾恆的景象深印在她腦海裡，久久揮之不去。辛西雅很能理解痛苦記憶必須藉由不斷重複發洩以紓解壓力，要是不說出來，只會積聚成沉重的負擔，終致引發疾病。所以她從不曾像吉布森太太那樣只會跟茉莉說：「妳已經跟我講過了，親愛的。我們來聊點兒別的吧！」或是「我眞的不能讓妳沉浸在痛苦的思緒中。打起精神來，年輕就是歡喜快樂。妳還年輕，理當歡喜快樂。有篇著名的演講就是這麼說的，只不過我記不起篇名叫什麼。」

於是，在辛西雅回來之後，茉莉健康進步神速。儘管仍是個病人，有許多事不能做，但她還是得以駕著馬車出去享受美好的天氣，到底最需要照顧的是她敏感易受影響的情緒。全何陵福特的人除了她的好之外，先前的閒言閒語早就都不記得了，大家對這位熱心助人的醫生女兒讚譽有加。布朗寧小姐和菲比小姐甚至覺得能比其他人早兩三個星期去看望她，實是倍感榮幸；固德芬太太，鼻子上掛著眼鏡，爲了茉莉親自精心料理食物；陶爾莊園送來書籍、溫室種植的水果、新奇漫畫和珍奇稀有的禽鳥。而經常尊稱吉布森先生爲「醫生」的成群樸實農民送來自家栽種的菜蔬，期望「小姐能早日康復」。

最後，脾氣最硬但爲了茉莉把身段放得最軟的漢利老爺，在茉莉情況最糟糕的時候每天騎著馬過來探望，就只爲得到一丁點最新的消息，即使在吉布森先生出門時得面對他最討厭的吉布森太太也甘之如飴。他耐心地打聽、詢問著，又詢問、打聽著，直到眼淚不自覺地爬滿了雙頰。他翻遍他的心、他的家、他的土地，就爲了找尋可讓她開心的方法，哪怕是博她一笑也好。而最不舒服時的茉莉，只要聽到來自漢利老爺的善意，臉上也總會綻放出一絲微弱的笑容。

譯註：

①此句原文為「some must watch, while some must sleep; so runs the world away.」，語出莎士比亞名劇《哈姆雷特》。

第五十五章

缺席的戀人回來了

此時已值六月下旬。在茉莉與她父親一再催促，以及柯派屈克夫婦不斷熱情邀約下，辛西雅終於點頭，願意再回到倫敦繼續被中斷的旅程。不過在回倫敦之前，她已贏得何陵福特居民們的好感，因為她突然趕回來照顧茉莉，使小鎮居民倍受感動。早先有關她和普瑞斯頓先生的傳言已被拋到九霄雲外了，現在大家轉而談論她的作為多麼讓人窩心。

茉莉逐漸康復，生活中每件事似都洋溢著曼妙的玫瑰色調，其實，玫瑰盛開的季節也已報到。某天早晨，吉布森太太給茉莉帶進來一大籃新鮮花朵，那是剛從漢利大宅送過來的。茉莉仍然在床上用早餐，不過此時已經下樓，身體也漸能負擔插花工作了，遂將花籃裡的花整理一番，好用來布置客廳。每拿起一種花，她便隨口加以品評。

「啊！這些白色的石竹！這是漢利夫人最喜愛的花，就好像是她呢！這些野薔薇，讓屋裡充滿了花香味。我被它們扎到手了，不過沒關係。哦，媽媽，快看這朵玫瑰花！我忘了它叫什麼名字了，可這是稀有品種，長在漢利家牆角的隱蔽處，就在桑葚樹旁。羅傑在他小時候用自己的錢買來送給他母親的，他帶我去看過，還讓我仔細地瞧了瞧。」

「我想這棵玫瑰現在歸羅傑所有了。妳聽到爸爸說他昨天見過羅傑吧！」

「沒有！羅傑！羅傑回來了！」茉莉說道，臉上先是一陣紅暈，繼而慘白。

「對。哦，我想起來了，爸爸回來之前妳已上床睡覺了，而且他一大早就被煩人的比爾太太給找去。沒錯，羅傑前天便出現在漢利家了。」

此時的茉莉卻躺進自己的椅子裡，一時疲累得無法繼續插花。這突如其來的消息，著實讓她吃了一驚。「羅傑回來了！」

趕巧吉布森先生這一天特別忙，忙到傍晚才回到家。茉莉一直坐在客廳裡等他，連平常慣有的午睡也捨不得去睡，因爲急著想要知道有關羅傑回家的一切消息，她簡直不敢相信這是眞的。不過，算算時間也該是時候了。病中的茉莉過起日子來，似乎讓時間失去了意義。當羅傑離開英國時，最初計畫是沿著非洲東岸邊做研究邊走，一路走到好望角，到那兒之後再視科學研究的需要來決定進一步的路線。他所有的信都寄到角城，耗費了不少時間，約莫兩個月前他才接獲奧斯朋的死訊及辛西雅的退婚信。他當下決定應立即回英國一趟，於是馬上將回英國的決定呈報給派他前赴非洲的紳士們，跟他們解釋了奧斯朋的祕密結婚和突然辭世，還有他非得趕回英國不可的原因。他提出回國的要求，他們也接受了，並且同意他處理完必要之事後重返非洲，把合約中剩餘的五個月履約完成即可。那些紳士們大多是資產家，明白在祕密結婚狀況下如何使孩子名正言順成爲古老家族的合法家產繼承人，有多麼重要。吉布森先生三言兩語便將羅傑回家始末等一大堆資訊交代過去。

在沙發上坐著的茉莉臉上現出紅暈，眼睛閃耀著光芒，看起來非常美麗。

她父親一說完，她便出聲：「哦！」

「哦什麼？」他開玩笑地反問。

「哦！怎麼就只說這幾件事。我等了您一天，就是要知道詳細的情形。他看起來怎麼樣？」

「如果一個二十四歲的年輕人還能再長高的話，那我得說他還真的比以前拔高。究其原因，我想或許是他看起來更壯實、更有肌肉了。」

「哦！他有沒有變啊？」茉莉說道，被這種敘述弄糊塗了。

「沒有，沒變哦，可是也不一樣了。他還是像以前膚色偏深，只是添了點非洲人的氣味，還留了一把又美又狂野的大鬍子，簡直可以跟我那匹棕色馬的尾巴相媲美了。」

「大鬍子！爸爸，繼續說嘛！他講話跟以前一樣嗎？我在一大堆人當中都可以認出他聲音來的。」

「我是沒聽到他講非洲土話，如果妳指的是這個的話。他的英文也沒變成什麼『你死一死不可』之類的怪腔調。」

「我實在不懂你說這些是在做什麼。」吉布森太太說道，茉莉和她父親開始聊天之後不久，她就進來了。其實她根本不知道他們聊天的重點是什麼。

茉莉心急起來，想再繼續發問，也很想要她父親好好回答問題。然而她清楚得很，只要她繼母加入他們的聊天，父親就會突然發現原來自己還有好多重要工作得去做，非走開不可。

「告訴我，他們相處得怎麼樣？」這是茉莉和她父親都相當有默契地避免在吉布森太太面前提出來討論的問題，不管他們知道或觀察到什麼，但凡涉及漢利家那三個人的事，他們都寧可保持沉默。

「哦！」吉布森先生說：「羅傑會以他一貫堅定沉穩的態度，把一切都處理好的。」

「『把一切都處理好』——怎麼，有什麼不好的地方嗎？」吉布森太太隨即問道：「我猜漢利老爺和他那個法國兒媳婦處不來吧？我自始至終都很慶幸辛西雅當機立斷做了正確的抉擇，要不然，這會兒她就得捲進那複雜的漩渦裡去了，豈不弄得自己沒好日子過！可憐的羅傑，一回家便發現自己的繼承權被一個小娃兒給取代了！」

「我親愛的，當我告訴茉莉關於羅傑返家的原因之一時，妳還沒進來。他其實就是爲了要讓姪子取得合法的繼承地位才火速趕回來。如今，他發現事情已做好大半，心裡是既高興又滿足的。」

「那麼，他也沒有因爲辛西雅退回他們之間的婚約而受到影響嘍？」吉布森太太此時終於願意稱其爲「婚約」了，「我從來就不覺得他對這件事有多在意。」

「正好相反，他感受非常深刻。就在昨天，他爲了此事跟我談上好久。」

茉莉和吉布森太太兩人都想多知道些吉布森先生和羅傑的談話內容，不過關於此事，吉布森先生無意多談。他只願透露出羅傑很想見辛西雅一面好好談談；但羅傑也知道此時辛西雅人在倫敦，因此也就不再要求辛西雅多作解釋，或去信要求辛西雅打消念頭，寧願等她從倫敦回來再說。

茉莉接著又問了幾個其他的問題。「那麼奧斯朋·漢利夫人呢，她好嗎？」

「羅傑一回來，她整個人就跟著愉快起來。我以前從未見過她笑的，但她卻不時會對羅傑投以最甜美的笑容。他們顯然已成爲好朋友了，而且她跟羅傑說話時，臉上絕不會有那種受到驚嚇的怪表情。我猜她知道漢利老爺一直冀望她能回去法國，而她也遲遲無法決定是不是該把孩子留下來。當時身體又病而心裡又苦的她，想到自己得做這種決定就不知該如何是好，況且身邊也沒有半個可商量的人——所幸羅傑回來了，現在羅傑已成了她堅強的倚靠。這是羅傑自己告訴我的。」

「爸爸，您似乎和羅傑聊了不少嘛！」

「沒錯。那時我正要去看老亞伯拉罕，漢利老爺隔著圍籬叫我，他告訴我羅傑回來的消息，還邀我跟他一塊回家吃午餐。我實在想不出拒絕的理由，況且，聽羅傑說話很有意思的，機會難得自然得好好把握。」

「我想他應該過不久就會來看望我們，」吉布森太太對茉莉說：「到時候我們再看看會聽到多少有用的訊息。」

「爸爸，您看他會來嗎？」茉莉心中頗爲懷疑。她想到上次羅傑出現在他們家客廳時是怎樣的一幅情景，還有他滿懷希望離去時的畫面。她覺得當繼母說出這話時，父親臉上表情似乎在說他和茉莉有著同樣的顧慮。

「我不知道，親愛的。在他確認辛西雅心意之前，是不可能帶著愉快的心情到這裡來，只爲了做禮貌性拜訪的，畢竟這裡是他結識辛西雅的所在。不過他做事只講求該不該做，至於做起來愉不愉快，他是不會在意的。」

吉布森太太未等她丈夫說完，就迫不及待地表示反對意見：「『確認辛西雅心意』！我確定辛西雅已經非常清楚表明她的心意了！那個男人還想怎麼樣？」

「他只想確認辛西雅是否一時情緒衝動才寫下那封信。我已經告訴他，辛西雅所言絲毫不假。不過我覺得自己沒立場去跟他解釋辛西雅何以會有這樣的衝動，就沒有多說。他相信他可以說服辛西雅再續前緣。我並不認爲如此，也這麼跟他說了，但仍需要辛西雅親口說，他才願意相信。」

「可憐的辛西雅！我可憐的女兒！」吉布森太太悲嘆道：「當初何必答應他的求婚呢！那個男人眞夠難纏呢！」

吉布森先生眼中閃著怒火。他努力閉緊雙唇，但還是從牙縫中迸出一句，「『那個男人』——眞是的！」

茉莉也讓她父親的幾個措辭弄得有些心情低落。「只為了做禮貌性的拜訪！」——真的只有這樣嗎？「只是禮貌性的拜訪！」

不管是什麼性質的拜訪，反正過沒幾天，羅傑就登門拜訪了。面對吉布森太太，他著實因自己所處的境況感到非常尷尬，可以說從頭到尾都很困窘——看在茉莉眼裡，再眞切不過了。然而，在吉布森太太看來倒是沒什麼，她只覺得這樣一個受到肯莫伯爵與陶爾莊園重視，報紙還把他回國當成新聞事件來報導的年輕人，親自登門對她表達問候之意，讓自己頗有面子。

那時茉莉身著病中所穿可愛的白色洋裝坐在窗前，手裡拿著本書，看似在閱讀，實則快要睡著了。畢竟六月的空氣是如此輕柔舒爽，花園裡開滿了花，樹木枝繁葉茂，坐在敞開的窗前豈眞能把書看進去？此外，吉布森太太還不時地中斷茉莉的閱讀，因爲她老愛拿著她做的手工過來對茉莉發表評語呢！午餐過後（這是公認的，最佳登門造訪他人的時間），瑪麗亞告訴她們羅傑·漢利先生來訪。

茉莉嚇了一跳，連忙站起身，而曬成古銅色又留著一臉鬍子、表情陰鬱的羅傑走進客廳時，恰看見茉莉模樣羞怯地站在角落裡。她本以爲自己會看到記憶中愉悅的稚氣大男孩，那也不過僅僅兩年前的事。然而，在陽光燦爛、氣溫偏高的地區奔波跋涉了好一段時間，加之在研究工作上耗費心力，以及對當地日常生活的適應等等，都在羅傑臉上留下了痕跡。再加上最近所發生的對他影響至巨之事，他實在非得成熟不可，心情上當然輕鬆不起來。不過，他的聲音倒是沒變，那是身爲他老朋友的茉莉最先發現的。他在跟茉莉說話時語氣相當溫柔，而在跟吉布森太太說話時，就只是一般性的禮貌而已。

「聽說妳病得很厲害，我好擔心！可是妳看起來如此優雅！」羅傑說著，眼睛不住地端詳著茉莉的臉。茉莉意識到他在看自己，臉上不覺一陣燥熱。她想做些什麼好讓羅傑不要再繼續看下去，於是便抬頭往上瞧，卻剛好讓羅傑看到她溫柔美麗的灰瞳——這是羅傑以往未曾注意到的。

她對他微笑著，臉上的紅暈更深了，跟著開口：「哦，我現在已經恢復到以前的健壯了。這麼美的夏天，老生著病就太可惜了。」

「我聽說我們——我欠妳太多了——我父親對妳讚不絕口——」

「請別這麼說。」茉莉趕緊回應道，不知不覺地眼淚又將奪眶而出。

羅傑立刻明白她的心意，轉了個話題，像在跟吉布森太太說話。

「說眞的，我嫂嫂一直不斷說到『醫生先生』，這是她對吉布森先生的尊稱！」

「我一直還沒有機會認識奧斯朋．漢利夫人，」吉布森太太說道，霎時間覺得去認識她也許是自己的責任，「請她務必原諒我的怠慢。這陣子只忙著照顧茉莉，你瞧，我幾乎哪裡也沒敢去。哦，除了陶爾莊園以外，因爲你也知道的，陶爾對我而言就像第二個家。對了，聽說奧斯朋．漢利夫人打算不久即將返回法國，是嗎？我眞是太怠慢她了。」

這問題根本是個陷阱，是用來套話的，吉布森太太無非是想知道漢利大宅那家人的相處情形如何。

羅傑果然中計，回答：「我相信只要嫂嫂身體稍微健壯些，就會迫不急待地想見見家中的世交故舊。我希望她可以絲毫不考慮回法國的事。她是個孤兒，我認爲我們應該盡量勸她留下，不過目前還沒有任何安排。」然後，他好像高興已完成「禮貌性拜訪」似的，起身告辭。走到門口時他回頭一望，看起來有話要說，卻忘了到底要說些什麼。因爲他看到茉莉專心凝望著他的眼睛，內心像忽然間有所發現似的，便盡速調轉頭離開了吉布森家。

「奧斯朋那傢伙說得沒錯！」他說：「她已長成他所預言的優雅美麗的女子了。或者，該說這是相由心生嗎？下次，當我再走進這扇門的時候，就是我命運見分曉的時候了！」

吉布森先生告訴妻子，羅傑想單獨見辛西雅一面，原因如他先前所說過的那樣。他個人認爲實無必要，這已是既定的事實。只不過，他覺得還是該讓辛西雅知道羅傑的想法較好，畢竟和她有切身的關係，基於如此，他才再跟妻子提起此事。

然而，吉布森太太卻想用自己的方式來處理，雖然她表面上答應吉布森先生，實際卻連提也沒跟辛西雅提。她告訴女兒的只是，「妳昔日的仰慕者羅傑・漢利，因奧斯朋的猝死已火速趕回家中，想必他也驚訝地發現那寡婦和小男孩已在漢利家占有一席之地了。日前他造訪過我們，彬彬有禮態度甚佳，只不過，他的舉止可能因爲常與非洲人在一起之故，還是沒有多大進步。在我看來，最適合他的形容就是『一隻時髦的獅子』，也許肇因於他的笨拙粗野抑或與我的優雅品味格格不入，若就科學研究角度而言，一個遠渡重洋的旅人，到過那麼多蠻荒之地，吃過那麼多不尋常的食物——其經驗絕非時下一般英國人可相比擬，倒也不失其特色了。我猜他已放棄繼承財產的一切權利，因爲聽他提起要回非洲去，將來打算做一名探索世界的流浪者。他並未提及妳的名字，不過，我相信他會向吉布森先生打探妳的消息。」

「好了！」她自言自語道，邊說邊把信摺好，放進信封，寫好地址。「怎麼可以拿那種事打擾她或讓她不愉快呢！我所寫的都是事實，或幾近事實。等她回來，他當然會想來看她，不過希望在那之前，韓德森先生已再次向辛西雅求婚，大事也告底定。」

然而，辛西雅卻在某個星期二早上獨自回到何陵福特，面對母親焦急的詢問，她只淡淡地回說韓德森先生沒有再跟她求婚。「他怎會再跟她求婚呢？她之前都拒絕過他了，而他又不知道她因何拒絕，連一點線索也沒有。如果世界上少了羅傑・漢利這號人物，也許當初她是有可能接受他的。對呀！柯派屈克叔叔和嬸嬸從不知道羅傑求婚這件事，她那些堂姊妹們更不知道。她向來都是要求相關人士保密到家的，而且不管別人怎麼說，她自己也絕口不提的。」其實，這只是吉布森太太所能想到最表層的顧慮而已，偏偏她就是這樣一個人，向來只看表面。早在辛西雅初次結識韓德森先生時，她便已下定決心要讓辛西雅嫁給韓德森先生了：第一，她知道韓德森先生有同樣念頭，而羅傑對辛西雅的迷戀到後來終成為辛西雅的絆腳石；第二，辛西雅沒好好利用天時、地利、人和都具備的機會去誘使韓德森先生再次求婚——套句吉布森太太自己的話說，「又不是要去吸引聖人。」

那一整天接下來的時間，吉布森太太都在暗示說辛西雅是個令人失望而不知感恩的女兒，茉莉不懂吉布森太太為什麼要這樣說，相當為辛西雅憤憤不平。後來辛西雅難過地告訴茉莉：「算了，茉莉，媽媽會生氣是因為——因為我還沒訂婚就回來了。」

「沒錯，妳大可以做到的。真是太不知感恩了！我又不是要妳去做妳做不到的事！」吉布森太太滿腹牢騷地接話。

「可是為什麼要說不知感恩呢，媽媽？我真的是累了，也許正因如此才讓我變笨了，可是我不明白這怎麼會跟『不知感恩』扯上邊。」辛西雅說話時顯得很疲憊，把頭往後仰靠在沙發靠墊上，彷彿不在意她的問題有沒有得到回答。

「啊，妳難道不知道我們都在盡一切所能為妳付出麼，把妳打扮得美美的，送妳到倫敦去。而當可以報償我們所付的這一切費用時，妳卻拒絕了。」

「不是這樣的！辛西雅，妳聽我說，」茉莉義憤填膺得滿臉通紅，還推開辛西雅制止著要她別再多言的手，「我確定爸爸不會去想，也不會在意他花在女兒們身上的錢。我還確定爸爸不會要我們結婚，除非——」她遲疑著，便住了口。

「除非什麼？」吉布森太太半嘲諷地追問。

「除非我們眞的非常深愛某個人。」茉莉聲音雖小，語氣卻無比堅決。

「好了，聽了這長篇大論可實際上有欠優雅的言談後，我得說——我受夠啦。妳們二位小姐的婚姻大事，我是既不會幫忙也不會阻攔的了。想當初我那一輩的年輕人可是非常看重長輩建議的。」說罷她便離開了客廳，去將剛才腦中閃現的一絲靈光付諸行動：給柯派屈克太太寫封極機密的信，洩漏辛西雅那「不幸婚約」的情報，告訴她辛西雅當初因「高貴的情操」而對全天下男人不屑一顧，不過卻巧妙地將韓德森先生排除在被不屑一顧的男人之外。

「哦，眞好！」茉莉一見吉布森太太走出客廳，便鬆了口氣似的躺進椅子裡。「我生病後就變得好容易生氣。可是我實在無法忍受她把爸爸說成對妳錙銖必較的樣子。」

「我知道他不是那樣的人，茉莉妳放心，我不會誤會他。讓我難過的只是媽媽仍然把我當『拖油瓶』看待，就像《泰晤士報》廣告中對我們這些不幸孩子所用的詞彙一樣。不過，我還眞當了她一輩子的『拖油瓶』呢！我對這所有的一切都感覺越來越無趣了，茉莉，我該到俄國去試試運氣了。我聽說在莫斯科有個工作機會，某戶擁有廣袤土地和上百農奴的家庭在徵家庭女教師，指定英國人。我打算回來後再寫信應徵。到那裡去，我應該就和結婚了差不多吧。哦，眞是的！坐了一整夜的馬車眞令人精神不濟。對了，普瑞斯頓先生最近怎麼樣？」

「哦，他住進了離這裡三英里遠的肯莫農莊，在何陵福特的茶會上再也沒見過他的蹤影。有一次我在街上碰到他，我們簡直像在比賽誰能夠躲對方躲得較遠似的。」

「妳還沒說到羅傑哦！」

「對呀！因爲我不曉得妳想不想聽。他看起來成熟許多，一副健壯的成年男子模樣。爸爸說他也嚴肅多了。如果妳想知道什麼，盡管問我吧！不過我也只見過他一次而已。」

「我還盼望著等我回來時他已經離開了呢！媽媽說過他要再出遠門。」

「這我就不確知了，我還以爲妳知道呢！」茱莉繼續往下說，但遲疑了一瞬才說出來，「他希望可以見妳一面。」

「不會吧！我沒聽說有這回事。我希望我的信足可讓他明白一切，信上都說得很清楚了。如果我說我不會見他，他還是想來見我嗎？」

「沒錯。」茱莉回道：「妳非得讓他見妳一面不可，這是妳欠他的。妳要是不見他，他永遠也放不下心中的懸念。」

「要是他想說服我再次訂婚，我只會再拒絕他一次而已。」

「倘若妳心意已決，那就不可能被『說服』了。但若有轉寰餘地……辛西雅，或許那不是妳眞正的決定，對吧？」茱莉問道，渴盼辛西雅改變初衷的神情完全寫在臉上。

「我心意已決。我要到俄國當家庭女教師，再也不想跟任何人結婚。」

「妳不是說眞的，辛西雅，這可是一件該認眞對待的事。」

然而，此時的辛西雅已鑽進牛角尖裡，怎樣跟她說情講理都是白搭。

第五十六章

告別舊愛，迎接新歡

翌晨，吉布森太太明顯心情大為好轉。她已寫好信寄出了，接下來便是讓辛西雅保持在她所謂的理性狀態，或者，換句話說就是要把她哄得服服貼貼，聽母親的話。然總是人算不如天算，辛西雅下樓吃早餐前接到韓德森先生來信，信上熱情示愛，強烈表達想跟辛西雅結婚的意願，此外還情意綿綿道因等不及交付郵局寄送，他決定跟著赴何陵福特，預計抵達時刻同她前一日抵到的時間。辛西雅未對任何人提及這一封信。她稍晚才進早餐室，在吉布森夫婦像往常般吃完早餐之後，不過她的遲到並未引人多想，只被當成前一晚坐了整夜馬車而太過疲憊的必然結果。茉莉身體尚未恢復到可如此早起。辛西雅甚少開口，眼前的食物碰都沒碰。

吉布森先生照常出門看診，早餐室裡只剩辛西雅與她母親。

「親愛的，」吉布森太太說：「妳該吃點早餐的，怎麼都沒吃呢？該不會是我們的早餐，跟海德公園街上妳叔叔家早餐比起來太過平淡乏味，害妳胃口全無吧？」

「不是，」辛西雅回道：「我不餓，只是這樣而已。」

「如果我們像妳叔叔家那麼有錢，我會覺得讓餐桌上擺滿豐盛的菜色不但是我的職責，更是我的快樂。到底巧婦難為無米之炊，吉布森先生已經拚命在工作，賺的錢也沒辦法再多了，法律的範疇倒是無限寬廣。女王的律師顧問！頭銜等於財富的象徵哪！」

辛西雅太專注想自己的事情，幾乎忘了答腔。不過，她至少說了句話：「沒有委託案件的律師也大有人在呀，媽媽。想想其他人吧！」

「啊，可是我注意到他們之中許多人都是家有恆產。」

「也許吧！媽媽，我想韓德森先生今天早上會過來看望我們。」

「哦，我的好孩子！妳怎麼知道呢？親愛的辛西雅，我是否該恭喜妳？」

「不！我猜我得告訴您才行。我今早接到他寄來的信，說他搭驛馬車過來，今天就會到達。」

「可是，他求婚了嗎？他肯定打算求婚吧？」

辛西雅沒回答，只玩著手上的湯匙，然後才抬起頭往上看，猶如大夢初醒般，剛好聽到她母親的話尾。

「求婚！是的，我想他已經求婚了。」

「妳接受了嗎？快說是呀！辛西雅，讓我高興一下！」

「我不會爲了讓自己以外的人高興就說『是』，況且去俄國的想法已經深植我心。」她故意這樣說好氣氣母親，讓母親不至太過高興，事情總是要講出來的，她早有自己的決定。然而，吉布森太太卻完全不受影響，不管事實如何，她總愛有自己的幻想：去到新奇陌生的國家，住在新奇陌生的人群之中，對辛西雅而言實非全無吸引力。

「親愛的，妳一直都很好看。可是，妳不覺得最好還是穿上那件美麗的紫色絲裙嗎？」

「我就是穿這樣，一絲一線都不換。」

「妳這任性的孩子！明知道無論穿什麼都好看。」吉布森太太說著親了親女兒，便離開了客廳，心裡正盤算該準備些什麼精緻佳餚好令韓德森先生對他們家留下好印象。

辛西雅上樓去找茉莉，想分享有關韓德森先生的事，未料卻發現根本無法自然地把話題帶入，於是決定交給時間說明，反正船到橋頭自然直！茉莉昨晚沒睡好，以致今天精神很差。她父親出門前以分秒必爭的姿態火速探看愛女，建議她整個早上都留在房內休息，最好靜養到吃完早早送上的晚餐再下樓。所以雖然時間不斷流逝，卻無法讓茉莉知道任何事，若把茉莉不知韓德森先生即將到訪的事算在時間頭上，那對時間來說簡直太不公平了。吉布森太太要辛西雅替她向茉莉致歉，因爲今天無法像平常那樣上樓看望，同時要辛西雅告訴茉莉說韓德森先生隨時可能出現，辛西雅無法上樓陪茉莉，得在樓下等貴客臨門才對。

然而，辛西雅沒有照母親的吩咐去做，她先親吻了茉莉，然後在茉莉身旁靜靜坐了下來，握起茉莉的手。她就這樣坐著，直到突然跳起來說：「我不能再陪妳了，小可愛。我要妳今天下午健康愉快、精神奕奕的，所以趁現在好好休息吧！」說完便離開茉莉，回到自己房間鎖上門，開始思考起來。

在此同時也有人正想著她，但不是韓德森先生。羅傑從吉布森先生那兒得知辛西雅回來的消息，決定立刻前去看她，而且打算拿出男性勇氣試圖克服一切困難——不管那是什麼樣的困難，他都絕不退縮。然他卻沒意識到，其本質是她不想再繼續彼此之間的關係。他從他父親身邊走開，遠離了其他人走進森林裡，獨自待到覺得可以跨上馬，迎見命運分曉的時候才出來。他小心地選擇前去拜訪的時間，刻意避過早上，那是舊日的禁忌。然而「等待」如此難熬，尤其得知她就在附近，命運即將揭曉之時。

他終於踏上去看她的路程，讓坐騎緩慢走著，硬使澎湃洶湧的內心平靜下來，要自己拿出耐心。

「吉布森太太在家嗎？柯派屈克小姐呢？」他對前來應門的女僕瑪麗亞問道。瑪麗亞臉上出現困惑神情，他沒注意到。

「我想是在的，我不確定！先生，您要不要直接走上客廳去呢？我知道吉布森小姐在那兒。」

他走上樓去，心想即將見到辛西雅，全身神經不由都緊繃起來。他告訴自己不是解脫就是失望，正當心裡七上八下時，卻發現只有茉莉一個人在那兒。茉莉斜躺在能俯瞰花園的窗前沙發上，身穿著柔和的白色衣服，襯得肌膚更顯白皙，而爲避免窗外吹進風教身體負荷不了，她在頭上綁了條白色蕾絲手帕。羅傑滿腦子都是想要對辛西雅說的話，以致見了辛西雅以外的人竟不知該說什麼。

「恐怕妳的身體還不太好。」他對起身迎接他的茉莉說。

茉莉情緒突然有些激動，身體不住地顫抖起來。

「我只是有點累而已，沒別的。」她突然轉爲沉默，心裡希望他可以走開，可不知怎地又盼望他能留下來。孰料他逕自拉了把椅子，面對著窗戶在她旁邊坐下。羅傑心想，瑪麗亞定會去告訴柯派屈克小姐說他來找她了，隨時都可能聽見她輕快的腳步聲在樓梯間響起。他認爲他應該開口說話，卻不知道說什麼才好。茉莉雙頰泛起了紅暈。有那麼一兩次她看似要張口，偏偏話到嘴邊又吞回去了，所以兩人有一搭沒一搭彼此不搭嘎的閒聊，間隔越來越久。

忽然，在等著彼此說話的沉默裡，從花園傳來隱約可聞的歡笑聲，且越來越近。茉莉越發局促不安，臉上紅暈越深，不過她視線並未離開羅傑的臉。羅傑越過茉莉看進花園，霎時間臉整個漲紅，彷彿全身的血液都衝到腦門去了。辛西雅和韓德森先生的身影映入他們眼簾，只見韓德森先生熱切尋著嬌顏欲訴情話綿綿，而她一副美麗的羞怯樣忙著躲開，撒嬌般掐弄花朵，既沒要摘下送給他也沒採給自己。就在那對愛侶離開樹叢來到空地時，樓上的茉莉和羅傑看見瑪麗亞走近，技巧地讓辛西雅暫離仰慕者到旁邊去，然後對她耳語道「羅傑．漢利先生來了」，想跟她說話。羅傑看到辛西雅明顯大爲吃驚的動作，她先跟韓德森先生說了些話，然後往屋裡走。就在這時，羅傑開口對茉莉說話了，聲音又急又嘶啞。

「茉莉，快告訴我！現在跟辛西雅說是否太遲了？我是特地來的。那個男人是誰？」

「他是韓德森先生。今天剛到——可是，她接受他的求婚了。哦，羅傑，我眞的很抱歉！」

「請告訴她，我來過又走了。留話給她就好，別打擾了她。」

接下來，羅傑飛快地跑下樓梯，茉莉聽到外頭傳來門「砰」的被關上的聲音。就在辛西雅蒼白著一張臉、毅然決定走進來前，羅傑離開了吉布森家。

「他呢？」辛西雅四面張望著，好像他躲起來了似的。

「走了！」茉莉說道，覺得自己快暈倒了。

「走了。哦，眞讓人鬆了口氣！好像我生命中的舊愛在我要迎接新歡時都會來糾纏一番，可是我已經在信上明明白白表示我的心意了。啊，茉莉，妳怎麼了？」

這會兒，茉莉已經暈過去了。辛西雅飛奔過去拉鈴，叫來瑪麗亞，要水、鹽、酒等東西。

一等茉莉醒轉過來，辛西雅便用鉛筆寫了張字條吩咐交給韓德森先生，要他回早上搭驛馬車抵到的「喬治」去，還說他若乖乖聽話，晚上便可以再來吉布森家看她，要不然她就要到隔天早上才願意見他。送紙條過去的是瑪麗亞，而那個運氣欠佳的男人則完全相信心上人之所以被帶開，乃因爲吉布森小姐忽然身體不適之故。他只好寫信來度過孤寂的漫長下午，將自己滿滿的幸福透過信紙傳達給他的朋友們，當然也包括柯派屈克夫婦。他們此時正好收到吉布森太太十分小心地透露辛西雅祕密，期能讓韓德森先生再次向辛西雅求婚的那封信。

「他很難過嗎？」辛西雅陪著茱莉在吉布森太太靜謐的試衣間裡休息時，開口問道。

「哦，辛西雅，看他那樣眞的讓人好心痛，他非常難過！」

「我不喜歡用情太深的人，」辛西雅噘著嘴說：「那樣的人不適合我。他怎麼就不能好聚好散呢，我不値得他愛啦！」

「妳有著讓人喜愛的特質。記得普瑞斯頓先生麼，他也是不想放棄半分希望。」

「聽著，我不要妳拿普瑞斯頓先生來和羅傑．漢利相提並論。前者是太壞，配不上我；後者則是太好，我配不過。現在，我只希望花園裡站著的那傢伙比起我，沒有不及也不會太過。我就是我，並不邪惡，也沒擁有高超的品德。」

「妳眞的愛他愛到想跟他結婚嗎？」茱莉誠摯地探問，「辛西雅，妳要想清楚。老是這樣甩開愛人不行，我知道妳也不想給他們帶來痛苦。妳無法體會那種痛苦的。」

「或許我是無法體會，也不生氣妳這麼說。我從不會假裝是什麼好人，而且知道自己在感情上並不專一。我已經跟韓德森先生說過了——」她忽然不再往下說，滿面嬌羞彷似陷入回憶中。

「眞的！那他怎麼說？」

「他說無論怎麼樣他都愛我。所以妳看，我警告過他嘍。但他還是有點擔心吧，我猜！因爲他想要我盡快跟他結婚，事實上，他極想立刻步入結婚禮堂。可是，我不知道是否該順他的意呀。妳幾乎沒見過他，茱莉，不過他今天晚上會再過來，記住了，如果妳說他不夠好看，我不會原諒妳喲。我相信當他在好幾個月前跟我求婚時，我就是愛他的了，只是那時我企圖說服自己我不愛他。然而，有時候我真的很不快樂，常想拿條鐵箍把我的心給環繞起來，免得它破碎了，就像那個德國童話故事裡忠心的約翰一樣①——茱莉，妳記得嗎？他在歷經無數次審判與恥辱之後，成功幫助了他的主人承襲王位、獲致財富、娶得美嬌娘。當主人與新婚嬌妻完成婚禮，坐著豪華馬車離開教堂，遠遠地將忠心的約翰拋在後面時，這對幸福的新人連續聽到三次巨大的碎裂聲，好奇詢問著是什麼聲音，才發現那是忠心的約翰在服侍主人的過程中一直戴著的三條鐵箍裂開來所發出的響聲。他用它們來環繞住他的心，好讓他的心不破碎掉。」

晚上，韓德森先生前來拜訪。茱莉一直好奇地等著見他，及至見了他，茱莉卻無法肯定自己對他的印象好或不好。他長得好看，也相當客氣，充滿了紳士風度，不是那種笨笨的好。他談笑風生中沒說過一句蠢話，穿著合適得宜卻顯得輕鬆而不刻意，個性溫和、心地善良，卻不失其年紀和職業該有的輕率、機敏，總體來說算是頗爲機智的人。然而在茱莉眼裡，這位初次到訪的年輕人就是欠缺那麼一點什麼，說穿了，茱莉覺得他只是相當普通的一個人而已。不過當然了，她是不會跟辛西雅說的，辛西雅明顯快樂得不得了。吉布森太太也是，樂得像飛上了九重天，連話都說得不多，一旦開口便都是咬文嚼字的華麗詞藻。吉布森先生跟他們在一起時間不長，當他在的時候，總是以他那雙具穿透性目光的黑眸，研究著毫未察覺自己正被人觀察的韓德森先生。說實在的，韓德森先生對每個人的態度表現得恰如其分：對吉布森先生恭敬，對吉布森太太有禮，對茱莉親切，對辛西雅深情。後來吉布森先生碰到獨處的茱莉，便問道：「啊，妳覺得我們未來的姻親怎麼樣？」

「很難說。我想，他在每個細節上都很周到，整體而言卻不怎麼樣。」

「我覺得他很完美。」吉布森先生道。

茱莉聽他這麼一說倒是嚇了一跳，沒多久就明白他又在講反話。吉布森先生繼續往下說：「她會喜歡他勝於羅傑．漢利，我一點也不驚訝。這樣的香味！這樣的手套！還有，他的髮型和他的領帶！」

「哦，爸爸，您眞不公平。他遠不止這樣而已，任誰都看得出來他很有同情心，而且人也長得好看，對她又是一往情深。」

「羅傑也是啊！不過我得老實說，她要嫁了，我只有高興的分。她是跟戀愛脫不了干係的女孩，要是男方一個不留神，她就從人家指縫間溜走了。就像我跟羅傑說的——」

「他來過這兒後，您見過他啦？」

「在街上巧遇。」

「他還好嗎？」

「他遇上的不是什麼歡喜好事，但我猜，過不久他就可以走出陰霾了。他說話算理性，挺認命，可也沒多說什麼，儘管如此，他受的傷痛還是顯而易見。不過別忘了，從接獲辛西雅的信到現在，他已經有了三個月適應期啦！至於漢利老爺，想也知道，八成氣得吹鬍子瞪眼。世界上竟然有人拒絕了他兒子，他非暴跳如雷不可！眼見羅傑爲這件事所苦，他簡直認爲此事的關係人犯下了滔天大罪。說眞的，茉莉，除了我之外，簡直沒有一位父親是理性的，對吧？嗄？」

姑且不論韓德森先生是什麼樣的人，可肯定他是個沒耐心的戀人，企盼盡快跟辛西雅結婚，就在一星期之後。他們想在長假開始前結婚，以便立刻出國去度蜜月。至於嫁妝和準備工作，他說全免了。

吉布森先生慷慨一如往昔，辛西雅訂婚後一兩天的某個早晨，他把她叫到旁邊去，塞了張一百英鎊的鈔票在她手裡。

「這給妳！當作來回一趟俄國的旅費。希望妳的家教學生會聽妳的話。」

辛西雅隨即雙手抱著吉布森先生的脖子親吻他，此舉讓吉布森先生錯愕也相當困窘。

「您是我所認識最好心的人，」她說：「我不知道該說什麼才能表達我的謝意。」

「如果妳再這樣弄皺我的襯衫領子，我就要跟妳收衣服送洗的錢了。我剛才還那麼努力地把自己打理得整齊優雅，像妳的韓德森先生一樣呢！」

「您喜歡他，對吧？」辛西雅問話語氣中帶著懇求，「他可是好欣賞您呢。」

「當然，我們都是天使，而妳是天使長。我希望他跟羅傑一樣禁得起考驗。」

辛西雅換上認眞的臉色說：「那眞是件蠢事，我們是很不相配的兩個人——」

「那件事已經結束，就到此爲止。況且我也沒時間再閒聊了，瞧！妳那年輕聰明的美青年正全速朝這裡前進哩！」

柯派屈克夫婦送來各式各樣的祝賀，而吉布森太太在一封密信裡再三跟柯派屈克太太保證羅傑已成爲過去式，她爲自己先前那封信中所透露的過時祕密跟柯派屈克太太致歉，並請求將之視爲不可外傳的祕密。早在韓德森先生出現何陵福特那天，吉布森太太就急忙寫了第二封信捎往倫敦，拜託柯派屈克夫婦別理會她前一封信中所述之事。她說發現女兒的眞愛後太過興奮，提起筆來就寫，簡直不知道自己胡寫什麼，她想她在信中誇大了某些事也誤解了某些事，現在她只知道韓德森先生剛跟辛西雅求婚，而辛西雅也答應了，他們一整天都快樂無比。她在信上還寫道，請原諒一個母親的虛榮——她覺得他們兩人是最登對的佳偶。柯派屈克夫婦遂也寫了一封文情並茂又令人安心的回信過來，信中誇獎韓德森先生也稱讚了辛西雅，再來即是熱情的祝賀之意，此外更堅持要辛西雅到倫敦舉行婚禮，從他們在海德公園的家出嫁，而且吉布森夫婦與茉莉都得參加，成爲他們家的座上賓。信末還有一小段附註：「您信上提及到非洲去的青年漢利先生，該不會就是那位著名的旅人吧？他的許多新發現讓科學家們都大爲驚豔。煩請您回答這個問題，因爲海倫急著想知道。」附註的筆跡出自海倫。

吉布森太太對這一切滿意得不得了，基於心中的狂喜與想要尋求同情的心理，將信上部分內容與附註念給茉莉聽。有幸聽聞這些信息的茉莉，覺得海倫的附註比邀請他們全家到倫敦去的消息更令她覺得有趣。

接下來他們開了家庭會議，最終決定接受柯派屈克夫婦邀請到倫敦去。當然這有許多可以公開拿出來討論的瑣碎原因，不過更重要的，還有一個大家心照不宣的理由：到倫敦舉行婚禮可以避開這個曾經有兩個男人被辛西雅「拒絕」過的地區——在提及那兩位男士所遭受的待遇時，「拒絕」二字正式登場。因此，茉莉就被大家要求、命令、拜託要盡快恢復健康，身體好起來才可以到倫敦去參加婚禮。吉布森先生由於工作繁忙，本想無法前去，但又不想給正在興頭上的妻子和女兒潑冷水，遂也決定同行。他想利用機會去看望久未謀面的老朋友們，趁機參觀許多科學展，當然除了這諸多誘因之外，此次的邀請人柯派屈克先生更是吉布森先生所樂於見到的知己。

譯註：

①「忠心的約翰」（Faithful John）源出格林童話中的故事。約翰為了主人做出一切犧牲，仍遭到主人無情對待。

第五十七章 新婚賀喜與送別

何陵福特全鎮的人都來跟辛西雅道喜並探問詳情。有些人，特別是固德芬太太，簡直是不滿意一族的代表：認爲婚禮挑在倫敦舉行，他們無法參加辛西雅的盛會，根本有如欺騙感情。甚至連肯莫夫人都採取行動了，她是幾乎不會登門造訪「非她族類之人」的，這次壓根兒頭一遭被人看見親自來到「克萊兒」家，以伯爵夫人之姿，排場盛大地前來表達祝賀之意。

某一天早晨，瑪麗亞上氣不接下氣地跑上客廳報道：「夫人，陶爾莊園的豪華馬車停在門口，裡頭坐著肯莫伯爵夫人。」時值上午十一點鐘，倘有哪個不知趣的尋常百姓膽敢於此時來訪，肯定惹得吉布森太太一肚子氣，但若來訪的是貴族人家，自然另當別論了。

吉布森一家凡在場的皆列隊歡迎，直到肯莫夫人走進客廳，引領至最好的椅子上坐定，再將光線調到合適亮度，接下來才是開始說話的時候。她是第一個開口的人，海芮小姐剛開始和茉莉聊了幾句，跟著也就閉嘴了。

「我剛送瑪莉，也就是卡克哈芬夫人到火車站去，在伯明罕和倫敦之間那條新路線上的火車站，回程時候我想可以過來跟你們祝賀一下。克萊兒，幸運兒是哪一位呀？」肯莫夫人說著戴上眼鏡，看著辛西雅和茉莉，她們兩人穿著打扮頗爲相似。當辛西雅被謙恭有禮地以準新娘身分推到伯爵夫人面前時，她說：「我想，給妳一點建議應該沒什麼不好，親愛的，我聽說過許多關於妳的事，這會兒由於妳母親的緣故，我同感喜悅。我們相當看重妳母親，因爲當她在我們家工作時是非常負責盡職——我說哪！聽到妳即將嫁進這麼個好人家，我眞的欣喜萬分。希望妳之前所犯的錯誤可跟著一筆勾銷，我們也希望那只是不足掛齒的小錯，從今以後妳應該努力成爲妳母親的安慰，省得再讓她擔心了，我和肯莫伯爵都很關心妳母親。然而，不論妳的景況如何，或結婚或單身，都是上帝的安排，所以務必謹言愼行。結婚之後就要敬重丈夫，凡事聽從他。以他爲妳的頭，不論做什麼事都要跟他商量（還好肯莫伯爵不在現場，否則便要拿理論跟實際來比較一番了）。生活要嚴謹，記住自己的身分地位。我明白那位——」肯莫夫人說時環顧四周，她忘了準新郎的名字，一旁得有人幫她，「安德森，哦，韓德森，在法律界服務。雖然社會大眾對律師普遍存有偏見，我倒認識兩三位非常受敬重的，相信韓德森先生也是受人敬重的一位，要不然妳的好母親和我們的老友吉布森先生就不會答應這門親事了。」

「他是一位高階律師，」辛西雅插嘴道，再也按捺不住，「能在高等法院出庭。」

「啊，是啦！律師，高階律師，我知道啦！妳用不著這麼大聲，親愛的。被妳這麼一干擾，我都忘了剛才想說什麼了！妳要是多點兒見識就會知道打斷別人說話是公認的無禮行爲。我還有很多話要說的，被妳一攪和全都忘了。海芮，妳父親交代我幫他問些事情，妳知道是什麼事嗎？」

「我猜，您是指有關漢利先生的事吧？」

「對啦！我們下個月打算邀來一屋子何陵福特爵士的朋友，肯莫伯爵特別指名邀請漢利先生。」

「漢利老爺？」吉布森太太訝異地問道。肯莫夫人緩緩點著頭，彷似在說：「請勿插嘴，聽我講下去。」

「我說的是那位著名的旅人，科學家漢利先生。我想他應該是漢利老爺的兒子。何陵福特爵士跟他很熟，以前我們邀過一次，被他拒絕了。他也沒說原因爲何。」

羅傑眞的曾經受邀到陶爾莊園而拒絕了？吉布森太太無法理解。

肯莫夫人繼續說：「這次我們非得邀請到他不可，我兒子何陵福特爵士得等到亞瑟斯東公爵來訪的前一週才會回到英國。我確信吉布森先生和漢利先生交情匪淺，妳想他能說服漢利先生賞光到我們莊園來嗎？」

這話出自驕傲的肯莫夫人之口，說的還是羅傑・漢利，那個兩年前因爲來訪時間不對狠被女主人冷言冷語轟出門，也被辛西雅拒絕的人。吉布森太太驚訝極了，只能喃喃說她相信吉布森先生會竭盡所能爲肯莫夫人效勞之類的話。

「謝謝。妳明白的，我不是那種人，陶爾也不是那種地方，我們從不求人來作客的。不過這一次我願意低頭，高位者總要帶頭禮遇那些在藝術或科學方面表現優異的人。」

「況且，媽媽，」海芮小姐說：「爸爸還說漢利家從征服者威廉的時代起就住在那兒了①，而我們家入住本郡也不過才一世紀之久。還有，據說肯莫家的發跡是從詹姆士國王時代一位賣菸草的祖先開始的。」

肯莫夫人若非假裝沒聽到，就是故意顧左右而言他。她開始展現權威，低聲地跟吉布森太太討論起婚禮細節，直到覺得說夠了、該走了，才突然抓起正告訴辛西雅最適合新婚夫婦旅行泡湯地點及相關資訊的海芮小姐，拖著女兒往外走。不過，她還是準備了精美禮物送給新娘：包在天鵝絨書套裡，用銀鉤扣起來的一部聖經與祈禱書；此外還有一本家庭帳簿，肯莫夫人親筆在帳簿首頁寫下麵包、奶油、雞蛋、肉類和各項日用雜貨每週預算以及在倫敦的售價，如此一來就算是新手家庭主婦亦能夠精打細算，避免超支。這正是她隨著精美禮品附上之字條所欲傳達的美意。

肯莫夫人在以品德無虧的伯爵夫人姿態寫下對後生晚輩的指導與祝福之意，且將短箋與禮物一起包好之後，對海芮小姐說：「海芮，如果妳要去何陵福特，或許可以把這些書送去給柯派屈克小姐，我知道他們明天都要上倫敦去準備婚禮，儘管我已經跟克萊兒說過，舉辦婚禮最好選在自家的教區教堂，他們照樣不聽。那時克萊兒還跟我說她完全同意我的看法，只是她丈夫太想到倫敦看看，而做妻子的天職即是要服從丈夫，所以她不知道該怎麼辦才好。我建議她直接把我說的話轉述給她丈夫就行，在倫敦舉行婚禮哪會比在自家教區教堂舉行好呢？想必她的建議遭否決了。她跟我們一起住的時候就有這個大毛病：太容易妥協了，永遠都不知道要怎麼讓『不』字說出口。」

「媽媽！」海芮小姐出聲，帶著點既狡猾又好言相勸的語氣，「如果她違逆您，在您要她照您的意思說個『是』字的時候，她卻說了個『不』字，您想想，您還會這麼喜歡她嗎？」

「親愛的，我當然還是會喜歡她呀！我喜歡人人都有自身見解。只不過，我的見解有深思熟慮與經驗爲基礎，非一般人能有機會做到，所以爲了他們自己好，還是應當聽我的。事實上，我認爲這是因爲那些人本身的頑固才會看不清楚事實。我稱不上是個專制君主，對吧？」她語氣中透著些許焦慮。

「如果您是的話，親愛的媽媽，」海芮小姐深情地親吻了一下仰望著她的嚴肅臉孔，「我就喜愛專制獨裁勝於共和政體。對於我的馬兒來說，我一定也是非常專制，因爲早該駕馬車到艾胥赫特去的我，竟還待在這裡。」哪知當她到吉布森家送伯爵夫人託贈給辛西雅的禮物時，卻因吉布森家的情況耽誤了太多時間，最終只好放棄前往艾胥赫特。

海芮小姐一踏進客廳便瞧見茉莉蒼白著臉，不住顫抖，努力讓自己平靜下來。當時只有她一個人在那兒，屋裡一團亂，散放著禮物和包裝紙還有紙箱，此外也有摺了一半的衣服。

「妳看起來活像是坐在迦太基遺跡中的馬瑞阿斯②！親愛的，妳怎麼啦？爲什麼一臉悲傷呢，這門親事該不會告吹了吧？雖說只要有美麗的辛西雅牽扯其中的事都會帶來令人吃驚的結果，我倒是見怪不怪。」

「哦，不是！婚禮照常舉行。只不過，我又感冒了，爸爸勸我最好別去參加婚禮。」

「可憐的孩子！這是妳第一次的倫敦之旅哪！」

「是啊！但我更在意的是無法陪辛西雅步上紅毯，而且爸爸……」她說不下去了，再說就要哭出來，她一點也不想這樣。於是喘息一下清清喉嚨後，她又繼續說：「爸爸一直很期待這次的機會，可以拜訪——還有可以去——哦！我無法告訴您地點，他列出了一串人名和想去的景點，可是現在說他不放心讓我三天都一個人待在家中，包括來回占去的兩天時間再加上一天的婚禮。」

此時吉布森太太進來了，雖然海芮小姐的出現讓她心情大好，但仍看得出她在生氣。

「我親愛的海芮小姐，您人眞好！啊，當然了，我也知道這可憐的孩子在跟您說她有多倒楣，在一切都堪稱完美的此時，她卻感冒了。我非常肯定，這是妳背後那扇窗開著的必然結果。茉莉，妳還一直堅持說開著窗沒關係，這下子吃到苦頭了吧！妳不在我身邊，也不能去參加我女兒的婚禮，竟要獨自留在家裡——這教我怎麼快樂得起來？何況，我還得把瑪麗亞留下來侍候妳。一想到妳孤單在家乏人照顧、可憐兮兮的樣子，我就恨不得能犧牲一切來換取妳的健康。」

「我想，茉莉心裡定也十分懊惱。」海芮小姐說。

「才不呢！她不會的！」吉布森太太挺高興有機會可翻翻舊帳，「我前天就告訴過她別背對著敞開的窗戶坐，她偏不聽。現在說什麼都沒用了。爸爸也——但讓每件事臻於完美乃是我的職責，還有，無論如何都得保持樂觀的態度。要是我也能說服她，讓她這麼做就好了。」而最後這句話，吉布森太太是說給海芮小姐聽的：「您看嘛！在她這種年紀的女孩，第一次要到倫敦卻去不成了，眞難怪她悔恨不已。」

「不是那樣的。」茉莉開口想辯解，然而海芮小姐做了手勢叫茉莉別作聲，交給她來處理就好。

「好了，克萊兒！我有個主意，如果妳願意幫忙，妳我二人便能夠把這件事解決。吉布森先生仍可按照原定計畫，盡其所願在倫敦待著，而茉莉也可有人照料，順便趁此機會換個環境，呼吸一下不同的空氣——依我的淺見來看，這正是茉莉目前所需要的。我雖無法幫助茉莉參加婚禮或讓她見識一下倫敦，但可以把她帶到陶爾親自照料，再把每天的狀況傳遞到倫敦，這樣一來，吉布森先生就不用擔心，可以和妳在倫敦愛待多久就待多久嘍。妳說怎麼樣呢，克萊兒？」

「哦，我不能去，」茉莉說：「我只會給大家添麻煩而已。」

「沒有人問妳意見如何，小朋友。如果我們這些有智慧的大人決定妳應該去，妳就得聽話哦。」

當下吉布森太太迅速地權衡得失。在「失」方面無非就是她的忌妒心作祟，唯在「得」方面聽起來倒是個好計畫，這樣一來瑪麗亞便可全程陪伴她和辛西雅，當她們「專屬的侍女」了，吉布森先生也可以在她身邊待久一點。在倫敦這樣的地方，有個男人就近使喚總是好事一樁，更何況他還是個風度翩翩、受到自己有錢有勢姻親所敬重的英俊男人。想到這裡，她就願意點頭了。

「這套計畫眞是太棒了！還好有您提出想法，要不然我還眞不知道該拿這可憐的小東西怎麼辦才好。只是，肯莫夫人會怎麼說呢，我眞不想拿我家人或我自己的事去麻煩她。她不——」

「妳瞭解媽媽有多好客的，她巴不得把房子都塞滿客人呢！爸爸跟她一樣。再說，她很喜歡妳，對我們好醫生吉布森先生也一直相當感激。我想，當她和我一樣認識妳時也會喜歡妳的，小茉莉。」

茉莉一想到陶爾莊園，整顆心瞬間往下沉。除了她父親再婚那天晚上以外，自從小時候不小心在克萊兒床上睡著而被留在陶爾莊園的不幸之日起，她就連陶爾的外觀都沒見過了。她很怕伯爵夫人，不喜歡那棟豪宅，只不過目前看來，到那兒去，似是困擾了眾人整個早上的問題唯一解決之道，也是解決她心中煩憂的唯一紓困之路。雖然嘴唇不時抖動著，她卻保持沉默。哦，要是布朗寧小姐們不挑這時候例行性去拜訪洪波小姐就好了！她便能到她們家去，無拘無束地和她們一起過幾天安詳寧靜的生活，不用在這兒連抗議都不能的聽著別人決定自己命運，彷彿她是客廳裡一件家具似的。

「她可以住南邊那間粉紅色臥室，有一扇門和我房間相連，妳記得吧？而那邊的試衣間可以改裝成溫馨的小客廳給她用，萬一她想獨處也好有個地方去。我會讓貝絲照顧她，我相信吉布森先生對貝絲看護的本領相當清楚。在我們家樓下會有一屋子風趣幽默的人逗她開心。一旦她感冒好了，我會每天駕著馬車帶她出去兜風，還有，如同我所說過的，我會每天傳報到倫敦。請將我的一切提議轉告吉布森先生，希望這件事情就這樣定下來。我明天上午十一點會駕馬車過來接她。現在，可以讓我見見美麗的準新娘，把我母親交代的禮物和我美好的祝福，一併送給她嗎？」

於是辛西雅走進來，表情嚴肅地收下了這再合適不過的禮物，以及和禮物再相配不過的賀詞，但心裡既不覺得高興也不怎麼感激，因爲她很快察覺到禮物與賀詞純屬例行公事，沒有太多的眞感情在內。然而當她聽到她母親言簡意賅地講述她們對茉莉的安排時，眼中瞬間閃爍著欣喜的光芒，眞心誠意地向海芮小姐道謝，好像受邀去陶爾的是她辛西雅一樣，此舉倒教海芮小姐大感驚訝。海芮小姐也看到辛西雅默默地握住茱莉的手，久久不放，彷彿不願和茱莉分開似的。不知怎地，這樣的舉動似乎將海芮小姐和辛西雅之間的距離拉近了，讓她們彼此間感到前所未有的親近。

茱莉若盼父親能對她到陶爾去的安排提出異議，可要失望了。然當她看到父親對於此事何等樂見其成，也就釋懷了。她父親一聽海芮小姐要把茱莉接到陶爾並指派貝絲來照顧，原本心上懸著的大石立刻落了地，還說換個環境、呼吸不同空氣對她的身體將大有裨益，鄉間清新的空氣和遠離塵囂的氛圍對她身體康復而言再好不過。那時她父親想著另一個有這許多優點可讓茱莉養病的地方就是漢利大宅了，不過一想到當初茱莉是在那兒才惹出病的，便立即打消念頭。

就這樣，第二天茱莉坐著馬車風風光光離開了雜物四處而零亂不已的家，那裡堆積了一走道紙箱、皮箱，顯示著一家人即將前往倫敦辦婚禮。一整個早上，辛西雅都在茱莉房裡幫忙收拾衣服，指導如何穿搭，頗高興茱莉可帶著原本準備當伴娘的配件到肯莫莊園去用。兩人喋喋不休地談著服裝，彷彿那是她們人生中唯一話題，因爲她們都怕提起其他較嚴肅的事。辛西雅多半談著茱莉的事，鮮少提及自己。直到僕人來報馬車已抵達門口，茱莉準備下樓時，辛西雅才說：「我不會向妳道謝的，茱莉，也不會跟妳說我有多愛妳。」

「別說了，」茱莉道：「我受不了。」

「記得，妳要第一個來看我，如果妳穿著綠色禮服配上棕色緞帶前來，我一定會把妳轟出去喲！」就這樣，她們分道揚鑣了。

吉布森先生在走道上攙著茱莉，送她上馬車。他奔波忙碌了一陣，正把握最後幾分鐘交代女兒幾點身體健康上的注意事項，說完後又補充幾句。「星期四那天要想著我們，」他說：「我說啊，眞不曉得到時候她會找三個戀人當中的哪位過來當新郎。我已經做好心理準備，不論發生什麼事均要處變不驚。反正不管最後一刻冒出頭來的是誰，我都會滿心喜悅地把她交給他。」

馬車駛離吉布森家，茱莉頻頻回頭，直到看不見他們家的房子爲止。這期間，茱莉也忙著給她繼母送飛吻，因爲吉布森太太不斷從二樓客廳窗戶拋出飛吻，而在此同時，茱莉目光卻停駐在閣樓上飄搖著的一條白色手帕上，兩年前她就在同一位置目送著羅傑離開。時間帶來了多大的轉變哪！

茱莉抵達陶爾莊園後，即在海芮小姐帶領下去見伯爵夫人，這是對女主人表示敬意的方式，海芮小姐也知道自己母親正期待著她們前去打招呼。只是海芮小姐心急地想要這例行公事快快結束，因爲她迫不急待地想帶茱莉到她特別費心準備的客房去。

接見茱莉的肯莫夫人雖稱不上親切和藹，至少是相當溫和了。「妳是海芮小姐的客人，親愛的，」她說：「我希望她能好好照顧妳。如果沒做到的話，妳盡量來跟我投訴。」就肯莫夫人而言，這已是近乎開玩笑的俏皮話，海芮小姐一聽就知道母親這回對茱莉的態度和外表都相當滿意。

「好了，此時妳已置身於妳自己的王國，在我進來這個房間之前，會先徵求妳的同意。這裡有最新的雜誌、剛出版的小說，還有新近發表的科學論文。親愛的，除非妳自己願意，要不然今天可以不用再下樓去了。貝絲會送來妳一切所需和任何妳想要人送來的東西。妳可得盡快強壯起來，因爲明後兩日會有各領域的佼佼者和名人過來，妳會很想見見他們的。下午妳如果想下樓吃午餐的話請自便。晚餐總得吃上一段時間，若體力不濟還眞難負荷，但不去也沒什麼可惜的，因爲現在只有我表哥查爾斯一個人在，他是出了名的惜言如金，沉默得很。」

茱莉挺高興海芮小姐幫她做所有的決定。屋外開始下起雨來，又是陰鬱的八月天，屋裡一個溫馨的小火爐已爲她升起，燃燒著的木頭發出沁人心脾的香氣。透過房裡居高臨下的窗戶往外看，不但莊園美景盡收眼底，猶可遠眺何陵福特教堂的尖頂，茉莉覺得舒暢極了，彷彿家近在咫尺。她獨處房中，躺落沙發，書就在身邊，木頭「劈里啪啦」燃燒著發出火光，一陣陣風將飄著的雨打向窗戶，相對於屋外的境況，屋內情景更顯安適。

貝絲正忙著將茉莉的行李拆箱。稍早，海芮小姐介紹貝絲時說：「茉莉，我來介紹一下，這是貝絲太太，我只怕她一人。若我讓顏料弄髒了手，她就會毫不留情地責罵，把我當個小孩似的；每當我想熬夜的時候，她就會叫我去睡覺。（這時只見貝絲冷冷地笑著）所以哪，爲了逃離她的暴政，我只好犧牲妳來代替我嘍。貝絲，盡量嚴格管教吉布森小姐，讓她該吃就吃、該喝就喝，該睡的時候絕不可讓她醒著，還有，妳看著怎麼好就怎麼打扮她。」

貝絲嚴格管教茉莉的第一步是叫她到沙發上坐，然後說：「如果您把鑰匙給我，我就可以幫忙行李拆箱，還可以告訴您何時該由我爲您整理頭髮，好讓您容光煥發地下樓用餐。」倘若海芮小姐偶而說上幾句俚俗口語，那絕非跟貝絲學的，因爲她說得一口精確流利的上流社會用語。

茉莉下樓午餐時見到「查爾斯表哥」與其姨媽，肯莫夫人。「查爾斯表哥」其實是查爾斯．莫頓爵士，肯莫夫人唯一姊妹的兒子。他長相平庸，有著沙色頭髮，約莫三十五歲，身家富裕，相當聰明但舉止笨拙、個性害羞。好幾年來，他一直鍾情於表妹海芮小姐，肯莫夫人也期望兩家能夠親上加親，不過海芮小姐對他倒是興趣缺缺。雖然如此，海芮小姐依舊拿他當朋友看，不管他是否願意，經常使喚他去做這做那的。她還給他派了個充當茉莉護花使者的任務。

「我說查爾斯，好好讓這女孩開心一下，不過別讓她太累了，她現在不論身體或心理況狀都相當虛弱，不能太過疲勞或激動。只要在屋子裡擠滿了人時照顧好她就行。給她找個好地方，讓她能清楚聽到每件事、看到每個人，不要讓她覺得心煩或有壓力。」

因此，查爾斯爵士從午餐時候起便默默將茉莉納入自己的保護羽翼。他沒跟茉莉說太多話，唯所說的皆充分表達了友善與體諒，而茉莉也開始，正如查爾斯爵士與海芮小姐所期盼的，愉快大方地接受查爾斯爵士的護花任務。接下來，晚間當肯莫家其他成員都在享用晚餐，茉莉已用過茶點、略事休息，貝絲過來幫她換上原本要在辛西雅婚禮穿的新禮服，並給她梳了最新流行的美麗髮型。茉莉往穿衣鏡前一站，幾乎不敢相信鏡中美麗人物是自己的倒影。海芮小姐前來攙著茉莉走下樓到寬敞華麗的客廳去，那客廳像永遠也走不到盡頭似的，從茉莉童年時代起就常是她噩夢中的場景。遠端坐著肯莫夫人，她手沒閒著的做著刺繡。火光與燭光似都集中在那個明亮角落，海芮小姐泡了茶，肯莫伯爵已打起盹兒來。查爾斯爵士朗誦著《愛丁堡詩評》中的詩句給各自做著手工的三位女士聽。

臨睡前的茉莉想著這一切，不得不承認在陶爾莊園作客，跟她小時候造訪此地的經驗截然不同。於是她試著調合舊印象與新經驗，終致進入夢鄉。

在訪客們到來的熱鬧夜晚前，還有寧靜的一天可過。海芮小姐駕著她的馬車領著茉莉出遊，這是好幾星期以來茉莉頭一回感覺到自己身體恢復了生命氣息，因而顯得愉悅不已。前一天的大雨將空氣洗滌得煥然一新，充滿了新生的美麗。

譯註：

① 「征服者威廉」的時代，指的是英國國王威廉一世（William I，1027～1087）時期。

②《坐在迦太基遺跡中的馬瑞阿斯》（Marius amid the Ruins of Carthage）是美國畫家凡達林（John Vanderlyn，1775～1852）的畫作，畫面呈現遭放逐的羅馬將軍馬瑞阿斯坐在迦太基斷垣殘壁遺跡中。

第五十八章 迎接希望、點亮未來

「如果妳不嫌累，親愛的，今天下樓來一道用晚餐，妳就可看到賓客一個個出現而不是一次見到一大群人。何陵福特也會在這裡，我希望妳會喜歡我們的餐會。」

於是茉莉出席了那天的晚宴，雖說不上認識，至少見到了陶爾莊園邀請的幾位傑出人士。第二天星期四是辛西雅的大喜之日，不知倫敦天氣如何，鄉間倒是天朗氣清。茉莉很晚才下樓吃早餐，發現已有幾封家書在等著。她身體隨著時間過去逐漸康復，每一天、每個小時都有進步，遂就不願再像個病人老關在房間裡了。查爾斯爵士注意到茉莉健康有起色，愉快地向海芮小姐稟報，而這天早晨有好些賓客都稱茉莉是位舉止高雅、儀態大方的美麗女子。

那是星期四的事情，到星期五，海芮小姐告訴她星期天將有鄰近地區人家來訪，不過並未提及他們的姓名，直到茉莉晚餐前走進客廳時猛然發現，羅傑正置身於一群仕紳中間，熱烈地討論著某些問題。從茉莉的角度看來，羅傑儼然是那群人關注的焦點。他發現坐在海芮小姐身後不遠處的茉莉，正跟人說話的他便草草結束談話，留下一臉疑問的發問者，急著朝茉莉走去。他聽說茉莉在陶爾莊園作客，但看到茉莉時感覺就跟當初茉莉看他時一樣吃驚，因他從非洲歸來後只見過茉莉一兩次，而那時的茉莉還一副病人模樣與穿著。此時茉莉身著美麗晚禮服，頭髮也精心梳理過，雅致的臉蛋因靦腆閃現紅暈，行爲舉止落落大方，儘管羅傑知道是茉莉卻幾乎認不出她來。羅傑心中頓時生起一股年輕男人在邂逅美麗少女時所產生的情愫，希望博得她的好感，而非只是重溫往日老友的情誼。

當查爾斯爵士執行護花任務，過來帶領茉莉用餐時，羅傑不禁懊惱起來。他不明白茉莉與查爾斯爵士之間爲何交換那種彼此心知肚明的笑容，那其實是因爲茉莉知道海芮小姐交代過查爾斯爵士，須幫茉莉擋掉過多的談話免得太過疲憊，而兩人也都樂於配合海芮小姐的善意安排。羅傑滿腹狐疑，晚餐時刻不時地朝他們看去。晚餐過後，羅傑想找茉莉說話，卻發現有一位早他兩天來莊園作客的年輕男士已陪在茉莉身邊。由於兩天的相處，彼此有了些認識，所以那人輕鬆地談笑，說著幾件有的沒的瑣事。茉莉巴不得那人快快說完，好讓羅傑有機會開口，她有好多關於漢利大宅的事想問羅傑，這兩個多月來羅傑都沒到吉布森家去過。

雖說茉莉與羅傑堪稱全莊園裡最想跟彼此說話的兩個人，但不知何故總是陰錯陽差，沒機會好好聊上。何陵福特爵士過來把羅傑拉進一群中年男士當中，他們想聽聽羅傑對某個科學議題的看法。尤拿福斯．華森先生，方才跟茉莉聊著天的年輕人此刻仍站在茉莉身邊，她是今晚最美麗的女孩，不過快被話說個不停的華森先生給弄得頭暈了。她臉色漸顯蒼白，甚至出現了倦容，留意著她的海芮小姐只好派查爾斯爵士過來拯救，羅傑看茉莉跟海芮小姐簡短交談之後便默默地離開了客廳。接著他聽到海芮小姐跟查爾斯爵士說的一兩句話，知道他們談的是今晚的事。這些話讓他越聽越迷糊。

「說眞的，查爾斯，鑑於你是她的護花使者，你該知道讓她免於華森先生的疲勞轟炸才是。他那樣語不驚人死不休，倘是我健康狀況不佳，也會吃不消。」

爲什麼查爾斯爵士是茉莉的『護花使者』？羅傑腦海中隨之浮現出讓他有所聯想的枝節。他睡前不斷地想著這些，覺得既不解又苦惱。他心裡想著，茉莉該不會是和查爾斯爵士來個祕密訂婚了吧！

星期六，他們總算獲幸運之神眷顧，兩人得以在豪宅中最公開之處私下聊天。海芮小姐在茉莉散步歸來要上樓休息前，讓她在大廳裡的沙發上坐會兒，經過大廳的羅傑看見了便朝她走去。羅傑站在她面前，假裝正跟旁邊大理石水池中的小金魚玩，開口說：「我眞是運氣欠佳。昨晚想跟妳聊聊天，但一直沒有機會。妳先是忙著跟華森先生交談，後來查爾斯・莫頓爵士就過來把妳帶走了，且還一副挺有權威的樣子呢！妳跟他認識很久了嗎？」

羅傑從沒想過要用這種態度跟茉莉提起查爾斯爵士，可是不知怎地，一開口就管不住自己的嘴。

「不是！我們認識不久。在我星期二到這兒來以前，從沒見過他。只是海芮小姐要他看著我，讓我在下樓來時不要太累了。因爲你也知道的，我體力還沒恢復。他是海芮小姐的表哥，對海芮小姐一向言聽計從。」

「哦！他長得不帥，但我相信他是個有內涵的人。」

「對呀，我想也是。不過，他非常沉默，其實我也無從判斷。」

「他在郡裡很受尊敬。」羅傑現在願意說句公道話了。

茉莉站起身來道：「我得上樓去了。我只是在這兒坐一下，因爲海芮小姐吩咐的。」

「再多待一下吧！」他說：「此處是最愉快的地方了，瞧這水池中的荷花讓人覺得多麼清新舒暢，寧靜祥和。再說，我好久沒看到妳了，而且我父親要我帶個話給妳。他在生妳的氣。」

「生我的氣？」茉莉應道，嚇了一跳。

「沒錯！他聽說妳上這兒來換環境呼吸新鮮空氣，他生氣了，因爲妳竟然沒去我們家而是選擇了這裡。他說妳不應該忘記老朋友。」

茱莉一聽頓時憂心忡忡，絲毫沒注意到羅傑臉上笑容。

「哦！眞的很抱歉！」她說：「請你務必把事情的來龍去脈轉告他。海芮小姐來我家那天剛好大家決定我不能去——」她本來要說辛西雅的婚禮，不過突然住了口，臉紅了起來，趕緊換了個說法，「去倫敦，海芮小姐迅速安排了所有細節，說服爸爸和媽媽照她的意思去做。想要拒絕海芮小姐是不可能的。」

「如果妳想和我父親恢復邦交，得自己去把這些話跟他說。這樣好了，妳何不在離開陶爾莊園之後就到漢利大宅來呢？」

在貴族莊園住了幾天之後，便要爲了求和而到另一宅第再待上數日，天性喜愛居家的茱莉覺得有些爲難。她答道：「我也很想去，不過改天再說吧！因爲我得先回家，他們現在會比往常更需要我——」茱莉又覺得自己提了不該提的事，遂此打住。

羅傑爲著茱莉老以爲提起辛西雅結婚之事會惹他難受，不由厭煩起來。茱莉好意避開不愉快話題，因以爲羅傑心裡對辛西雅結婚一事必定難過不已，且隱忍著不願表露出來。然而，她又缺乏心思也沒那個技巧去轉移話題，只好說了一半便打住。羅傑對這等情形甚覺厭煩，可也說不上來到底是爲什麼。不過，他決定把這件事攤開來。除非把心中感受說清楚，否則他跟茱莉之間的關係永遠得不到進展，兩人頂多只能當個互相逃避共同話題的老朋友。

「啊，是的！」他開口道：「現在柯派屈克小姐已經離開你們家了，妳在家中的重要性自然更勝以往。我在昨天的《泰晤士報》上讀到她結婚的消息了。」

提起伊人，他聲調稍有改變，但他畢竟在彼此間提起辛西雅的名字了，這頗不容易做到。

「不過，」他說：「我想我還是希望妳能早日接受我父親的邀請，到漢利大宅來住幾天。打從我昨天到這兒來後，就發現妳的健康情形大有進展，更何況，茉莉，」此時他說話態度又回復到往日那個茉莉所熟悉的羅傑了，「我想妳可以過來幫我們一下。艾咪很害羞，和我父親相處得不好，我父親對她也不很友善，但我知道，如果有人可以在他們中間搭起一座橋，他們肯定能夠彼此喜歡、互相尊重。在我離開之前，如果可以看到他們和睦相處，對我來說會是個不小的安慰。」

「離開——你還要離家遠行嗎？」

「是的。妳沒聽說麼，我的責任未了。我九月得再回非洲，離當初約定好的時間還有六個月。」

「我記得。可是我覺得，你似乎已經在漢利大宅中安定下來了。」

「我父親也這麼想。但我已不可能再像以前那樣把漢利大宅當自己的家了，這也是我希望我父親能讓艾咪跟他一起住的部分原因。啊！所有人都散步回來了。無論如何，我會再跟妳見面。也許今天下午我們可以單獨說說話，我有好多事想聽聽妳的意見。」

於是他們各自轉開。茉莉愉悅地上樓去，心裡充實又溫暖。羅傑像個朋友跟她說話讓她覺得好高興，她一度還以爲自己再不能跟現在聲名大噪的大鬍子名人恢復往日那種兄妹般的親密了，還好現在都沒問題了。

孰料那天下午卻無法如他們所願繼續深談，茉莉得跟著兩位富孀和一位老小姐共乘一輛馬車，優雅雍容地出遊。儘管如此，一想到晚餐時、還有明天都會再見到羅傑，茉莉著實開心得不得了。

星期天傍晚，莊園賓客與主人都在晚餐前來到草坪，或席地而坐、或隨意漫步。羅傑趁此機會找到茉莉，跟她談起非說不可的事，亦即他嫂嫂在大宅中的情況：兒媳婦與公公之間的連結是那個小孫兒，兩方疼愛他之餘衍生出忌妒心，小孩成了爭執與分裂的關鍵。羅傑詳細告訴茉莉關於艾咪與漢利老爺相處的情形，並舉了許多實例好讓她明白雙方處境的難處，說著說著，他們專注於眼前話題而逐漸遠離了人群，朝著另一條林蔭路走去。

海芮小姐從人群中抽身，朝一個人踽踽獨行的何陵福特爵士走近。這位最得寵的小妹伸出手勾著哥哥的臂膀，說：「你不覺得你最推崇的青年才俊和我最欣賞的窈窕淑女很相配嗎？」

何陵福特爵士並不像海芮小姐一直在觀察他們。「妳在說誰呀？」他問。

「看看路旁那邊。那是誰跟誰呀？」

「漢利先生和——那不是吉布森小姐嗎？我不太懂妳的意思。哦！如果妳是那個意思的話，我可以告訴妳，別白費心機了。羅傑．漢利是即將享譽全歐洲的人呢！」

「那是很有可能。不過儘管如此，也不會影響我對他們的看法。茉莉．吉布森懂得欣賞他。」

「她是個美麗又好心的鄉下女孩。我對她沒有什麼意見，只不過——」

「還記得那次的慈善舞會吧？你跟她跳完舞之後還說她『非常聰慧』呢。說實在的，我們就像是阿拉伯故事『天方夜譚』中的精靈和仙子，各自爲了所擁護的王子和公主說話。」

「漢利不適合結婚。」

「你怎麼知道？」

「我知道他名下沒什麼錢，我也知道科學不是什麼賺錢的行業——如果從事科學研究也算是一門行業的話。」

「哦，如果你顧慮的是這個，那變數可就多了。也許會突然有人留給他一筆財產，或是——這個沒人要且討人厭的小繼承人可能會死掉之類什麼的。」

「噓！海芮，再怎麼樣也不該這樣替人打算將來。妳像在盼著某個人死亡，拿令人悲傷的事來評估事情的或然率似的。」

「律師不就專門弄這種事！」

「把這種事留給那些人去做吧。我不喜歡替人籌畫婚姻，也不喜歡替人預測死亡。」

「你眞是越來越無聊，越變越乏味了，何陵福特！」

「只是越來越——嗎？」他笑道：「我還以爲妳早就把我當成一個平凡有加、無聊至極的凡夫俗子呢！」

「好了，如果你只想我誇獎你幾句，那我可要走了。記住我說過的話就好，到時你該會佩服我的眼光。還是要跟我打個賭，不過願賭服輸哦！」

第二天，羅傑要離開陶爾莊園跟茉莉道別時所透露出的訊息，讓站在一旁的何陵福特爵士想起他妹妹所說過的話。

只見羅傑說道：「那麼，我跟我父親說妳下星期會過來看他，可以嗎？妳不知道他會有多高興呢！」他本來想說「我們會有多高興」的，不過心裡有個聲音跟他說，把茉莉的到訪看成是對他父親的特別拜訪較妥。

隔天茉莉回到自己家，她幾乎無法相信自己會如此捨不得離開陶爾。她對陶爾的嶄新印象實在很難讓她把童年時期令她害怕了好久的噩夢場景聯想在一起。她在那兒恢復了健康，度過許多快樂時光，清新美好的盼望不知不覺地溜進她的生命。難怪吉布森太太看到容光煥發的茉莉時嚇了一大跳，對她與日俱增的優雅更是印象深刻。

「啊！茉莉，」她說：「年輕女孩在貴族人家住上短短幾天便有功效，眞讓人驚奇。如同一位我忘了名字的貴婦人所言，環境對人有『潛移默化』功效。即使只在陶爾住幾天，妳就變得很不一樣了，我也說不上來到底是什麼，但能夠看出來妳是待過上流社會嘍。我親愛的辛西雅最需要的即是這樣的氣質與魅力。但韓德森先生顯然不這麼想了，情人眼裡出西施，辛西雅在他眼裡怎麼看都迷人。他二話不說便給她買了組鑽戒，我非常感激地告訴他，千萬別把辛西雅寵壞了，我好不容易才維持住她單純的品味。不過，他們出去旅行竟沒帶個女傭在身邊，倒教我頗爲失望。這是安排上的缺失，嚴重的美中不足。我親愛的辛西雅，每當我想到她時，茉莉啊我告訴妳，我就決心把妳放在我每天的晚禱中，祈求上帝讓我可以幫妳找到一個那樣的好丈夫。對了，說了半天，妳還沒告訴我這幾天在陶爾都見到了什麼人？」

茉莉念出一串人名，名單的末尾是羅傑・漢利。

「我說啊，那個年輕人還眞是力爭上游哪！」

「漢利家是比肯莫家還要古老的家族。」茉莉回道，臉頰微透紅暈。

「聽著，茉莉，我不要聽妳在這裡暢談民主。階級讓人們有顯而易見的分別，家裡有親愛的爸爸具備民主傾向就夠了。算了，我們別鬥嘴。這會兒只有我們兩個人在，我們應該是推心置腹的密友，希望我們也果眞如此。我猜，羅傑・漢利應該沒說什麼關於那個不幸的小奧斯朋・漢利的事吧。」

「正好相反。他說他父親非常寵愛小孫兒，他自己也滿疼愛小姪兒。」

「我想漢利老爺大概有些犯老糊塗啦。我敢說那個法國母親一定在家中獨攬大權，對吧！要不然怎麼一個多月來他都對妳不聞不問的？在此之前妳還重要得不得了呢！」

距辛西雅訂婚的消息公諸於世到現在約有六週之久，也許這就是漢利老爺在這段時間沒跟吉布森家聯絡的原因。茉莉思忖著，不過卻說：「漢利老爺邀請我來週到漢利大宅住幾天，媽媽，如果您不反對的話，我就應邀前去了。他們好像希望有人可去陪陪奧斯朋．漢利夫人，她身體有些虛弱。」

「我不知道該怎麼說才好。我不喜歡妳跟那個不知什麼階級出身的法國女人走得太近，而且也不要我身邊唯一的女兒又離開我。我問過海倫．柯派屈克了，誠邀她到家裡來，但她說目前走不開，何況我們的房子不重新整修也不行。親愛的爸爸終於答應加蓋一間房了，因爲辛西雅和韓德森先生一定會過來看望我們，我想我們的訪客也會越來越多。妳的房間會用來當作主要的木料存放室，而瑪麗亞要休一個星期的假。我這個人最不喜歡掃人家的興了，至少盡量不當個掃興的人，要是妳一整個星期不在家，的確是省事多了。好吧——僅此一次，我就忍痛放棄妳的陪伴，替妳去跟爸爸說情，讓妳到漢利家住幾天。」

過來拜訪吉布森家的布朗寧小姐們一次聽到兩項消息。就在她們從洪波小姐家回來的當天，恰聽見固德芬太太說了條讓她們大感驚訝的新聞：茉莉．吉布森上陶爾莊園作客去了，不是當天來回，而是在那兒過夜。她在陶爾住了兩三天，彷如年輕的貴族小姐。所以布朗寧小姐們從吉布森太太那兒得知辛西雅婚禮的一切細節，從茉莉那兒問出到陶爾作客的所有詳情。不過，吉布森太太不太喜歡有人瓜分掉原本該集中在她身上的注意力，尤其茉莉和陶爾的日益親密更引得吉布森太太的昔日醋意復發。

「那麼，茉莉，」布朗寧小姐說：「現在跟我們說說，妳在那群顯貴人士中都做些什麼事吧！他們不會因為妳本身的緣故邀妳去，別忘了，他們是因為妳那好父親的緣故才對妳這麼好。」

「關於這一點，我想茉莉相當清楚。」吉布森太太插嘴道，聲調極其溫柔與慵懶，「她能到陶爾莊園那樣的地方，純粹出於肯莫夫人的好心，那時她為了讓我放心去參加辛西雅的婚禮才讓茉莉到陶爾去。我一從倫敦歸返，茉莉也就回家來了。說真的，要不是情非得已，我也不會把茉莉塞到陶爾去麻煩人家的。」

這一番話聽得茉莉相當不舒服，雖然她也清楚得很，吉布森太太是睜著眼睛說瞎話。

「可是，茉莉！」布朗寧小姐說：「別管妳到那兒去是因妳自己的關係、或妳那好父親的關係，還是吉布森太太的關係了。總之，把妳在那兒的情形跟我們好好描述一下。」

茉莉開始敘述起陶爾莊園中的生活，他們說了些什麼、做了些什麼等等，要不是得顧慮到吉布森太太就坐在旁邊豎起耳朵聽，茉莉會更加生動有趣地說給布朗寧小姐和菲比小姐聽。茉莉邊說還得邊留意吉布森太太的反應，這是最痛苦的敘述法。吉布森太太不時發表評論，說她所知道的情形是怎麼怎麼的，此舉實讓茉莉深感困擾。不過真正令茉莉氣憤不已的，是吉布森太太在布朗寧小姐們臨走前的一段話——「茉莉對這次陶爾之行的描述根本漫天扯淡，胡謅一通，好像除了她以外就沒人到顯貴人家的豪宅去過一樣。她下星期還要到漢利大宅去，唉——越來越貪玩享受了，說真的。」

然而，對下一位登門祝賀辛西雅新婚的訪客固德芬太太，吉布森太太的語氣又是另一個調調了。兩人間充斥著不言而喻的敵對氣氛，她們的對話如下。

固德芬太太率先開口道：「啊！吉布森太太，我想我該因辛西雅小姐嫁了個好人家，向妳祝賀。對於那些嫁了女兒就像失去女兒的母親們，我對她們深感同情，不過我猜您並非那樣的母親。」

這會兒，由於吉布森太太不甚明白讓固德芬太太深感同情的是哪樣的母親們，所以在接話的時候有點遲疑。

「親愛的辛西雅！」她說：「她的幸福眞是讓人稱羨！只是——」她以一聲嘆息來結束她的話。

「是。她是個身邊永不缺乏追隨者的年輕女子，因爲說眞的，她是我這輩子所看過最美麗的女孩了。她最需要的就是靈巧的引導。她憑著自己本事竟能找到這麼好的對象，我眞是替她感到無比高興。聽說韓德森先生在律師本業之外，還擁有相當可觀的家產。」

「只怕我家辛西雅對世上的財富還不屑一顧呢！」吉布森太太神氣十足地說。

「哦，這樣啊！我向來都挺喜歡她。就像我跟我那外孫女說的，」固德芬太太身邊有個年輕小淑女陪著，她垂涎欲滴地想著待會有結婚蛋糕可吃，「我絕不像其他人一樣說些詆毀她的話，說她喜歡跟男人調情或引誘男人什麼的。聽說她嫁得好，我打從心眼裡替她高興。那麼現在，我猜您定是努力地想爲茉莉小姐做些事了，對吧？」

「如果您指的是趕緊幫她找個婆家，把這個僅剩的女兒從我身邊送走，那您要大失所望嘍，固德芬太太。請您記住了，我是全世界最不擅幫人作媒的人。辛西雅自己在她倫敦的叔叔家認識了韓德森先生。」

「對呀！我猜是她堂妹常常生病，需要她照顧，而您也有這等先見之明，知道辛西雅幫得上忙。我不是在說爲人母親者該怎麼做，只是想替茉莉小姐說句公道話而已。」

「謝謝您，固德芬太太。」茉莉又好氣又好笑地回應，「一旦我想結婚，我也不會麻煩媽媽。我會自己留意的。」

「茉莉越來越受歡迎了，我都快不知道該怎麼樣才能讓她待在家裡呢！」吉布森太太說：「我想她想得緊。不過正如我對吉布森先生說的，該讓年輕人變換一下環境，趁年輕時多出去見見世面。拿她去陶爾作客的事來說吧！有機會和許多聰明傑出人士齊聚一堂，真讓她獲益匪淺。我都可以察覺出她現在說話時的聲調大不同於以往，話題的層次也提高了。接下來，她還要到漢利大宅去！老實說，看到她這麼長進又如此受歡迎，我覺得自己真是個驕傲的母親。還有，我另一個女兒——我的辛西雅，從巴黎寫信來呢！」

「果眞是世道不同了，跟我年輕時很不一樣哪！」固德芬太太應道：「也許我不應該多說什麼，但也沒批評的意思喲。當年我初結婚的時候，他和我搭乘郵遞馬車到他父親家去，大概在城外二十英里遠的地方，兩人坐下來跟他期待已久的朋友及家人吃頓豐盛晚餐。那就是我的第一趟蜜月旅行。我第二次結婚時比較隆重，懷著新嫁娘的心情想著不趁此機會上倫敦一遊更待何時？不過我也知道跑這麼一趟得花不少錢，所幸哈利過世後留給我爲數可觀的一筆財產。然而，現在的年輕人動不動就跑到巴黎去，錢的事情連想都沒想過：如果年輕時的恣意任性不會影響老年生活，自是還好。

「言歸正傳，茉莉小姐終究是有人照顧的，也顧慮到給她製造機會，我由衷替她高興。只不過，我是不會替我外孫女這樣做就是了。但是時代在改變，世道不同了，如同我剛剛說的嘛！」

第五十九章 茉莉．吉布森在漢利家

她們的對話暫告一段落。結婚蛋糕和葡萄酒接著上桌，把東西分給客人是茉莉的工作。固德芬太太說的最後那幾句話仍在茉莉耳畔嗡嗡作響，她覺得有些刺耳，不過仍盡量往好方面想，不去在意那明顯的意涵。然而這話好像注定要清楚地塞進茉莉耳中似的。因爲在固德芬太太離開之後，吉布森太太要茉莉把托盤移到靠角落那扇窗的桌子上放，並把東西都準備好，以便在下一位訪客上門時隨時提供服務。那扇敞開的窗戶下面即是連接主要道路與吉布森家大門的甬道。

茉莉聽到固德芬太太跟她外孫女說：「那個吉布森太太眞是老謀深算。眼看羅傑．漢利先生快要失去家產的繼承權了，她就派茉莉過去——」接下來說些什麼，她根本聽不進去了。完全弄懂了固德芬太太隱喻之意的茉莉眞想大哭一場，固德芬太太認爲當羅傑在家時，茉莉根本不應該到漢利大宅去。其實，固德芬太太說穿了不過是假道學且水準不高的女人，而吉布森太太似乎連對方隱喻之意都沒注意到。

吉布森先生認爲茉莉此時該到漢利大宅去，理由跟以前該去一樣簡單。羅傑提到此事時，態度直接而自然，一點也沒有不應該的意味，故今回去漢利家，到目前爲止都是讓茉莉一想到便覺無比快樂的事。但此刻的茉莉覺得自己根本無法跟任何人提起固德芬太太的話讓她有多麼難受，就像不能跟任何人說此番前去漢利家實屬不當之舉一樣，現在她一想起要到漢利家就尷尬得臉紅了。

然後，她試著以理性分析來安慰自己。如果此時前去漢利家是錯誤無恥或欠缺教養的行爲，哪怕稍有一點點不適當，她那睿智的父親早就跳出來反對了，哪能放任她前去？可嘆固德芬太太那番話已深植茉莉腦中，再怎麼理性的分析都沒用了。茉莉越想甩開那些話，那些話黏得她更緊，好像在跟茉莉說：「妳越是要趕我們走，我們就越不想走。」也許有人會覺得這樣形容「少女的煩惱」甚是可笑，但對茉莉而言，這是讓她痛苦不堪的困擾。

茉莉所能做的也只是下定決心只關注漢利老爺，關懷他的身心健康，帶給他稍許心靈上的安慰；做好他跟艾咪之間的橋梁，化解他們之間的紛爭，醫好他們之間的創傷；而且盡可能地忽視羅傑。

好心的羅傑！仁慈的羅傑！親愛的羅傑哪！要顧到一般禮儀又要忽視他，眞是太難了！但茉莉認爲這是正確的作法。當她和羅傑在一起時，必須盡量表現自然，要不然他會發現茉莉舉止有異。可是怎麼樣才叫自然？她又該避著他到何種程度呢？如果他們在一起時，她的態度謹愼保守，他會注意到嗎？或是說話時暗藏玄機，他會知道嗎？唉！他們從此以往再也不能像以前那樣隨心所欲、單純恣意地交談了！

她給自己訂下規矩：決心只對漢利老爺和艾咪好，盡全力把固德芬太太所說的蠢話忘掉。她再也無法無拘無束、自由自在的了，只能做半個茉莉——也就是說，她要用世俗的教條把另外半個自己綑綁起來，在未曾謀面的陌生人面前只顯露半個自己：他們也許會覺得她呆板又怪異，常常話說到一半就縮了回去。然而，她的行爲舉止實在和以往大相逕庭，以致於一到漢利家，羅傑便發現她怪怪的了。她仔細數算著待在漢利家的日子，在陶爾莊園住幾天就在漢利大宅住幾天。她怕如果住在大宅裡的天數少於在陶爾的天數，漢利老爺會不高興。

乘著馬車一路行來，初秋的漢利村眞是美極了！羅傑就站在大門口等著迎接她，他的目光一直跟著她走，直到門口。此時他稍往後退，明顯在呼喚他嫂嫂前來。一身寡婦裝扮的艾咪懷中抱著孩子，彷彿藉以遮掩羞怯，她靦腆地走上前，而小男孩掙扎著下來，興奮地朝馬車跑去，要找他的馬車夫朋友兌現承諾載他出去兜風。羅傑沒說什麼話，他要艾咪把自己當家中一分子多多發言，不過艾咪實在太過害羞，以致言語無多，只拉起茉莉的手領進客廳。在客廳裡，艾咪彷彿突如其來的衝動，一把抱住茉莉，深切地親吻著茉莉，感激她在病中對自己無微不至的照顧。此後，她們就成爲朋友了。

將近午餐時間，漢利老爺總會在這時出現，倒非飢腸轆轆緣故，而是爲了看他的小孫子吃他盤中的食物。今天，茉莉很快明白了漢利家全部的情形。她心想，就算羅傑在陶爾時沒跟她提起過，她也可以發現艾咪這兒媳婦和公公漢利老爺即使在同一個屋簷下相處了數月，兩人之間依舊毫無溝通與理解。

艾咪緊張之中似乎連英語都不會說了，她此時只是個心生不滿的母親，以充滿忌妒的眼神看著漢利老爺和小孫子玩。漢利老爺的作爲看在身爲母親的艾咪眼裡甚爲不妥。小孩子津津有味地啜飲著漢利老爺杯中的濃烈黑麥汁，還吵鬧著要拿別人盤中的食物吃。艾咪根本無暇招呼茉莉，只心急地想要知道自己孩子吃喝什麼、在做什麼，然卻選擇保持沉默。

羅傑坐在餐桌另一頭，和同坐一處的漢利老爺與小孫子遙遙相對。在打理好小孫兒的需要之後，漢利老爺轉過頭來和茉莉說話。

「哦，妳來看我們了！前幾天才跟大人物們在一起哪！我還以爲妳把我們都給忘了，茉莉小姐，聽說妳到陶爾莊園去了。父親母親不在家，找不到地方住，所以就到伯爵家去了，嗄？」

「他們邀請我，我才去的。」茉莉道：「現在您邀請我，我就來啦！」

「我想，妳應該早知道妳不用等人邀請，隨時都可以到這兒來的。怎麼，茉莉！比起那位奧斯朋夫人，我還更把妳當女兒看呢！」漢利老爺說著稍稍降低一下音量，也許還想著小孫兒咿咿呀呀的學語聲會蓋過他的聲浪，讓人聽不清楚他的話。「不必啦！妳用不著這麼同情地看著我——她聽不懂英文啦！」

「我想，她聽得懂！」茉莉聲音低低的，不敢抬頭往上瞧，深怕瞥見艾咪那絕望的表情以及漲紅的臉。接著她聽到羅傑像個兄長般溫柔地跟艾咪說起話，她心中充滿了感激，還好羅傑及時救了她。羅傑和艾咪親切話家常，茉莉也就得以繼續和漢利老爺閒聊。

「他眞是個健壯的小傢伙，是吧？」漢利老爺愛憐地撫弄小孫兒捲髮的頭，「他還可以抽著爺爺的菸斗，噴出煙來都不會不舒服，對嗎？」

「我不能再噴煙哦！」小孫兒堅決地說：「媽媽說不行，我不可以。」

「還眞像她說的！」漢利老爺這次壓低聲音了，「好像抽菸會對小孩子有什麼害處似的！」此後，茉莉努力轉移話題，盡量不談及家中人與事，她讓漢利老爺在未完的午餐時間都談著他田裡的排水工程有何進展。漢利老爺提議要帶茉莉去看看，茉莉欣然接受邀請，同時心裡還想著根本不消擔心有機會讓自己和羅傑太過親近。此時的羅傑正專心地陪艾咪聊天呢！

不過到了晚上，艾咪帶孩子上樓去睡覺，漢利老爺在安樂椅上打起盹來，固德芬太太的一番話忽然又竄進茉莉心裡了。現在，她和羅傑兩人獨處，這種情形以前有過好多次，眼下她卻不自覺地拘束起來。她不願再像以前那樣坦誠地和他四目相對。在羅傑跟她聊天的空檔，她還去拿了本書來看，弄得羅傑又困惑又傻眼，爲什麼茉莉在態度上會有如此轉變。

她在漢利家作客期間都是這種態度。倘若有時不小心讓原本自然的態度流洩出來，她就會趕快修正，立刻端起冷冰冰的架子，換上嚴肅的一張臉。此舉讓羅傑覺得痛苦不堪。隨著時間流逝，痛苦更是加劇，因爲他急切想找出原因。

艾咪雖沒說什麼，卻也發現了茱莉只要一有羅傑在場，態度便有所不同。有一天她實在忍不住了，問茱莉道：「妳不喜歡羅傑嗎？一旦妳知道他是個多麼好的人，就會喜歡他的！他很有學問，但那算不上什麼，他的仁慈善良才是讓人欣賞和喜歡的原因。」

「他是個很好的人。」茱莉說：「我認識他，早就知道了。」

「可是妳不覺得他很討人喜歡嗎？說眞的，他跟我那可憐的丈夫一點也不像。妳跟他也很熟的。啊！請妳再跟我說說我丈夫的事吧！你們是什麼時候認識的？是他母親還在世的時候嗎？」

茱莉越來越喜歡艾咪。艾咪輕鬆無壓力時顯得可愛到讓人迷戀，不過在大宅裡，她常常覺得漢利老爺讓她感受到壓力，因而對漢利老爺相當冷漠。漢利老爺這廂也是，往往用最嚴峻的一面對待艾咪。羅傑急著想讓兩人和睦相處，數次請教過茱莉最好的辦法。只要他們談起這件事，茱莉就顯得十足理性而聰穎，這是承襲自她父親的長處，但一結束討論，茱莉又回復到她自以爲正確的拘謹態度。其實對茱莉而言，要維持奇怪的態度並非易事，尤其有一兩次她覺得羅傑爲此甚感困擾難受。每逢這樣的情形出現，她便跑回自己房裡大哭一場，希望能趕快結束在漢利家作客的日子，回到自己平靜安穩的家中。然而這會兒，她的想法又改變了，她珍惜在這裡的每一天，因爲時時刻刻都寶貴又快樂。其實她不知道，羅傑爲使她作客心情愉快，想出了些小活動，讓每一天過得精采有趣。他不想讓茱莉知道這都是他費心安排的計畫，因覺得自己在茱莉心中的地位已大不如前，遂盡量不在她面前出現。

於是其中一天，艾咪建議大家去撿拾堅果；另一天，她們帶著小羅傑出門，讓小男孩體驗一下前所未聞的戶外茶會樂趣；第三天則是其他讓人欣喜愉快的活動；類似簡單的快樂都是羅傑的心意，他知道茉莉會喜歡。但茉莉看到的只是羅傑幫著艾咪執行任務。這個星期已然接近尾聲，一天早晨漢利老爺發現羅傑獨自坐在老舊的圖書室裡，面前擺著一本書。雖是如此，羅傑卻陷入沉思中，以致於當他父親突然走進來時，他著實被嚇了一跳。

「我就知道可以在這裡找到你，小子！冬天來臨前，我們要把這老舊的房間好好翻修。這兒聞起來都發霉了，你竟然還待著！我要你陪我到田裡看看。我們去勘察一下那塊土地。你也該到外面走走，呼吸新鮮空氣了，看書、看書、看書，看得你都一臉哀愁了！再沒有什麼比看書這碼事更能偷走一個人的健康！」

羅傑便跟著父親到戶外去，直到離家有段距離，兩人才交談起來。羅傑忽然冒出一句話，藉以回答他父親約在十五分鐘前提出來的事情。

「父親，您記得我下個月還得回好望角吧！您說要整修圖書室。若是為了我的話，我整個冬天都不會在家。」

「你就不能不去嗎？」他父親央求道：「我還以為你全都拋諸腦後了——」

「不可能！」羅傑半微笑著回答。

「那，也許他們可以找其他人去做你未完成的工作。」

「除了我自己，誰也無法完成這項工作。何況承諾就是承諾，我寫信給何陵福特爵士說我必須返家一趟時，就答應過會再回去非洲六個月。」

「好，我知道了。也許這樣可以幫助你忘掉那件事。雖然我捨不得讓你離開，不過也許這樣對你最好。」

羅傑臉漲紅了，「您指的是柯派屈克小姐——我是說，韓德森太太吧！父親，我就說這麼一次，那時的我實在是太過衝動。現在，我非常肯定我和她完全不適合彼此。當我接到她的信時，我是說在好望角那時，我的確非常難過，但我相信這是最好的結局了。」

「這樣就好，這才是我兒子。」漢利老爺轉過身來，激動不已地和兒子握手。「現在我可以告訴你，那天我去地方治安官會議時所聽到的事了，他們都說她和普瑞斯頓交往過，後來把他給甩了。」

「我不想聽任何有關她的壞話。她也許有她的缺點，但我無法忘記我曾經多麼愛她。」

「好，好吧！也許你說得對。我對那件事處理得還不壞吧，羅傑？可憐的奧斯朋，根本沒必要瞞我的。我還邀請你的辛西雅小姐上這兒來呢！還有她母親，她們全都來了——我只是會叫的狗，不會咬人的。若說我有什麼願望的話，就是親眼看著奧斯朋娶個門當戶對的女孩了，可他偏給你找了這麼個法國女人，沒什麼家世背景，竟只是——」

「別在意她的家世背景了，看看她的爲人！我猜，您還未曾注意到她有多麼謙遜、多麼貼心呢，父親！」

「我覺得她根本算不上漂亮。」漢利老爺略顯局促不安，怕羅傑又要爲了他沒給予艾咪適當的疼愛與地位而跟他爭執不休，「你的辛西雅小姐倒是挺漂亮的，儘管她是個滑頭女人，但生得美麗卻是事實！想想你們兄弟倆，都愛給你們父親難堪，老喜歡挑家世門第不及你們的女孩，你們怎麼就沒一個喜歡我的小茉莉呢？我得說，起初我的確覺得茉莉配不上咱們家，但這小妮子偏有辦法讓我對她疼愛有加。可是這位法國女士就別提了，那位無緣的也一樣，都比不上她。」

羅傑聽而不答。

「我眞不懂，你爲什麼不去追求她？我現在夠謙卑了，奧斯朋原是漢利家的繼承人，他都娶了個女僕爲妻，何況你還不是繼承人呢！羅傑，你就不能考慮一下茉莉．吉布森嗎？」

「不！」羅傑簡短地回道：「太遲了——已經太遲了，我們不要再提我結婚的事了。這就是您要我看的田地吧？」羅傑隨即談著這塊地的經濟價値、可耕種些什麼，和他父親熱烈討論起土地的情況，彷彿從不知道茉莉是何許人，或從未愛過辛西雅似的。

不過，漢利老爺對於土地的計畫沒羅傑那麼好精神，他只是沉重地討論著而已。末了，他突如其來地冒出一句：「你就不能試一下嗎？也許你會喜歡她的，羅傑。」

羅傑非常清楚他父親在說什麼，然卻故意裝傻，顯出一時之間不知父親到底在提哪樁而無法回答的樣子。雖然如此，最後他還是低聲應道：「父親，我永遠也不要試。我們就別再談這事了，我已經說過『太遲了』。」

漢利老爺像個送上玩具還遭別人婉拒的小孩，不時想到自己的好心竟被拒於千里之外，因而失望不已。後來他乾脆把眼前羅傑對女人欠缺興趣一事，怪罪到辛西雅頭上。

那是茉莉在漢利家作客的最後一天早上，她收到來自辛西雅，即韓德森太太的一封信。那時恰値早餐前，羅傑不在屋裡，艾咪在樓上還沒下來，茉莉一個人在餐室裡，早餐已經擺好。漢利老爺走進來時，她剛好看完手上的信，立刻興高采烈地告訴漢利老爺說今天早上收到了辛西雅來信有多高興。然而，當她瞧見漢利老爺臉上表情，先前的興奮立刻化爲無比的悔恨，暗自責怪自己爲何要在漢利老爺面前提起辛西雅的名字。他看起來又氣又難過。

「眞希望不再聽到她的名字，我說眞的。她把我家羅傑害慘了，都是她害的。我夜裡都睡不好，也是她害的。要不是她，我兒子怎麼會說再也不想結婚了呢？那可憐的小子！要是我那兩個傻兒子喜歡的人是妳就好了，茉莉。我那天就是這樣跟羅傑說的，雖然當初我覺得妳配不上我們家的奧斯朋或羅傑，但現在不一樣了。我的想法改變了，可是那小子卻說：沒有用，太遲了。所以不要再在我面前提起那個滑頭女子，別再提了。我這樣說，妳可別介意才好，茉莉。我知道妳和她感情深，很愛她。不過，請容我這老頭子說一句，妳比二十個她還強。那些年輕小伙子要是會這樣想就好了……」他邊叨唸著，邊走到旁邊桌子去切火腿。茉莉則忙著把茶倒進杯子裡，她的內心原是火熱不已，這番話教她不勝唏噓。她費了九牛二虎之力，總算忍住了委屈的淚水，不讓它們流淌下來。她本來總把這兒當自己家看的，此刻卻讓她覺得自己眞是來錯了，來到這個無她容身之處的地方。先前固德芬太太那一番話，再加上現在漢利老爺又這樣說，豈不是暗喻（至少她那敏感的少女心是這樣想的）羅傑的老父親勸羅傑娶她爲妻，但羅傑直接予以拒絕。她心中暗自慶幸今天早上即將要回家去。

就在她內心紛亂不已之際，羅傑從外面散步歸來，一看到茉莉的樣子立刻窺出她心裡痛苦不堪。他期盼能以昔日好友的身分探問她出了什麼事，然而過去這幾天來她一直刻意和他保持相當的距離，以致於不敢貿然率直地以兄長之姿過去攀話。尤其現在，他看得出來她正努力隱藏自己的情緒，拚命地喝茶，接過麵包後只放在盤子裡搗碎而完全不吃。這種情況下，羅傑大可以開口問她到底怎麼了，他卻選擇一語不發、完全配合茉莉，直到艾咪神色慌張，憂心忡忡地下樓來。

寶貝兒子哭鬧了一夜似是身體不舒服，這會兒正發著高燒，沉沉睡去，艾咪才得以下樓來。霎時間，整張餐桌的人都驚動起來了。漢利老爺推開面前的餐盤，胃口盡失。羅傑努力要從哭成個淚人兒的艾咪口中問出端倪。

茉莉趕忙提說訂十一點鐘到達的馬車隨時都會出現，她也已打理好一切，一回到家就立刻請父親過來給小男孩看診。趁早走的話，也許趕得及在她父親第二趟出門前攔住他，因爲她父親早上會先去看城裡的病人，之後回家一趟，接著再到較遠的地方去。大家一致贊成她的提議，於是她上樓去把外出服換上。她準備好後便下樓到客廳去，心想艾咪和漢利老爺都會在那兒，哪知就在茉莉上樓的當兒，女傭來報說小男孩已經醒了，正痛苦得哭鬧不休，心急如焚的母親和爺爺立即衝到他們小寶貝的房間去。

羅傑待在客廳等著茉莉，手裡捧著他精挑細選過的一大束花。

「啊，茉莉！」羅傑搶在茉莉瞥見只剩他在客廳便轉身想逃之前，出聲喊道：「我在早餐前摘了這些花要送給妳。」他朝著不願往前更進一步的茉莉走去。

「謝謝！」她回話：「你人眞好。我非常感激。」

「那麼，妳幫我做件事吧！」他決定不管她彆扭的態度，逕自伸手整理著已握在茉莉手裡的花。這讓他們彼此間有所連結，茉莉也因此不能順著自己的衝動離開客廳。

「告訴我，誠實地說——我知道妳向來是不說謊的——自從我們愉快地在陶爾莊園重逢之後，我是不是做了什麼事惹妳生氣？」

他的聲音如此眞心溫柔，態度如此堅決而誠摯，引得茉莉幾乎想把一切對他和盤托出。她相信他比任何人都更能給她幫助，知道她應該怎麼做才是最正確的行爲舉止，他可以爲她除憂解惑——如果他本身不是她所有煩憂痛苦的癥結與問題所在的話！她如何能告訴他，固德芬太太傷及少女矜持之心的那番話？她如何能把他父親那天早上的話告訴他？然後跟他保證，她也跟他一樣，希望他們永遠友誼長存就好，不想兩人之間有進一步的發展。

「沒有，在我這一輩子中，你都沒有讓我生氣過，羅傑。」她直視著他的眼睛回答，這是好幾天來她第一次正眼看他。

「妳都這麼說了，我相信妳。我無權再問妳進一步的問題了。那，茉莉，妳願意從這些花當中選出一朵送給我，做爲妳方才所言的擔保嗎？」

「你喜歡哪一朵，自己拿吧！」她熱心地將整束花湊到他眼前，要讓他自己挑。

「不，妳得親自選了拿給我。」

就在那時，漢利老爺進來了。如果茉莉不是這麼急著在漢利老爺面前選出她最想送給羅傑的一朵花，羅傑該會有多高興啊！可是，茉莉卻大聲問道：「漢利先生，請幫幫我的忙，您知道羅傑最喜歡什麼花嗎？」

「不知道，我猜是玫瑰花吧！馬車已經到門口了，啊，我親愛的茉莉，我不想催妳，可是——」

「我知道。給你，羅傑，送你一朵玫瑰花！」而她紅似一朵玫瑰，「我回到家就請爸爸來。小孩子怎麼樣了？」

「我怕他是開始發燒了。」

漢利老爺說著，帶領茉莉朝馬車走去，一路上不停講小男孩的事。

羅傑跟在後頭，一副心不在焉的樣子，心中不斷自問著，「太遲了——不是嗎？她哪能夠忘記，我蠢蠢的初戀是和她那麼不一樣的對象。」

至於茉莉，在馬車向前駛去之際不停告訴自己：「我們又是朋友了。我相信親愛的漢利老爺突發奇想所給的建議，不出幾天他就會忘得一乾二淨了。能恢復往日情誼眞是太好了。這些花好漂亮啊！」

第六十章 羅傑的告白

羅傑目送著馬車漸行漸遠，直到它消失在視線之外才轉身離開，心中卻是五味雜陳，有許多思緒尚待釐清。就在前一天，他還滿心以為茉莉已看出他對她的愛日益滋長的徵兆，而這些徵兆明顯得讓茉莉覺得厭惡——因為這表示他對「移情別戀」的辛西雅也以「移情別戀」相待。茉莉對這麼容易就可以轉移到另一人身上的愛戀根本不屑一顧，所以用迥然不同於以往的態度來讓他明白她的心意，讓這愛苗還沒長成就被連根拔起。但是今天早上，她那甜美坦率的老樣子又回來了，就在他們最後一次交談時。

他絞盡腦汁期盼想出她早餐時的沮喪因何而來。他甚至還去找羅賓森，問他茉莉在早餐前是否收到過任何信件，當他知道茉莉的確收到了一封信時，便忍不住想：那封信也許就是茉莉情緒低落的主因。截至目前為止，一切都還算好，他們在數天的尷尬相處之後總算恢復了朋友關係，但羅傑並不以此為滿足。隨著日子一天天過去，他越來越肯定，是茉莉，而且只有茉莉能帶給他幸福。他早有這股體會，而那天當他父親不斷敦促他去做這件他最想做的事情時，他卻幾乎認定自己沒有希望了。根本無須「試著」去愛她，他自言自語道——他早就愛上她了。然而，一旦站在她的立場替她想想，又替她覺得不平。以前給過辛西雅的愛，現在卻拿來給她了，值得珍惜嗎？況且這次和上次的事，簡直讓人覺得有如歷史重演，不是嗎？又是要在這個節骨眼上離開英國！如果他現在跟著她回家，在那個跟辛西雅求過婚的客廳裡向她表白，不知場面將會如何？他下定決心讓茉莉明白他的心意。他們現在已是朋友了，他低頭親吻著那朵茉莉用來擔保他們友誼的玫瑰花。此次再赴非洲，他相當明白自己隨時都有可能回不來，比起上一次，他顯然較清楚那地方可能發生什麼樣的事。在他平安歸來之前，他會克制自己，不要求茉莉有更進一步的感情。不過，一旦他平安歸來，他將不再採取被動姿態坐等茉莉點頭，必定卯足全力贏得他心目中最佳人生伴侶的青睞。他不再想著被拒絕的遺憾，只會抓緊抱得美人歸的理想。不管怎麼說，祈求上帝讓他能平安歸來吧！他將放膽試試運氣！在那之前，他會耐心等待。此時他已不再是急著將垂涎之物拿到手的小男孩，而是能分辨優劣、學會忍耐等待的男人。

茉莉一回到家便急著找父親，請他到漢利大宅去，然後像往常一樣坐在客廳裡，只是每一個角落似都讓她想起辛西雅的倩影。吉布森太太則處於牢騷滿腹的心情，而辛西雅寫來的信又是以茉莉為收信人，此舉無異於火上加油讓吉布森太太抱怨個不停。

「我還想著，看在我勞心勞力為她籌辦嫁妝的分上，她會給我寫封信。」

「沒錯啊，她第一封信是寫給您的，媽媽。」茉莉說道，她的心思其實都還留在漢利大宅，在那生病的孩子身上——在羅傑身上，想著他跟她要一朵花。

「是啊！就第一封信，三頁長，寫的全是怎麼搭船過海的瑣事，寫給妳的卻是流行資訊，在巴黎如何穿戴帽子，以及其他有趣的事情。女兒大了就不會給母親寫私密信件了，這是我的新發現。」

「您可以看我的信，媽媽，」茉莉說：「信上真的沒寫什麼。」

「想想！她情願給妳這個不珍惜她信件的人寫信，卻讓老媽苦苦等不到自己孩子的音訊！有時做人還真痛苦呢！」

接著，沉默籠罩了四周好一會兒。

「茉莉，跟我說說妳到漢利家作客的事吧！羅傑有沒有傷心欲絕？他常談起辛西雅嗎？」

「沒有，他不常提到她。幾乎從未提及，我想。」

「我就說他沒什麼感情。如果有的話，哪會這麼容易放她走。」

「我不覺得他能拿這件事怎麼樣。當他從非洲回來到這兒看她時，她已經和韓德森先生訂婚了。他就是在那天過來的。」茉莉語氣也許有些過於激動。

「我可憐的頭要痛起來了！」吉布森太太說道，連忙用手抱住頭，「我知道妳身體已經恢復氣力，健康得很了，還有——請原諒我這樣說，茉莉，對於妳那些沒什麼教養、舉止粗野的朋友，妳當然得這麼大聲說話。可是茉莉，請妳記得不要刺激我的頭好嗎？所以，羅傑已經把辛西雅給忘了，是嗎？哦，男人真是不專情哪！改天他就會愛上某個貴族小姐了，記住我的話！他現在被人捧得高高的，加上他本身又是那種意志不堅定的年輕人，三兩下就被哄得暈頭轉向的了。沒掂掂自己有幾兩重，哪天就去跟個貴族階級的小姐求婚，我敢說人家寧願嫁給自己家的僕役也不願嫁給他。」

「不可能的，」茉莉態度堅決地說：「羅傑聰明得很，不會做這種事情。」

「我發現這就是他的缺點，聰明又感情內斂！也許這是很寶貴的性格，但對我來說卻只讓我覺得反感而已。我喜歡熱情洋溢，甚或有點情感氾濫，導致感情用事而引發浪漫行徑。可憐的柯派屈克先生！他就是這種個性。我以前常跟他說，他對我的愛真是浪漫得無與倫比。我想我已經跟妳說過，有一次我生病，他走了五英里路去幫我買一個馬芬糕的往事，對吧？」

「對！」茉莉回道：「他人真好。」

「也眞率性！你們這些感情內斂又老成持重的聰明人，連想都不會想要這樣做的。他還因此咳嗽個不停。」

「他不會因此而生病吧？」茉莉答道，不計一切代價急切地想要轉移話題，讓她的繼母不要再把焦點放在漢利家，因爲她們兩人看法不同，一提到漢利家就幾乎要吵架。

「沒錯，他的確因此生了病！我覺得他那天染上的風寒根本再也沒好過。茉莉，我多麼希望妳能夠認識他呀！我有時忍不住想，如果妳是我的親生女兒，而辛西雅是妳爸爸的女兒，柯派屈克先生以及妳母親都還在世，事情不知會變得如何。人們總說不是一家人不進一家門的。不知哲學家們會怎麼看待這個問題？」她開始思考她提出來的這個不可能狀況。

「那可憐的小男孩不知道怎麼樣了？」一陣沉默之後，茉莉忍不住吐出自己的思緒。

「好個可憐孩子！他的存在使某些人覺得不必要，他要是死了，那才眞讓人覺得是上天的恩惠。」

「媽媽！您在說些什麼呀？」茉莉震驚地問道：「每個人都非常重視這個小男孩！您從未見過他！他是我所見過最漂亮、最惹人疼愛的小孩子了！您怎會這樣說呢？」

「我認爲漢利老爺會希望他的小孫子出身好些，不只是個女傭的兒子，畢竟他對門第血統和家族淵源向來很重視。我也認爲對羅傑而言，這實在有些令人遺憾——他一定以爲自己就要繼他哥哥之後成爲漢利家的繼承人了，哪知突然發現半路跑出個英法混血兒，搶去他的繼承大位！」

「您不知道他們有多疼愛他，漢利老爺把他當金孫疼愛。」

「茉莉！茉莉！拜託不要再讓我聽到妳用這麼粗俗的字眼說話了。我何年何月才能把妳教成一個上流淑女——遣詞用字不再粗俗或了無新意？受過教育的人，絕對不會使用俚俗用語或陳舊字詞。

『把他當金孫來疼愛』！我真是被妳嚇了一跳。」

「啊，媽媽，對不起。不管怎麼說，我只是想強烈表達出我的想法而已，漢利老爺的確將他視爲漢利家的人，對他鍾愛有加。至於羅傑——哦！把羅傑想成那樣實在是太——」她忽然不說了，彷彿哽咽住似的。

「妳那麼義憤塡膺，我一點也不以爲怪，我親愛的茉莉！」吉布森太太說：「在妳那個年紀的時候，我也是這樣。然而，隨著年齡的增長，對於人性的瞭解也就越多。不過我還是錯了，錯在太早跟妳揭露這個事實。我偏不信羅傑・漢利從沒有過那些念頭！」

「一個人心中可能掠過千百種念頭，端看怎麼處置這些念頭而已。」茉莉說。

「親愛的，如果妳非要發表結論，千萬記得少用老套詞句。好了，我們來聊些愉快的事。我叫辛西雅在巴黎幫我買件絲質禮服，還跟她說等我決定好顏色再告訴她。我想深藍色應該最襯我的膚色，妳覺得呢？」

茉莉表示贊同，之後便不想再花任何心思去想這問題，她沉默回想著羅傑最近所作所爲表現出來的個人性格，根本和她繼母那以小人之心度君子之腹的臆測完全不同。

就在那時，他們聽見樓下響起吉布森先生的腳步聲。不過，他在樓下待了片刻才上樓走進茉莉和她繼母正坐著的客廳。

「小羅傑怎麼樣了？」茉莉焦急追問。

「我怕他是染上猩紅熱了。妳離開得正是時候呀，茉莉，妳不曾得過猩紅熱。我們得暫時停止和漢利大宅的一切互動，若說有什麼病讓我覺得非常害怕的，那肯定就是這個了。」

「可是爸爸，您不是去了他們那兒又回來我們家嗎？」

「是啊！我做了許多預防措施。總而言之，這算是職業風險，我們不消討論了。至於我們家裡，仍得避免不必要的接觸，以免發生染病的危險。」

「他的情形會很嚴重嗎？」茱莉又問。

「這我也無法斷定，但我會盡全力醫治小傢伙。」

每當吉布森先生開始流露出眞感情，遣詞用字就會回復到年輕時的習慣。由他剛才所說的話聽來，他對漢利家小孫子絕對是相當關注。

小孩子的病時好時壞，有幾天出現危急情況，好像他們就要失去這個小生命了，然後接下來的幾星期又持續沒什麼變化。不過在這個有時像急驚風那樣情況嚇人，有時又持續發著燒、陷入膠著狀態的病終於過去之後，茱莉始明白父親何以認爲兩家人得暫時隔離開來較穩妥。羅傑再次前往非洲之前，茱莉是沒有機會見到他了。哦！她心想著如果在漢利家作客時別對羅傑那麼冷淡就好了！其實比冷淡更慘，她簡直故意避著他，都不跟他敞開心來說話，因爲態度上的改變而令他痛苦不堪。她從他的眼神看得出來、從他的聲音聽得出來，他感到困惑，且對這突如其來的改變不知所措。此刻，她不斷回想著那些畫面，並且把他的聲音與表情都誇大了。

有天晚餐過後，她父親說：「就像鄉下人所說的，我今天幹了一堆活兒。羅傑・漢利跟我耗費了許多心力，爲奧斯朋夫人和她小孩做了決定，他們母子倆要搬出漢利大宅。」

「茱莉，記得我那天是怎麼說的吧？」吉布森太太開口打斷了吉布森先生的話，給茱莉使了個彼此心知肚明的眼色。

「他們要住到詹寧斯家的農莊去，距離派克菲爾德入口處不到四百碼。」吉布森先生繼續說道：「小傢伙的一場病，反倒讓漢利老爺和他兒媳婦建立起友善的關係了，我想是因爲他終於明白要叫那年輕母親放下小孩獨自回到法國開心地過日子，是多麼不可能的事情，他本來一直這樣想的。說白了就是想用錢打發掉她。然而就在那天夜裡，連我也不知道能否幫助那孩子撐過去時，他們竟然一起抱頭痛哭，還互相安慰。那情形有如阻隔在中間的簾幕斷裂開來，他們開始友善地彼此相待。而羅傑——」

一聽到羅傑的名字，茉莉瞬間雙頰泛紅，眼神柔和眼睛明亮。聽到這名字讓她心裡一陣高興。

「羅傑跟我一致認爲，小男孩的母親比起爺爺來更懂得如何照顧與管教他。我想這泰半得歸功於她之前嚴厲的女主人。顯然她在照看小孩方面被訓練得很好。因此，當她看到漢利老爺竟然讓她兒子吃堅果、喝大麥汁，嘗試所有雜七雜八的東西，盡其所能地溺愛小孩時，簡直讓她快氣炸了。不過她膽小得很，對一切敢怒不敢言。現在她們母子住在自己的屋子裡，擁有自己的僕役，家裡窗明几淨且溫馨可愛。我們過去看他們母子，詹寧斯太太也承諾會妥善照顧奧斯朋・漢利夫人，覺得有機會和他們母子同住甚爲榮幸，一切的美好盡在不言中。況且距漢利大宅走路不到十分鐘路程，他們母子能隨心所欲地往返於自己家和漢利大宅，這樣一來不僅漢利老爺可以常和小孫子在一起，媽媽也方便管教小孩規矩，掌管他的飲食。簡言之，我想我今天幹了一堆活兒了。」他伸伸懶腰，活動一下筋骨，然後抖擻著精神又準備出門了，去看一位當他不在家時派人過來請他出診的病人。

「眞是充實的一天哪！」他邊跑下樓梯，邊對自己說：「好像從來沒這麼快樂過呢！」其實他沒把和羅傑之間的對話告訴茉莉。

就在吉布森先生安排處理完艾咪和她孩子的事情，急著離開漢利家時，羅傑突然換了個話題。

「吉布森先生，您知道我下星期二就要出發了，是嗎？」羅傑唐突地道。

「當然。祝你此次前去能像上次那樣在科學領域大有斬獲，無憾地帶著研究成果回來。」

「謝謝您。是的，我也希望如此。我們現在應該不用擔心傳染問題了，是嗎？」

「是的！如果猩紅熱在這屋子裡有傳染的跡象，我們應該早就發現了。不過，這個病怪嚇人的，誰也說不準，還是多加小心爲妙。」

羅傑沉默了少頃。「您會不會擔心，」他終於開口，「如果我到您家裡去的話？」

「謝謝你，你的好意我心領了，目前你還是別來看我們比較好。從小孩子開始發作到現在不過三、四週。況且在你走之前，我還會再過來的。我一直都很注意觀察有沒有水腫的徵兆，我知道它有時會引起併發症。」

「那麼，我沒有機會再見茉莉一面了！」羅傑失望地說著，表情掩不住的沮喪。

吉布森先生轉過臉來，用善於觀察的敏銳眼睛仔細看著眼前這個年輕人，彷彿要將人看透似的，那表情就像在這年輕人身上發現了什麼前所未見的新疾病一樣。然後，這位既是醫生又是父親的長者噘起嘴來，吹起一聲霎時明白過來了的長口哨。

羅傑古銅色的雙頰似乎浮現了紅暈。

「您方便幫我傳個話給她嗎？只是道再見而已，可以嗎？」他哀求道。

「別找我，我又不是傳情達意的邱比特。我會告訴我家女士們我禁止你靠近我們家房子，所以你無法前來道別，只得遺憾地離開。這就是我會幫你傳達的訊息。」

「所以您不反對，是嗎？——我知道您已經猜到是什麼事了。哦！吉布森先生，請直接告訴我您心中是怎麼想的，雖然您假裝不懂我爲何要求在離開英國前去見茉莉一面。」

「親愛的小伙子！」吉布森先生被羅傑弄得感性起來了，把手放在羅傑肩膀上，然後挺起身子，非常嚴肅地道：「聽好了，茉莉不是辛西雅。她眞的喜歡你，就不會再看另一個男人一眼。」

「您指的是我以前喜歡辛西雅，現在卻喜歡茉莉。」羅傑答道：「可是我只希望您能瞭解這次我對茉莉的感情，是如何不同於當初對辛西雅的不成熟愛戀。」

「當我說這句話時，心裡想的並不是你。不過話說回來，也許我以後會想起來你不是忠貞戀人的典範，現在，我們來聽聽看你怎麼爲自己辯護吧！」

「我也沒太多話要說，我當初的確很愛辛西雅，她的儀態以及她的美麗都讓我深深著迷。可是她寫的信簡短而急欲結束，有時候還顯出她根本未花心思把我的信讀完。我無法告訴您，那些信讓我有多難過！十二個月的孤單寂寞，時常置身險境中，與死亡擦身而過，有時候眞會讓一個人突然老了好幾歲。但是，我仍企盼著再次見到那張甜美的臉龐，聽到她說話。孰知卻在好望角收到那封信！——即便如此，我仍舊抱持希望。可是，您知道我見到的景象卻是讓前來跟她懇談的我，確信我跟她之間沒有未來了——她已經和韓德森先生訂婚了。我看到她和韓德森先生一起漫步在您家花園裡，嬌媚地在他面前把玩著一朵花，就像當初在我面前所做的一樣。那時茉莉看著我，她眼裡有著滿滿的憐憫。我到現在都還看得見。我眞後悔自己是這麼個盲目的蠢蛋，竟然——她會怎麼看我呢？我錯把石頭當珍珠，她一定非常看不起我，對我鄙視不已。」

「得了，得了！辛西雅沒那麼糟糕。她還是非常迷人的，只不過無法完美無缺就是了。」

「我知道！我知道！我永遠也不許任何人說她壞話。我說她是石頭只是爲了要強烈表達出在我心中，茉莉和她有多麼不同。請您務必原諒熱戀中人所用的誇大形容。除此之外，我要說的就是：您認爲，茉莉在完全知道我曾喜歡上一個迥異於她，而且遠比不上她的人之後，還願意聽我的告白嗎？」

「這我就不知道了。我無法回答這個問題，就算知道也不會說。不過，這麼說不曉得會否讓你好過點……根據我的經驗，女人是奇怪又教人難以理解的動物，也許會愛上浪費了愛情的男人也說不定。」

「謝謝您，吉布森先生！」羅傑打斷了吉布森先生的話，「我知道您的用意是要鼓勵我。我也已經下定決心，在平安回來之前，我不會把我的感覺跟茉莉透露半個字。等我回來後，我必會竭盡全力贏得她的芳心。此外我也下定決心不要在老地方重演歷史，挑在您家客廳求婚——無論我是多麼想這樣做。不過，之前她來我們家作客時，始終躲著我就是了。」

「好了，羅傑，我在這兒聽你說話也聽得夠久了。如果你除了站在這兒討論我女兒之外沒別的事好做，我可是有一堆事情等著。等你回來的時候，你還有足夠時間可先問問令尊對此事贊同與否。」

「他前幾天還不斷敦促我去跟茉莉表白，可是那時我情緒低落，以爲一切都已經太遲了。」

「那就意味著你可以成家了，其實我總想著你那時跟辛西雅求婚眞稍嫌急躁了。我不是個爲錢財而工作的人，茉莉有些不在我名下、只屬於她自己的錢，但她目前都還不知道，儘管爲數不多就是了。我也爲她準備了些錢。不過，這些事都得等你回來之後再說。」

「那，您是核准我對令嬡的愛戀了？」

「我不知道你說的『核准』是什麼意思。這我哪管得著呢！我想，失去女兒絕對算不上好事吧？不過，」他看到羅傑臉上失望表情，「我還是得說句公道話，跟全世界所有的男人比起來，把我的女兒——請記住了，把我唯一的女兒給你爲妻，是最好的選擇！」
「謝謝您！」羅傑激動地握起吉布森先生的手，雖然吉布森先生貌似老大不願意。「那麼，在我走之前可以去看看她嗎？」
「當然不可以，我以醫生和父親的身分拒絕這項要求。不行！」
「您總方便幫我帶個話吧？」
「那就連我妻子也一塊聽了。我不會分開來講的。不論怎麼說，我都不想當個傳聲筒。」
「那也很好，」羅傑說：「請您告訴她們二位，非常遺憾，在您的禁令之下我無法登門拜訪。但我也只能恭敬不如從命。萬一回不來，我會因爲您如此殘忍的對待，變成鬼魂去找您的。」
「來啊！我最喜歡了。聰明的科學家一旦墜入了愛河呀，說出來的蠢話無人能比！再見。」
「再見。您今天下午就會見到茉莉了！」
「沒錯，而你就會見到你父親了。不過，我現在暫時不要再想這件事了。」
那天晚餐時，吉布森先生把羅傑的口信告訴他妻子與茉莉。
對茉莉而言，羅傑不能過來完全是意料中事，畢竟她父親早提過猩紅熱屬於高度危險的傳染病。偏偏她現在期盼能跟羅傑見上一面，不免胃口全失。她順從且沉默地聽著父親的話，善於觀察的父親卻發現從他說完話後，女兒淨只玩弄著盤中的食物，用刀、叉把食物切開來但一口也沒吃。
「愛人對上父親！」他半傷心地思忖著，「愛人得勝。」便也跟著胃口全無，對盤中尚未吃完的食物興趣缺缺。
吉布森太太話說個不停，不過沒有人理她。

羅傑出發的日子已然來到。茉莉想藉著忙碌來忘記此事，遂拚命縫製一個要送給辛西雅當禮物的靠墊。那時候人們時興用絨線織品做手工。一、二、三……一、二、三、四、五、六、七，全縫錯了，她心裡想著別的事情，只好拆掉重來。

那天還下著雨，本來計畫出門拜訪的吉布森太太只好留在家裡。這樣一來，她開始焦躁不安起來，不斷在客廳裡踱著步，從一扇窗戶晃到另一扇窗戶查看天氣狀況，彷彿她以爲這扇窗外在下雨，另一扇窗外可能天晴似的。

「茉莉過來！那個穿著雨衣的男人不知是誰。那裡，就在公園的牆邊，山毛櫸樹下——他已經在那兒站了半個多鐘頭了，動也不動，一直往我們這兒看哪！我覺得非常可疑。」

茉莉順著繼母指示的方向看過去，一眼看出包裹在雨衣下的羅傑。她第一個本能反應是往後退，接著走向窗前道：「啊，媽媽，那是羅傑．漢利！快看，他在跟我們送飛吻。他正用他唯一可行的方式在跟我們道別呢！」茉莉回應著打出手勢，不過自己動作那麼小，她不確定羅傑是否看得到。因爲吉布森太太突然大動作的對著窗外比劃起來，茉莉心想羅傑的注意力可能都被那好笑的動作給吸引去了。

「我說這羅傑還挺周到的，」吉布森太太說著，迭連地發出飛吻去，「說眞的，好浪漫哦！這不禁讓我想到從前——可是他會來不及的！我得趕緊叫他離開，現在都已經十二點半了！」於是她拿出錶來舉得高高的，用食指輕敲著錶面，占據住窗戶的中間位置。

茉莉只能這裡、那裡，時而往上、時而往下，時而偏左、時而偏右，找尋沒被吉布森太太那不斷揮舞著的兩隻手所擋住的空隙往外瞧。她覺得自己也看見窗外的羅傑對應著她的動作，左閃右躲的。最後，他終於踏著緩慢步伐走開了，雖被揮舞著錶的手臂擋著，他仍邊走邊回頭看。吉布森太太終於退開窗前，茉莉立刻無言地站上前去，想在他繞過彎道，視線即將被擋住之前，再看他一眼。他也知道，拐過那個彎就看不到吉布森家了，所以在轉彎前再一次回頭，在空中揚起他的白色手帕。茉莉也高高揮舞著她的手絹，期盼他能看見。接著，他便消失了！茉莉又回去做手工，心情愉快，一顆心覺得無比溫暖，雖有離愁卻也心滿意足，忍不住想著，這是多麼甜美的感覺——他們的友誼！

她的心思再度回到現實世界，只聽得吉布森太太說：「我說，雖然羅傑．漢利實在不怎麼得我疼愛，不過這次他貼心的小動作不由得讓我想起了某個迷人的青年。是我的一個追求者，法國人都管叫他『哈波中尉』。妳一定聽我提起過他的，茉莉，對嗎？」

「我想一定聽過！」茉莉心不在焉地答道。

「那麼，妳記得他對我有多用心吧？那時我才十七歲，在鄧肯伯太太家任職，是我的第一份工作。當他們軍隊要開拔到另一個城鎮去時，可憐的哈波先生跑到教室窗戶外頭站著，一站就將近一個鐘頭，而且我也知道第二天他們軍隊離開時，樂團演奏那首曲子《我所留下的女孩》是他的傑作。可憐的哈波先生！我是在認識柯派屈克先生之前認識他的！眞是的，我這顆可憐的心這輩子還眞常淌血呢！不過，親愛的爸爸就是個値得我愛的好人，讓我過得非常幸福。他大可以寵壞我的，如果我允許他這麼做的話。當然啦！他沒有韓德森先生那麼有錢就是了。」

最後一句話當然是有感而發了。把辛西雅嫁出去，根據她母親的說法：全歸她的功勞，彷彿這門親事靠她促成一樣。而且，她現在變得有些忌妒起自己女兒的幸運來了，因爲辛西雅嫁了個年輕英俊、有錢又時髦且住在倫敦的男人。有一天，吉布森太太覺得自己很不舒服，便天眞爛漫地跟丈夫提起她對這件事的感覺，其實她老是拿這件事來煩自己，不但沒看到自己有多幸福，還把自己給弄出病來了。

「太可惜啦！」她說：「我出生得太早了。我眞是應該出生在這個世代的，要是我能出生在這個世代不知該有多好。」

「我有時也有這種感覺，」他回應道：「科學上有許多新發現、新看法，如果可以的話，眞想活到這些理論被驗證出來，看看科學上的新視野將會導致什麼結果。不過親愛的，我想妳不會爲了這些原因而渴望晚出生個二、三十年才對。」

「當然不是。我才不會爲了這麼無趣的事而想晚出生，我只是說我想出生在這個世代而已。老實說，我是想到辛西雅。不是我自誇，我相信我長得和她一樣漂亮，我是說年輕的時候啦！我沒有她的黑色睫毛，可我的鼻子比較挺。而現在結果卻大不同！我得住在一個鄉下小城，只有三名僕人，還沒有馬車呢！她沒有我漂亮卻住在都會區，有個男僕以及一名馬車夫，還擁有我不知道的其他事物。說穿了，事實就是在這個世代有許多有錢的年輕人，遠比我的少女時代要多得多。」

「哦，哦！所以這就是妳的原因了是麼，親愛的？如果妳現在還年輕的話，就可以嫁個像咱們女婿那麼有錢的年輕人，是吧。」

「是的！」她回道：「我就是這個意思。當然，我會希望那個人是你啦！我常想，你去當律師或許會比較成功，而且可以住在倫敦。不過，我倒不覺得辛西雅會在意她住在哪裡，但到頭來她卻去住那裡。」

「哪裡——倫敦嗎？」

「哦，親愛的，你這好笑的傢伙。那不過就是個騙倒陪審團的差事嘛！我才不相信咱們那女婿有你這麼聰明。可是他卻可以帶辛西雅到巴黎、到外國，愛到哪裡就到哪裡去。我只希望，他這麼驕寵辛西雅別把她寵壞了就好。我們已經一個星期沒接到她的來信了，我明明特別交代她要告訴我秋季流行樣式，好讓我決定怎麼買新帽子的。有錢還眞是個大陷阱。」

「那麼，就爲妳可以遠離這陷阱而感恩好了，親愛的。」

「不，我才不要。每個人都想跳一跳這陷阱。畢竟不過是一個陷阱而已，如果有人不想跳，不要跳就得了。」

「只怕沒那麼容易拒絕誘惑吧！」她丈夫說。

「您的特效藥來了，媽媽，」茉莉手裡拿著一封信走進來，「辛西雅寄來的信。」

「哦，妳這個報好消息的小信差！《曼格納爾問題集》①裡頭曾提到過的異教神祇之一，做的就是這個差事。信是從加萊②寄出的。他們快要回家來了！她給我買了條披肩，還有一頂帽子！眞是貼心的女兒！總在想到自己之前先想到別人，好運道也沒能寵壞她。他們還有兩週假期！他們的房子還沒整修完畢，他們要上這兒來。哦，現在，吉布森先生，我們眞的得去買些成套的正式餐具了，我想好久呢！辛西雅稱這裡爲『家』哪！我確定這裡一定讓她有家的感覺，我親愛的孩子！我很懷疑世界上還會有哪個男人，能像親愛的爸爸對繼女這麼好！對了，茉莉，妳得買套新衣服才行。」

「別誇我了！請記得我是上個世代的人。」吉布森先生說。

「辛西雅不會注意我穿什麼衣服的。」茉莉想到即將再見到辛西雅便開心極了。

「辛西雅不會，可是她丈夫會呀！他對服裝品味很高，如果爸爸是一個很好的繼父，那我當然也是足可跟他匹敵的好繼母了，我實在無法看到我的茉莉穿得破破爛爛的，沒有把最漂亮一面展現出來。我自己也得買一套新衣服，不能讓人家以爲我們除了婚禮上穿的衣服外就沒別的衣服可穿了！」

然而，茱莉堅持不需給她買新衣服，並且慫恿著吉布森太太說，如果辛西雅夫婦要經常來看他們的話，最好得習慣看到他們本來的樣子，不論是衣著或是習性或任何場合都是。

吉布森先生一走出去，吉布森太太就走到茱莉面前，因她的頑固稍微斥責她一下。

「妳應該讓我要求幫妳買套新衣服的，茱莉，我那天在布朗家店裡看到好漂亮的絲質禮服，喜歡得不得了。現在可好，我怎可能自私地只幫自己買，而不幫妳也買一套呢！妳應該多學著體貼一下別人的心意。不過整體而言，妳還是個討人喜愛的甜美女孩啦！我只希望——好了，我知道我希望什麼。只是親愛的爸爸不喜歡把這件事拿出來說。現在，幫我把門關上，讓我可以好好睡一下，以便夢到我親愛的辛西雅和我的新披肩！」③

（全書完）

譯註：

①《曼格納爾問題集》（*Mangnall's Questions*）為曼格納爾女士（Richmal Mangnall，1769~1820）所編纂的書籍之一，內容為包羅萬象的疑問與解答，為家庭女教師們必備書籍。

②加萊（Calais）位於多佛海峽對面，法國的一個海港。

③本書作者辭世於本作品在雜誌連載期間，故未有正式結尾。但雜誌主編添筆撰文之中，已示讀者：最完美的結局，已於作者細膩鋪陳下，浮現於讀者心中，也就是「有情人終成眷屬」。

【推薦導讀】

「人情練達」即文章

——《錦繡佳人》述出英國鄉紳社會世事人情

亞洲大學外國語文學系主任兼人文社會學院院長
陳英輝教授

個人在台大念外文研究所時，曾選修王文興教授開的「英國小說」，深受感動與啓發，於是請其指導碩士論文，王教授當場應允，並引曹雪芹《紅樓夢》裡一句名言：「世事洞明皆學問，人情練達即文章。」希望我以《傲慢與偏見》作者珍・奧斯汀爲研究對象，特別提到她對人情的看法最爲練達，而其小說即是最佳寫照，要我以「金錢」爲主題切入。（〈*Money and Estate in Jane Austen's Novels*〉就成了個人碩士論文的題目，不過指導教授換成已故的朱立民院長。）

然因當時年紀尚輕，閱歷不深，又深受英國浪漫詩歌影響，難以體會「人情練達即文章」的眞諦，故在論文撰寫過程中吃足了苦頭。一來總覺得錢就是錢，有甚好研究的，況且寫錢未免太流於庸俗。直到個人赴美國馬里蘭大學攻讀英國文學博士學位，重讀珍・奧斯汀小說（係當時選修「十九世紀英國文學」必讀書目），方才體會王文興教授的用心與灼見。個人後來教授英國小說時，珍・奧斯汀總是書單要角，也在過去任教的國立中山大學外文研究所多次開設珍・奧斯汀專題研究，指導不少研究生撰寫珍・奧斯汀。

個人從我對珍・奧斯汀的閱讀經驗切入，來導讀蓋斯凱爾夫人（Mrs. Gaskell）的《錦繡佳人》（*Wives and Daughters*），無非是想提供一個新視野，有別於一般讀者甚或學者對蓋斯凱爾夫人的看法，以爲她只擅長書寫「工業小說」（the Industrial Novels），是思想家恩格斯所著《一八四四年英國工人階級狀況》（*The Condition of the Working-Class in England in 1844*）一書的文學註解。讀者會有這樣的認知，或許與蓋斯凱爾夫人在第一部小說《瑪麗・巴頓》（*Mary Barton*，一八四八）的序文有關。在序文中，她特別強調身爲作家的社會使命，亦即做爲勞工喉舌：「抒寫這些有口不能言的人們時時所遭受的劇烈痛苦」。蓋斯凱爾夫人關懷勞工，具有強烈的社會意識，以小說爲媒介來批判社會，進而從事改革，這或許與她的家世背景有關。她父親是唯一神教派（Unitarianism）的牧師，她先生威廉・蓋斯凱爾（William Gaskell）也是曼徹斯特唯一神教派的牧師。身爲牧師之女與牧師之妻，她常有機會接觸社會底層的貧民與勞工。尤其在嫁爲人妻之後，她隨夫住在曼徹斯特，深切體認到工業社會所造成的貧富懸殊問題：資本家坐擁巨富，工人卻貧無立錐之地，生活無以爲計的勞動人口湧進城市後流浪街頭；物價高漲、稅負繁重，政府卻毫無作爲，以致生靈塗炭，民不聊生。蓋斯凱爾夫人看在眼裡，痛在心裡，良知驅使她立志爲下階層的喉舌。她的作品對當時的社會問題有著深刻而寫實的描述，是英國維多利亞時期「飢餓的四○年代」（the Hungry Forties）的重要產物。

蓋斯凱爾夫人儘管同情弱勢團體，但畢竟出身中產階級，階級差異難免使她在小說創作過程倍感矛盾：自己究竟該如何定位？是該對雇主、富人有同理心，抑或站在工人、貧民這邊呢？她的態度往往曖昧不明。本著人道精神，她支持工人對抗雇主，然又不免擔憂縱容的嚴重後果：工人大肆抗爭，法國大革命時期的暴動與混亂極可能在英國重演。此種矛盾情結在《瑪麗・巴頓》一書中表露無遺。

該書原名《約翰·巴頓》（*John Barton*），乃是以瑪麗的父親約翰爲故事主人翁。約翰是名典型的工人，也是「人民憲章運動」（the Chartist Movement）的支持者，亦即是一八三二年英國《改革法案》（the Reform Bill）的反對派，因爲該法案欲藉由財產限制，摒除勞工階級的投票權。

作者在書中筆調寫實又極具批判精神，並以一八四〇年代英國曼徹斯特工人的生活爲主軸。然故事進展到一半時，她的筆鋒突然一轉，不再描述約翰等工人生活的辛酸史，轉而渲染其女瑪麗與詹姆·威爾遜之間的羅曼史，小說也因此易名爲《瑪麗·巴頓》。故事如此突兀的轉折，關鍵在於原主人翁約翰·巴頓身分的改變。他是位激進的工會分子，在代表工會向雇主屢次請願失敗之後，悲憤之餘，決意殺害年輕的雇主亨利·卡爾森。主人翁一旦變成殺人犯，作者便棄他而去，若繼續描述恐怕有慫恿暴力之嫌。因此，整部小說幾乎分割成兩部截然不同的作品：前半部爲寫實的工業小說，後半部爲浪漫的愛情故事。由此可以看出蓋斯凱爾夫人做爲一名小說家的良知與局限。她關懷窮苦的勞工，冀望以創作爲他們發聲，然遇到眞正的階級衝突時，卻又不願工人採取激烈手段來解決問題。故事結尾時，作者將她同情的人物全部送往加拿大，過著田園式的生活。就「後殖民」（post-colonial）觀點而言，移民加拿大乃帝國主義的活動，但就故事情節安排而言，作者此舉無異拋開燙手山芋，以爲把窮苦的勞工送離英國，問題就能迎刃而解。這樣的結局只能稱爲逃避現實，對解決社會問題毫無幫助。

她的另一部工業小說《北與南》（*North and South*）再度以勞資衝突爲主題。「北」方是指英國工業革命後新興起的資本家，以男主角約翰·桑頓爲代表；「南」方則是指舊農業社會的仕紳階級，以女主角瑪格麗特·海爾爲代表。兩人對工人的態度迥然不同：瑪格麗特抱持同情的態度，桑頓則持敵對的看法。作者在書中極力渲染勞工的苦難，書中衝突迭起，不僅勞資雙方相互衝突，製造業與仕紳階級之間尤是劍拔弩張。及至小說結尾，桑頓領悟到勞資雙方應互相瞭解與體諒，他與瑪格麗特亦結成眷屬。正如十九世紀初的珍．奧斯汀，蓋斯凱爾夫人同樣以婚姻收場，做爲階級和解的社會手段，深具時代與社會意義。

蓋斯凱爾夫人將《錦繡佳人》置於一八三〇年代至四〇年代（「當時仍屬〈改革法案〉通過前」，見上冊第三頁）的英國小鎮何陵福特，不同於以往的是何陵福特屬於典型的英國鄉紳社會（a genteel society），像極了珍．奧斯汀小說背景的翻版。社會階層固定且各司其職，社會結構井然有序，最上層有肯莫伯爵及伯爵夫人以及他們偶而小住的家族產業「陶爾莊園」，故事以肯莫伯爵夫婦邀請鎮民參觀莊園的年度盛會開始。中間偏上階層是故事男主角羅傑父親漢利鄉紳——一位世居漢利村的老地主；中間階層則是故事女主角茉莉的爸爸吉布森先生，一位鰥夫專業醫生；中間偏下階層是肯莫伯爵新雇的產業管理人普瑞斯頓先生；最下層是各個家族的園丁與僕役，例如茉莉的奶媽貝蒂等。《瑪麗．巴頓》書中的勞資激烈衝突與對立不見了，《北與南》書中的新興資本家也消失了，取而代之的是以陶爾莊園爲生活中心的鄉紳社會，加上有關當時英國在科學的發現（達爾文學說的影響）。若說蓋斯凱爾夫人是維多利亞時期的珍．奧斯汀，一點也不誇張，無怪乎英國國家廣播公司BBC拍完《傲慢與偏見》之後，原班人馬繼續合作拍攝《錦繡佳人》，兩部作品的相似度以及兩部作品共同呈現的英國特色（Englishness），不言可喻。至於書中的趣味，尤其角色之間充滿辛辣挖苦的對話以及對人情世事的透澈洞見，特別是透過女主角茉莉視角，所看到的大人物與「微塵眾」他們的悲歡離合，有待本書讀者細細品味。

國家圖書館出版品預行編目資料

錦繡佳人（下冊）／伊莉莎白・蓋斯凱爾（Elizabeth Gaskell）著；劉珮芳譯
—— 初版 —— 臺中市：好讀，2016.03
面：　公分，——（典藏經典；84）
譯自：Wives and Daughters

ISBN 978-986-178-375-8（平裝）

873.57　　104027857

好讀出版

典藏經典 84

錦繡佳人（下冊）

原　　著／伊莉莎白・蓋斯凱爾
翻　　譯／劉珮芳
總 編 輯／鄧茵茵
文字編輯／林碧瑩
美術編輯／鄭年亨
內頁編排／王廷芬
行銷企畫／劉恩綺
發 行 所／好讀出版有限公司
臺中市 407 西屯區何厝里 19 鄰大有街 13 號
TEL:04-23157795　FAX:04-23144188
http://howdo.morningstar.com.tw
（如對本書編輯或內容有意見，請來電或上網告訴我們）
法律顧問／陳思成律師

戶名：知己圖書股份有限公司
劃撥專線：15060393
服務專線：04-23595819 轉 230
傳真專線：04-23597123
E-mail：service@morningstar.com.tw
如需詳細出版書目、訂書，歡迎洽詢
晨星網路書店 http://www.morningstar.com.tw

印刷／承毅印刷股份有限公司 TEL:04-25603918
初版／西元 2016 年 3 月 15 日
定價：399 元
如有破損或裝訂錯誤，請寄回臺中市 407 工業區 30 路 1 號更換（好讀倉儲部收）

Published by How Do Publishing Co., LTD.
2016 Printed in Taiwan
ISBN 978-986-178-375-8

讀者回函

只要寄回本回函，就能不定時收到晨星出版集團最新電子報及相關優惠活動訊息，並有機會參加抽獎，獲得贈書。因此有電子信箱的讀者，千萬別吝於寫上你的信箱地址

書名：**錦繡佳人（下冊）**

姓名：＿＿＿＿＿＿＿＿　性別：□男 □女　生日：＿＿年＿＿月＿＿日

教育程度：＿＿＿＿＿＿＿＿＿＿＿＿＿＿

職業：□學生　□教師　□一般職員 □企業主管
□家庭主婦 □自由業　□醫護　□軍警　□其他＿＿＿＿＿＿

電子郵件信箱（e-mail）：＿＿＿＿＿＿＿＿＿＿＿＿ 電話：＿＿＿＿＿＿＿＿

聯絡地址：□□□ ＿＿＿＿＿＿＿＿＿＿＿＿＿＿＿＿＿＿＿＿＿＿＿＿＿＿

你怎麼發現這本書的？

□書店 □網路書店（哪一個？）＿＿＿＿＿＿＿＿ □朋友推薦 □學校選書
□報章雜誌報導 □其他＿＿＿＿＿＿＿＿＿＿＿＿＿＿＿＿＿＿＿＿＿＿

購買這本書的原因是：＿＿＿＿＿＿＿＿＿＿＿＿＿＿＿＿＿＿＿＿＿＿＿

□內容題材深得我心 □價格便宜 □封面與內頁設計很優 □其他＿＿＿＿＿

你對這本書還有其他意見嗎？請通通告訴我們：

＿＿＿＿＿＿＿＿＿＿＿＿＿＿＿＿＿＿＿＿＿＿＿＿＿＿＿＿＿＿＿＿＿＿

你買過幾本好讀的書？（不包括現在這一本）

□沒買過 □ 1～5 本 □ 6～10 本 □ 11～20 本 □太多了

你希望能如何得到更多好讀的出版訊息？

□常寄電子報 □網站常常更新 □常在報章雜誌上看到好讀新書消息
□我有更棒的想法＿＿＿＿＿＿＿＿＿＿＿＿＿＿＿＿＿＿＿＿＿＿＿＿＿

最後請推薦五個閱讀同好的姓名與 E-mail，讓他們也能收到好讀的近期書訊：

1. ＿＿＿＿＿＿＿＿＿＿＿＿＿＿＿＿＿＿＿＿＿＿＿＿＿＿＿＿＿＿＿＿
2. ＿＿＿＿＿＿＿＿＿＿＿＿＿＿＿＿＿＿＿＿＿＿＿＿＿＿＿＿＿＿＿＿
3. ＿＿＿＿＿＿＿＿＿＿＿＿＿＿＿＿＿＿＿＿＿＿＿＿＿＿＿＿＿＿＿＿
4. ＿＿＿＿＿＿＿＿＿＿＿＿＿＿＿＿＿＿＿＿＿＿＿＿＿＿＿＿＿＿＿＿
5. ＿＿＿＿＿＿＿＿＿＿＿＿＿＿＿＿＿＿＿＿＿＿＿＿＿＿＿＿＿＿＿＿

我們確實接收到你對好讀的心意了，再次感謝你抽空填寫這份回函
請有空時上網或來信與我們交換意見，好讀出版有限公司編輯部同仁感謝你！
好讀的部落格：http://howdo.morningstar.com.tw/
好讀的臉書粉絲團：http://www.facebook.com/howdobooks

請填妥後對折黏貼，直接投郵即可，無須貼郵票。

廣告回函
臺灣中區郵政管理局
登記證第 3877 號
免貼郵票

好讀出版有限公司　編輯部收

407 台中市西屯區何厝里大有街 13 號
電話：04-23157795-6　傳眞：04-23144188

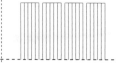

沿虛線對折

購買好讀出版書籍的方法：

一、先請你上晨星網路書店 http://www.morningstar.com.tw 檢索書目或直接在網上購買

二、以郵政劃撥購書：帳號 15060393 戶名：知己圖書股份有限公司並在通信欄中註明你想買的書名與數量

三、大量訂購者可直接以客服專線洽詢，有專人爲您服務：
客服專線：04-23595819 轉 230 傳眞：04-23597123

四、客服信箱：service@morningstar.com.tw